AVERTISSEMENT.

Cette *Histoire de la littérature grecque* comprend l'*Histoire de la littérature païenne* et l'*Histoire de la littérature chrétienne*. Ordinairement on traite à part chacune de ces parties, sous prétexte de ne pas confondre le sacré et le profane. Nous avons cru remarquer que cette méthode avait de graves inconvénients, parce qu'elle ôte à celui qui étudie tout moyen de faire une foule de rapprochements curieux, qui sont toujours utiles pour saisir les lois véritables d'après lesquelles chacune de ces littératures s'est développée. Ensuite les littératures ne se distinguent-elles pas surtout par la diversité des langues qu'elles ont pour organes? Le grec ayant été la seule langue d'Athènes et de Constantinople, n'est-il pas nécessaire, pour faire une véritable histoire de la littérature grecque, de parcourir tous les ouvrages écrits dans cette même langue pendant tout le temps qu'elle a été parlée par un peuple indépendant et libre?

Nous n'avons pas hésité sur ce point, et tout en séparant la littérature chrétienne de la littérature païenne, parce qu'elles n'ont ni le même objet, ni le même but, ni le même caractère, nous avons parlé de tous les écrivains religieux ou profanes qui ont paru depuis l'époque la plus reculée jusqu'à la prise de Constantinople. Toutefois nous avons cru devoir ne rien dire des philosophes. C'eût été s'exposer à les faire mal connaître, si nous n'avions jugé leurs ouvrages qu'au point de vue littéraire. Un jugement de cette nature n'aurait pu d'ailleurs se motiver sans que nous entrions dans le détail de leurs doctrines.

Quelques-uns des auteurs élémentaires qui ont traité le même sujet que le nôtre n'ont pas reculé devant cette difficulté. Après avoir parlé des orateurs et des historiens, ils ont exposé sans scrupule les divers systèmes de philosophie. Il nous semble qu'ils n'ont pas assez réfléchi sur les dispositions d'esprit des jeunes gens pour lesquels ils écrivaient. L'histoire de la littérature grecque étant destinée aux élèves de seconde ou de troisième, il n'est pas possible qu'il y ait profit pour eux à s'inquiéter dès ce moment des théories d'Aristote et de Platon. Ces divers systèmes ont besoin d'être discutés pour être bien compris, et ce travail de critique doit être réservé pour le cours de philosophie.

On pourra remarquer que nous n'avons pas toujours donné la même importance aux détails biographiques et aux citations. Quelquefois nous nous contentons d'analyser les ouvrages d'un auteur sans presque rien dire de sa vie, d'autres fois nous entrons dans d'assez longs détails. Souvent nous nous bornons à une appréciation générale de la méthode et du style de l'écrivain, sans rien citer de ses ouvrages, tandis que dans d'autres circonstances nous faisons des citations fort étendues. On pourrait tout d'abord nous reprocher d'avoir fait de l'arbitraire, mais en y regardant de plus près on verra que nous avons toujours été guidé par une règle et par des principes invariables.

Ainsi, quand il s'est agi de ces hommes d'action dont on ne peut sainement apprécier les œuvres, si on ne connaît leur vie, nous avons fait leur biographie complète. Mais quand nous avons pu faire suffisamment connaître l'écrivain, sans étudier l'homme

HISTOIRE

DE LA

LITTÉRATURE GRECQUE

DEPUIS

LES TEMPS LES PLUS ANCIENS JUSQU'A LA PRISE DE CONSTANTINOPLE
PAR LES TURCS

PAR M. L'ABBÉ DRIOUX

CHANOINE HONORAIRE DE LANGRES, DOCTEUR EN THÉOLOGIE,
ANCIEN PROFESSEUR D'HISTOIRE ET DE RHÉTORIQUE AU SÉMINAIRE DE LANGRES, MEMBRE
DE LA SOCIÉTÉ LITTÉRAIRE DE L'UNIVERSITÉ CATHOLIQUE DE LOUVAIN.

CINQUIÈME ÉDITION

REVUE ET CORRIGÉE.

PARIS

LIBRAIRIE CLASSIQUE D'EUGÈNE BELIN

RUE DE VAUGIRARD, Nº 52.

—

1879

Tout exemplaire de cet ouvrage non revêtu de ma griffe sera réputé contrefait.

Eug. Belin

SAINT-CLOUD. — IMPRIMERIE DE Mme V^e EUG. BELIN.

dans toutes les particularités de son existence, nous avons évité tous ces récits, parce qu'ils auraient été, au point de vue de cet ouvrage, autant de digressions oiseuses.

Pour les citations, nous ne les avons pas multipliées, parce que nous trouvons que c'est un moyen bien imparfait de faire connaître un écrivain que de citer, comme échantillon, quelques lignes de ses ouvrages. Les meilleurs auteurs renferment des passages médiocres, et les littérateurs les plus faibles rencontrent parfois heureusement. On pourrait à ce prix intervertir tous les rangs et troubler tous les jugements reçus. Nous comprenons qu'on montre dans un passage quelconque l'application d'un précepte de rhétorique, et que dans un traité théorique d'éloquence il soit bon de multiplier ces extraits ; mais dans une *Histoire de la littérature,* où il s'agit surtout d'apprécier les auteurs et leurs ouvrages, nous avons pensé qu'il était plus utile de les analyser, et de rappeler les suffrages qu'ils ont obtenus.

Nous n'aurions pourtant pas voulu nous imposer l'obligation de ne citer jamais. Quelquefois il arrive qu'un homme s'est peint lui-même et qu'il a donné, en certains endroits de ses écrits, une idée complète de son genre d'imagination et d'éloquence. Il vaut beaucoup mieux alors le mettre en scène que de raconter froidement ses mérites et ses défauts.

On voit que nous nous sommes strictement renfermé dans les limites de notre sujet. Nous avons cherché à ne dire que ce qu'il fallait pour qu'on connût parfaitement le mérite de chaque ouvrage. Dans tous les jugements que nous avons reproduits, nous avons eu grand soin d'éviter les opinions particulières. S'il y a en histoire beaucoup de causes à revoir, beaucoup de réputations à faire ou à défaire, il n'en est pas de même en littérature. On peut long-temps disputer sur la valeur des idées d'un auteur, sur la légitimité de ses vues et de ses actions, mais on tombe facilement d'accord sur la nature de ses talents et de son mérite littéraire.

A l'égard de la littérature ancienne tout particu-lièrement, il y a longtemps que la postérité a rendu ses arrêts. Un livre élémentaire ne doit pas avoir d'autre but que de les recueillir.

On ne sera donc point étonné de trouver ici beau-coup moins nos idées que celles des autres. Toutes les fois que nous avons rencontré dans quelques cri-tiques célèbres un ouvrage bien jugé, nous nous sommes fait un devoir de reproduire cette apprécia-tion. La justice et la reconnaissance nous obligeaient alors à indiquer l'auteur dont nous adoptions les pensées, nous n'y avons jamais manqué. On pourra même remarquer que sous ce rapport nous avons porté le scrupule jusqu'à faire hommage d'une ex-pression ou d'une comparaison à l'auteur qui nous les avait inspirées.

Parmi tous les ouvrages que nous avons mis à profit, nous devons tout particulièrement désigner la savante *Histoire de la littérature grecque*, par M. Schœll. Il ne s'est occupé que de la littérature profane, mais il a traité son sujet avec une érudition si profonde et si étendue, il a jugé chaque ouvrage généralement avec une telle sûreté de tact, qu'il a en quelque sorte épuisé la matière. Pour la littéra-ture chrétienne, nous devons aussi rendre hommage à la *Patrologie* de Mœhler. Malheureusement cet im-portant ouvrage s'arrête au IVᵉ siècle. On ne peut trop regretter que la mort ait empêché l'auteur de le continuer; son livre eût été un des plus beaux mo-numents de la science moderne.

HISTOIRE

DE LA

LITTÉRATURE GRECQUE

PREMIÈRE PARTIE.

DE LA LITTÉRATURE PAIENNE.

Division générale de l'histoire de cette littérature.

Il ne faut jamais séparer l'histoire littéraire d'un peuple de
son histoire politique. Les idées et les faits sont tellement unis
dans le développement d'une civilisation quelconque que le
caractère des uns devient nécessairement le caractère des autres. C'est pourquoi nous ne chercherons pas à déterminer pour
la littérature grecque d'autres époques que celles que nous
avons tracées dans notre *Histoire ancienne,* lorsque nous avons
eu à raconter tous les événements politiques qui ont illustré
Athènes et les autres républiques de la Grèce. Nous distinguerons donc dans cette première partie de l'histoire de la littérature grecque cinq époques : la 1re s'étendra depuis les temps
les plus reculés jusqu'à Homère ou les temps héroïques ; la
2e depuis Homère ou les temps héroïques jusqu'à Solon ou les
temps historiques ; la 3e depuis Solon ou les temps historiques
jusqu'à Alexandre ; la 4e depuis Alexandre jusqu'à la réduction de la Grèce en province romaine ; et la 5e depuis la réduction de la Grèce en province romaine jusqu'à la ruine du paganisme.

Chacune de ces époques correspond aux grandes révolutions
dont la Grèce a été le théâtre.

Ainsi la première comprend l'époque de sa formation. C'est

l'âge divin ou l'époque la plus rapprochée des traditions primitives. La Divinité est sans cesse en communication avec l'homme. Tous les écrivains sont des chantres inspirés, des devins qui rendent des oracles. La poésie est leur langue habituelle, c'est-à-dire qu'ils ne parlent jamais que la langue des dieux. D'ailleurs leur vie est enveloppée d'obscurité et de mystères, comme tout ce qui se rapporte à ces siècles éloignés.

La seconde époque renferme les temps héroïques. C'est encore le règne de l'imagination et de la poésie, mais à l'âge divin a succédé l'âge des héros, l'homme s'est substitué à la Divinité. Il fait descendre les dieux de l'Olympe, il leur prête ses passions et ses misères, et pour que le contraste ne soit pas trop repoussant, il se suppose des forces et des ressources qu'il n'a pas, et il opère des prodiges. Tels sont les guerriers d'Hésiode et d'Homère dont les grands poëmes sont la gloire de cette période.

La troisième époque commence avec les temps historiques et ne se termine qu'au moment où toutes les républiques grecques courbent la tête sous le joug d'une domination étrangère. Alors les prosateurs paraissent. Les siècles qui virent briller les Aristide, les Thémistocle, les Pausanias, les Périclès, les Alcibiade et les Agésilas, virent aussi fleurir des écrivains du premier mérite dans tous les genres littéraires. D'épique qu'elle était la poésie devint dramatique, et s'enorgueillit des chefs-d'œuvre d'Eschyle, de Sophocle et d'Euripide, d'Aristophane et de Ménandre. L'histoire naquit avec Hérodote dont le génie éveilla celui de Thucydide. L'éloquence ne retrouva jamais d'accents plus sublimes que ceux de Démosthène protestant contre l'asservissement de sa patrie. Mais l'orateur eut beau faire, le génie astucieux de Philippe l'emporta, et la Grèce perdit pour jamais son indépendance.

Dès lors une nouvelle ère commence pour cette nation. Alexandre envahit toute l'Asie, et ses conquêtes ont pour résultat la fusion du génie de l'Orient et du génie de l'Occident. La Grèce n'est pas alors sans gloire. Sa littérature quitte l'Attique et vient se réfugier à Alexandrie. Cette ville, bâtie aux confins des trois continents, voit affluer dans son sein des savants de toutes les nations. Les Grecs l'emportent sur tous les autres par le génie et le goût, mais ils profitent de toutes les lumières qu'ils reçoivent de l'Orient. Cette littérature mixte a reçu le nom de gréco-alexandrine. Elle est remarquable par le rapprochement qu'elle a établi entre l'Occident et l'Orient, mais sous d'autres rapports on sent qu'elle se meurt d'inani-

tion et de misère. Au lieu de s'enrichir de productions nouvelles, elle en est réduite à commenter, à comparer et à classer
les chefs-d'œuvre des siècles précédents. Tout annonce que la
vie intellectuelle aussi bien que la vie politique est morte au
sein de toutes ces nations. Aussi les Romains ne tardent-ils pas
à les subjuguer.

La conquête romaine est le commencement de la cinquième
et dernière période de cette littérature païenne. Les Grecs, supérieurs aux Romains par les talents et la science, se vengent
de leurs vainqueurs en leur communiquant toutes ces doctrines funestes qui ont été la cause de leur ruine. Cette époque,
qu'on a appelée pour ce motif *gréco-romaine*, est un temps de
complète décadence. La littérature païenne fait de vains efforts
pour lutter contre le christianisme qui étend chaque jour ses
conquêtes, elle s'éteint avec la société ancienne dont elle est
l'expression, et après Constantin elle ne produit presque plus
aucun écrivain célèbre.

Heureusement la littérature grecque ne périt pas avec elle.
Grâce au christianisme elle se régénère, et sous l'inspiration
de la foi elle enfante une foule de chefs-d'œuvre nouveaux que
nous nous proposons d'étudier dans la seconde partie de cette
histoire.

PREMIÈRE ÉPOQUE.

DE LA LITTÉRATURE GRECQUE DEPUIS LES TEMPS LES PLUS RECULÉS
JUSQU'A HOMÈRE. AGE DIVIN.

Tant qu'un peuple n'est pas formé, sa langue n'est soumise
à aucune règle certaine et elle se trouve par le fait divisée en
autant de dialectes qu'il y a dans ce peuple de tribus ou de familles diverses. Ainsi au début de l'histoire grecque se présentent deux dialectes principaux, l'éolien et l'ionien. L'éolien est
la langue des peuples du Nord ; il est rude, barbare et grossier
comme les hommes qui s'en servent. Il se divise en une foule
de dialectes particuliers, parce que la population mobile et
flottante de cette contrée renferme une multitude de tribus qui
revendiquent toutes une sorte de nationalité. Tels sont les
Thessaliens, les Béotiens, les Arcadiens, les Achéens, les Etoliens, les Acarnaniens et les Lesbiens. Ces petits peuples parlent tous la même langue, mais avec des nuances qui les distinguent.

L'ionien était parlé par les hommes plus civilisés du Midi. Il
fut toujours par conséquent plus doux, plus harmonieux et
plus orné que l'éolien. Il avait aussi ses branches diverses dont
les plus importantes étaient le carien et le lydien, le dialecte
de Théos et celui de Samos. Par suite des révolutions qui bou-
leversèrent la Grèce, chacun de ces dialectes se modifia, mais
en se modifiant ils ne cessèrent de refléter le caractère politique de chaque nation.

L'éolien devint le dorien, et il fut parlé à Sparte et dans
toutes les villes du Péloponèse, à l'exception de l'Elide, de
l'Achaïe et de l'Arcadie. Majestueux et précis, il est resté âpre
et sévère comme le génie de la république formée par la législation de Lycurgue. L'ionien en s'épurant et en se perfectionnant devint le dialecte attique, le seul qui fut en usage parmi
les Athéniens. Il s'enrichit de toutes les formes les plus gracieuses et les plus douces pour se rendre digne de ce peuple qui
a toujours fait autorité pour la pureté du goût et la délicatesse
des sentiments. On n'aurait que ces deux langues, le dorien et

l'attique, pour juger du caractère de Sparte et d'Athènes, il serait encore facile de reconnaître l'opposition d'idées et de sentiments qui se trouvait entre ces deux républiques.

Mais si la langue eut ses révolutions et ses perfectionnements, il en fut de même de l'alphabet. Dans l'origine il ne renfermait que quinze lettres. On y ajouta ensuite l'*upsilon*, et c'est ce qui a fait dire à Pline et à Tacite que l'alphabet de Cadmus comptait seize lettres. Les aspirées θ, φ, χ vinrent ensuite, puis ζ, ξ, ψ, ω, qui ne sont que la réunion de δσ, χσ, πσ, ου; enfin η, qui n'était qu'une figure d'aspiration, devint une lettre particulière. L'alphabet ne fut ainsi complété qu'au temps des guerres persiques par Simonide de Céos.

Nous recueillons volontiers ces détails parce que dans ces premiers temps de la littérature grecque nous ne rencontrons en général que des notions bien vagues et bien incertaines. C'est l'époque des mythes, la fable remplace l'histoire, et toute réalité se montre à nous sous les voiles ingénieux de la fiction. Le nord de la Grèce est le théâtre de toutes ces merveilles. C'est de la Thrace que sont sortis les poëtes avec le cortége de leurs dieux et de leurs mystères. Il n'y a pas un seul lieu dans toute cette contrée que leur imagination n'ait consacré par la présence d'une divinité. Les montagnes de la Thessalie, l'Olympe, l'Hélicon, le Parnasse et le Pinde sont le séjour des immortels. Toutes les rivières qui coulent au pied de ces montagnes, toutes les forêts qui se trouvent dans leur voisinage rappellent quelque souvenir enchanteur. Là coulait le Pénée, ici s'étendait la vallée de Tempé arrosée par des fleuves de lait et de miel; non loin les Titans avaient combattu contre le Ciel, on avait vu Apollon en Thessalie vivre en qualité de berger au milieu d'un peuple heureux. Souvent les nymphes se montraient, et il était bien reconnu que les Muses habitaient sur l'Olympe, que le cheval Pégase avait fait jaillir les eaux de l'Hippocrène, et que pour être poëte il suffisait de boire à cette source ou dans la fontaine de Castalie.

Ces fictions supposent du moins dans ceux qui les inventèrent un vif sentiment de la Divinité. Elles sont comme un écho lointain des communications qui existèrent tout d'abord entre l'homme et Dieu. Aussi voyons-nous que le premier élan qui ait transporté la poésie c'est l'élan religieux. Les poëtes les plus anciens sont des chantres sacrés qui n'ont qu'une corde à leur lyre et qui la font sans cesse vibrer à la gloire de l'Être suprême. Ministres de ses autels, ils ne composent que des hymnes et des prières; leur sainteté les fait passer pour les

amis et les confidents de la Divinité, et leurs paroles deviennent
des oracles. Ce triple caractère de chantres, de pontifes et de
prophètes leur permit d'exercer une influence profonde sur
leurs semblables, et à ce titre il est vrai de dire avec Boileau
que la civilisation grecque fut le fruit des premiers vers.

Les poëtes de cette époque sont fort peu connus. Nous ne citerons que les noms de Linus, des Eumolpes, d'Orphée et de Musée.

Linus de Chalcis, qu'on dit fils d'Apollon et d'une Muse, est
un des poëtes les plus anciens dont la tradition ait conservé le
souvenir. Stobée rapporte de lui plusieurs vers qui ne sont assurément pas authentiques. Les Eumolpes lui furent sans doute
postérieurs. L'*ancien*, qu'on fait originaire de Thrace, fonda les
mystères d'Eleusis. Le *jeune*, qui vécut longtemps après, aurait
établi les petits mystères consacrés à la même déesse. Les
poëmes qu'on leur attribue portent pour titre *Initiations aux
mystères de Cérès*.

Mais le poëte le plus célèbre, celui dont le nom est devenu
populaire, est Orphée. Il naquit à Labethres en Thrace, du
roi Œagros et de la muse Calliope. On l'a placé au nombre des
guerriers qui s'illustrèrent dans l'expédition des Argonautes.
On lui attribue une foule d'ouvrages dont il n'est pas l'auteur.
Mais si ces ouvrages ne permettent pas de juger de son talent,
ils nous font du moins connaître le caractère de son siècle,
parce qu'ils renferment véritablement sa doctrine. Or, tous ces
ouvrages sont inspirés par le sentiment religieux le plus profond et le plus élevé. On y trouve sur l'origine du monde, sur
l'existence de Dieu, sur l'immortalité de l'âme, sur les peines
et les récompenses qui nous attendent dans l'autre vie, des
pensées si exactes et si belles, que les Pères de l'Eglise des
premiers siècles les citaient aux païens pour les faire rougir de
leur polythéisme grossier.

Il n'est pas étonnant qu'Orphée ait toujours été considéré
comme le véritable auteur de la religion des Grecs. Les anciens supposaient qu'il avait fait abolir les sacrifices humains,
et que par ces initiations il avait tiré les Grecs de la barbarie et
éteint dans leur cœur toutes ces haines de famille qui les portaient à s'armer les uns contre les autres. C'est ce qu'Horace a
exprimé dans les vers suivants :

> Sylvestres homines sacer interpresque deorum
> Cædibus et victu fœdo deterruit Orpheus ;
> Dictus ob hoc lenire tigres rabidosque leones (1).

_____

(1) *Arte poet.* 391-393.

Musée était le disciple d'Orphée. Sa vie n'est pas enveloppée de moins de fables que celle de son maitre. Platon le fait fils de Silène ; d'autres lui donnent tout simplement une nymphe pour mère. Il naquit à Athènes ou à Éleusis, et on suppose qu'il était originaire de la Thrace, et issu de l'illustre famille des Eumolpides. On disait cette famille douée du don de prophétie. Musée aurait hérité de ce don et rendu une foule d'oracles. Malheureusement toutes ses poésies sont aujourd'hui perdues. Nous savons seulement que longtemps on colporta sous son nom une collection de prophéties qui eut beaucoup de vogue.

On fit du reste le même honneur à des pièces qui n'étaient pas plus authentiques et qu'on disait l'œuvre des Sibylles. Toutes ces poésies aujourd'hui reconnues pour apocryphes eurent dans le monde ancien une grande célébrité. Plusieurs poëtes réussirent à se faire passer pour inspirés, et on peut même dire que tous ceux qui parurent dans cette première époque ne recherchèrent pas une autre gloire. Si leurs oracles ne peuvent, comme tels, nous inspirer aucune confiance, du moins ce caractère général de leurs écrits suffit pour nous faire apprécier les temps qui les ont vu naître. L'élément religieux était alors l'élément dominant ; les poëtes, pour s'imposer au peuple, n'avaient qu'à se dire les interprètes de la divinité, et tout le monde se courbait sous leur parole puissante et mystérieuse.

Les temps héroïques vont se présenter avec un autre caractère.

DEUXIÈME ÉPOQUE.

DE LA LITTÉRATURE GRECQUE DEPUIS HOMÈRE JUSQU'A SOLON.
TEMPS HÉROIQUES.

Pendant cette époque le poëte n'est plus, comme dans l'époque précédente, revêtu d'un caractère sacré. Il a cessé d'être le ministre des autels, l'interprète et l'ami des dieux. Néanmoins sa mission reste grande et élevée, et son caractère est honorable et respecté. On le voit s'asseoir au banquet des rois, et s'il voyage, partout où il se présente, son arrivée est célébrée comme une bonne fortune. La Thessalie avait été le théâtre de la poésie mystique, et Orphée, le plus brillant de ses interprètes, était sorti de Thrace. Pendant les temps héroïques, la poésie nouvelle étale ses charmes sous le beau ciel de l'Ionie. Les révolutions qui troublèrent la Grèce après le siége de Troie forcèrent les peuples les plus avancés en civilisation d'émigrer. Avec eux les lumières se déplacèrent, et les sciences et les lettres brillaient dans les colonies grecques de l'Asie Mineure du plus vif éclat pendant que leurs métropoles en étaient encore réduites à ces haines barbares qui éternisaient leurs combats.

Ces poëtes nouveaux ne ressemblèrent point aux poëtes anciens. Les premiers avaient reçu le nom de chantres, parce qu'ils n'étaient que les organes de la divinité. Ceux-ci reçurent le nom de *poëtes* ou faiseurs (ποιεῖν) parce qu'ils eurent le droit de puiser dans les trésors de la mythologie et d'inventer à leur manière toute espèce d'action. Ils célébrèrent la généalogie des dieux, l'origine du monde, la guerre des Titans et surtout les exploits des héros. Souvent ils s'attachaient à une des familles illustres de la Grèce, et enrichissaient son histoire d'une longue série de fictions qui en faisaient une véritable épopée. Tels étaient les poëmes qui portaient les titres d'*Héraclides*, d'*Argonautiques*, de *Thébaïde*, de *Guerre des Epigones*. Ces productions réunies et coordonnées formaient un ensemble qui renfermait tous les événements des temps héroïques depuis Hercule jusqu'à la guerre de Troie. Les sujets qui pouvaient se rapporter au siége de cette ville, depuis l'enlèvement d'Hélène jusqu'à la mort d'Ulysse, formaient une seconde série qu'on appelait le *cycle troyen*. Dans ce cycle on trouvait le poëme de *Cypride*, *la Guerre* ou *Destruction de Troie*, les *Errements des princes grecs* vainqueurs d'Illium, et les *Télégonies* où l'on racontait le meurtre d'Ulysse par le fils qu'il avait eu de Circé.

Cette période est surtout épique et didactique. Homère et Hésiode représentent la perfection de ces deux genres. On y voit aussi paraître des essais de poésie lyrique dont les succès font pressentir le génie de Pindare.

CHAPITRE I.

DE LA POÉSIE ÉPIQUE. HOMÈRE.

Rien n'est moins connu que la vie d'Homère, bien qu'il soit le plus célèbre des poëtes. Sept villes se sont disputé l'honneur de lui avoir donné le jour. On les a nommées dans le vers suivant :

Κύμη, Σμύρνα, Χίος, Χολυφών, Πύλος, Ἄργος, Ἀθῆναι.

Quelques-uns supposent qu'il fleurit au temps de la guerre de Troie, et qu'il a été témoin des événements qu'il a chantés. D'autres prétendent qu'il vécut longtemps après; enfin, il y en a qui soutiennent qu'il n'a jamais existé. Ses partisans lui ont composé la plus brillante généalogie. Ils le font descendre d'Apollon en droite ligne, et nous le représentent jouant dans son berceau avec neuf tourterelles, et imitant le ramage de neuf espèces d'oiseaux. Ses détracteurs en ont fait, au contraire, un misérable, obligé de mendier de ville en ville, recueillant dans ses voyages toutes les traditions populaires qui avaient alimenté le génie de tous les poëtes qui avaient écrit avant lui sur la guerre de Troie.

Tous ces récits contradictoires prouvent qu'on ne connaît véritablement d'Homère que les deux grands poëmes qu'il nous a laissés, l'*Iliade* et l'*Odyssée*.

L'Iliade, divisée en vingt-quatre chants, est la plus parfaite des épopées de tous les siècles et de toutes les nations. Elle a pour objet un simple épisode de la guerre de Troie. Le poëte chante les événements qui se sont passés dans un espace de cinquante et un jours, depuis la querelle entre Agamemnon et

Achille jusqu'aux obsèques d'Hector (1). Le sujet de cette composition est la satisfaction que Jupiter donne à son petit-fils Achille, offensé par le chef des Grecs. Le récit d'une action particulière, c'est-à-dire de la colère et de la vengeance d'Achille, donne au poëte l'occasion de décrire des combats, de raconter les événements qui en ont été la suite, et de rapporter un grand nombre de traits historiques qui étaient antérieurs au mécontentement de son héros. Telle est l'adresse du poëte, que dans un sujet si simple, il trouve moyen de déployer le trésor immense des connaissances qu'il avait acquises, et d'étaler toutes les richesses de la plus brillante imagination. Il suppose que les dieux sont partagés entre les Grecs et les Troyens, ce qui donne une haute importance à l'action de sa fable. La forme dramatique qu'il a adoptée, en mettant en scène les dieux et les hommes et en les faisant agir chacun selon son caractère, cet artifice, peut-être inconnu aux poëtes qui l'avaient précédé, est la véritable cause de l'intérêt qu'inspire l'Iliade et du charme qui attache à sa lecture.

Il faut cependant observer que le sujet annoncé dans l'invocation que le poëte adresse aux Muses au commencement du premier chant, paraît épuisé au dix-huitième, et que les six derniers chants n'ont plus rien de commun avec la colère d'Achille contre Agamemnon et les Grecs. Ils sont comme une espèce de complément étranger au sujet. Quelque chose de plus disparate encore se remarque entre le titre et le sujet du poëme; mais on sait que le titre d'*Iliade* est beaucoup plus moderne qu'Homère et qu'il provient des rhapsodes.

L'*Odyssée*, divisée aussi en vingt-quatre chants, raconte non la vie d'Ulysse, comme le titre mal choisi par les rhapsodes le ferait supposer, mais seulement les aventures d'Ulysse depuis la prise de Troie jusqu'à son retour à Ithaque, où il délivre sa maison des hommes avides qui dilapidaient sa fortune, et triomphe de tous ses ennemis par sa valeur et sa prudence : c'est un véritable tableau de la vie humaine, qui doit nous apprendre combien il faut à l'homme de courage et de prudence

---

(1) Voici le calcul des cinquante et un jours : *Premier jour* : Chrysis est offensé. Le *dixième jour*, Achille est outragé par Agamemnon. Douze jours après, Thétis réclame sa vengeance. Le lendemain, *vingt-troisième* jour, Agamemnon livre bataille. Le *vingt-quatrième*, les morts sont ensevelis. Le *vingt-cinquième*, seconde bataille ; le *vingt-sixième*, troisième bataille. Le *vingt-septième*, réconciliation d'Achille et d'Agamemnon, et quatrième bataille. Le *vingt-huitième*, funérailles de Patrocle. Le *vingt-neuvième*, les jeux auprès de son tombeau. Pendant douze jours, ainsi jusqu'au *quarante et unième* jour, le cadavre d'Hector est outragé ; ce dernier jour, les dieux s'en mêlent. Priam rachète ce cadavre et l'ensevelit dix jours après, c'est-à-dire le *cinquante et unième* (Schœll).

pour surmonter les obstacles qui s'opposent à son bonheur, et pour éviter les écueils et les piéges dont il est entouré :

> Quid virtus et quid sapientia possit,
> Utile proposuit nobis exemplar Ulyssem (1).

L'action de ce poëme ne dure que quarante jours; mais à la faveur du plan qu'il a choisi, Homère a trouvé le secret de décrire toutes les circonstances du retour d'Ulysse, de rappeler plusieurs détails de la guerre de Troie et d'embellir sa fable par des digressions intéressantes et des récits variés. Le voyage de Télémaque, le séjour d'Ulysse dans l'île de Calypso, le récit qu'il fait aux Phéaques, sont autant de chefs-d'œuvre inimitables. C'est à l'*Odyssée* surtout que s'applique ce jugement porté sur les poésies d'Homère par le législateur du Parnasse français :

> On dirait que pour plaire, instruit par la nature,
> Homère ait à Vénus dérobé sa ceinture.
> Son livre est d'agréments un fertile trésor.
> Tout ce qu'il a touché se convertit en or.
> Tout reçoit dans ses mains une nouvelle grâce.
> Partout il divertit, et jamais il ne lasse.
> Une heureuse chaleur anime ses discours.
> Il ne s'égare point en de trop longs détours :
> Sans garder dans ses vers un ordre méthodique,
> Son sujet de soi-même et s'arrange et s'explique.
> Tout, sans faire d'apprêts, s'y prépare aisément.
> Chaque vers, chaque mot court à l'événement.
> Aimez donc ses écrits, mais d'un amour sincère :
> C'est avoir profité que de savoir s'y plaire (2).

Cet exposé et ce jugement que nous avons textuellement empruntés à M. Schœll (3), se trouve bien contraire au jugement et à l'exposé de la Harpe, qui n'a vu dans l'*Odyssée* qu'un poëme languissant, se traînant d'aventures en aventures, sans former un nœud qui attache l'attention et sans exciter l'intérêt. Les fictions dont Homère a enrichi cette composition lui semblent faites pour des enfants, et au lieu d'élever l'imagination, il croit qu'elles la dégoûtent et la révoltent. Enfin, il compare le merveilleux de cette épopée à celui des *Contes arabes*, et les fables dont elle est remplie lui paraissent absolument dans le

---

(1) Horace, I. *Ep.* II.
(2) Boileau, *Art poétique*, chant III.
(3) Schœll, *Histoire de la littérature grecque profane*, liv II, chap. 4.

goût des *Mille et une Nuits*. Ces exagérations prouvent qu'il ne faut point apprécier les monuments littéraires que l'antiquité nous a laissés d'après des idées trop modernes. Si on perd de vue les circonstances de temps et de lieux qui ont dû influer sur le poëte et sur ses lecteurs, une foule de détails deviennent puérils ou burlesques, et on n'est plus convenablement placé pour apprécier les beautés de ces chefs-d'œuvre antiques.

Assurément il n'y a pas dans l'*Odyssée* toute la chaleur et tout l'entraînement qu'on trouve dans l'*Iliade*. Mais aussi quelle différence entre les deux sujets que le poëte a voulu traiter. Dans l'un, c'est le bouillant Achille qui est en courroux contre Agamemnon et les Grecs. Vous n'avez à mettre en scène que des guerriers qui brûlent d'immortaliser leurs noms par de glorieux exploits. Dans l'autre, le poëte veut raconter les voyages d'un roi qui parcourt des contrées étrangères pour connaître les mœurs et les institutions des peuples divers.

> Dic mihi, Musa, virum, captæ post tempora Trojæ,
> Qui mores hominum multorum vidit et urbes (1).

Si l'on tient compte, comme on le doit, de la diversité du but, il sera difficile de dire lequel des deux poëmes l'emporte sur l'autre. Dans l'*Iliade*, où le poëte a dessein de nous donner en spectacle toutes les vertus du guerrier, nous admirons le caractère de ses héros. La simplicité de leur langage, le merveilleux de leurs exploits et la variété de leurs caractères, tout nous séduit et nous entraîne. Nous ne regrettons qu'une chose, c'est de voir trop souvent les héros supérieurs en vertu et presque égaux en puissance aux divinités qui les protégent. Cet abaissement des dieux d'Homère, qui tient à l'affaiblissement des croyances primitives, se retrouve dans l'*Odyssée* au même degré que dans l'*Iliade*. Dans ce second poëme, le merveilleux prend quelquefois un caractère plus trivial et plus burlesque, parce que le poëte descend à des détails de mœurs plus simples et plus vulgaires. Il ne s'agit plus ici de peindre l'intérieur d'un camp et le génie de quelques guerriers d'élite; il faut tracer le tableau de l'intérieur des villes et mettre en scène l'homme tel qu'il était alors, avec ses mœurs, ses usages, ses préjugés et ses passions. Or, Homère l'a fait avec tant d'habileté que tous les voyageurs ont reconnu dans ses vers les ieux qu'il avait parcourus, tous les historiens y ont retrouvé les mœurs de ces populations primitives avec lesquelles il avait

(1) Horace, *De arte poetica*, v. 141-142.

vécu, et il n'est pas jusqu'aux moindres détails de famille qu'il n'ait réussi à rendre au naturel dans ses peintures.

Ses deux poëmes, également complets pour leur but, offrent, au jugement des critiques les plus habiles, la même unité de plan. L'intérêt y est ménagé avec le même art ; on y est frappé par la même richesse d'invention, l'imagination s'y montre partout avec la même grandeur et les mêmes ressources, et le style est toujours également harmonieux et sublime. Tous deux exercèrent l'influence la plus profonde et la plus heureuse sur le génie des Grecs. Ils leur inspirèrent ce goût délicat et pur qui leur a fait garder un sage milieu entre les extravagances fantastiques de l'Orient et la raison trop froide, trop positive des autres nations de l'Occident. Homère excita dans le cœur de tous ses concitoyens un vif amour de la patrie, un grand respect pour l'unité nationale, et un véritable enthousiasme pour la valeur. Sa parole créa les beaux-arts en leur traçant des modèles à reproduire ; le Jupiter de Phidias n'était que le Jupiter d'Homère exprimé par le marbre. Tout l'avenir de la Grèce se trouva pour ainsi dire en germe dans sa poésie. En consacrant la généalogie des héros, il a fondé le principe de la noblesse des races ; en chantant les jeux de la lice, il donna du prix à la vigueur physique et à la force morale ; et en célébrant la bravoure, il prépara les journées de Marathon et d'Arbelles (1).

Les anciens ont attribué à Homère le *Margitès*, petit poëme satyrique qui a donné naissance à la comédie, plusieurs poëmes historiques, et la *Batrachomyomachie* ou le *Combat des rats et des grenouilles,* qui n'est qu'une parodie de la manière et du style du grand poëte.

Parmi les modernes, plusieurs critiques ont voulu aussi lui ravir la gloire d'avoir fait l'Iliade et l'Odyssée. Dans leur sentiment, ces poëmes ne seraient qu'un assemblage ou choix de différentes poésies épiques qu'auraient composées divers poëtes qui auraient vécu du xe au viiie siècle en Ionie. Ces poésies éparses et confuses auraient été réunies sous les *Pisistratides*, et on en aurait formé deux grandes compositions sous les titres qu'elles portent maintenant.

Mais comment se fait-il, dit un critique moderne, qu'on soit arrivé jusqu'à nos temps sans faire cette découverte? Est-il croyable que les anciens éditeurs des œuvres d'Homère aient été trompés à ce point qu'ils aient cru l'œuvre d'un homme

(1) Voyez mon *Précis de l'histoire ancienne.*

unique ce qui n'était qu'un composé de lambeaux? Est-il possible que cette erreur ait échappé à Aristote, à Zénodote, à Cratès, à Aristophane, à Aristarque, à Longin et à tous les plus célèbres critiques de l'antiquité? Comment concevoir que les caractères des héros de l'Iliade, différenciés avec tant d'art et parfaitement nuancés, si bien soutenus depuis le commencement de ce poëme jusqu'à la fin, eussent été tracés par plusieurs mains (1)? Fénelon a dit que les caractères de l'alphabet jetés ou rassemblés au hasard n'auraient jamais pu produire l'Iliade; on peut dire avec autant de raison que des morceaux de poésie, divers et incohérents, eussent été aussi impuissants à la créer (2). Un tel phénomène ne s'est jamais rencontré et ne se rencontrera jamais dans l'histoire de l'esprit humain.

Ce qui a donné lieu à ce paradoxe, c'est que les poésies d'Homère ne furent pas d'abord recueillies et divisées comme elles le sont aujourd'hui. Pendant longtemps elles servirent de thèmes aux rhapsodes qui, sous le nom d'*homérides,* allaient dans toutes les villes chantant des morceaux particuliers qu'ils avaient appris. Ils avaient même l'habitude de préluder à ces chants d'assez longue haleine par des morceaux plus courts appelés προοίμια et ὕμνοι, hymnes, qu'ils avaient composés en l'honneur de la divinité. La Grèce ne connut d'abord Homère que par ces compositions détachées. Lycurgue porta à Lacédémone la première collection de ses œuvres, sans doute parce qu'il estimait ces chants très-propres à enflammer le courage de sa cité guerrière. Solon fit le même présent à Athènes en enseignant aux rhapsodes l'ordre dans lequel devaient être placées les différentes parties qu'ils chantaient. Les Pisistratides en firent faire avec soin une édition particulière, mais ce ne fut que longtemps après qu'on divisa l'Iliade et l'Odyssée en vingt-quatre chants, nombre égal aux lettres de l'alphabet grec. On pense que l'auteur de cette division est Aristarque, le critique le plus célèbre de l'école d'Alexandrie.

(1) De Sainte-Croix, *Réfutation d'un paradoxe sur Homère.*
(2) Charpentier, *Cahiers d'histoire littéraire.*

CHAPITRE II.

DE LA POÉSIE DIDACTIQUE. HÉSIODE.

Avec Orphée la poésie avait été mystique, avec Homère elle était restée épique, et avec Hésiode elle devint didactique. Des dieux elle est descendue aux héros, des héros aux hommes, ou, si l'on veut encore, des autels elle est descendue dans les camps et des camps dans les chaumières. Hésiode chante aussi les héros comme Homère, mais il traite de la vie champêtre, et ses vers sentencieux ont une forme qu'on ne rencontre pas dans l'Iliade et l'Odyssée.

Au reste, sa vie n'est pas plus connue que celle du chantre d'Achille et d'Ulysse. Il nous apprend seulement que son père, forcé par la misère de quitter la ville de Cumes, alla ensuite s'établir dans la Béotie, aux environs de l'Hélicon, dans le petit bourg d'Ascrée. C'est de là que lui est venu le surnom d'*Ascréen*. On prétend qu'il était à la tête d'une école qui jouait dans la Grèce européenne le même rôle que les *homérides* dans l'Asie Mineure. Les détracteurs d'Homère prétendirent qu'Hésiode lui était contemporain, et à ce compte ils imaginèrent un combat littéraire entre ces deux grands poëtes, où Hésiode aurait remporté la palme. Mais aujourd'hui on ne croit plus à cette invention puérile. La plupart des critiques pensent même qu'Hésiode vivait environ un siècle après Homère, et leur sentiment nous paraît appuyé des raisons les plus graves. Ainsi, bien que ses dieux et ses héros ressemblent aux dieux et aux héros d'Homère, ses sujets paraissent avoir une forme moins antique et sa prosodie est certainement plus récente.

Mais quoi qu'il en soit de cette opinion et des raisons qui l'appuient, malgré tout le mérite des poésies d'Hésiode, il est bien inférieur à Homère pour la conception et l'étendue du génie. Des nombreux ouvrages qu'on lui attribue trois seulement nous sont parvenus. Ils portent pour titres : *les Travaux et les Jours*, *la Théogonie* et *le Bouclier d'Hercule*.

Les *Travaux et les Jours* renferment des préceptes sur l'éducation, l'agriculture, les travaux de chaque saison, la construction des vaisseaux et la navigation. C'est, comme on le voit, un poëme didactique. Mais il est bien difficile de comprendre

l'unité de cette composition. Peut-être n'est-ce qu'un fragment
d'un ouvrage plus considérable, ou plutôt un ensemble formé
de plusieurs morceaux particuliers qu'un rhapsode aurait
réunis. Ce poëme s'ouvre par la fable de Pandore, qui est suivie
de la description des différents âges du monde. Cette partie
toute mythologique renferme les détails les plus précieux, et
elle est comme un écho de cette chute terrible qui avait précipité l'humanité d'abîmes en abîmes jusqu'à cet état de dégradation profonde où elle se débattait alors si misérablement.

Après ce début qui a tout l'éclat et toute la grandeur de l'é-
popée, il descend à des préceptes particuliers où l'on trouve
des leçons de morale mêlées à des idées souvent superficielles
sur l'industrie et l'économie rurale. Toutes ces sentences
étaient adressées à son frère Persée avec qui il avait été en
procès à l'occasion de la succession paternelle. Sa morale n'est
pas toujours très-pure ; trop souvent on reconnaît sous le vers
du poëte l'altération de la doctrine et des mœurs primitives.
Mais ce poëme a du moins le mérite de conserver l'empreinte
de cette simplicité naïve qui a toujours caractérisé les peuples
à leur origine. On ressent même dans cette composition et
dans les autres poésies d'Hésiode un reste d'influence sacerdotale qu'on ne retrouve pas dans Homère. Mais on n'en est plus
étonné quand on sait que le poëte d'Ascrée était grand prêtre
d'un temple des Muses sur l'Hélicon, et qu'il faisait de l'enseignement une de ses plus nobles fonctions.

Dans *les Travaux et les Jours* le style d'Hésiode est varié.
Dans les morceaux épiques que nous avons signalés, il s'élève
à la hauteur d'Homère, tandis que dans les autres passages il
reste doux, facile, harmonieux, sans être jamais ni au-dessus
ni au-dessous du sujet. Au jugement de Quintilien, c'est un
modèle de convenance qui n'a jamais été surpassé (1).

Sa *Théogonie* commence par une nomenclature de dieux et
de déesses, de tout rang et de toute espèce, qui a extraordinai-
rement occupé les commentateurs. Au point de vue de la
science mythologique ce document est fort important, soit qu'on
ne considère dans ces mythes que des symboles et des allégories, soit qu'on y veuille trouver un fond historique. Pour
le littérateur toutes ces généalogies sont arides et fatigantes ;
mais à peine a-t-il traversé ce chaos qu'il sent la diction du
poëte, toujours harmonieuse et douce, s'enflammer tout à coup

----

(1) Raro assurgit Hesiodus... tamen utilis circa præcepta sententiæ, lenitasque
verborum et compositionis probabilis ; daturque ei palma in illo medio genere
vincendi. *Inst. Orat.* lib. X, c. 1.

pour chanter la guerre des dieux et des Titans. Ce combat est décrit avec une élévation d'idées et une magnificence de style vraiment dignes d'Homère. La description du Tartare où les géants sont précipités après leur défaite renferme surtout de grandes beautés. La *Théogonie* a inspiré à Ovide ses *Métamorphoses*, et les *Travaux et les Jours* ont donné à Virgile l'idée de ses *Géorgiques*, comme il l'avoue lui-même (1).

Le *Bouclier d'Hercule* n'est qu'un fragment sur le combat d'Hercule et de Lycorus. On lui a donné ce nom parce qu'il renferme la description du bouclier de ce héros. Ce morceau a le même caractère que celui de la guerre des dieux contre les géants. Ce sont les mêmes mérites et les mêmes beautés, mais l'authenticité en a été très-contestée. On l'a rattaché au fragment d'une *héroogonie*, c'est-à-dire d'une filiation de héros conçue de la même façon que la *Théogonie*, ou la généalogie des dieux, et qui aurait aussi Hésiode pour auteur (2).

D'autres travaux ont encore été attribués à ce grand poëte, sans que leur authenticité pût être démontrée. Ce qu'il y a d'incontestable, c'est que comme Homère il eut un grand nombre d'imitateurs. La poésie vécut longtemps, après ces grands hommes, sur les généalogies des dieux et les exploits des héros. Tous les événements qui ont rempli les temps héroïques ont été célébrés par des poëtes épiques qui étaient contemporains d'Homère ou qui vivaient après lui. Créophyle de Samos chanta les exploits d'Hercule, Syagrus composa une *guerre de Troie*, Stasinus de Chypre fut l'auteur des *chants cypriques* qui allaient depuis les noces de Pélée et de Thétis jusqu'au début de l'Iliade, Carcinus de Naupacte célébra les démi-déesses, Cinéthon de Lacédémone fît une *Théogonie* comme Hésiode, etc., etc. D'autres imitateurs prirent les titres

_____

(1) Ascræumque cano romana per oppida carmen. *Georg.* II, 176.
(2) Manilius a parfaitement résumé les ouvrages d'Hésiode dans les vers suivants :

> Hesiodus memorat divos Divumque parentes,
> Et chaos enixum terras, orbemque sub illo
> Infantem ; primum, titubantia sidera, corpus,
> Titanasque senes, Jovis et cunabula magni,
> Et sub fratre viri nomen, sine fratre, parentis,
> Atque iterum patrio nascentem corpore Bacchum
> Omniaque immenso volitantia numina mundo.
> Quin etiam ruris cultus legesque rogavit,
> Militiamque soli, quod colles Bacchus amaret,
> Quod fœcunda Ceres campos, quod Pallas utrumque,
> Atque arbusta vagis essent quod adultera pomis,
> Sylvarumque Deos, sacrataque Numina, Nymphas
> Pacis opus magnos naturæ condit in usus.

Astronom. lib. II, v. 12 et seq.

pompeux de *Titanomachies*, *Gigantomachies*, *Argonautiques*, *Thébaïdes*, *Héracléides*, *Théséides*, *Alcmæonides*, *Œdipodées*, de sorte qu'après avoir produit les plus grands chefs-d'œuvre la Grèce fut envahie par une foule de productions médiocres nées d'une vanité sotte et d'une ambition puérile.

CHAPITRE III.

DE LA POÉSIE ÉLÉGIAQUE ET LYRIQUE.

Quand Homère écrivait ses poëmes, la Grèce n'était plus sous le gouvernement théocratique, les rois avaient détrôné les prêtres. C'est pourquoi s'il vient à mettre en scène un devin ou un pontife il a toujours soin de ne lui confier qu'un rôle subalterne. Au contraire, rien n'égale la grandeur et la puissance des monarques, ils sont autant de maîtres absolus. C'est ce qui a fait dire à Horace :

Quidquid delirant reges, plectuntur Achivi (1).

Dans Hésiode et spécialement dans son poëme des *Travaux et des Jours*, on trouve de violentes invectives contre les souverains (2). Ce sont les premiers symptômes des idées de liberté qui travaillaient déjà les esprits. Le prêtre des Muses, regrettant l'autorité qu'il n'a plus, s'en prend aux rois qui l'en ont dépouillé, et ses accents compris des peuples préparèrent cette grande révolution qui substitua le régime républicain au régime monarchique.

Cette nouvelle forme de gouvernement obligea la poésie à revêtir un caractère nouveau. La liberté, pour laquelle chaque cité avait combattu, enflamma le génie des poëtes et leur inspira des chants qui ne ressemblaient ni à ceux d'Homère, ni à ceux d'Orphée. On était déjà trop loin des traditions primitives pour se poser encore comme les simples interprètes de la Divinité. Il ne s'agissait plus également de ces grands poëmes qui, comme l'Iliade et l'Odyssée, flattaient l'imagination en l'égarant dans un passé fabuleux. Tout cela était fait et ne pouvait

(1) Horace, I. *Ep.* II, v. 14. Cette épitre admirable doit être tout particulièrement étudiée.
(2) V. Hésiode, Ἔργα καὶ Ἡμέραι, vers 317-374.

plus être recommencé. Mais ce qu'il fallait à cette société nouvelle, c'étaient des chants enthousiastes et rapides qui célébrassent les vertus ou les plaisirs du moment. Telle fut la mission de la poésie élégiaque et lyrique. Elle enflamma le courage des guerriers en louant les vertus des dieux et des héros; elle immortalisa toutes les grandes douleurs et tous les nobles chagrins en versant des larmes sur toutes les infortunes, et elle se chargea aussi d'égayer les festins en chantant la joie et les plaisirs.

Pour suffire à cette variété de pensées et de sentiments, il fallait nécessairement varier le rhythme et la cadence. L'hexamètre convenait admirablement aux poésies majestueuses et sublimes d'Hésiode et d'Homère, mais il avait trop de pompe et de grandeur pour le genre nouveau qui demandait avant tout de la grâce, de l'enthousiasme, de la légèreté et de la fraîcheur. Aussi voyons-nous tous les poëtes de cette époque recourir à des mètres nouveaux qu'ils inventent eux-mêmes ou qu'ils perfectionnent. Callinus d'Ephèse imagina, dit-en (1), le pentamètre et créa le distique qui devint la forme obligée de la poésie élégiaque. Archiloque s'appropria le vers ïambique en le perfectionnant (2), si toutefois il n'en fut pas l'inventeur; enfin Alcée et Sapho donnèrent leurs noms au vers alcaïque et au vers saphique, et Alcman eut le même honneur.

Il nous reste peu de chose des écrits de ces divers poëtes : mais, malgré cette pénurie de documents, nous pouvons caractériser chacun des genres qu'ils ont cultivés et esquisser les différentes phases que la poésie nouvelle a parcourues.

L'élégie n'était dans le principe qu'un chant de guerre. Callinus d'Ephèse, qu'on regarde comme l'inventeur de ce poëme, vivait à peu près vers la 24e olympiade, c'est-à-dire 684 ans avant Jésus-Christ. Stobée nous a conservé de ce poëte un fragment qui a pour sujet l'éloge du courage guerrier. Il excite ses compatriotes à combattre vaillamment contre les Magnésiens, leurs ennemis, et dans ce but il leur rappelle la honte qui est le partage des lâches et la gloire dont se couvre celui qui, par la force de son bras, défend sa patrie, sa femme et ses enfants (3).

---

(1) Nous avons employé cette expression dubitative, parce que ce fait est encore controversé comme il l'était du temps d'Horace, de sorte qu'on peut répéter avec lui :

Quis tamen exiguos elegos emiserit auctor,
Grammatici certant, et adhuc sub judice lis est.
De arte poct. v. 77-78.

(2) Archilochum proprio rabies armavit iambo. Horat. *Ibid.* v. 79.
(3) Schœll.

A l'exemple de Callinus, Tyrtée, dans la seconde guerre de Messénie (684-668), se servit de l'élégie pour faire des Spartiates autant de héros. On dit que le peuple de Lycurgue apprit de l'oracle de Delphes qu'il ne vaincrait les Messéniens que sous la conduite d'un général d'Athènes. Les Athéniens de leur côté ne voulant pas contribuer au triomphe de leurs rivaux, leur envoyèrent avec une dédaigneuse raillerie Tyrtée qui était contrefait et boiteux. Tyrtée avait le génie des vers. Ne pouvant manier la lance, il saisit sa lyre et en tira des accents qui ranimèrent les Spartiates et les conduisirent à la victoire. Tyrtée aurait pu s'applaudir de ses inspirations, si la force et la beauté de son génie n'avaient contribué à l'extermination d'un peuple aussi généreux que les Messéniens.

Après Tyrtée et Callinus l'élégie prit un ton moins noble et remplit une mission moins élevée. On remarqua que le distique, par l'inégalité de sa marche et de sa cadence, convenait mieux encore aux soupirs et aux accents entrecoupés de la douleur qu'aux élans de l'ardeur militaire. On s'en servit donc tout spécialement pour exprimer la plainte de l'homme qui gémit sous le poids de ses peines, et le nom d'*élégie* fut exclusivement employé pour désigner un poëme lugubre d'assez longue haleine (1).

Mimnerme de Colophon, qui florissait dans l'Ionie, environ 590 ans avant J.-C., fut le premier qui donna au mètre élégiaque ce ton plaintif et langoureux. Sa poésie est singulièrement douce et harmonieuse, elle est pleine de grâce et d'abandon. Le peu de vers qui nous restent de lui respirent une mélancolie douce et vraie; ce sont des plaintes sur la rapidité de la jeunesse, sur la brièveté de la vie et sur les maux qui désolent l'humanité.

Tout cela était bien innocent et bien pur. Mais l'élégie ne conserva pas toujours cette réserve admirable. Après avoir chanté la guerre et déploré le sort des malheureux mortels, elle soupira les mécomptes et les déceptions qu'on trouve dans les plaisirs. Ses accents enflammèrent les passions, et elle devint avec Antimaque de Colophon non moins dangereuse pour la vertu que les poésies lyriques d'Alcman, de Sapho et d'Alcée.

La poésie lyrique, qui ne diffère de la poésie élégiaque que par sa forme plus souple et plus variée, avait aussi débuté par des chants graves et purs, qui étaient autant d'hymnes à la gloire de la vertu. D'après Plutarque, le plus ancien poëte lyrique,

---

(1) Horace était dans l'erreur quand il a dit du distique :
   Versibus impariter junctis querimonia primum,
   Post etiam inclusa est voti sententia compos.
                              De arte poet. v. 75-76.

Thalétas, d'Elyrum en Crète, avait servi par ses compositions de précurseur à Lycurgue. «Toutes ses odes étaient autant d'exhortations à l'obéissance et à la concorde, soutenues du nombre et de l'harmonie. Pleines à la fois de douceur et de véhémence, elles adoucissaient insensiblement les esprits des auditeurs, leur inspiraient l'amour des choses honnêtes et faisaient cesser les haines qui les divisaient (1).»

Malheureusement, à mesure que nous avançons dans le temps, nous voyons la poésie s'éloigner de ce noble but et se prostituer de la manière la plus indigne. Archiloque, Alcman, Alcée et Sapho sont autant de noms qui, en nous révélant la marche et le développement du génie poétique, nous montrent tout à la fois les progrès de l'immoralité et de la corruption.

Archiloque, né à Paros vers l'an 700, c'est-à-dire environ un siècle après Thalétas, se fit d'abord guerrier. Mais il ne nous donne pas une grande idée de sa valeur, car il avoue dans une de ses odes qu'il prit la fuite dans un combat et laissa son bouclier sur le champ de bataille pour être plus agile dans sa course. Sa plume fut plus redoutable que son épée. Son génie satirique et méchant s'attaquait à ses amis aussi bien qu'à ses ennemis, et il se fit bannir de sa cité pour ses discours licencieux et ses forfaits. Il demanda l'hospitalité aux Thasiens, qui la lui refusèrent. Sa réputation était si affreuse que les Lacédémoniens ne lui permirent pas même de passer une nuit dans leur cité. Un triomphe qu'il remporta aux jeux olympiques pour un *hymne* qu'il avait composé en l'honneur d'Hercule le réconcilia avec ses concitoyens. Mais le malheur n'avait point adouci l'âpreté de son génie, ni réformé le déréglement de ses mœurs; il périt par le fer de ceux qu'il avait outragés dans ses vers.

Tous les anciens l'ont placé pour le talent à côté des plus grands poëtes. Cicéron le compare à Homère, à Sophocle et à Pindare, Horace l'a souvent imité, et Quintilien en fait le plus pompeux éloge. Mais ses productions étaient tellement obscènes qu'à Lacédémone il était défendu de les lire. Julien l'Apostat se crut aussi obligé d'en interdire la lecture aux prêtres païens dont il voulait réhabiliter le culte.

Alcman ou Alcméon naquit à Sardes en Lydie, environ un demi-siècle après Archiloque, vers l'an 670 avant J.-C. Il vécut à Lacédémone et se servit du dialecte dorien. On le regarde comme le père de la poésie érotique. Toutes ses compositions lui ont été inspirées par les sentiments profanes les plus licen-

---

(1) Plutarque, *Vie de Lycurgue*, IV, trad. de Ricard.

cieux, et pendant toute sa vie il ne s'occupa que des plaisirs
de la table et des joies de la volupté. Ces excès le firent périr
d'un accès de goutte. Il eut pour disciple Arion de Méthymne,
qu'Hérodote a rendu célèbre par la fable du Dauphin.

Alcée de Mytilène fleurit soixante ans après Alcman. Il eut des
démêlés avec Pittacus qui avait d'abord travaillé avec lui à l'affranchissement de Mytilène, leur commune patrie, et qui mérita d'être compté parmi les sept sages de la Grèce. Il paraît
qu'Alcée n'avait pas de ses vertus l'opinion qu'en a eue la postérité, car Diogène de Laërte et Suidas nous ont conservé des fragments de ses satires où il lui prodigue les injures les plus graves
et les reproches les plus grossiers. Le roi-philosophe n'eut pas
assez de générosité pour mépriser cette colère de poëte. Il fit
exiler Alcée avec tous ses partisans. Alors le poëte se fit guerrier et essaya de rentrer par force dans sa patrie. Son entreprise
échoua, et il tomba entre les mains de Pittacus qui lui pardonna
avec une générosité dont tout autre qu'Alcée eût été humilié.

Alcée a traité dans ses *odes* des sujets fort variés. Quelquefois il s'élevait contre la tyrannie et déplorait dans de sublimes
transports tous les malheurs dont il avait été frappé et tous les
chagrins qui l'avaient contristé dans son exil. Plus souvent
encore il chantait Bacchus et Vénus, le dieu de la table et la
déesse de la volupté.

On l'a accusé d'avoir eu des liaisons coupables avec Sapho
qui vivait dans le même temps et qui était du même pays. Ce
poëte l'aurait entraînée dans sa conspiration contre Pittacus
et lui aurait fait partager ses malheurs. Si l'histoire ne sous-
crit pas à ces soupçons, c'est moins par défaut de documents
que par respect pour la vertu de cette femme de génie. Les
anciens n'ont jamais cru à son innocence, et son histoire telle
que la tradition nous l'a transmise n'est qu'un roman d'amour
qui a pour dénoûment le suicide inspiré par le désespoir. L'abbé
Barthélemy, qui ne voit dans l'histoire de la Grèce ancienne
que des tableaux ravissants et enchanteurs, a voulu justifier
cette femme célèbre des reproches que ses admirateurs eux-
mêmes n'ont jamais manqué de lui faire, mais il est aisé de se
persuader qu'il lui a fait hommage d'une gloire à laquelle elle
ne tenait guère (1). Nous ne possédons d'elle que quelques
vers, mais la vivacité passionnée des expressions et la chaleur
des sentiments qu'ils renferment suffisent bien pour nous faire
juger de son caractère.

(1) *Voyage d'Anacharsis,* chap. III.

Il est inutile de reproduire ici tous les éloges extraordinaires donnés à tous ces poëtes. Horace loue sans cesse Alcman et Alcée, et ne se croit jamais plus grand que quand il les copie. La Sicile éleva une statue à la gloire de Sapho, et les Lesbiens, ses compatriotes, pour lui faire honneur, frappaient leur monnaie à son effigie. Si ces témoignages attestent le culte profond que les Grecs avaient pour le génie, ils sont aussi une preuve de la dégradation du cœur dans ces siècles de civilisation où l'on déifiait ainsi le crime. Et pour le dire ici en passant, quand on veut connaître véritablement un peuple, il ne suffit pas d'écouter les grands historiens qui ont raconté avec éclat toutes ses actions. Hérodote, Thucydide et Xénophon n'apprendront à personne le secret de la civilisation grecque et le motif de ses destinées. Pour comprendre l'existence et le développement de cette nation, il faut descendre dans les détails de la vie privée, et rien ne peut plus parfaitement nous y faire pénétrer que tous ces petits poëtes dans leurs poésies intimes.

A ce point de vue encore plus qu'au point de vue de l'art, nous regrettons la perte de leurs écrits. Nous en dirons autant des *Scolies*, petits poëmes particuliers à cette époque, dont le Lesbien Terpandre aurait été l'inventeur. On appelait ainsi des chansons populaires qui égayaient les travaux de la vie civile ou domestique. Il y avait les chansons des tisserands, des moissonneurs, des meuniers, des rameurs, des bergers, des pâtres, des mendiants, des nourrices, etc. Mais il ne nous reste que de rares fragments de cette foule de chants variés, où il serait si curieux d'étudier chaque condition dans ses mœurs, ses habitudes et son langage.

TROISIÈME ÉPOQUE.

DEPUIS SOLON JUSQU'A ALEXANDRE, AGE D'OR DE LA LITTÉRATURE
GRECQUE (558-323).

Pendant cette époque la Grèce arriva à l'apogée de sa gloire
et de sa grandeur. Ses deux grandes cités, Sparte et Athènes,
ont reçu de leurs législateurs Lycurgue et Solon, une constitution définitive et sont prêtes à résister à quiconque menacera
leur liberté et leur indépendance. La Perse se rit de leur fierté
et lance contre ce petit peuple ses innombrables armées, mais
elle est vaincue à Marathon, à Salamine et à Platée, et obligée
de renoncer à son projet de conquête. Aristide, Miltiade, Thémistocle, Cimon, Périclès et Alcibiade sont les grands hommes
qui illustrent la ville d'Athènes. La cité guerrière de Lycurgue,
Sparte, prend ensuite la prépondérance et s'enorgueillit du génie de Lysandre et de la grandeur d'Agésilas. A Thèbes paraissent alors Pélopidas et Epaminondas, de sorte que la gloire militaire depuis Solon jusqu'à Alexandre n'eut point d'interrègne
dans cette nation si vantée. Le génie des lettres et des arts ne
fut pas moins favorisé que le génie de la politique et de la
guerre. Tous les genres littéraires furent alors cultivés, et il n'y
en eut aucun qui ne fût porté à sa plus haute perfection. Ainsi
la poésie lyrique a été poussée jusqu'aux dernières limites de
l'art par Anacréon et Pindare, la tragédie par Eschyle, Sophocle
et Euripide, la comédie par Aristophane, l'histoire par Hérodote, Thucydide et Xénophon, et l'éloquence par Démosthène.
Cette brillante période renferme une étendue de plus de deux
siècles, mais on l'a désignée sous le nom de siècle de Périclès,
parce que le règne de ce grand homme fut le moment le plus
glorieux et le plus brillant de la république d'Athènes, la ville
des lettres par excellence.

CHAPITRE I.

DE LA POÉSIE GNOMIQUE ET DE LA POÉSIE LYRIQUE PENDANT CETTE ÉPOQUE.

En faisant l'histoire de la poésie pendant l'époque précédente, nous avons tenu à distinguer la poésie élégiaque de la poésie lyrique, spécialement à cause de la différence du rhythme et du mètre; le distique étant exclusivement consacré à l'élégie et la poésie lyrique admettant des vers de diverses mesures au gré des poëtes qui en furent alors les inventeurs. Nous maintiendrons ici cette division d'autant plus volontiers qu'indépendamment de l'élégie le distique fut employé au commencement de cette troisième époque à un genre de poésie qui se rapproche beaucoup plus de la poésie didactique que de la poésie lyrique. Ce genre nouveau, qui reçut le nom de poésie *gnomique*, avait pour objet la morale, et à ce titre il mérite d'être étudié à part. Nous y rattacherons la fable et les poésies philosophiques, qui ont un caractère analogue, quelle que soit la forme de versification adoptée par leur auteur.

I. — DE LA POÉSIE GNOMIQUE, DES POÈMES PHILOSOPHIQUES ET DE LA FABLE.

De la poésie gnomique. Quand un peuple en est encore à son premier degré de civilisation il n'emploie point d'autre langage que celui de la poésie pour rendre ses sentiments et ses pensées. Ses impressions religieuses, ses idées philosophiques, ses lois et ses préceptes de morale, ses conseils et ses exhortations, il revêt tout des couleurs de l'imagination et des charmes de la poésie. C'est le caractère de toutes les compositions que nous avons rencontrées jusqu'ici en explorant les premiers temps de la littérature grecque. Au début de cette époque, nous trouvons encore dans les poésies gnomiques, ainsi que dans les fables et les poëmes philosophiques, l'expression de cette loi imprescriptible et universelle.

Les poésies gnomiques n'étaient que des sentences (γνῶμαι) mises en vers par des philosophes ou des législateurs pour être plus facilement apprises et retenues par le peuple. Elles étaient courtes comme des proverbes, pour ne point trop surcharger la mémoire, et elles étaient exprimées avec sensibilité et concision pour frapper l'imagination fortement. Ces poésies furent sans doute très-nombreuses, mais les fragments qui nous en restent se réduisent à quelques morceaux de Solon, de Théognis de Mégare, de Xénophane de Colophon et aux vers dorés de Pythagore.

Le célèbre législateur d'Athènes, Solon, dit Plutarque, ne s'appliqua d'abord à la poésie que par amusement et pour charmer son loisir sans jamais traiter de sujets sérieux. Dans la suite il mit en vers des maximes philosophiques et fit entrer dans ses poëmes plusieurs choses relatives à son administration politique, non pour en faire l'histoire et en conserver le souvenir, mais pour servir à l'apologie de sa conduite. Il y mêlait aussi des exhortations, des avis aux Athéniens, et quelquefois même de vives censures contre eux. On dit encore qu'il avait entrepris de mettre ses lois en vers; on en cite le commencement :

> Puissent, par la faveur du souverain des dieux,
> Ces lois jouir longtemps d'un succès glorieux !

A l'exemple des sages de son temps, il cultiva principalement cette partie de la morale qui traite de la politique (1). Il composa divers poëmes, et comme Tyrtée, il enflamma le courage de ses concitoyens, et leur fit recouvrer sur les Mégariens l'île de Salamine qu'ils avaient lâchement abandonnée (2). Mais de tous ses écrits, à l'exception de quelques vers, nous n'avons que des poésies gnomiques, dont Plutarque, Diogène Laërce, Philon, Aristide, Clément d'Alexandrie, Eusèbe et Stobée nous ont conservé des fragments. On y trouve des exhortations à la vertu, des préceptes de morale excellents, des tableaux simples et nobles de la nature humaine et de ses inconséquences; mais on y rencontre aussi des maximes relâchées et des sentiments qui laissent entrevoir les vices et les passions du premier des sept sages de la Grèce.

Théognis de Mégare florissait environ un demi-siècle après Solon. Exilé de sa patrie, il vint à Thèbes où il passa le reste de ses jours. Toutes ses poésies avaient pour but d'inspirer l'amour de la justice et de la vertu. Il les adressa à un jeune homme appelé Cyrné, et sous le titre d'*Exhortations,* il lui donne

(2) Plut. traduction de Ricard.
(1) Voyez mon *Précis de l'histoire ancienne,* page 203.

des conseils qui doivent le conduire tout à la fois dans la route du bonheur et de la vertu. Nous avons sous son nom quatorze cents sentences, mais leur authenticité est bien douteuse. La morale vaut mieux que les vers, ce qui paraît en opposition avec toutes les compositions de cette époque dont le fond est bien inférieur à la forme.

Des poëmes philosophiques. Xénophane de Colophon et Pythagore de Samos complètent la liste des poëtes gnomiques que nous avons cités. Xénophane a fait des poésies gnomiques dont Aristée nous a conservé quelques fragments, mais il fut surtout célèbre comme fondateur de l'école d'Elée. Nous n'avons pas ici à exposer et à développer son système. Nous nous contenterons de remarquer que dans ces temps anciens la science philosophique n'avait pas d'autre interprète que la poésie. Tous les esprits prenaient pour base et pour motif de leurs réflexions l'origine du monde et la *nature des choses.* Xénophane, emporté par les principes abstraits d'une métaphysique exagérée, résolut la question qu'il s'était posée dans le sens du panthéisme idéaliste le plus absolu et écrivit en vers son système. Il ne nous reste absolument rien de ce philoso-phe célèbre. Son disciple Parménide fut plus heureux. Doué d'un esprit plus vif et plus pénétrant, d'une intelligence plus élevée et plus étendue et d'une imagination plus ornée, sa ré-putation effaça celle de son maître au point que quelques au-teurs l'ont cité comme le véritable fondateur de l'école d'Elée. Sextus Empiricus et Simplicius ne nous ont conservé de toutes ses poésies qu'environ cent cinquante vers. Comme Xénophane il ne voit dans l'ensemble des êtres qu'un seul **être** et il conclut au panthéisme : τὸ πᾶν ἐν εἶναι.

Pythagore fut encore plus illustre que Parménide et Xéno-phane. Après avoir parcouru la Grèce et l'Asie et fait un séjour de vingt-deux ans en Egypte, il alla se fixer à Crotone dans l'I-talie méridionale qui portait alors le nom de Grande-Grèce. Il y fonda une école ou plutôt une congrégation de savants. Ses disciples vivaient en communauté sous un régime très-austère. Un grand nombre d'hommes dévoués à la science et à la vertu s'affilièrent à cet institut extraordinaire. Il serait difficile de dire quelle était la doctrine personnelle de Pythagore. Les vers dorés qu'on lui attribue, bien qu'ils soient plus sûrement de ses disciples, prouvent au moins que d'après l'opinion commune il avait mis sa doctrine en vers.

Quelques-uns de ses disciples l'imitèrent. Le plus célèbre de ces philosophes-poëtes fut Empédocle d'Agrigente. Il ne suivit

pas les leçons de Pythagore, mais il s'attacha à sa doctrine tout
en cherchant à éviter l'idéalisme absolu qu'elle consacrait. Son
génie vaste et profond, ses grandes richesses utilement em-
ployées, et la pureté de sa vertu le firent estimer et chérir de
tous ses concitoyens. Son principal ouvrage est un poëme *de
la Nature* (περὶ φύσεως) divisé en trois livres et écrit en vers
hexamètres. Lucrèce l'a imité et a fait de son auteur le plus
bel éloge (1).

Ces essais tout brillants qu'ils étaient ne purent avoir de vogue pendant longtemps. Tant que la science conserva un air
mystérieux et qu'elle resta enfermée dans les sanctuaires, elle
put s'exprimer dans le style des oracles. Mais lorsqu'elle eut fait
quelques progrès, le langage mesuré ne fut plus assez précis,
ni assez rigoureux pour rendre la pensée. On préféra l'exactitude de la prose au luxe de la poésie, et on négligea l'art pour
ne s'occuper que de la vérité et des preuves qui l'établissent.
De toutes les fictions possibles il n'y en eut qu'une seule qui
fut conservée, ce fut la fable ou l'apologue.

De la fable. La fable est de tous les temps ; on la trouve au
premier comme au dernier degré de la civilisation. Elle plaît au
peuple neuf et grossier, parce que son langage est simple et
naïf, et elle amuse le peuple civilisé, parce qu'elle voile sous
une forme ingénieuse des vérités profondes. Nous trouvons dans
Hésiode la première fable grecque, c'est celle de l'Epervier et de
l'Alouette. Tous les poëtes les plus anciens nous en offrent aussi
des exemples. Archiloque passe pour l'auteur de deux fables
célèbres intitulées l'une *l'Aigle et le Renard*, l'autre *le Renard et
le Singe*. Stésichore fit celle du *Cheval et du Cerf* dont nous
voyons une imitation dans Horace (2). Les poëtes ne composè-
rent pas de *fables* proprement dites, mais ils plaçaient des apologues dans leurs compositions pour les varier et les rendre plus
piquantes et plus animées.

Le fabuliste dont le nom s'est pour ainsi dire identifié avec le
genre, c'est Esope. On sait très-peu de chose sur sa vie. Tout ce
qu'on peut dire, c'est qu'il fut d'abord esclave d'un Samien,
nommé Xanthus, et qu'Idmon, auquel il fut vendu, lui donna
la liberté. Il vécut assez longtemps à la cour de Crésus, roi de
Lydie, et périt victime d'une calomnie que les habitants de Delphes inventèrent contre lui. Sa célébrité a fait débiter sur son
compte comme sur celui de tous les grands hommes une foule
d'absurdités qu'on a souvent répétées d'après une biographie

(1) Lucrèce. *De natura rerum*, lib. I, v. 717 et seq.
(2) Horace, *Epist.*, I, 10.

dont l'auteur est inconnu. On lui a également attribué bien des fables qu'il n'avait pas composées. Il paraît même que celles qu'il avait faites ne furent conservées pendant longtemps que par la tradition orale. Elles durent ainsi subir des altérations profondes, et il ne nous en est peut-être parvenu aucune dans la forme qu'elle avait d'abord reçue. Tous ses imitateurs placèrent sous son nom celles qu'ils inventèrent pour leur donner plus de crédit, comme les homérides rapportaient à Homère toutes leurs compositions. Le nombre des fables d'Ésope alla ainsi toujours en augmentant jusqu'à ce que Démétrius de Phalère en fît une première collection. Il est probable qu'Ésope écrivit ses fables en prose, et on est unanime à vanter son esprit, ses principes et le tour heureux qu'il savait donner à ses apologues.

II. — DE LA POÉSIE LYRIQUE. STÉSICHORE, ANACRÉON, SIMONIDE ET PINDARE.

Dans cette glorieuse époque la poésie lyrique brille du plus vif éclat. Tout devient un aliment au génie du poëte. L'enthousiasme de la liberté qui agite et enflamme le cœur de toutes les grandes cités de la Grèce, les victoires étonnantes que ce peuple remporte sur les barbares, ses solennités religieuses, ses jeux, ses fêtes et ses triomphes, tout présente au chantre inspiré une occasion de faire vibrer sa lyre. Aussi le cadre de la poésie lyrique s'est-il prodigieusement agrandi. Pour célébrer les dieux on ne connaissait auparavant que l'hymne sacré qui se faisait une loi de n'exprimer qu'une idée et de l'enfermer dans un vers uniforme qu'on ne songeait pas à varier. Maintenant chaque dieu est honoré par un chant d'une espèce particulière. A Apollon était consacré le *péan* (παιὰν), à Bacchus le *dithyrambe* (διθύραμϐος), et aux autres dieux les *prosodes* (προσόδια). Pour chaque solennité on composait des odes particulières qui empruntaient leurs noms aux cérémonies qu'on y exécutait.

Il y avait en l'honneur des particuliers trois espèces de poésies lyriques. Elles s'appelaient *encomion* (ἐγκώμιον), quand elles exaltaient les actions du héros ; *epenos* (ἔπαινος), si elles vantaient ses vertus, et *epinicion* (ἐπινίκιον) si elles célébraient ses victoires. La douleur variait ses accents comme la louange, et dans le genre élégiaque on remarquait le *thrénos* (θρῆνος) et l'*épicédion* (ἐπικήδιον).

Tout en créant de nouveaux genres, on inventa de nouveaux mètres. Les rhythmes *asclépiade*, *phalèque* et *glyconique*, qui doivent leurs noms aux poëtes qui s'en sont servis les premiers, datent de cette époque. Ces efforts d'imagination supposent que les poëtes furent alors très-nombreux, mais il en est bien peu dont le temps ait respecté les noms et les écrits. Nous ne connaissons guère que Stésichore, Anacréon, Simonide et Pindare. Encore ce que nous possédons de leurs ouvrages n'est-il pas suffisant pour juger de leurs talents, de sorte que pour les apprécier nous sommes réduits à nous en rapporter aux jugements des anciens.

Stésichore, le plus ancien de ces poëtes, fut peut-être aussi le plus distingué. Il naquit vers l'an 630 avant J.-C. Denys d'Halicarnasse, en le comparant à Pindare et à Simonide, dit qu'il avait toutes les qualités qu'on admire le plus dans ces deux poëtes, et qu'il en possédait d'autres qui leur manquent, à savoir l'élévation et la majesté des sujets, et ce style ferme et vrai qui conserve fidèlement aux personnages la gravité de leurs mœurs et la dignité de leur caractère. Quintilien le loue d'avoir chanté les guerres les plus célèbres des héros les plus illustres, et d'avoir soutenu les accents de sa lyre à la hauteur de l'épopée. Ce célèbre critique croit qu'il aurait égalé Homère, s'il avait su modérer son abondance excessive et se renfermer ainsi dans de justes bornes (1).

Suidas nous apprend que les poésies de Stésichore remplissaient vingt-six livres. Il y avait des hymnes en l'honneur des dieux, des poésies épiques parmi lesquelles on distinguait une *Ruine de Troie,* dont Alexandre le Grand, l'admirateur d'Homère, faisait le plus grand cas, et enfin des poésies lyriques à la louange des héros. De tous ces écrits il ne nous reste que quelques fragments recueillis dans Stobée.

Nous ne savons presque rien non plus sur la vie de Stésichore. Il est certain qu'il naquit à Himère en Sicile, et qu'il florissait sous Phalaris, tyran d'Agrigente, environ 570 ans avant J.-C. Plusieurs écrivains ont pensé que son vrai nom était Tésias, et qu'on l'avait appelé Stésichore dans les danses religieuses, parce qu'il avait fait faire aux chœurs une station ou repos (χοροῦ στήσις) pendant lequel on chantait l'épode.

Anacréon naquit à Téos en Ionie vers l'an 559 avant J.-C., et mourut en 474 âgé de 85 ans. C'est à peu près tout ce qu'on sait de certain sur sa vie. On dit qu'il passa quelque temps à la cour de Samos chez le tyran Polycrate, et qu'il vint ensuite à Athènes. Hipparque, qui en était maître, envoya une galère

---

(1) Quintil., *Inst. or.*, x, 1, 62.

de cinquante rames à sa rencontre, et le reçut avec les plus grands honneurs. Après la chute de ce tyran, il se retira dans sa patrie où on le voyait se couronnant de roses, s'enivrant, chantant les festins et les plaisirs, et menant la vie la plus voluptueuse. Quand la révolte de l'Ionie contre Darius eut éclaté, il s'éloigna de son pays menacé, et se retira à Abdère où il poursuivit gaiement jusqu'à la fin sa carrière. On ajoute qu'il mourut étranglé par un pepin de raisin.

Doué d'un génie facile, Anacréon s'exerça dans tous les genres. Il fit des hymnes, des élégies, des épigrammes et des ïambes, mais son nom est resté attaché à la poésie légère où il a surtout excellé. Toutes ses odes ou chansons sont admirables d'enjouement, de grâce, de gaieté et de fraîcheur. Il a eu bien des imitateurs et des traducteurs, mais aucun d'eux n'a pu reproduire cette mollesse de ton, cette douceur de mœurs, cette simplicité facile et gracieuse qui font le charme de ses compositions. Ce sont des caractères dont l'empreinte n'est pas assez forte, dit la Harpe, pour ne pas s'effacer beaucoup dans une copie.

Nous possédons encore une grande partie des chefs-d'œuvre d'Anacréon. Mais si nous y admirons le talent et le génie qu'on a tant loué dans l'antiquité, nous regrettons vivement l'immoralité profonde de ces chants licencieux où l'on voit glorifiées toutes les passions les plus dégradantes.

Simonide, l'ami et l'admirateur d'Anacréon, fit son épitaphe. Ce poëte naquit à Céos, une des Cyclades les plus voisines de l'Attique, l'an 558 avant J.-C. Après avoir passé sa jeunesse au sein de sa famille, il parcourut l'Asie Mineure et vint ensuite à Athènes où l'attirèrent les libéralités d'Hipparque que nous avons vu déjà si généreux envers Anacréon. D'autres rois lui accordèrent leur estime et leur faveur. Après le meurtre d'Hipparque, Alévas, roi de Thessalie, se fit un honneur de posséder Simonide à sa cour. Le roi de Lacédémone Pausanias, que ses succès contre les Perses avaient élevé au comble de la gloire, le rechercha ensuite avec une égale ardeur, et passa les dernières années de sa longue vie près d'Hiéron, roi de Syracuse, qu'il eut le bonheur de rendre plus juste et plus humain.

Simonide était poëte et philosophe. Comme poëte il ne peut être trop vanté ; son style, plein de douceur, est simple, harmonieux, admirable pour le choix et l'arrangement des mots. Les louanges des dieux, les victoires des Grecs sur les Perses, les triomphes des athlètes furent l'objet de ses chants. Il décrivit en vers les règnes de Cambyse et de Darius ; il s'exerça dans

presque tous les genres de poésie et réussit principalement
dans les élégies et les chants plaintifs. Personne n'a mieux
connu l'art sublime et délicieux d'intéresser et d'attendrir;
personne n'a peint avec plus de vérité les situations et les infortunes qui excitent la pitié. Ce n'est pas lui qu'on entend, ce
sont des cris et des sanglots; c'est une famille désolée qui
pleure la mort d'un père ou d'un fils; c'est Danaé, c'est une
mère tendre qui lutte avec son fils contre la fureur des flots,
qui voit mille gouffres ouverts à ses côtés, qui ressent mille
morts dans son cœur; c'est Achille enfin qui sort du fond du
tombeau et qui annonce aux Grecs, prêts à quitter le rivage
d'Ilium, les maux sans nombre que le ciel et la mer leur préparent.

Comme philosophe, Simonide ne mérite pas les mêmes
louanges. Tout son système peut se réduire aux articles suivants :

« Ne sondons point l'immense profondeur de l'Être suprême;
bornons-nous à savoir que tout s'exécute par son ordre, et
qu'il possède la vertu par excellence. Les hommes n'en ont
qu'une faible émanation et la tiennent de lui; qu'ils ne se glo-
rifient point d'une perfection à laquelle ils ne sauraient atteindre : la vertu a fixé son séjour parmi des rochers escarpés : si,
à force de travaux, ils s'élèvent jusqu'à elle, bientôt mille circonstances fatales les entraînent au précipice. Ainsi leur vie
est un mélange de bien et de mal; et il lui est aussi difficile
d'être souvent vertueux, qu'impossible de l'être toujours. Fai-
sons-nous un plaisir de louer les belles actions ; fermons les
yeux sur celles qui ne le sont pas, ou par devoir, lorsque le
coupable nous est cher à d'autres titres, ou par indulgence,
lorsqu'il nous est indifférent. Loin de censurer les hommes
avec tant de rigueur, souvenons-nous qu'ils ne sont que faiblesse, qu'ils sont destinés à rester un moment sur la surface
de la terre, et pour toujours dans son sein. Le temps vole ;
mille siècles, par rapport à l'éternité, ne sont qu'un point, ou
qu'une très-petite partie d'un point imperceptible. Employons
des moments si fugitifs à jouir des biens qui nous sont réser-
vés, et dont les principaux sont la santé, la beauté et les richesses acquises sans fraude ; que de leur usage résulte cette
aimable volupté, sans laquelle la vie, la grandeur et l'immortalité même ne sauraient flatter nos désirs (1). »

(1) Nous avons emprunté ce que nous avons dit de Simonide au *Voyage d'Anacharsis*, ch. LXXVI. L'abbé Barthélemy nous a paru avoir très-bien résumé sa doctrine, et parfaitement caractérisé son talent d'après le témoignage des critiques
anciens.

On voit que Simonide mêlait de déplorables erreurs à quelques bonnes maximes. Toute sa philosophie n'aboutit qu'à cette morale sensuelle et voluptueuse que nous avons flétrie dans Anacréon. Les sages de l'antiquité, ne se sentant pas le courage d'être vertueux, s'efforçaient de se dissimuler leur faiblesse en se persuadant que la vertu était impossible : sous ce prétexte ils se laissaient aller à leurs passions et n'avaient pas d'autre ambition que celle de jouir de la vie. Le plus souvent même leur conduite ne valait pas leurs principes, et c'est ce que Plutarque nous a donné à penser de Simonide.

Nous n'avons de ce poëte que le commencement d'une élégie sur la mortalité du genre humain, et d'autres petites pièces analogues où il célèbre la mémoire de ses amis, celle des héros morts pour la patrie, et les victoires des Grecs sur les Perses. On fait honneur à son génie d'avoir ajouté une huitième corde à la lyre, perfectionné l'alphabet grec et inventé la *mnémotechnie* ou l'art de retenir les choses par des procédés artificiels. Mais sa grande gloire est d'avoir eu pour disciple le prince des poëtes lyriques, Pindare.

Ce grand homme naquit à Thèbes et fleurit à l'époque la plus glorieuse de la Grèce, c'est-à-dire de l'an 522 à l'an 442 avant J.-C. Pour comprendre son génie, il faut se représenter ces temps d'exaltation où la Grèce entière se passionnait pour la gloire, quoique la plupart de ses villes eussent à regretter leur liberté. Athènes les avait subjuguées, et c'était pour elles une grande faveur quand cette cité reine et maîtresse les convoquait aux jeux solennels d'Olympie, de Delphes, de Némée et de Corinthe. Il leur semblait alors qu'elles avaient recouvré leur indépendance, et leur imagination se plaisait à rappeler tous les souvenirs qui se rattachaient à leur ancienne nationalité. Chaque famille citait avec orgueil ses ancêtres, et tous ces temps héroïques où la lumière de l'histoire n'a jamais pénétré, devenaient par là même une source inépuisable qui offrait à chacun de quoi satisfaire sa vanité.

L'indifférence religieuse que le doute enfantera plus tard au sein de cette nation brillante, n'avait point encore glacé les esprits et les cœurs. La religion et la patrie étaient deux grands sentiments qui prédominaient universellement, surtout dans ces assemblées solennelles qui avaient tout à la fois un caractère religieux et national. Ainsi, quand un athlète était victorieux, si son nom était obscur, le poëte, s'associant aux idées et aux sentiments que tout le monde éprouvait, remontait aussitôt la série de tous les ancêtres du vainqueur et le couronnait de toute la gloire qui se trouvait dans sa famille. Il avait même d'autres ressources. La ville où l'athlète était né partageant son triomphe, il semblait tout naturel qu'il rappelât tous les faits de cette cité et renfermât dans ses vers toutes les splendeurs de son histoire. Et pourquoi n'aurait-il pas fait intervenir les dieux si la patrie du héros se trouvait, comme celle d'Hiéron, peuplée des souvenirs mythologiques les plus poétiques.

C'est ce que fait Pindare. Dans son enthousiasme il court, il vole sur les traces de la gloire et la poursuit partout avec une frénétique ardeur. Si elle n'éclate pas assez vive dans son héros, il va la chercher dans ses aïeux, dans sa patrie, dans ses instituteurs; il montera jusqu'à l'Olympe pour en dérober des rayons au trône du souverain des dieux, et quand il a couronné de ces feux rassemblés de toutes parts le front de son héros, il tombe dans une sorte de délire et assimile la gloire du vainqueur à l'astre du jour; il le place au faîte du bonheur, le fait asseoir à côté de Jupiter, et mêle aux métaphores les plus hardies, aux images les plus sublimes, des pensées fortes, des maximes graves qui deviennent une leçon.

On a beaucoup parlé des écarts de Pindare, et on a souvent admiré la vivacité de ses brusques saillies et de ses bonds impétueux. Aujourd'hui, quand nous l'étudions, il nous est très-difficile de saisir le rapport d'une idée à une autre. Tout en admettant qu'il y a un certain désordre inséparable de l'enthousiasme, nous ne pensons pas que Pindare aurait été autant admiré de ses contemporains si ses pièces leur avaient paru aussi décousues qu'elles nous le semblent. Mais assurément il n'en était pas ainsi. Tout ce bagage mythologique qui nous arrête leur était très-familier, et il n'y avait pas une épithète du poëte dont ils ne comprissent sans effort l'agréable et chaleureuse allusion. Toutes ces généalogies qui sont maintenant ignorées étaient présentes à tous les souvenirs et réveillaient autant d'idées glorieuses au profit d'une famille ou d'une cité. Le poëte n'avait pas besoin d'avertir de tous ces rapports secrets le peuple intelligent qui l'écoutait; on trouvait même un charme particulier à deviner ce qu'il ne disait pas, et cette allure soudaine et franche, ces mouvements fiers et imprévus, remplissaient les spectateurs d'une indicible ivresse et forçaient leurs applaudissements.

Pindare avait composé beaucoup de poésies lyriques, et ses admirateurs nous apprennent qu'il en avait fait dans tous les genres. A part quelques fragments de ces compositions diverses, nous n'avons de lui que quarante-cinq chants de victoire. Un grammairien de Syracuse, appelé Aristophane, les a divisés en quatre sections : *Chants olympiques*, quatorze ; *Victoires pythiques*, douze ; *Victoires néméennes*, onze ; *Victoires isthmiques*, huit. Cette division est purement arbitraire, car rien ne prouve que les pièces rangées sous ces divers titres aient été composées, les unes pour les jeux d'Olympie, les autres pour celles de Delphes, de Némée ou de Corinthe.

Il n'est pas possible de dire avec certitude dans quelles circonstances Pindare composa toutes ces pièces, parce que d'ailleurs sa vie est absolument inconnue. Comme celle d'Homère, d'Esope et de tous les grands hommes de cette époque, on s'est plu à l'environner de merveilles incroyables et à en faire une fiction. Ses écrits seuls nous révèlent son caractère. Il avait l'amour des plaisirs, comme tous les poëtes lyriques dont nous avons parlé et il poussait l'attachement aux richesses jusqu'à l'avarice la plus sordide. Le héros qu'il avait à chanter ne lui semblait jamais digne de ses chants que quand il l'avait largement payé, et il mesurait sa gloire et ses mérites sur ses libéralités. Ce qui nous étonnerait aujourd'hui, mais ce qui étonnait beaucoup moins alors, c'est l'orgueil de cet homme qui vante son génie et qui ne fait pas difficulté de s'appeler le prince des poëtes, pendant qu'il traite avec mépris ses rivaux, et qu'il les compare à des corneilles qui ont l'audace de lutter contre l'aigle.

Son siècle ne pouvait être blessé de ce sentiment vaniteux, puisque tous ses contemporains avaient, sous ce rapport, de graves reproches à se faire. Aussi voyons-nous que Pindare n'en fut pas moins admiré. La Pythie rendait pour lui des oracles, et après les jeux il allait s'asseoir avec le prêtre d'Apollon au banquet sacré. Athènes lui éleva une statue qui le représentait couronné d'un diadème, ayant un livre sur ses genoux et une lyre à la main. Toutes les autres nations le comblèrent d'honneurs pendant sa vie, et après sa mort sa mémoire fut tellement vénérée, que la vengeance d'Alexandre n'osa porter atteinte, dans le sac de Thèbes, à la petite maison qui avait vu naître le grand poëte. Quelque temps auparavant, les Lacédémoniens avaient eu le même respect.

Tel fut Pindare. Il fut le dernier mot de la poésie lyrique chez les Grecs, comme Homère avait été le dernier mot de la poésie épique. Ces grands hommes eurent, dans la suite des siècles, bien des imitateurs ; mais, loin d'avoir été surpassés, ils n'eurent pas même de rivaux.

CHAPITRE II.

DE LA POÉSIE DRAMATIQUE ET DE LA TRAGÉDIE. ESCHYLE, SOPHOCLE ET EURIPIDE.

Jusqu'ici la poésie avait surtout brillé sous le ciel de l'Asie Mineure. L'épopée et l'élégie s'étaient formées en Ionie, et la plupart des grands poëtes que nous avons admirés naquirent dans ces contrées ou dans les îles voisines. Pindare avait illustré la Béotie ; mais le sol de l'Attique, qui devait être le séjour favori des Muses, n'avait point encore produit d'hommes qui se fussent élevés au premier rang dans aucun genre. Or, c'est là que nous allons voir la poésie prendre un essor nouveau et s'élancer dans une nouvelle carrière en créant la tragédie.

La religion, qui l'avait toujours soutenue et inspirée, fut encore l'occasion de cette création heureuse. Dans les fêtes de Bacchus on avait coutume de danser en chœurs autour de la statue du dieu et d'accompagner ces danses animées d'un dithyrambe composé en son honneur. Ces représentations étaient d'abord très-grossières ; peut-être se bornaient-elles à des chants où un frénétique enthousiasme tenait lieu d'art et de bon sens. Dans la suite on imagina de rapporter les actions du dieu, d'y faire allusion ou de les exposer dans des récits poétiques, et de les imiter en reproduisant une image des lieux où l'on supposait qu'elles s'étaient passées et en obligeant les chœurs à les simuler par la voix et le geste.

Pendant longtemps ces réunions religieuses n'eurent pas un autre caractère. Ceux qui réglaient et dirigeaient leurs chœurs eurent l'excellente pensée d'interrompre de temps en temps leurs danses et leurs mouvements et de mettre à profit ce repos pour introduire sur la scène un acteur qui débitait un récit. Ce récit s'appela d'abord entre-acte, ou mieux *entre-chant* (ἐπεισόδιον), et plus tard il reçut le nom d'action, de drame (δράσσω, δρᾶμα, de faire), et enfin celui de tragédie.

Cette dernière dénomination provint des concours qu'on établit annuellement à Athènes pour ces sortes de compositions poétiques. On les appela tragédie (τράγος ᾠδια), parce qu'un bouc était le prix décerné au vainqueur. Les poëtes qui voulaient entrer en lice devaient présenter quatre ou au moins trois drames faisant une fable unique et complète. Dans les quatre pièces on exigeait trois tragédies et une comédie, et cette suite de compositions dramatiques s'appelait *tétralogie*. Les trois tragédies toutes seules formaient une *trilogie*. Aucune pièce n'était admise sans l'autorisation de l'archonte. Pour les tragédies on déployait la plus grande pompe et le plus étonnant appareil. On se faisait un honneur de contribuer aux décorations du théâtre, et c'était une faveur que les tribus d'Athènes pouvaient seules accorder.

Le chœur était la partie principale de la pièce. Il se partageait en deux parties, et chacune d'elles était dirigée par un chef nommé *coryphée*. Celui qui présidait aux deux sections réunies s'appelait *chorége*. Les acteurs n'avaient pas d'abord de rôles bien déterminés. Déguisés en satyres, ils se livraient, sans réserve et sans retenue, à toute la licence d'une joie bouffonne; ils se couvraient le visage de lie pour mieux représenter les excès du dieu qu'ils célébraient, et n'avaient rien de cette décence et de cette gravité nécessaires à la tragédie. Thespis leur assigna un rôle plus décent et exigea de l'acteur qui venait sur la scène dans les moments de repos, qu'il s'efforçât d'inspirer la terreur ou d'émouvoir la pitié. Sans doute, après cette innovation, il restait beaucoup à faire pour élever la tragédie à la hauteur où nous la verrons parvenir, mais enfin on connaissait les deux grands ressorts qui devaient la faire mouvoir, la terreur et la pitié. Thespis eut même le sentiment de l'unité, puisqu'il établit en même temps comme règle que le débit ou l'action devrait être en rapport avec les chants du chœur. A ce double titre il a mérité d'être considéré comme l'inventeur de la tragédie (1). Le peuple prit goût à ces pièces nouvelles, mais le législateur d'Athènes, Solon, s'alarma des libertés que le poëte s'était données, et proscrivit un genre où les traditions anciennes étaient altérées par des fictions. « Si nous honorons le mensonge dans nos spectacles, dit-il à Thespis, nous le retrouverons bientôt dans les engagements les plus sacrés (2). »

Pendant vingt-cinq ans Thespis fut réduit au silence. Mais sous les Pisistratides le gouvernement étant devenu démocratique, l'opinion populaire fit loi, et le poëte reparut sur la scène aux applaudissements de tous ses concitoyens. Son disciple Phrynichus choisit pour ces drames les ïambes tétramètres ou les vers de huit syllabes, et introduisit dans ses pièces des rôles

---

(1) Horace n'a pas assigné à Thespis un rôle assez noble quand il a dit:

Ignotum tragicæ genus invenisse camenæ
Dicitur, et plaustris vexisse poemata Thespis
Qui canerent, agerentque perun et fæcibus ora.

De arte poet.

(2) Plutarq., *Vie de Solon*.

de femmes. Chœrilus d'Athènes écrivit le premier ses pièces et
inventa un vers particulier que les grammairiens ont appelé de
son nom. Il fit un très-grand nombre de pièces, mais il laissa le
théâtre dans l'état de confusion et de barbarie où il l'avait
trouvé. C'était au génie d'Eschyle son contemporain qu'était
réservée la gloire de débrouiller ce chaos.

I. — ESCHYLE.

Eschyle, le père de la tragédie grecque, était fils d'Euphorion, et naquit à Eleusis, la dernière année de la 63° olympiade,
525 ans avant J.-C. Avant de briller par son génie dans la carrière des lettres, il s'était distingué par sa valeur dans les grands
combats que les Grecs livrèrent aux Perses. Il s'était trouvé à
Marathon, à Salamine et à Platée. Dès sa jeunesse, il s'était
nourri de la lecture de tous les poëtes qui avaient célébré les
grandes actions des temps héroïques, et son imagination s'était
remplie des vertus sublimes, des vengeances atroces, des succès
éclatants et des révolutions fameuses qui caractérisent ces
siècles anciens. Tout se peignit dans son esprit sous des proportions athlétiques et grandioses, et il fut même porté à une
exagération constante.

Cette disposition de génie influa beaucoup sur la nature de
son caractère comme poëte. L'enthousiasme qu'excitaient en lui
les souvenirs des temps héroïques lui inspira la pensée de ramener sur la scène tous les grands événements de cette époque
fabuleuse en imitant les temps et les lieux qui en avaient été
témoins. Pour y parvenir il agrandit le théâtre, le rendit per-
manent, d'ambulant qu'il était, prodigua les décorations, introduisit un second acteur et créa ainsi le dialogue. La fable ou
l'action qui n'avait été jusqu'alors que la partie accessoire de la
tragédie, en devint la partie principale. Eschyle l'unit au chœur,
qui ne remplit plus qu'une fonction subalterne, et il parvint à
l'unité en concentrant tout l'intérêt sur un des acteurs qui
était le héros de toute la pièce.

Il eut soin aussi pour entraîner la multitude, que les décorations, les costumes et tout l'appareil du théâtre concourussent
au même but. Ses acteurs avaient une chaussure très-haute,
parce que la Fable prêtait à tous ses héros une taille extraordinaire, il leur donnait de longues robes magnifiques et traînantes
pour qu'ils eussent plus d'éclat et de majesté, et il dissimulait
leurs traits difformes par des masques d'une ravissante beauté,

qui faisait illusion aux spectateurs. Son génie créateur inventa ou perfectionna le machinisme théâtral au point qu'on voyait sur la scène les ombres sortir du tombeau, les Furies s'élancer du Tartare avec des torches à leurs mains et des serpents entrelacés dans leurs cheveux.

Ces représentations terribles qui faisaient frissonner tout le monde d'épouvante étaient parfaitement dans le goût de ce poëte. Jamais il n'a fait verser des larmes et jamais il n'y a même tenté, soit par défaut de sensibilité, soit qu'il eût trouvé que ce n'était pas là les sentiments qu'il fallait exciter dans l'âme du peuple qui venait de vaincre à Marathon, à Salamine et à Platée, et qui n'était préoccupé que de ses victoires. On ne trouve également dans ses poésies aucune de ces peintures amollissantes que nous avons regrettées dans le plus grand nombre des autres poëtes. Son âme guerrière ne connaît que le bruit des trompettes et du clairon et les grandes images que lui offraient les traditions religieuses et nationales de la Grèce. Il faut que ses héros soient insatiables de gloire et de combats, et il leur fait un honneur de l'excès de leurs mérites et de leurs qualités.

Ainsi ils sont inflexibles comme la fatalité, le seul dieu que le poëte reconnaisse ; ils sont courageux jusqu'à l'audace, leur vigueur devient de la férocité, et l'énergie de leur caractère a quelque chose de farouche et de sauvage. Il ne suppose pas que leur langage puisse rien avoir de commun et de vulgaire. De là ces métaphores étranges, ces expressions sonores, ces tours pompeux et hardis dont il charge son style. Quelquefois il rencontre admirablement, mais ce dédain affecté de l'élégance, de l'harmonie et de la correction le jette aussi souvent dans de grands écarts. La pompe de son élocution dégénère en enflure, ses phrases deviennent alambiquées et obscures, et en général il y a dans toutes ses pièces une grande inégalité de style et de pensée qui montre que l'art n'était point encore entièrement formé.

Eschyle avait composé soixante ou quatre-vingts tragédies ; il ne nous en reste que sept : *Prométhée enchaîné, les Sept chefs devant Thèbes, les Perses, Agamemnon, les Choéphores, les Euménides, les Suppliantes* ou *les Danaïdes.*

1° *Prométhée enchaîné.* Cette pièce faisait partie d'une trilogie dans laquelle Eschyle avait personnifié les trois grandes phases de l'humanité. Elle était précédée de *Prométhée dérobant le feu sacré* et suivie de *Prométhée délivré.* Malheureusement ces deux dernières pièces ne nous sont pas parvenues. Le poëte ne s'était pas proposé d'autre but que de mettre sur la scène cette ancienne tradition qui fait allusion à la faute primitive de l'homme, au châtiment qui la suivit et à l'espoir qu'il conçut de la promesse qui lui fut faite d'un libérateur. Si nous possédions ces trois pièces, elles s'éclaireraient sans doute l'une par l'autre, et nous y trouverions un des débris les plus curieux et les plus authentiques de la révélation primitive. *Prométhée enchaîné*, considéré isolément, comme nous sommes obligés de le faire, renferme de grandes lumières et nous fournit de précieux renseignements, mais il y règne aussi quelque chose de confus et de ténébreux, et l'on y trouve beaucoup d'incohérence jointe à de grandes difformités dans le plan et les détails. C'est à notre sens un miroir fidèle du désordre et de l'obscurité qui régnaient déjà dans les esprits, et à ce titre cette pièce mérite d'être étudiée avec le plus grand soin (1).

2° Les *Sept contre Thèbes* (Ἑπτὰ ἐπὶ Θήϐαις). Cette tragédie est le débris d'une tétralogie composée des trois tragédies de Laïus, d'Œdipe et de la Thébaïde et d'un drame satirique, intitulé *le Sphinx*. On pense que cette pièce fut représentée l'année après la bataille de Marathon (489), et il est probable que le récit et les plaintes des jeunes Thébains qui déplorent les maux de la guerre faisaient allusion aux craintes qu'avaient éprouvées les Athéniens, quand ils avaient vu les Perses envahir leur pays.

2° *Les Perses*. Ce sujet est tout national ; il s'agit de la défaite de l'armée navale de Xerxès. La scène est à Suze, dans le palais du grand roi. Darius sort de la région des ombres et défend au roi de Perse, son successeur, de faire jamais aucune expédition contre les Grecs, parce que le ciel les protége. C'est une des plus belles pièces d'Eschyle, et l'on conçoit qu'elle dut être vivement applaudie.

4° *Agamemnon*, les *Choéphores* et les *Euménides*. Ces trois pièces constituaient sous le titre d'*Orestie* une tétralogie avec le drame satirique de *Protée*, qui est perdu. Dans la première pièce, Agamemnon, à son retour de Troie, d'où il a ramené Cassandre captive, est massacré par Clytemnestre et Egisthe ; dans la seconde, intitulée *Choéphores* (χοή, sacrifice des morts, φέρειν, porter), parce que le chœur, composé d'esclaves troyennes, est chargé de faire un sacrifice expiatoire sur la tombe d'Agamemnon, Oreste venge la mort de son père sur Clytemnestre et est livré aux Furies ; dans la troisième, ces divinités infernales le persécutent. Mais dans son malheur il obtient pour

---

(1) Voyez M. Guiraud, *Université catholique*, t. Ier, p. 272, et M. Rossignol, *Annales de philosophie chrétienne*, t. XVIII, p. 184 et 325, et t. XIX, p. 165.

juge l'aréopage, plaide sa cause devant cet auguste tribunal, et est acquitté par Minerve. Les *Euménides* produisirent une sensation de terreur qu'aucun poëte n'a jamais égalée. Les femmes et les enfants furent tellement troublés à leur apparition, que les magistrats interdirent la représentation de la pièce et forcèrent le poëte à la modifier.

5° *Les Suppliantes* ou *les Danaïdes*. Danaüs et ses filles réclament et obtiennent la protection des Argiens contre Ægyptus, frère de Danaüs, et ses fils. Les Suppliantes sont une des productions les plus faibles d'Eschyle : elles ont ceci de particulier, que le chœur y joue le principal rôle. Cette pièce était peut-être la seconde d'une trilogie composée de trois tragédies intitulées les Egyptiens, les Suppliantes et les Danaïdes. La fuite des Danaïdes, leur réception à Argos et le meurtre de leurs époux en faisaient le triple sujet.

Outre ces sept tragédies, nous possédons des fragments de quelques autres, que les citations des grammairiens nous ont conservés (1).

Sans doute ces sujets n'étaient pas nouveaux. Avant Eschyle il s'était rencontré bien des poëtes qui avaient mis en scène des drames mythologiques comme celui de *Prométhée,* ou des expéditions empruntées aux temps héroïques comme celle des *Sept chefs contre Thèbes*. Les grands événements d'Agamemnon et de la guerre de Troie avaient été remaniés dans tous les sens et célébrés sur tous les tons. Toutes ces fables formaient un fonds commun où tout poëte avait droit de puiser des fictions pour les revêtir ensuite de toutes les couleurs les plus splendides. Mais Eschyle eut l'incomparable mérite de donner du mouvement et de la vie à ces actions qui étaient restées entre les mains de ses devanciers des canevas grossiers qu'ils avaient remplis de lieux communs sans art et sans lumière.

Ses plans sont tous extrêmement simples. On y chercherait en vain ce que nous appelons le nœud et le dénoûment. Ce secret de l'art ne lui était pas connu. Néanmoins il intéresse constamment par la vivacité du récit, la force du style et la terreur des spectacles aussi variés qu'imprévus. Son esprit vigoureux et inculte nous fait tomber du sublime au trivial, et nous égare quelquefois dans des pensées qui n'ont ni justesse, ni clarté. Mais ces défauts, qu'on retrouvera toujours dans les génies qui s'ouvrent une carrière nouvelle, sont bien rachetés par cette verve inépuisable et cette flexibilité de talents qui

(1) Schœll, *Hist. de la littérature grecque.*

suffit aux sujets les plus modernes comme aux sujets les plus anciens. Car on admirera à jamais les *Perses* non-seulement pour toutes les beautés qu'ils renferment, mais encore pour la difficulté qu'il y avait à mettre en drame un sujet contemporain. Eschyle a vaincu cette difficulté sans peut-être se douter de sa gravité, et le théâtre est devenu entre ses mains une école véritable où les enfants de la Grèce apprirent de leurs pères le dévouement à la patrie. A ce point de vue ses pièces eurent une heureuse influence, et la poésie poursuivit cette mission civilisatrice que nous lui avons vu commencer avec Orphée et continuer avec Homère.

On regrette que le caractère personnel de ce poëte ne soit pas moralement plus recommandable. Plutarque lui reproche sa passion pour le vin, et Athénée l'accuse d'avoir introduit des personnages ivres dans ses pièces. Étant entré en lice avec Sophocle, il n'eut pas la générosité d'applaudir aux succès de son rival. Il s'indigna contre les Athéniens qui lui avaient préféré ce jeune poëte, et dit un éternel adieu à leur pays en chargeant la postérité de sa vengeance. Il se retira en Sicile, près d'Hiéron, qui avait déjà reçu à sa cour Epicharme, Simonide et Pindare. Il y mourut peu de temps après, âgé de soixante-neuf ans (456). On dit qu'il fut écrasé par la chute d'une tortue qu'un aigle laissa tomber sur sa tête pendant qu'il dormait.

Il s'était fait cette épitaphe qu'on grava sur sa tombe : « Ci-gît Eschyle, fils d'Euphorion : né dans l'Attique, il mourut dans la fertile contrée de Géla : les Perses et le bois de Marathon attesteront à jamais sa valeur. » Il négligea le souvenir de sa gloire littéraire, sans doute parce qu'elle avait été mêlée de trop d'amertume. Ce fut pourtant la seule qui lui resta. Les Athéniens à ce titre honorèrent sa mémoire, et l'on a vu plus d'une fois, dit un de ses biographes, les auteurs dramatiques faire des libations sur son tombeau, et déclamer leurs ouvrages autour de ce monument funèbre.

II. — SOPHOCLE.

Eschyle avait créé la tragédie, Sophocle la perfectionna. Il naquit au bourg de Colone, aux portes d'Athènes (497 ans av. J.-C.), vingt-sept ans avant Eschyle et dix-sept ans avant Euripide. « Son premier avantage, dit Schlegel, fut de recevoir le jour de parents riches et considérés, et de naître citoyen de l'Etat le plus civilisé de la Grèce libre. La beauté du corps et

celle de l'âme ; l'usage non interrompu de ses forces et de ses
facultés intellectuelles jusqu'à la fin de sa longue carrière ; une
éducation soignée, où la gymnastique et la musique concouru-
rent, par ce qu'elles ont de plus recherché et de plus parfait, à
donner, l'une une énergie nouvelle aux précieuses dispositions
de la nature, l'autre à les mettre toutes en harmonie entre
elles ; l'agrément et les charmes de la jeunesse ; la maturité et
les fruits de l'âge mûr ; le talent de la poésie développé avec
un art infini dans toute son étendue ; la pratique de la plus
haute sagesse ; l'estime et l'amour de ses concitoyens ; la célébrité la plus grande parmi les étrangers ; la bienveillance et la
faveur des dieux : tels sont les traits principaux de la vie de ce
poëte admirable.

« A l'âge de seize ans, sa beauté le fit choisir pour conduire,
en dansant au son des instruments, le chœur des jeunes gens
qui formaient le pæan ; c'était la danse sacrée qu'on exécutait
autour des trophées élevés après cette bataille de Salamine, où
Eschyle avait combattu, et qu'il a dépeinte avec tant d'énergie.
Ainsi sa jeunesse brilla de son plus bel éclat à l'époque la plus
glorieuse de l'histoire de sa patrie. Aux approches de la vieillesse, il remplit les fonctions de général, concurremment avec
Périclès et Thucydide, et celles de prêtre d'un héros d'Athènes.

» Il commença à donner des tragédies à l'âge de vingt-cinq
ans ; vingt fois il obtint la palme : souvent il occupa la seconde
place, jamais il ne descendit à la troisième. Des succès toujours
croissants signalèrent ses pas dans cette carrière, qu'il poursuivit au delà de sa quatre-vingtième année ; peut-être même
quelques-uns de ses chefs-d'œuvre datent-ils de ses derniers
temps. On rapporte qu'un de ses enfants, ou que ses enfants
d'un premier lit, l'accusèrent d'être tombé en enfance et de
n'être plus en état d'administrer son bien, parce qu'il leur pré-
férait un fils d'une seconde femme. Pour toute réponse, il lut
à ses juges son OEdipe à Colone, qu'il venait d'achever (1), ou
seulement, suivant d'autres auteurs, le chœur magnifique de
cette pièce, où il célèbre Colone, sa patrie. Le tribunal se sé-
para, frappé d'admiration, et Sophocle fut reconduit chez lui
en triomphe (2). »

Ce poëte illustre était un des admirateurs les plus enthousiastes et les plus sincères du génie d'Eschyle, mais il ne lui

---

(1) Peut-être bien Sophocle se contenta-t-il de s'appliquer les passages de sa pièce
qui pouvaient convenir à sa situation présente ; car nous verrons plus loin qu'il est
probable qu'OEdipe à Colone fut composé longtemps auparavant.

(2) Schlegel, cité par S. hæll.

trouvait pas la science de son art. « Eschyle, disait-il, fait quelquefois bien ; mais il ne sait pas lui-même comment il le fait. »
Il blâmait dans ses compositions l'exagération de ses idées,
l'enflure de ses expressions et les gigantesques proportions de
ses plans, et son jugement sous ce rapport a été confirmé par
les hommes de goût de tous les siècles. Se tenant en garde contre
ces défauts, il eut soin de ne pas élever ses héros trop au-dessus de l'humanité. Il leur supposa toujours de la grandeur, de
la force et de la sensibilité, et ne leur prêta aucune de ces faiblesses qui déshonorent le cœur. « Je peins les hommes, disait-
il, tels qu'ils devraient être, mais non tels qu'ils sont. » La perfection de son style est toujours en rapport avec la perfection
idéale de ses personnages. Toujours noble et grave, il n'a point
cette allure prétentieuse et gigantesque que nous avons repro-
chée à Eschyle, mais il est riche et harmonieux, admirablement
assorti au caractère et à la situation des personnages. Sa douceur et son aménité l'ont fait surnommer *l'Abeille attique.*

Ce genre nouveau devait entraîner de grandes innovations
sur la scène. En repoussant tout ce qu'il y avait d'exagéré et de
forcé dans le théâtre d'Eschyle, Sophocle ne pouvait conserver
ces représentations tout à la fois effrayantes et horribles, où
l'on voyait Vulcain attacher avec de grands clous d'airain Prométhée au Caucase, ou bien les Euménides agiter leurs torches
enflammées et livrer au souffle des vents leur chevelure de serpents. Il abolit la mise en scène de tous ces êtres mythologiques,
mais il maintint le luxe des décorations, et ne fit jamais paraître
ses héros qu'avec des vêtements de pourpre et des cothurnes
élégants. Il fit aussi subir à la tragédie elle-même plusieurs
changements. Le plus important fut d'introduire sur la scène
un troisième acteur, et d'abréger encore le rôle du chœur qu'Eschyle avait déjà fait descendre à un rôle subalterne. Tout l'intérêt fut concentré sur les acteurs, et les chantres ne prirent
plus part à l'action. Ils en furent simplement spectateurs, mais
spectateurs attentifs, s'occupant de tout ce qui se passe sous
leurs yeux et faisant à cet égard leurs réflexions. Toutefois il y
a encore ici entre Eschyle et Sophocle une opposition véritable.
Dans les chœurs d'Eschyle tout est grandiose et guerrier, ceux
de Sophocle sont au contraire aimables et gracieux. La poésie
lyrique grecque ne nous offre rien de plus parfait même dans
ce qui nous reste de Pindare.

Sophocle écrivit pour le théâtre depuis l'âge de vingt ans
jusqu'à sa mort, qui arriva dans sa quatre-vingt-neuvième ou
quatre-vingt-onzième année. On dit qu'il composa cent vingt-

trois ou cent trente pièces dramatiques. Un critique moderne a
retrouvé les titres et quelques fragments de cent deux ouvrages
attribués à ce poëte. Mais parmi ce nombre il y a environ vingt
drames satiriques (1) et une vingtaine d'autres pièces dont les
titres ne paraissent pas indiquer des sujets tragiques. M. Schœll,
dans sa savante histoire, prétend que toutes ces compositions
se réduiraient à soixante-dix si l'on en séparait celles de ses
disciples. Ce partage n'a été fait par personne, et il nous
semble impossible de l'exécuter sans se jeter dans l'arbitraire.
Nous avons trop peu de documents à ce sujet pour que la critique puisse motiver ses exclusions et ses préférences.

Quoi qu'il en soit, il est certain que de toutes les tragédies
que Sophocle a pu composer, il ne nous en reste que sept :
*Ajax furieux, Electre, Œdipe roi, Antigone, les Trachiniennes,
Philoctète* et *Œdipe à Colone.*

1° *Ajax furieux.* Le sujet de cette pièce est le désespoir
d'Ajax dont la raison est troublée par Minerve, après qu'Ulysse
a remporté sur lui les armes d'Achille ; sa mort et la dispute
qui s'élève au sujet de ses funérailles. Cette action, toute simple qu'elle est, suffit à la tragédie grecque, mais elle ne suffirait pas assurément pour une tragédie française (2).

2° *Electre.* Oreste, obéissant aux décrets du ciel, veut venger sur les meurtriers de son père et sur sa mère elle-même
la mort d'Agamemnon : Electre le soutient et l'aide dans cette
entreprise tout à la fois sainte et criminelle. Il n'y a peut-être
pas de tragédie grecque plus touchante. Le rôle de la fille
d'Agamemnon est admirablement tracé, et l'action se développe dans toutes ses parties avec infiniment d'art. Nous
sommes loin de souscrire au jugement de la Harpe qui pro-
clame que l'Electre de Voltaire l'emporte de beaucoup sur celle
du poëte grec.

3° *Œdipe roi.* Il serait difficile, dit Schœll, d'imaginer un
sujet plus tragique que celui de cette pièce. Un grand crime a
été commis et est resté sans punition, parce qu'on n'en connaît
pas l'auteur. Un prince emploie son autorité pour le faire découvrir ; à force de recherches il apprend que lui-même est
coupable ; il a tué son père et épousé sa mère. Il est vrai qu'il
ignorait que celui avec lequel il se prit de dispute sur un
grand chemin fût un roi et son père ; c'est un crime auquel
il a été poussé par l'inflexible destin. Néanmoins il n'est pas

---

(1) Nous dirons plus loin quel était ce genre de composition.
(2) Voyez la Harpe, *Cours de littérature,* t. II. Il développe assez bien cette
pensée.

innocent ; car en vengeant par la mort une insulte qu'il reçoit
d'un inconnu, du rang duquel il ne s'informe pas seulement,
il a mérité la punition qu'après coup il s'inflige. Ainsi la tragédie montre aux spectateurs l'abîme de malheurs où la
curiosité, l'orgueil, l'emportement et la violence précipitent
des hommes d'ailleurs doués de qualités estimables. L'OEdipe
roi est regardé non-seulement comme le chef-d'œuvre de
Sophocle, mais aussi, sous le rapport du choix et de la disposition de la fable, comme la plus belle tragédie de l'antiquité, et
cependant nous savons qu'elle n'obtint pas le prix pour lequel
elle avait concouru. Sénèque parmi les Latins, Pierre Corneille
et Voltaire parmi nous l'ont imitée.

4° *Antigone.* Créon, roi de Thèbes, a défendu d'ensevelir
Polynice pour le punir d'avoir allumé la guerre civile dans sa
patrie. Antigone, la sœur de ce guerrier, n'écoutant que son
amour pour son frère, brave la défense du roi et meurt victime
de son dévouement.

5° *Les Trachiniennes.* Le sujet de la pièce est la mort d'Hercule. On lui a donné ce titre parce que la scène est à Trachine
dans la Thessalie et que le chœur est composé de jeunes
Trachiniennes. Sénèque l'a imitée dans son *Hercules furens* et
Rotrou dans son *Hercule mourant.*

6° *Philoctète.* La prise de Troie ne tenait, d'après les oracles, qu'à la présence de Philoctète que les Grecs avaient lâchement délaissé dans l'île de Lemnos. Ulysse et Pyrrhus sont
envoyés en députation à ce guerrier pour l'engager à se rendre
dans le camp des Grecs. Philoctète s'y refuse, et pour vaincre sa
résistance il faut qu'Hercule intervienne. La Harpe a transporté
cette pièce si simple, mais d'un intérêt toujours croissant, sur
le théâtre français avec un éclatant succès. Il en a parfaitement senti toutes les beautés et les a très-bien analysées dans
son *Cours de littérature* (1). Comme il le remarque dans cet
endroit, Fénelon s'est aussi approprié les traits les plus heureux du poëte grec et les a rendus dans notre langue avec le
charme de leur simplicité primitive, en homme pénétré de
l'esprit et du génie des anciens. Son épisode de *Philoctète* est un
des morceaux de son *Télémaque* qu'on relit le plus volontiers.

---

(1) La Harpe est aujourd'hui très-sévèrement jugé pour la partie de son *Cours
de littérature* qui traite de la littérature ancienne. Il est bien certain qu'il n'avait
qu'une connaissance superficielle de l'antiquité, et que ses jugements sur les Grecs
et les Latins sont loin d'avoir la valeur de ceux qu'il a portés sur les modernes.
Néanmoins, en dépréciant cette partie de son ouvrage, la critique contemporaine
n'a-t-elle point été injuste à force d'être sévère. Nous le craignons, et c'est pour ce
motif que nous indiquerons souvent les points sur lesquels ce critique célèbre nous
paraîtra avoir bien rencontré.

7° *OEdipe à Colone.* C'est la mort d'OEdipe qui, chassé de ses États et conduit par sa fille, demande à être enseveli dans un lieu étranger. « Qu'y a-t-il de plus intéressant, dit le P. Brumoy, qu'un homme dont la position est tellement affreuse qu'il est obligé d'employer les dieux même comme médiateurs, pour trouver grâce auprès de faibles mortels, pour les rendre sensibles à ses malheurs et pour obtenir enfin, quoi ? un tombeau (1) ! » OEdipe est toujours sur la scène. Il raconte longuement ses ressentiments profonds et ses douleurs ; on est touché par le dévouement sublime de ses filles Ismène et Antigone, dont la piété filiale contraste si énergiquement avec la barbarie de son fils ingrat, le cruel Polynice. Cette pièce si attachante par elle-même avait encore pour les Athéniens un intérêt tout spécial. Des oracles avaient déclaré que le pays où OEdipe choisirait sa tombe serait favorisé des dieux et deviendrait funeste aux Thébains. Sophocle, en établissant dans sa pièce que ce pays choisi par OEdipe était l'Attique, flattait l'orgueil des Athéniens qui, à l'époque où la pièce fut représentée, se trouvaient à la veille d'une rupture avec cette nation. La Harpe, qui relève ce détail de circonstance, a fait de cette pièce une critique assez heureuse.

Nous avons placé l'*OEdipe à Colone* en dernier lieu pour nous conformer à l'opinion commune qui regarde cette pièce comme l'une des dernières productions de l'auteur. Cependant rien ne nous oblige à la considérer comme le fruit de sa vieillesse. Il nous semble plus naturel de la rapprocher de l'*OEdipe roi* et d'y voir la pièce intermédiaire d'une *trilogie* qui aurait commencé par le premier OEdipe pour terminer par *Antigone*. A la vérité Sophocle attaqua la loi qui obligeait les auteurs dramatiques à présenter trois ou quatre pièces unies ensemble, et il voulut que les tragédies concourussent une à une. Mais avant d'être parvenu à renverser cet usage, il y fut assurément astreint pendant longtemps, et il est très-probable que le rapport qui existe entre ces trois pièces n'a point ailleurs son motif et sa cause.

Au reste tout dans la vie de ce poëte est si incertain, qu'on en sera toujours réduit à des conjectures. On ne sait même pas quelle fut sa mort. Les uns supposent qu'il mourut de joie en apprenant le succès d'une de ses pièces ; ce qui nous semble bien peu probable, parce qu'il devait être fort habitué à ces triomphes. Les autres disent qu'il expira en récitant des pas-

---

1) Brumoy, *Le théâtre des Grecs,* 6 vol. in-12. Ouvrage très-savant, mais où le goût fait quelquefois défaut.

sages de son Antigone. On est généralement d'accord sur l'élévation et la beauté de son caractère. S'il ne fut pas exempt de ces faiblesses qu'on trouve dans tous les grands hommes de l'antiquité, il y avait du moins, dit le biographe grec, tant d'aménité dans ses mœurs qu'il était chéri partout et de tout le monde. Au jugement d'Aristophane, il était modeste autant qu'on le pouvait être alors, et il avait l'âme assez grande pour ne pas porter envie aux talents de ses rivaux.

Son adversaire le plus redoutable, Euripide, étant mort avant lui, aussitôt qu'il apprit son trépas il prit publiquement le deuil et ordonna aux acteurs qui jouaient en ce moment une de ses pièces d'ôter les couronnes de lierre qu'ils portaient. Cette magnanimité ne l'honore pas moins que son génie.

III. — EURIPIDE.

Euripide, le dernier des grands poëtes tragiques de la Grèce, naquit le jour même où les Grecs remportèrent vers l'embouchure de l'Euripe (480) cette victoire mémorable qui fut le gage et le prélude de celle de Salamine. Il dut son nom à cette circonstance extraordinaire. Son père s'appelait Mnésarque et sa mère était une fruitière d'Athènes. Ses parents en voulaient faire un athlète, et il fut couronné dans les jeux célébrés en l'honneur de Thésée et de Cérès. Mais il abandonna la gymnastique pour se livrer à la peinture, puis il étudia l'éloquence sous Prodicus et la philosophie sous Anaxagoras. Il recevait les leçons de ce dernier maître quand il assista au premier combat que se livrèrent Eschyle et Sophocle. Le souvenir de cette grande lutte tourmenta depuis ce moment son esprit, et les palmes de Sophocle le troublaient comme auparavant les lauriers de Miltiade avaient troublé Thémistocle.

A dix-huit ans, poussé par le violent amour de la gloire, il osa entrer en lice et disputer au vainqueur d'Eschyle l'empire de la scène. Il ne l'emporta pas sur lui, mais ses efforts furent du moins assez heureux pour le rendre son digne rival, et pendant une longue suite d'années ils parcoururent de front la même carrière, comme deux superbes coursiers qui, d'une ardeur égale, aspirent à la victoire (1). En dépit de son génie, l'intrigue donna presque toujours à ses concurrents la préférence, et si l'on en croit Varron, il ne fut couronné que cinq fois dans sa vie.

_____
(1) Cette comparaison est de l'auteur du *Voyage d'Anacharsis*, t. VI, p. 48.

Aux peines que durent lui causer toutes ces injustices vinrent s'ajouter de grands chagrins domestiques. Il se maria deux fois, et deux fois ses espérances furent trompées. La conduite de ses deux épouses remplit sa vie d'amertume, et peut-être ne faut-il pas aller ailleurs chercher les motifs de toutes ces diatribes contre les femmes, qu'il a si multipliées dans ses tragédies. Sur la fin de sa vie, des disgrâces inconnues le portèrent à s'exiler de son pays et à se retirer auprès d'Archélaüs, roi de Macédoine. Il y trouva Zeuxis et Timothée, l'un le premier peintre et l'autre le premier musicien de la Grèce. Dans cette cour où l'on ne parlait guère que le langage de la flatterie, il fit entendre celui de la liberté. Si l'on en croit quelques auteurs anciens, la vie de ce grand poëte se termina par le dénoûment le plus tragique. Pendant qu'il se promenait à l'écart dans un bois, absorbé par ses réflexions, il fut assailli par une meute de chiens qui le mirent en pièces. Il était dans sa soixante-seizième année.

Aristophane son ennemi fit aussitôt sa comédie des *Grenouilles*, où il le met en parallèle avec Sophocle et Eschyle. Après la discussion de ce procès littéraire, le poëte comique sanctionne le jugement de tous ses contemporains : il assigne la première place à Eschyle, la seconde à Sophocle et la troisième à Euripide. La postérité a été plus indulgente pour Sophocle, qu'elle a proclamé l'Homère de la tragédie, mais elle a laissé Euripide au rang que son juge haineux et prévenu lui avait assigné.

En parlant de Sophocle, nous avons remarqué qu'il avait abaissé le ton de la tragédie, et qu'il avait réduit les personnages gigantesques d'Eschyle à des héros d'une perfection idéale, mais vraie, dans le sens qu'elle n'avait rien d'invraisemblable, ni d'impossible. Euripide choisit les siens dans la société qu'il avait sous les yeux, et il ne craignit pas de leur supposer toutes les faiblesses dont il avait de si fréquents exemples. Ses dieux n'eurent pas non plus le mouvement et la grandeur qu'on trouve aux dieux de Sophocle, et il n'approcha jamais de cette teinte sombre et terrible que répand sur toutes les représentations d'Eschyle sa croyance au destin. En se formant à l'école d'Anaxagoras, Euripide y avait puisé ce scepticisme religieux que nous trouvons souvent dans les philosophes de l'antiquité, lorsqu'ils sont en face de l'idolâtrie et de ses absurdités. Par égard pour les superstitions populaires, il ne manque pas de mettre en scène les divinités mythologiques; mais elles paraissent comme de froides idoles, et on sent que la conviction a manqué au poëte. Son âme ne rend plus aucun de ces échos des inspirations antiques, la lyre d'Orphée est muette pour lui, et ses fictions sont trop souvent inanimées et vides.

Ne pouvant plus parler cette langue des cieux qui avait fourni à tous les autres poëtes leurs expressions les plus sublimes et leurs pensées les plus profondes, il dut étudier l'homme sous un autre aspect que ses prédécesseurs, et dédaigner l'héroïsme imaginaire des temps anciens, pour ne tenir compte que du présent et de ses tristes réalités. Au lieu de faire combattre ses personnages contre des ennemis ou des obstacles extérieurs, il aima mieux les mettre aux prises avec eux-mêmes, et représenter cette lutte éternelle de la raison contre la sensibilité. Par ce moyen il a fait descendre, il est vrai, l'art dramatique dans un monde qui n'avait point encore été exploré, et, à ce titre, il a fait preuve d'un génie créateur. Mais malheureusement, en approfondissant ainsi la nature humaine, il y avait péril d'évoquer des mystères qu'on devrait toujours laisser dans l'ombre, parce qu'on ne peut les produire au grand jour sans détriment pour la moralité. Euripide n'évita pas cet écueil. L'art, entre ses mains, devint une séduction ; ses peintures trop vives troublèrent l'imagination, ébranlèrent les sens, et, en revêtant de couleurs enchanteresses et gracieuses tout ce qu'il y a de plus vil et de plus honteux dans l'humanité, il eut le tort d'énerver les âmes et d'affaiblir les courages. Aussi plus d'une fois les hommes de cœur et d'esprit, indignés des discours impies et licencieux que le poëte prêtait à ses acteurs, réclamèrent-ils avec force au nom de la religion et de la morale. Mais on n'était déjà plus dans ces heureux temps où rien ne paraissait comparable à la vertu. Le peuple qui commençait à se corrompre applaudit à ses innovations qui flattaient ses mauvais penchants, et la bonne cause fut encore une fois perdue.

Ce qui pourrait étonner, c'est l'estime toute particulière que Socrate faisait des pièces d'Euripide. L'illustre philosophe, bien qu'il ne fréquentât pas beaucoup le théâtre, n'y manquait pas toutes les fois qu'il savait qu'on y devait représenter une pièce de ce poëte. Aristote ne fait pas difficulté de contredire en sa faveur le jugement universel et de l'appeler le plus grand des tragiques. Cette estime des philosophes ne pourrait se motiver par la pureté des maximes d'Euripide, car Cicéron et d'autres auteurs anciens lui en ont reproché de fort erronées. Nous ne voyons pas d'autre raison de cette admiration extraordinaire que ces longues discussions toutes philosophiques dont Euripide hérisse ses dialogues, et qui rappellent involontairement toutes les subtilités de l'école. Apparemment que les amateurs de la dialectique ancienne trouvaient du plaisir dans cette argumentation sèche et raffinée, qui nous semble au moins un hors-d'œuvre toutes les fois que nous n'y trouvons pas de la fatuité et de l'ennui.

Cette philosophie de théâtre qui s'étendait volontiers des règles de la morale aux préceptes de la rhétorique, et qui mêlait souvent à ces matières didactiques des digressions sur la critique littéraire et la politique, n'était bonne qu'à refroidir l'action et la charger de détails nuisibles à son mouvement et à son unité. La postérité a censuré cette innovation malheureuse, mais ce qu'elle a loué à jamais dans Euripide, et ce qui lui fait pardonner en effet la plus grande partie de ses défauts, c'est la beauté de son style. Il y a bien dans ses vers un excès de recherche et de parure, et une mollesse un peu efféminée, mais il y a tant de grâce et de sensibilité qu'on n'est pas étonné de l'admiration qu'avaient pour lui les Grecs.

Les Siciliens, ce peuple mou et sensuel, qui ne demandait au poëte que la grâce et l'harmonie, étaient enthousiastes d'Euripide. Plutarque raconte qu'après la malheureuse expédition de Sicile, une foule d'Athéniens durent leur salut à cet illustre poëte. Les uns furent rendus à la liberté parce qu'ils avaient appris à leurs maîtres ce qu'ils avaient retenu de ses pièces ; les autres, errant dans la campagne après le combat, reçurent de la nourriture de ceux à qui ils chantaient ses vers (1). Plus tard, Athènes elle-même lui dut sa conservation. Après la guerre du Péloponèse, lorsque cette fière cité tomba entre les mains de Lysandre, un Thébain conseilla de la raser et de faire de tout le pays un lieu de pâturage pour les troupeaux. Ce conseil fut suivi d'un festin où se trouvèrent tous les généraux, et pendant lequel un musicien de Phocée chanta ces vers du premier chant de l'*Electre* d'Euripide :

> Fille d'Agamemnon, princesse infortunée,
> Quelle est de ce jour la triste destinée ?
> J'y vois tous les palais en cabanes changés.

Tous les convives, attendris, s'écrièrent qu'il serait horrible de détruire une ville si célèbre et qui avait produit de si grands hommes (2).

Euripide avait beaucoup écrit : mais des cent vingt drames

(1) Plutarque, *Vie de Nicias.*
(2) Plutarque, *Vie de Lysandre.*

qu'il a composés nous ne possédons que dix-huit tragédies. En voici les titres : *Hécube, Oreste, Médée, les Phéniciennes, Hippolyte, Alceste, Iphigénie en Aulide et en Tauride, Ion, les Suppliantes, les Troyennes, les Bacchantes, les Héraclides, Hélène, Hercule furieux, Electre, Rhésus, Andromaque*, et des fragments du *Phaéton* et de la *Danaé*. Plusieurs de ces pièces sont indignes de leur auteur. Nous ne parlerons que de celles qui sont vraiment remarquables.

1° *Hécube*. Dans cette pièce, l'ombre de Polydore, fils de Priam, fait les fonctions du prologue. Il raconte tout ce qui va se passer sous les yeux du spectateur. Il a été assassiné par le roi de la presqu'île de Thrace, Polymnestor, qui a abusé de la confiance que lui témoignait Priam en plaçant son fils sous sa tutelle. Les Grecs abordent dans cette presqu'île souillée du sang du dernier des fils de Priam. Ils ont avec eux Hécube leur captive, et ils immolent sous ses yeux sa fille Polyxène, dont l'ombre d'Achille a demandé le sacrifice. On admirera toujours les discours de cette mère malheureuse, qui plaide devant Ulysse, qu'elle a autrefois sauvé du plus grand péril, la cause de sa chère Polyxène. Ulysse convient de tout et reconnaît les immenses services que lui a rendus cette reine infortunée, mais il est obligé d'obéir à l'armée des Grecs, qui ne peut sortir de la Thrace sans avoir satisfait les mânes implacables du grand Achille. Les discours de Polyxène, sa résignation et sa fermeté, les paroles qu'elle adresse à sa mère en la quittant, et le récit de sa mort, sont autant de chefs-d'œuvre qui ont fait avec raison considérer cette pièce comme une des plus belles du théâtre grec. Elle se termine par la vengeance qu'Hécube tire de Polymnestor, le meurtrier de Polydore, le plus jeune de ses enfants. Cette dernière partie de la pièce n'offre pas, à beaucoup près, des situations aussi dramatiques et un intérêt aussi touchant que la première ; mais, après les malheurs d'Hécube, le poëte voulait, selon la morale du temps, lui donner au moins le plaisir de la vengeance. Erasme a mis en vers latins cette tragédie, la Harpe en a traduit plusieurs passages, Racine lui a emprunté quelques-uns des beaux vers de son Iphigénie et de son Andromaque, et Voltaire l'a quelquefois imitée dans sa Mérope.

2° *Les Phéniciennes*. C'est la mort d'Etéocle et de Polynice. Stace a souvent imité le poëte grec dans son poëme épique, et Rotrou dans ses deux premiers actes de son Antigone ; Sénèque et Racine ont traité le même sujet dans leur Thébaïde. Si l'on en croit Grotius, les Phéniciennes sont le chef-d'œuvre d'Euripide. Le ton de cette pièce est à la vérité fort élevé, mais les situations sont souvent d'un effet exagéré, et le sujet est plus affreux qu'intéressant.

3° *Médée.* Médée a tout sacrifié pour Jason qui, arrivé à Corinthe, l'abandonne et lui préfère la fille du roi de ce pays. Cette ingratitude rend Médée furieuse, et, pour sa vengeance, elle ne se contente pas de faire mourir Jason, mais elle veut lui déchirer le cœur de tant de morsures douloureuses qu'elle lui fasse regretter la mort : la dernière et la plus cruelle, dans les opinions anciennes, est de refuser ses fils à ses embrassements, et de lui ôter le droit de les ensevelir (1). Malgré les crimes de Médée et la froideur du rôle de Jason, les justes ressentiments d'une épouse outragée par un ingrat, les combats de la vengeance et des sentiments maternels, et la profonde dissimulation dont Médée couvre ses noirs desseins, produisent des moments de terreur et des mouvements pathétiques qui ont fourni de belles scènes. C'est une des pièces d'Euripide les mieux conduites, si l'on excepte l'inutile rôle d'Egée qui vient offrir à Médée un asile dans ses Etats (2).

Cette pièce a été mise sur tous les théâtres. Les Romains, les Italiens et les Anglais l'ont imitée. En 1553, Jean de la Péruze donna la première Médée française. Nous avons eu depuis sur ce même sujet la tragédie de Pierre Corneille, la tragédie-opéra de Th. Corneille, la Médée de Longepierre ; Médée et Jason, tragédie de l'abbé Pellegrin, etl a Médée de Clément.

4° *Alceste.* Alceste meurt pour prolonger la vie de son époux Admète ; Hercule sachant qu'Alceste a consommé son sacrifice, descend aux enfers pour en retirer cette vertueuse épouse. Ce sujet si touchant et si simple a été peu compris par la Harpe, et il a été blâmé par Voltaire avec une légèreté que le plus célèbre des critiques de nos jours, M. Villemain, a vivement relevée. « Il y avait, dit-il, nouveauté, poésie, grand pathétique dans cette tragédie d'Alceste, que Racine n'aurait pas osé imiter, mais qu'il admirait beaucoup et que Voltaire n'imitait ni n'admirait. Les premières scènes vous reportaient au milieu des mœurs grecques. Vous voyiez la condition des femmes moins élevée, moins honorée que celle des hommes. Alceste était heureuse de se dévouer pour son époux. Les oracles avaient condamné Admète à mourir. Alceste, en se substituant à lui, remplissait le plus saint devoir d'une femme. Admète refusait longtemps ce sacrifice. Après la mort d'Alceste, dans son deuil

(1) P. Brumoy.
(2) La Harpe.

inconsolable, il devint farouche, dur, inhumain, même pour son père. Cependant sur le seuil du palais se présente un hôte. C'est un homme envoyé par Jupiter, il le reçoit à sa table. La joie de de cet hôte contraste avec sa tristesse ; mais aussitôt qu'Hercule sait qu'Admète pleure le trépas d'Alceste, morte par amour pour lui, il s'élance alors vers le tombeau, combat le génie de la mort, qui emmenait la jeune et belle Alceste, et la ramène inconnue et voilée devant son époux.

» Voilà ce qui ravissait, ce qui enchantait les Grecs. Quelle puissance d'illusions religieuses, pour faire adopter cette fable d'une femme arrachée à la mort, et rendue à l'époux qui la pleurait; mais une fois cette croyance admise, quel charme de pathétique dans un tel spectacle ! Sont-ce là les lois vulgaires tant répétées, qui veulent que la tragédie se termine toujours du bonheur au malheur ? Ce qui sera pathétique et théâtral, cette fois, c'est le retour d'Alceste, encore pâle du tombeau, et le bonheur inespéré de son époux. Ce qui sera tragique, c'est le mélange même du comique, c'est le contraste des funérailles d'Alceste, de la douleur de ses enfants, du deuil de son mari, et de la joie de cet étranger indifférent qui est assis à table (1). »

5° *Hippolyte.* C'est le même sujet qui a fourni à Racine un des plus célèbres de ses chefs-d'œuvre, *Phèdre.* On a bien souvent comparé l'imitation à l'original, mais malgré les beautés du poëte grec, le bon goût a toujours donné la palme à *Phèdre* sur *Hippolyte.*

5° *Iphigénie en Aulide.* Ce sujet nous est encore connu par un des chefs-d'œuvre de Racine. Ce grand poëte avait aussi conçu le projet d'enrichir la scène française d'Iphigénie en Tauride, mais il ne nous a laissé que le plan de cette seconde pièce. Guimond de la Touche a eu la gloire d'exécuter ce dessein, et dans plusieurs endroits il a aussi surpassé son modèle.

Nous ne parlerons pas des autres pièces d'Euripide, quoiqu'elles offrent presque toutes, sinon des beautés d'ensemble, du moins un intérêt de détails assez remarquable. Quand on étudie la vie dramatique de ce poëte et qu'on analyse toutes ses compositions, on est frappé d'un phénomène opposé à celui qui caractérise le talent d'Eschyle et de Sophocle. Le génie de ces deux hommes célèbres n'eut point de déclin. Celui d'Eschyle eut des inégalités, mais il alla toujours se perfectionnant. Les meilleures pièces de Sophocle sont l'œuvre de son extrême

---

(1) Villemain, *Tableau de la littérature française au XVIIIᵉ siècle,* 3ᵉ partie, p. 150, 151.

vieillesse. Nous n'en avons point qu'il ait écrite avant sa cinquante-troisième année. Pour Euripide, au contraire, pendant sa jeunesse il a quelque chose de cette perfection où l'art s'arrêta un moment, puis en se créant des routes nouvelles il perd insensiblement sa pureté primitive, et à mesure qu'il avance, ses ouvrages sont marqués de l'empreinte de la décadence.

On a souvent comparé les trois grands tragiques de la Grèce aux trois grands tragiques français, et on s'est plu à rapprocher Eschyle de Corneille, Sophocle de Racine et Euripide de Voltaire. Dans Eschyle et Corneille on a trouvé les mêmes inégalités de génie et de caractère, les mêmes chutes et les mêmes écarts à côté de pensées sublimes, la même rudesse et la même force de style. Sophocle et Racine ont paru se ressembler pour la pureté du goût, la douceur et la perfection du style, la délicatesse admirable des pensées, la sagesse des plans et des conceptions et une certaine élévation de caractère qui voudrait voir les hommes toujours grands, toujours vertueux. Euripide et Voltaire ont fait tous deux de la philosophie au théâtre, le scepticisme religieux perce à travers toutes leurs pensées, et quand ils sont dramatiques ils le sont surtout par la mise en scène des passions que l'homme dans sa faiblesse voudrait jamais ne s'avouer.

On a aussi mis en parallèle ces poëtes illustres de la Grèce avec les sculpteurs célèbres qui illustrèrent alors ce même pays. Phidias avec ses fortes et sublimes images de la Divinité a été comparé à Eschyle ; on a cru que Polyclète, par la régularité, par l'harmonie des proportions, répondait à Sophocle ; enfin les défauts et les mérites de Lysippe ont paru les défauts et les mérites d'Euripide. En rapportant ces parallèles, notre intention n'est point d'y insister ; nous voulons seulement faire remarquer que dans tous les temps et dans tous les pays la même loi préside au développement des lettres et des arts. Partout et toujours on commence par quelque chose de simple, d'exagéré, de rude et de gigantesque. Cette grossièreté première s'adoucit et s'efface, on descend à un ton plus vrai, et on rencontre ce milieu difficile qui est l'essence même de la perfection. Malheureusement on ne s'y tient pas longtemps. L'esprit ne pouvant rester inactif et stationnaire, cherche à se créer de nouvelles voies, et alors commence cette brillante décadence où la véritable grandeur et la véritable beauté sont remplacées par un éclat artificiel et par une recherche contrainte et guindée qui sont bientôt mortelles à l'art lui-même.

CHAPITRE III.

DU DRAME SATYRIQUE.

Indépendamment de la tragédie, les Grecs cultivèrent un genre de poésie dramatique qui est resté étranger à toutes les littératures modernes, parce qu'il n'est pas dans nos mœurs; c'est ce qu'ils appelaient le drame satyrique. Il tenait tout à la fois de la tragédie et de la comédie, empruntant à la première sa gravité et à la seconde sa gaieté, tout en conservant son caractère propre. Il dut son origine, comme la tragédie, aux fêtes de Bacchus. Souvent dans les pièces qu'on chantait en l'honneur du dieu de la joie et du vin, on mêlait des censures amères, des railleries mordantes ou des jeux de mots grossiers, et il en est résulté cette composition amphibie, qui était d'ailleurs bien propre à instruire les spectateurs tout en les divertissant. Tel était même le but du poëte, comme Horace le fait remarquer.

> Mox etiam agrestes satyros nudavit, et asper
> *Incolumi gravitate jocum tentavit.*
> De arte poet., v. 221, 222.

Les poëtes qui ont fait sortir la tragédie de l'enfance ont aussi donné à cette petite pièce une forme régulière. Chérilus d'Athènes et surtout Eschyle en déterminèrent les règles, et elle fut perfectionnée par Sophocle, Euripide et les autres tragiques. Cette pièce n'admettait point d'autres personnages que des satyres et des silènes qui exécutaient des danses vives et sautillantes, ou dialoguaient avec les dieux et les héros, et la scène était ordinairement supposée dans une forêt, sur une montagne, près des bords de la mer, ou dans un lieu champêtre en rapport avec ce chœur rustique et ses mœurs agrestes. Elle devait être très-courte, et le dénoûment ne pouvait jamais être funeste. Le poëte multipliait les bouffonneries, les bons mots, les saillies et les traits sarcastiques, mais son sujet devait toujours avoir un ton grave et sérieux. Il devait conserver à tous ses personnages le même caractère, et ne point prêter à celui qui représente un dieu ou un héros le langage du peuple. On exigeait aussi que le style fût noble et élevé et qu'on en écartât toutes les personnalités (1). C'est surtout ce qui distinguait le drame satyrique de la comédie. Ce genre avait d'ailleurs son rhythme particulier qui lui donnait nécessairement une physionomie originale.

Dans toutes les tétralogies, après les trois grandes tragédies il y avait un drame satyrique. Eschyle en a composé quinze, et au jugement de Pausanias, il était un de ceux qui les faisaient le mieux. Sophocle attaqua l'usage établi de présenter plusieurs pièces à la fois, mais nous avons vu qu'il fut obligé d'abord de s'y soumettre et de faire suivre ses tragédies d'un drame satyrique. En dépouillant les titres et les fragments de toutes les pièces de ce grand poëte, on en a reconnu environ une vingtaine qui appartiennent à ce genre qu'il dédaignait.

Euripide se distingua aussi dans cette espèce de drame. Son *Cyclope* est le seul drame satyrique qui nous soit parvenu. « La fable de cette pièce est prise dans Homère : c'est Ulysse privant Polyphème de son œil, après l'avoir enivré. Pour lier ce sujet à un chœur de satyres, voici l'artifice dont le poëte s'est servi. Silène et ses fils, les Satyres, cherchant par toutes les mers Bacchus que des pirates ont enlevé, ont échoué sur les côtes de la Sicile où ils sont tombés entre les mains de Polyphème. Le Cyclope en a fait ses esclaves et s'en sert pour garder ses brebis. Ulysse ayant été jeté sur la même côte, ils se liguent avec lui contre leur maître; mais leur poltronnerie le seconde mal dans l'exécution de son entreprise. Ils profitent de sa victoire et s'embarquent avec lui (2). »

Cette pièce d'Euripide a permis aux modernes d'étudier ce genre et ces caractères, mais au jugement des anciens ce grand poëte tragique était inférieur pour le drame satyrique aux poëtes Achéus et Hégémon. « Ce dernier ajouta un nouvel agrément à ce poëme, en parodiant de scène en scène les tragédies connues. Ces parodies, que la finesse de son jeu rendait très-piquantes, furent extrêmement applaudies et souvent couronnées. Un jour qu'il donnait sa *Gigantomachie*, pendant qu'un rire excessif s'était élevé dans l'assemblée, on apprit la défaite de

---

(1) Horace donne ainsi les règles de ce genre de poésie :

Verum ita risores, ita commendare dicaces,
Conveniet satyros, ita vertere seria ludo,
Ne q icumque Deus, quicumque adhibebitur heros
Regali conspectus in auro nuper et ostro,
Migret in obscuras humili sermone tabernas,
A it, dùm vitat humum, nubes et inania captet.
Effutire leves indigna tragœdia versus,
Ut festis matrona mov ri ju sa diebus.
Intererit satyris paulùm pudibunda protervis.

De arte poet., v. 225 et seq.

(2) Schœll, *Hist. de la littérature grecque.*

l'armée en Sicile : Hégémon voulut se taire; mais les Athéniens, immobiles dans leurs places, se couvrirent de leurs manteaux, et après avoir donné quelques larmes à la perte de leurs parents, ils n'en écoutèrent pas avec moins d'attention le reste de la pièce. Ils dirent depuis qu'ils n'avaient point voulu montrer leur faiblesse et témoigner leur douleur en présence des étrangers qui assistaient au spectacle (1). »

CHAPITRE IV.

DE LA VIEILLE ET DE LA MOYENNE COMÉDIE. ARISTOPHANE.

La comédie eut la même origine que la tragédie (2). Elle ne faisait d'abord avec elle et le drame satyrique qu'un même genre fort confus, où les sentiments les plus opposés et les idées les plus contraires se trouvaient mêlés ensemble. La tragédie et le drame satyrique se dégagèrent d'abord de ce chaos, et ces deux genres avaient déjà reçu leurs lois et étaient perfectionnés, tandis que la comédie n'était encore qu'une représentation grossière qui égayait les habitants des campagnes et promenait ses tréteaux autour d'Athènes sans oser pénétrer dans cette cité. Ce fut en Sicile que la comédie prit tout à coup son développement. « Au lieu d'un recueil de scènes sans liaisons et sans suite, le philosophe Epicharme établit une action, en lia toutes les parties, la traita dans une juste'étendue et la conduisit sans écart jusqu'à la fin. Ses pièces, assujetties aux mêmes lois que la tragédie, furent connues en Grèce; elles y servirent de modèles, et la comédie y partagea bientôt avec sa rivale les suffrages du public et l'hommage que l'on doit aux talents. Les Athéniens surtout l'accueillirent avec les transports qu'aurait excités la nouvelle d'une victoire (3).

Epicharme vivait à la cour d'Hiéron Iᵉʳ, environ 470 ans avant Jésus-Christ. Son exemple profita aux poëtes athéniens, et dans les fêtes la comédie fut dès lors associée à la tragédie. Ce poëme, essentiellement mordant et railleur, ne pouvait aller chercher ses inspirations dans la mythologie ou dans le passé fabuleux et héroïque de la nation. Il devait uniquement se préoccuper des

(1) *Voyage d'Anacharsis*, ch. LXIX.
(2) Voyez plus haut, p. 41.
(3) *Voyage d'Anacharsis*, t. VI, p. 54.

intérêts du moment et s'attaquer aux hommes et aux choses qu'on avait sous les yeux. Les affaires politiques et militaires, l'administration de la cité, les fonctions des magistrats, leurs belles actions et leurs faiblesses, la réputation juste ou imméritée des grands personnages, les discussions publiques en matière de législation, les assemblées du peuple, les simples professions des divers citoyens et même les croyances religieuses, tout pouvait être un aliment à la gaieté mordante et à la verve satirique du poëte. Avant tout on lui demandait de divertir les spectateurs et on lui permettait de parodier tout ce qu'il y avait de plus grave et de plus sacré; libre à lui de se rire des aventures des dieux et des héros, de tourner en ridicule les magistrats et les hommes d'Etat les plus estimés et de se moquer même du peuple souverain d'Athènes et de ses décisions.

Aujourd'hui nous ne pourrions concevoir cette extrême licence. Elle serait aussi incompatible avec nos mœurs qu'avec nos institutions. Mais il n'en était pas de même sous le gouvernement démocratique des Grecs. Dans ces républiques ardentes où la place publique retentissait sans cesse de harangues opposées, on était habitué à cette lutte incessante d'homme à homme, et quand on retrouvait sur le théâtre ces personnalités criantes qui révoltent notre délicatesse, on n'en était point choqué, parce qu'en réalité elles n'avaient rien d'insolite et d'extraordinaire. Ce peuple mobile et léger qui avait l'habitude de dire chaque jour en public sa pensée sur les hommes qui étaient au pouvoir et sur toutes les questions qui se présentaient, ne s'étonnait pas de voir un auteur comique se donner sur son théâtre la même licence et dévoiler des turpitudes et des bassesses qu'il était d'ailleurs utile de flétrir.

Cette hardiesse excessive caractérisa la *vieille comédie*. Les grammairiens d'Alexandrie n'ont compté que six poëtes illustres dans ce genre. Ce sont Epicharme, Cratinus, Eupolis, Phérécrate, Platon et Aristophane. Nous avons parlé d'Epicharme qui fut le créateur du genre. Cratinus réussissait moins dans l'ordonnance de la fable que dans la peinture des vices; aussi amer qu'Archiloque, aussi énergique qu'Eschyle, il attaqua les particuliers sans ménagement et sans pitié (1). Eupolis, son ami et son imitateur, avait plus de grâce et d'aménité. Lucien l'étudia comme un modèle pour donner du mouvement et de la vie à ses dialogues. Phérécrate fut l'auteur d'un mètre par-

_____
(1) *Voyage d'Anacharsis*, ch. LXIX.

ticulier, qui de son nom s'est appelé *phérécratien*. Ce vers se
compose de trois pieds, un spondée, un dactyle et un spondée
ou trochée. Il y avait de la finesse dans ses railleries et il s'abs-
tint toujours des personnalités. Platon le comique, qu'il ne
faut pas confondre avec l'illustre philosophe du même nom,
avait le même caractère et la même modération que Phérécrate.
De tous ces poëtes il ne nous reste que de légers fragments
et les titres d'un assez grand nombre de pièces qu'ils avaient
composées. Mais le temps a du moins respecté une partie
des pièces d'Aristophane, le plus célèbre poëte de la comédie
ancienne.

On pense qu'il était d'Athènes, et qu'il commença à se faire
connaître dans la quatrième année de la guerre du Péloponèse,
427 ans avant J.-C. Toutes ces compositions sont une peinture
fidèle du peuple athénien à cette époque. Il y traite toutes les
affaires les plus graves et les plus difficiles, il transporte sur le
théâtre les débats politiques, conseille la paix ou la guerre,
révèle la corruption des chefs, et montre les turpitudes et la
bassesse de tous ceux qu'il savait prêts à trafiquer de l'honneur et de la liberté de la patrie. Le peuple fait-il une faute,
comme le jour où il mit le démagogue Cléon à la tête des armées? le poëte ne craint pas d'attaquer le peuple et son idole,
et de montrer l'imprudence de l'un en dévoilant l'inexpérience
et l'inaptitude de l'autre. Des grandes luttes politiques il passe
aux rivalités littéraires, et alors il s'en prend aux tragiques, aux
orateurs, à tous ceux qui peuvent contre lui rivaliser d'influence,
et il leur prodigue le sarcasme et la raillerie avec une inépuisable malignité. Pour être frappé de tout ce qu'il y avait
d'actuel et de pratique, comme nous dirions aujourd'hui, dans
ses poésies, il suffit de jeter un coup d'œil rapide sur les pièces
qui nous ont été conservées.

Or, des cinquante-quatre pièces qu'il avait composées nous
n'en avons plus que onze, encore n'ont-elles plus leur forme
originale. Quelques-unes ont été retouchées par l'auteur même,
d'autres par ses fils Ararus, Philétère et Nicostrate. Ces onze
pièces sont intitulées : *les Acharnéens, les Chevaliers, les Nuées,
les Guêpes, la Paix, les Oiseaux, les Femmes célébrant la fête de
Cérès, Lysistrate, les Grenouilles, le Club féminin* et *Plutus*.

1° *Les Acharnéens.* Cette pièce fut représentée l'an 426 avant
J.-C. Le poëte s'y propose d'engager Athènes à se réconcilier
avec Lacédémone, et pour prouver que la paix serait avantageuse, il suppose qu'un individu d'Acharné, bourg près d'A-
thènes, qu'il appelle Dicœpolis, *cité juste*, a fait la paix pour

son compte personnel et qu'il est heureux, tandis que tous ses concitoyens sont dévorés par la guerre.

2° *Les Chevaliers.* Ils furent représentés un an après les Acharnéens. Au moment où le siége de Sphactérie traînait en longueur, les Athéniens avaient donné par dérision le commandement de l'armée au démagogue Cléon, qui n'avait aucune expérience de la guerre. Aristophane s'éleva contre cette imprudence, et comme il n'y avait point d'acteur qui voulût jouer le rôle de Cléon, dans la crainte d'être victime des emportements du peuple, il s'en chargea lui-même. On remarque dans cette pièce le rôle d'Agoracrite, un imbécile auquel on parvient à faire croire que la nature l'a doué de tous les talents. Cette charge aurait bien pu fournir à Molière l'idée de son *Médecin malgré lui.*

3° *Les Nuées.* C'est une attaque contre les philosophes et les sophistes. Ils faisaient cause commune avec les tragiques, et une fureur jalouse arma contre eux Aristophane. Il ne ménagea pas Socrate, probablement parce qu'il voyait en lui l'ami d'Euripide dont il ne put jamais supporter la gloire. Mais il n'est pas vrai, comme on l'a si souvent répété, que cette pièce ait contribué à la condamnation de ce philosophe, car elle fut représentée vingt-quatre ans avant sa mort. Le rôle de Strepsiades, prenant des leçons de Socrate, est l'original du *Bourgeois gentilhomme.*

4° *Les Guêpes.* C'est une satire contre les juges et contre la manie des procès. Racine a imité cette pièce dans ses *Plaideurs.*

5° *La Paix.* Le but que le poëte s'était proposé dans les Acharnéens était atteint. Lacédémone et Athènes avaient fait la paix ; il composa une nouvelle pièce pour engager les autres peuples de la Grèce à accéder au traité.

6° *Les Oiseaux.* C'est une allégorie qui paraît avoir eu pour but d'empêcher les Athéniens de fortifier Décélie et de continuer leur expédition de Sicile. Mais la pensée du poëte est très-difficile à saisir.

7° *Les Femmes célébrant la fête de Cérès.* Les Athéniennes prennent occasion de cette fête pour délibérer sur les moyens de perdre Euripide, l'ennemi de leur sexe. Pour se sauver, Euripide emploie mille ruses et finit par obtenir son pardon.

8° *Lysistrata.* Cette pièce a pour objet de disposer le peuple à la paix avec les Lacédémoniens. Elle est profondément immorale.

9° *Les Grenouilles.* Le poëte s'y moque des auteurs tragiques, principalement d'Euripide, qui venait de mourir. Le chœur est

composé des grenouilles du Styx, fleuve que Bacchus passe
pour aller chercher Eschyle, afin de le ramener sur la terre,
préférablement à Euripide. Cette pièce remporta le prix sur
Phrynichus et Platon, et le peuple en fut si charmé qu'il demanda à la voir une seconde fois, ce qui était une distinction
extraordinaire.

10° *Le Conciliabule des femmes.* Cette pièce est dirigée contre
les mauvaises têtes dont les intrigues démagogiques tendaient
sans cesse à troubler la république. Elle renferme aussi des
traits contre la République de Platon, et surtout contre la communauté de biens, de femmes et d'enfants qui était la base du
système de ce philosophe. Elle est très-licencieuse.

11° *Plutus.* Un citoyen d'Athènes rencontre un aveugle qu'il
recueille chez lui : c'est Plutus, dieu de la richesse. Ayant recouvré la vue, après avoir dormi dans le temple d'Esculape, il
est mis à la place du maître de l'Olympe ; ce qui fournit au
poëte l'occasion de se moquer de l'avidité et de la corruption
de ses compatriotes. Cette pièce appartient à la comédie
moyenne, et c'est même la seule de cette espèce qui soit
arrivée jusqu'à nous (1).

On le voit, tous les sujets traités par Aristophane sont des
sujets de circonstance. Dans toutes ces pièces il faisait allusion
aux personnages qui occupaient alors la scène du monde politique ou du monde littéraire, ou bien il rappelait d'un mot une
foule de circonstances particulières que tous les spectateurs connaissaient et que l'histoire ne nous a pas toujours transmises.
De là toutes ces obscurités que nous rencontrons aujourd'hui
quand nous entreprenons la lecture de ce poëte. Presque à
chaque vers nous trouvons des épithètes ou des expressions
particulières dont nous ne pouvons sentir tout l'à-propos et
toute la finesse. Ces difficultés sont grandes pour celui qui est
très-instruit des mœurs, des coutumes, des usages des Grecs
et qui connaît à fond l'histoire des temps où vivait Aristophane,
mais elles deviennent insurmontables pour celui qui ne s'est
pas ainsi familiarisé avec l'antiquité. Les œuvres de ce poëte
célèbre ne peuvent être à ses yeux qu'une énigme indéchiffra-
ble, et peut-être ne considérera-t-il sa réputation immense
que comme une usurpation qui sera condamnée à jamais par
le bon goût. C'est ce qu'on remarque dans la Harpe. L'impuissance où il est de se rendre compte des beautés du poëte qu'il
étudie le porte à calomnier son talent, et il ne voit rien dans
toutes ses œuvres qui justifie son étonnante renommée.

(1) Ces arguments généraux ont été empruntés à Schœll.

Le célèbre critique s'est prévalu de l'autorité de Plutarque, qui dans son parallèle de Ménandre avec Aristophane reproche à ce dernier son style inégal, ses pensées obscures, son sel amer et cuisant, ses équivoques grossières, ses allusions licencieuses, son effronterie et ses railleries plus dignes d'être sifflées que capables de faire rire. Mais toute l'antiquité lui eût répondu, comme le fait Théodecte dans Anacharsis : « Quelle élégance, quelle pureté dans la diction ! quelle finesse dans les plaisanteries ! quelle vérité, quelle chaleur dans le dialogue ! quelle poésie dans les chœurs ! A la vérité cet auteur fourmille de défauts, mais il fourmille aussi de beautés. Ce sont les irrégularités de la nature, laquelle, malgré les imperfections que notre ignorance y découvre, ne paraît pas moins grande aux yeux attentifs (1).

Ce que nous trouvons de répréhensible dans Aristophane ce n'est pas la forme littéraire, qui est toujours admirable, mais ce sont les obscénités dont il a souillé presque toutes ses pièces. A la vérité ce reproche ne s'arrête pas au poëte, il s'élève jusqu'à la nation qui applaudissait à de pareils excès. Souvent on se fait illusion sur le caractère de la civilisation ancienne. On juge des sociétés païennes par l'éclat des sciences et des lettres, mais on ne pénètre pas dans le sanctuaire de la famille et l'on ne se demande pas assez quelle était la conduite privée de ces hommes qui se plaisaient à voir des athlètes se battre nus sous leurs yeux et qui sortaient de l'amphithéâtre pour aller ensuite dans un temple recevoir de leurs dieux des leçons d'immoralité. Aristophane met à nu cette plaie hideuse, mais il le fait avec une crudité révoltante, pour tout cœur pur et toute âme honnête.

On ne lui reprocha pourtant jamais cette licence effrénée. Ce qui blessait dans ses pièces, c'étaient ces allusions satiriques et mordantes contre toutes les personnes qui jouaient un rôle important dans l'Etat. Tant qu'Athènes fut libre, on se plaignit de ces écarts sans prendre pour ce motif aucun moyen de les réprimer. Les premières lois portées contre les auteurs comiques eurent pour auteurs les *trente tyrans* sous le joug desquels Athènes tomba immédiatement après la guerre du Péloponèse. Il ne leur fut plus permis de mettre en scène, comme ils le faisaient, les personnes vivantes ou de les désigner par leur nom, et dès lors la comédie dut revêtir un nouveau caractère. C'est ce qu'on a appelé la *comédie moyenne*. Elle dura jusqu'à Ménandre, l'auteur de la *comédie nouvelle*.

_____

(1) *Voyage d'Anacharsis*, ch. LXXI.

Bien que la *comédie moyenne* n'eût pas comme la *comédie ancienne* le droit de nommer les individus, néanmoins elle les fit encore connaître par des allusions malignes, par la peinture de leur caractère, et sous des tableaux allégoriques et des noms supposés il fut aisé de reconnaître les personnages que le poëte avait dans sa pensée. Les masques qui reproduisaient auparavant l'image des personnes vivantes furent changés et ils ne furent plus remarquables que par leur bizarrerie. Le chœur n'eut plus cette magnificence et cette richesse qui le distinguaient auparavant ; ses fonctions furent réduites à s'entretenir avec les auteurs de la pièce. Enfin le choix des sujets fut tout différent. La comédie ancienne ne s'occupait que des événements présents, et nous avons remarqué qu'elle se mêlait de politique et de littérature, s'attachant ainsi aux vices et aux ridicules de tous les hommes qui s'étaient illustrés par leurs talents. Sous le gouvernement despotique que la victoire avait imposé à Athènes, il n'était pas possible qu'une telle liberté fût laissée au théâtre. On lui permit de donner au peuple des représentations, mais les sujets durent être choisis en dehors des idées politiques. Cette restriction ne laissait aux poëtes que le domaine de la littérature à exploiter. Ils se mirent à critiquer ou à parodier les ouvrages qui étaient entre les mains du public, et dans l'impossibilité où ils étaient d'amuser le peuple aux dépens des sottises des tyrans qui l'opprimaient, ils le faisaient rire aux frais des écrivains qui l'avaient illustré.

Cette époque de servitude ne pouvait être féconde en grands hommes. Aristophane replia les ailes de son génie et s'efforça de le renfermer dans le cadre prescrit. Son *Plutus* est la seule de ses pièces qui appartienne à ce genre nouveau. Il ne paraît pas que beaucoup de poëtes l'aient cultivé. Les grammairiens d'Alexandrie n'en ont placé que deux dans leur canon, Antiphane de Rhodes et Alexis de Thurium. Antiphane avait composé près de trois cents comédies, mais il ne nous en est resté que de courts lambeaux. Alexis n'avait pas été moins fécond. Stobée nous a conservé de lui quelques morceaux qui justifient l'épithète de *gracieux* que lui donne Athénée.

La *nouvelle comédie* sera illustrée par des noms plus célèbres, mais nous ne devons étudier son histoire que dans l'époque suivante.

CHAPITRE V.

DES HISTORIENS. HÉRODOTE, THUCYDIDE ET XÉNOPHON.

L'histoire chez les Grecs est née de l'épopée. Pendant long-temps les exploits des guerriers et les victoires des nations ne furent transmis à la postérité que par les poëtes qui avaient voulu marcher sur les traces d'Homère. Dans leurs composi-tions diverses ils ont épuisé tous les grands événements des temps héroïques, et souvent ils en ont raconté simplement tous les détails, comme l'aurait fait un historien, sans trop se met-tre en peine des fictions et des ornements poétiques. Ensuite on quitta le langage de la poésie pour s'en tenir à celui de la prose, et chaque peuple se contenta d'écrire ses annales pour laisser aux âges futurs un souvenir de son existence.

Cette grande révolution s'opéra vers le vi[e] siècle avant Jésus-Christ. L'art de l'écriture avait alors fait de grands progrès ; les peuples n'avaient plus cette effervescence d'imagination qui ne leur permettait pas de rendre autrement leurs pensées qu'avec tout l'éclat et toute la magnificence de la poésie ; ils étaient tous établis et fixés ; leurs voyages, leurs guerres, leurs relations avec les autres nations les avaient enrichis de con-naissances infiniment variées, de sorte que, sous tous les rap-ports, c'était pour eux un besoin et presque une nécessité de recourir à l'histoire pour préserver de l'oubli toutes les tradi-tions qui se rattachaient à leurs villes et à leurs familles. Aussi voyons-nous dans chaque Etat une foule d'historiens ou de *lo-gographes*, comme on les appelait alors, rechercher avec ardeur les généalogies des princes et des maisons illustres, l'origine et l'émigration des peuples, et recueillir avec soin les inscriptions, les statues, les édifices, en un mot, tous les documents qui leur semblaient capables de les éclairer. Ils voyageaient dans les contrées dont ils avaient entrepris l'histoire, et consultaient les vieillards pour apprendre d'eux toutes les traditions locales.

Le plus ancien de ces logographes, Cadmus de Milet, écrivit sur les antiquités de sa ville natale. Son compatriote Hécatée (555 avant J.-C.) ne se contenta pas d'éclaircir ce sujet, il pu-blia encore les collections de toutes les grandes familles qui avaient illustré cette cité, et sous le titre de *Périégése* ou *tour du monde* il décrivit l'Asie, l'Europe, l'Hellespont, la Libye, l'Égypte, en un mot, tout le monde connu de son temps. Il paraît qu'il s'est surtout occupé de l'histoire de Thèbes et de la haute Égypte. Denys d'Halicarnasse loue la simplicité et la clarté de son style qui était suffisamment orné sans être chargé d'ornements trop prétentieux. Charon de Lampsaque, qui florissait environ trente ans après Hécatée, composa beaucoup d'ouvrages historiques dont malheureusement nous n'avons plus que les titres.

Tous ces écrivains étaient antérieurs à Hérodote. Il y en eut encore beaucoup d'autres qui écrivirent l'histoire dans tous les dialectes. Nous ne citerons que Hellanicus de Lesbos, Damase de Sigée, Xenomède de Chio, Xantus de Lydie. D'après Denys d'Halicarnasse, ces auteurs étaient tous conduits par le même dessein dans le choix de leurs sujets, et leur talent était à peu près semblable. « Les uns, dit-il, écrivirent les histoires des Grecs, les autres celles des barbares ; mais ils ne lièrent pas ces récits entre eux ; ils les divisèrent par nation et par ville, et les publièrent séparément, n'ayant qu'un seul et même but, de recueillir les monuments et les écritures conservés par les habitants de chaque pays et de chaque cité, soit dans les temples, soit dans les lieux profanes, et de les porter à la connaissance publique, comme ils les avaient trouvés, sans y rien ajouter, sans en rien ôter.

« Il s'y mêlait quelques fables auxquelles on avait foi depuis longtemps, et quelques catastrophes de théâtre qui paraissaient des contes puérils aux hommes de notre siècle. Quant à la diction, elle est presque généralement la même chez tous ceux d'entre eux qui ont adopté le même dialecte : c'est un parler clair, usuel, simple, court, accommodé aux choses, et où l'on ne voit paraître aucun arrangement artificiel. Une certaine fleur de jeunesse brille sur leurs ouvrages, et une grâce plus vive chez les uns, moindre chez les autres, mais sensible chez tous ; c'est par elle que leurs écrits subsistent encore (1). » Hérodote sut le premier lier entre eux des événements qui intéressent des peuples divers et faire un tout de ces parties incohérentes. A ce titre il a mérité d'être appelé le *père de l'histoire*.

I. — HÉRODOTE.

Hérodote naquit à Halicarnasse 484 ans avant Jésus-Christ. Il eut pour père Lyxès et pour mère Dryo, et il reçut une éduca-

---

(1) Denys d'Halicarnasse, *Op.*, t. VI.

tion aussi distinguée que sa naissance. Son oncle Panyasis était un poëte célèbre que plusieurs écrivains avaient placé au second rang après Homère. Le jeune Hérodote, excité par l'exemple de ses parents et de ses concitoyens, lut avec une grande avidité les écrits d'Hécatée, de Xantus, d'Hellanicus de Lesbos, et de tous les autres logographes qui jouissaient alors de la plus haute réputation. Cette lecture lui inspira le désir de parcourir les pays dont les descriptions l'avaient enchanté. Il conçut le projet d'écrire l'histoire de la grande lutte des Grecs contre les Perses, et il se mit à voyager pour recueillir tous les matériaux nécessaires à l'exécution de ce magnifique dessein. Il visita d'abord la Grèce entière, l'Epire, la Macédoine, la Thrace, observant partout d'un œil curieux les sites, les distances des lieux, les productions des pays, les usages, les mœurs, la religion des peuples ; il puisa dans leurs archives et dans leurs inscriptions les faits importants, la succession des rois, les généalogies des illustres personnages, et partout il se lia avec les hommes les plus instruits et se plut à les consulter dans toutes les occasions.

De là il passa en Egypte et il en étudia les mœurs, l'histoire, la religion et la situation géographique avec tant de soin et de perfection que nous n'avons aucun écrivain, soit ancien, soit moderne, qui ait donné de ce pays une description aussi exacte et aussi curieuse. Il ne négligea rien pour apprendre des prêtres de Memphis, de Thèbes et d'Héliopolis tout ce qu'ils savaient sur leur pays. Il alla ensuite en Libye et dans la Cyrénaïque, et se rendit de là dans la ville de Tyr pour y éclaircir plusieurs points qui lui avaient paru confus dans les récits des prêtres égyptiens. On a mis en doute son voyage à Babylone, mais les découvertes de la science moderne ont établi qu'il a visité lui-même cette grande ville, et qu'il a été témoin de tous les faits qu'il en rapporte. Il alla même en Colchide, et retourna dans son pays en passant par la Scythie, la Thrace, la Macédoine et l'Epire.

De retour à Halicarnasse, il trouva le tyran Lygdamis en possession du souverain pouvoir. Comme il avait tout à redouter de ce cruel despote qui avait fait mourir son oncle Panyasis, il s'exila dans l'île de Samos et travailla à mettre en ordre toutes les connaissances qu'il avait recueillies, et à en faire une histoire. Ce soin ne l'absorba pas tellement qu'il ne pût travailler en même temps à l'affranchissement de sa patrie. Il s'unit avec tous les vrais amis de la liberté et renversa le tyran qui opprimait depuis si longtemps ses concitoyens. Malheureusement cette révolution n'eut pas d'autre résultat que de déplacer le despotisme. Au lieu d'être entre les mains d'un seul, il se trouva entre les mains des citoyens les plus distingués par leur richesse et leur naissance ; et Hérodote, qui avait désiré sincèrement l'anéantissement de toute servitude, n'eut pas moins à souffrir de ce gouvernement aristocratique que de celui qui l'avait précédé.

En butte à toutes les factions, il dit un éternel adieu à sa patrie et se rendit aux jeux olympiques pour chercher dans ses succès littéraires un dédommagement à tous les revers et à toutes les déceptions qui l'avaient frappé dans sa carrière politique. Il lut devant la Grèce assemblée à Olympie une partie de son histoire ; elle fut tellement goûtée, qu'au milieu des applaudissements universels elle fut proclamée l'œuvre des Muses. Ces encouragements flattèrent Hérodote ; mais, au lieu de se reposer pour jouir de sa gloire, il redoubla de zèle et d'ardeur pour perfectionner ce qu'il avait commencé. Il fit de nouveaux voyages dans l'intérieur de la Grèce, et ce fut seulement douze ans après son premier triomphe aux jeux olympiques qu'il lut la dernière partie de son travail à Athènes, à la fête des Panathénées. C'était 444 ans avant notre ère. Les Athéniens ne se contentèrent pas d'honorer son génie par les plus magnifiques éloges, ils lui firent présent de dix talents et s'efforcèrent de le retenir dans leur ville. Mais l'illustre historien ne put résister à son goût pour les voyages et à son amour pour la science. Dans l'intérêt de ses études historiques, il quitta Athènes et s'établit avec une colonie d'Athéniens à Thurium, dans la Grande-Grèce. Il y termina sa carrière, retouchant sans cesse son ouvrage et l'enrichissant tous les jours de quelques additions considérables.

Son histoire, telle qu'elle nous est parvenue, se divise en neuf livres. Son but, comme il le dit lui-même, était de célébrer les exploits des Grecs et des Perses, et de développer les motifs qui avaient porté ces deux peuples à se faire la guerre. C'est le tableau de la grande rivalité de l'Europe contre l'Asie, de l'Occident contre l'Orient. Dans les temps héroïques cette rivalité a donné occasion à la guerre de Troie, qui a servi de thème à tous les poëmes épiques avant et après Homère. Hérodote reprend cette lutte où les poëtes cycliques l'ont laissée, c'est-à-dire au début des temps historiques, et il la poursuit jusqu'à son dénoûment, c'est-à-dire jusqu'à la défaite de Platée et de Mycale (1).

Pour faire connaître les Perses, Hérodote commence son his-

_____

(1) Nous avons ici suivi la notice de Larcher, le savant commentateur d'Hérodote.

toire par le récit de leur origine. Il nous les montre subjuguant les Mèdes et étendant ensuite leurs conquêtes sous Cyrus. Ces succès donnent de l'inquiétude à Crésus, roi de Lydie. Il veut réprimer cette puissance menaçante et attire sur lui les armes du conquérant. Il est vaincu, et avec lui tous les rois de l'Asie Mineure. Cyrus, laissant à ses généraux le soin d'achever la soumission de toutes ces contrées, marche contre Babylone et s'en empare. Cette histoire du fondateur de la monarchie persane fournit à Hérodote le moyen de parler en détail de l'origine, du caractère et des mœurs des Lydiens, des Mèdes, des Assyriens, des Grecs de l'Asie Mineure, des Massagètes, en un mot de tous les peuples qui ont eu quelques rapports avec Cyrus.

Au second livre, à propos de Cambyse qui fit une expédition en Égypte, l'historien sous forme d'épisode raconte tout ce que lui ont appris les prêtres de Memphis, d'Héliopolis et de Thèbes. Il nous donne l'histoire des princes qui ont régné sur ces divers pays, et expose les lois, les usages et les croyances de cette nation.

Son troisième livre est consacré à la dernière partie de l'histoire de Cambyse, au récit du règne de Smerdis et au commencement de celui de Darius. Ce prince ayant fait une expédition dans la Scythie, l'historien décrit à ce propos les mœurs des Scythes et l'état géographique de leur pays. Cette nouvelle digression fait l'objet du quatrième livre. Au cinquième se trouve l'exposé des préparatifs pour la grande lutte qui va s'engager entre les Grecs et les Perses. On y voit la soumission de la Thrace et de la Macédoine par Mégabaze, général de Darius, et la révolte des Ioniens qui se termine par la destruction de Sardes, dont l'incendie met à Darius les armes à la main contre la Grèce.

Les quatre derniers livres sont remplis par l'expédition de Datis et d'Artapherne, la bataille de Marathon, la grande invasion de Xerxès et sa défaite à Salamine, à Platée et à Mycale. Cette dernière victoire termine le tableau tracé par Hérodote.

Quoique nous n'ayons pu ici qu'indiquer le plan de ce grand ouvrage, il suffit de jeter un coup d'œil rapide sur ses parties et leurs rapports pour être frappé de l'unité qui y règne. L'historien n'est plus un simple chroniqueur qui enregistre sèchement les faits, ou un annaliste qui se contente de les développer année par année. C'est plutôt un poëte qui prend pour motif de ses chants un épisode, ou si l'on veut une période de la vie de l'humanité, qui en dramatise tous les moindres détails avec une habileté merveilleuse, et qui dans la mise en scène sait rapporter à un même point tous ses moyens d'action. Tout dans Hérodote rappelle Homère. Son style en a la simplicité et la grâce, ses récits sont graves et majestueux, ses descriptions pleines de mouvement et de grandeur, et sa marche est tellement semblable à celle de l'épopée que souvent on serait tenté de prendre plusieurs de ses pages pour des feuillets détachés de l'Iliade. Comme Homère il donne de la vie et de l'intérêt à tout ce qu'il écrit. «Soit qu'il raconte la chute de Crésus et son entretien avec Solon, l'avénement de Darius au trône, son entrevue avec Polycrate, soit qu'il représente Aristagoras dans le conseil de Sparte, Xerxès s'entretenant sur le sort de son armée avec Artaban, la mort de Biton et de Cléobis, ou d'autres événements, tout est chez lui dramatique. Il combat avec les Grecs et fuit avec les Perses. Mais il ne semble prendre part à l'action que pour la placer sous les yeux mêmes de ses lecteurs et les y intéresser davantage. Il fait parler et agir ses personnages de manière qu'on croit être à la fois juge et témoin des événements auxquels ils ont coopéré. Il ne disserte pas sur la politique; il ne dogmatise pas sur la morale; ses leçons sont dans le récit et ses maximes dans le résultat. Faut-il discuter des intérêts, établir des principes? c'est l'objet des discours qui préparent l'action ou qui en dépendent ou en indiquent les causes. Prononcés par des auteurs qui ne quittent pas la scène, ils instruisent encore des desseins et des motifs particuliers de ceux qui agissent. Décrit-il une contrée, on y voyage avec lui, on vit avec les habitants et on apprend d'eux leurs usages. Parle-t-il d'une religion, on entre dans ses temples, on assiste à ses cérémonies et on confère avec ses ministres. En un mot, rien ne languit, l'attention est sans cesse réveillée, et l'auteur cherche toujours à la fixer, non sur lui-même, mais sur les objets qu'il peint avec des couleurs aussi variées que naturelles. Le sentiment qui vivifie tout est encore un des attraits de la narration d'Hérodote (1).»

Peut-être cette forme si poétique et si vivante a-t-elle été une raison pour plusieurs de douter de l'exactitude et de la sincérité de ses récits. Dans l'antiquité même, on l'a accusé de trop sacrifier à l'imagination et d'aimer un peu comme les poëtes à faire du merveilleux. Plutarque n'a pas peu contribué à rendre cette opinion populaire en relevant ce qu'il appelait sa *malignité*. Mais la critique moderne a vengé l'illustre historien des attaques de tous ses censeurs, et elle a établi par des preuves incontestables que le bon Plutarque avait cette fois écouté sa haine beaucoup plus que la vérité. Les investi-

(1) Sainte-Croix, *Examen des historiens d'Alexandre le Grand*, 2e éd. p. 8.

gations des voyageurs les plus récents sont venues également confirmer une foule de faits qui étaient auparavant considérés comme des fables, de sorte que son autorité s'est accrue en proportion des progrès de la science.

C'est ce qu'a remarqué un savant du siècle dernier. « Telle est, disait-il, la destinée singulière d'Hérodote, qu'après avoir été mal apprécié des anciens, le mérite de son ouvrage s'est élevé chez nous autres modernes, à mesure que nous avons acquis plus de connaissances sur les pays dont il a traité. Tous les voyageurs en Egypte s'accordent à dire que l'on ne peut rien ajouter à la justesse, à la correction, à la grandeur du tableau qu'il a tracé; en sorte que c'est pour avoir été en général trop au-dessus des notions vulgaires, qu'il a eu chez les anciens moins de crédit que des écrivains d'un ordre inférieur (1). »

II. — THUCYDIDE.

Quand Hérodote lut son histoire devant la Grèce assemblée à Olympie (445 avant J.-C.) et que sa voix fut couverte par les applaudissements universels et les transports inexprimables de tous ses concitoyens, Thucydide, à peine âgé de quinze ans, assistait à cette fête nationale et était témoin de ce superbe triomphe. En voyant l'historien éloquent sur lequel tous les regards étaient fixés, des larmes d'émulation coulèrent de ses yeux. Hérodote s'en aperçut et il prédit au père de ce jeune enfant la brillante destinée qui l'attendait. L'événement justifia cette heureuse prédiction.

Après avoir reçu les leçons de l'orateur Antiphon et fréquenté l'école d'Aristagoras, Thucydide voulut écrire l'histoire. Hérodote avait écrit la lutte des Perses et des Grecs; le nouvel historien s'appliqua exclusivement à la guerre célèbre que se firent Sparte et Athènes immédiatement après leurs victoires sur Darius et Xerxès. Il avait vu s'allumer cette rivalité terrible, et il y avait ensuite pris part en qualité de général. Dans la huitième année de la guerre, les Athéniens lui avaient confié le commandement de leur flotte dans la mer Egée. Brasidas, le général lacédémonien, ayant attaqué à l'improviste Amphipolis, les habitants de cette ville appelèrent Thucydide à leur secours. Malheureusement, il ne put arriver à temps, et ce revers le fit bannir par ses concitoyens. Il se retira à Scaptesula où il

(1) Volney, *Recherches critiques sur l'histoire ancienne*, t. II, p. 98.

resta pendant vingt ans, employant tous ses loisirs à la composition de son histoire.

Personne n'admirait plus que lui le talent d'Hérodote; mais en homme de génie il éprouva le besoin de se frayer une route toute nouvelle et de donner à l'histoire un caractère qu'elle n'avait point encore eu. Avant lui, les historiens s'étaient montrés jaloux d'obtenir les applaudissements de la foule, et ils les avaient recherchés en dramatisant leurs récits et en leur donnant tout l'agrément et tout l'éclat d'une composition tout à la fois oratoire et poétique. Le plus souvent ils sacrifiaient l'exactitude et la vérité à l'art et à ses attraits. Dès le commencement de son livre, Thucydide nous avertit que telle n'est point l'idée qu'il s'est faite de l'histoire. Dans son sens, elle doit être avant tout exacte et vraie, et elle doit beaucoup moins avoir pour but de plaire que d'instruire. Aussi n'a-t-il rien épargné pour connaître parfaitement tous les faits qu'il raconte. Pendant son exil, il a vécu au milieu des Péloponésiens, il a entendu sur chacun des événements le rapport des deux parties belligérantes, il a confronté leurs témoignages, il a vérifié tous les documents qu'il avait sous les yeux, il a lui-même consulté partout les chefs de l'administration, les généraux et les soldats ; enfin, il a mis tout en œuvre pour laisser à la postérité un monument fidèle, pur de tout esprit de prévention et de parti.

Cet amour extrême, ce culte profond pour la vérité ont fait de Thucydide le modèle de tous les historiens. Renonçant à cette forme épique que nous avons remarquée dans Hérodote, il s'attacha rigoureusement à l'ordre chronologique et s'efforça de rendre son style énergique et concis comme doit l'être le style de l'histoire. Peut-être eut-il un peu les défauts de ses qualités. Quelquefois son énergie devient de la rudesse et sa concision de l'obscurité. Les anciens s'en sont eux-mêmes plaints assez souvent; mais on peut rappeler pour sa défense le sentiment de Démosthène qui admirait tellement le style de ce grand écrivain, que pour se l'approprier il copia de sa main jusqu'à dix fois ses harangues. Ce qui explique à nos yeux la sévérité de certains critiques, c'est que la phrase de Thucydide n'a point une construction grammaticalement régulière. Elle a presque toujours une liberté d'allure qui la rend originale et capricieuse. Dans aucun écrivain vous ne rencontrerez autant de tours imprévus et pittoresques, autant de hardiesses elliptiques, autant de coupes hasardées; l'expression commune et vulgaire ne va jamais à sa pensée, toujours il faut qu'il innove, et ces innovations font tout le nerf et toute la beauté de son

langage. Celui qui veut lire pour l'agrément et le plaisir préfé-
rera infailliblement le style abondant d'Hérodote, mais celui
qui tient surtout à réfléchir et à penser aimera mieux le style
court et sentencieux de Thucydide.

On lui a fait de plus graves reproches à l'égard du plan de
son ouvrage. On a trouvé que par un excès d'ordre et de régularité mal entendue il avait trop tenu à diviser son histoire en
années et chaque année en deux saisons, l'été et l'hiver. Ce mor-
cellement périodique a certainement un grave inconvénient. Il
suspend tout à coup la marche des événements précisément au
moment où l'intérêt est le plus vif et détruit ce développement
gradué des faits et des caractères qui est une des premières
lois de toute composition historique, parce qu'elle en est une
des premières beautés.

Ce système appliqué à une histoire générale de quelque étendue serait même impraticable. Quel que soit le talent de l'écrivain, il fatiguerait inévitablement par ses brusques et fré-
quentes interruptions, et il ne pourrait même éviter le désordre
et la confusion. Ce qui doit guider l'historien dans ses récits,
c'est uniquement le mouvement de la civilisation, la marche
des idées. A l'exemple de l'orateur, il ne doit passer à une idée
nouvelle qu'après avoir suffisamment caractérisé l'idée qu'il a
d'abord énoncée. Mais pour être juste envers les anciens, nous
devons faire remarquer que cette méthode leur était impossible.
Ils n'avaient pas sur l'humanité des connaissances philosophiques assez profondes pour saisir ainsi sa marche à travers les
siècles. Ils ne pouvaient étudier qu'isolément chacun des faits
qui se passaient sous leurs yeux; ils en décrivaient avec enthousiasme toutes les circonstances et en représentaient les principales scènes, comme un peintre se plaît à reproduire dans un
tableau un effet de lumière ou un accident qui l'a frappé au
milieu de toutes les beautés de la nature. Réduit à cette pers-
pective, on conçoit que Thucydide n'ayant en vue que de raconter une guerre de vingt-sept années, il se soit imaginé de
diviser chacune de ces années en deux saisons et qu'il n'ait
rien trouvé de mieux que d'exposer ainsi tous les événements,
campagnes par campagnes.

Il sut d'ailleurs répandre tant d'intérêt et de vie dans chacun de ses récits qu'on lui pardonne aisément ce défaut d'unité
et d'ensemble. On a toujours admiré et on admirera toujours
parmi ces narrations éloquentes la description de la peste de
l'Attique qui a été imitée par Lucrèce, Ovide, Virgile et une foule
d'autres écrivains, et le tableau de la catastrophe des Athéniens

en Sicile. Rien n'est omis ni négligé de ce qui en peut rendre sensibles les causes, les avant-coureurs, les circonstances et les résultats. Le septième livre où cet événement est raconté est plein d'événements militaires et politiques, à jamais mémorables et savamment décrits. Mais nous sommes obligés d'avouer que, dans le huitième, les récits froids et décolorés semblent n'être que des esquisses. Le ton de l'auteur s'abaisse tout à coup et s'affaiblit à tel point qu'on dirait qu'il ne prend plus le même intérêt à sa matière; sa diction ne ressemble à celle des livres précédents que parce qu'elle est parfois obscure; elle devient moins précise, plus monotone, moins élégante. Selon toute apparence, l'historien s'était promis de retoucher et de perfectionner cette partie de son ouvrage, qui d'ailleurs ne devait pas être la dernière, car elle se termine en 412, vingt et unième année de la guerre du Péloponèse, et il avait annoncé le projet d'étendre son travail jusqu'à la vingt-septième et dernière année (1).

Thucydide passe pour avoir le premier introduit dans l'histoire les discours et les harangues. On en trouve à la vérité dans Hérodote, mais ils sont courts, peu ornés, et on conçoit qu'il les ait reçus tels qu'il nous les a transmis. Dans Thucydide il est manifeste que ces longues compositions oratoires sont son ouvrage et qu'il les a travaillées longtemps et avec soin dans le secret du cabinet. Plusieurs critiques lui ont reproché cette innovation et l'ont accusé d'avoir manqué de fidélité à ses principes en mettant dans la bouche de ses personnages des paroles qu'ils n'ont jamais prononcées. Si Thucydide avait eu la prétention de nous faire croire à l'authenticité et à la véracité de ces discours, on aurait pu par là même suspecter sa bonne foi et lui refuser la confiance qu'il mérite. Loin de là, il nous avertit lui-même qu'il n'a presque jamais eu sous les yeux le texte même des discours qui ont été prononcés, mais qu'il en a connu les idées fondamentales et que souvent on lui en a transmis la substance ou le résumé.

Comme dans les grandes républiques de la Grèce tout était soumis à la délibération du peuple et que son suffrage seul déterminait le caractère des événements, il était impossible de révéler tous les ressorts secrets qui faisaient mouvoir ces sociétés sans pénétrer dans l'intérieur de leurs assemblées délibérantes et sans reproduire le tableau animé de toutes les discussions qui s'étaient élevées. Ce but n'aurait pas été atteint si

(1) Voyez dans la *Biographie universelle*, l'excellent article de M. Daunou sur Thucydide.

l'historien s'était borné à inscrire au milieu de son récit le résumé incolore et desséché des discours que les principaux orateurs avaient prononcés. En les faisant paraître sur la scène, il
devait les peindre tels qu'ils étaient et leur faire parler un langage digne de leur réputation et de leurs succès. A ce point de
vue les harangues de Thucydide sont loin d'être un hors d'œuvre. Elles ont pour but de nous faire connaître les motifs des
événements et de nous révéler les desseins secrets et les inten-
tions personnelles de tous ceux qui dirigeaient la république. On
ne pourrait les retrancher sans ravir à la narration sa forme
dramatique et son intérêt, et sans priver l'ensemble des événements d'une lumière qui nous en fait distinguer toutes les causes principales et secondaires. Assurément rien ne prouve mieux
leur importance et rien ne peut justifier plus pleinement Thucydide des accusations qu'on a portées contre lui.

Au reste ceux mêmes qui ont contesté l'à-propos de ces harangues les ont néanmoins considérées en elles-mêmes comme
autant de chefs-d'œuvre. Nous avons déjà cité le témoignage de
Démosthène qui enviait à notre historien son éloquence et qui
s'efforça très-assidûment de l'imiter. Salluste et Tacite l'ont
également choisi pour modèle. Tacite ne s'est approprié que sa
couleur, sa concision et sa profondeur; Salluste a voulu lui
ravir jusqu'à sa phrase heurtée et sentencieuse. Ce n'est pas,
comme l'observe Cicéron, que son éloquence convienne au barreau, ni au forum, mais on y trouve, du moins dans ses discours, tous les grands moyens oratoires que le génie peut fournir. C'est un des écrivains anciens où les hommes d'Etat peuvent
trouver le plus à profiter, parce que c'est un de ceux qui sont
entrés le plus profondément dans tous les détours et dans toutes les ruses de la politique. Un membre très-éclairé du parle-
ment d'Angleterre disait qu'il ne pouvait s'agiter dans les
chambres aucune question sur laquelle on ne trouvât des lumières dans Thucydide. Et on rapporte que Charles-Quint lisait
Thucydide dans la version de Seyssel, et qu'il la portait dans
ses expéditions un peu comme Alexandre qui avait toujours
avec lui les œuvres d'Homère.

III. — XÉNOPHON.

Le troisième des grands historiens grecs, Xénophon, fut tout
à la fois philosophe, guerrier et homme d'Etat. Comme homme
d'Etat, il s'est fait connaître par son petit traité sur les revenus

de l'Attique et par son roman historique de la Cyropédie ; comme guerrier il s'est immortalisé par la retraite des Dix-Mille qu'il a ensuite racontée dans son *Anabase ;* et comme philosophe il s'est à jamais glorifié d'être le disciple de Socrate. Ayant fait un jour la rencontre de cet homme célèbre, celui-ci lui barra le passage avec son bâton et lui demanda où l'on pourrait acheter les choses nécessaires à la vie ? *Au marché,* répondit Xénophon. Socrate lui demanda de nouveau : Où peut-on apprendre à devenir honnête homme ? Le grand Athénien hésitait à répondre : *Suis-moi,* lui dit Socrate, *et tu l'apprendras.* Dès lors il devint son disciple.

Xénophon ne fut cependant jamais un homme de réflexion profonde, un vrai penseur. Il n'eut jamais en philosophie de doctrine à lui, il ne faisait que recueillir les idées des autres et les revêtir de tout l'éclat de son style. Son élocution facile et son imagination enchanteresse l'ont placé au premier rang parmi les écrivains d'Athènes, sans qu'il ait eu besoin d'acheter cet honneur, comme Hérodote et Thucydide, par des efforts constants dirigés toujours vers le même but. En parcourant tous ses ouvrages on voit qu'ils ne sont point le résultat d'un plan formé longtemps d'avance, mais uniquement le fruit des circonstances. Sa vie nous le représente comme un homme pratique mêlé à tous les événements de son siècle, et qui dans l'occasion écrit ce qu'il a vu, recueille ce qui l'a frappé et rédige les observations qu'il a faites sur les chevaux, la chasse, l'agriculture, l'éducation, le gouvernement et les finances. Pour connaître en lui l'écrivain, il faut étudier l'individu, et pour comprendre ses ouvrages, il faut les rattacher aux diverses circonstances de sa vie. C'est ce que nous allons entreprendre.

On place sa naissance vers l'an 445 avant l'ère vulgaire. On ne sait rien ni de ses parents, ni de son éducation première avant qu'il eût fait connaissance avec Socrate. Il était à la bataille de Délium (424), et on ne peut douter qu'il ait servi dans une des expéditions de la guerre du Péloponèse. Son premier ouvrage fut un dialogue philosophique intitulé *le Banquet.* Dans un style vif et animé, il a su mêler les graves leçons de la morale à l'enjouement de la plaisanterie, et il a défendu la réputation de Socrate contre les détractions de ses ennemis.

Quelque temps après il prit les leçons d'Isocrate pour se perfectionner dans l'art de l'éloquence, et il fit ensuite un voyage en Sicile où régnait Denys l'Ancien. Il fut sans doute frappé des inquiétudes du tyran et des moyens violents qu'il employait pour maintenir son autorité naissante. Ces idées lui inspirèrent

probablement le dessein d'écrire son dialogue intitulé *Hiéron*.
Dans cet écrit, le plus parfait qui soit sorti de la plume de Xénophon, le tyran Hiéron s'entretient avec Simonide de Céos
sur le souverain pouvoir. Hiéron en montre les inconvénients
et envie la tranquillité et le bonheur des simples particuliers ;
le poëte lui répond en lui indiquant les moyens de faire son
bonheur et celui de son peuple.

De retour à Athènes, Xénophon se laissa entraîner à la cour
de Cyrus le Jeune par un Béotien nommé Proxène. Il y fut parfaitement accueilli et se laissa engager sans s'en douter dans la
grande expédition que ce prince entreprit en Asie. Il était à la
bataille de Cunaxa (401), il fut témoin de la mort de Cyrus, du
meurtre de Néarque et du massacre de tous les officiers de l'armée grecque, surpris par la perfidie du Persan Tissapherne.
Après tous ces désastres il se mit lui-même à la tête de ses concitoyens malheureux et exécuta cette retraite qui a fait l'admiration de toute l'antiquité(1). Il est bien probable qu'il revint
ensuite à Athènes. Il n'y trouva plus Socrate son maître ; les
Athéniens l'avaient condamné à boire la ciguë, et sa mémoire
était encore sous le poids des accusations les plus odieuses.

Xénophon se fit un devoir de le justifier, et écrivit dans ce
dessein une apologie de ce philosophe sous le titre d'*Entretiens
mémorables de Socrate*. Cet ouvrage, divisé en quatre livres,
est un des meilleurs traités de philosophie que nous ayons de
Xénophon. Il réfute victorieusement les ennemis de Socrate
qui l'avaient accusé d'avoir voulu introduire le culte de certains
dieux étrangers à la place des divinités nationales et d'avoir
corrompu la jeunesse par son exemple et ses maximes, puis il
montre la pureté et la sublimité de son enseignement en rapportant sur une foule de points particuliers ses maximes et ses
exemples. A la même époque il écrivit son dialogue sur l'*Eco-
nomie* et son traité sur les *Devoirs d'un officier de cavalerie*. Son
Economique n'a rapport qu'à la vie rurale et domestique. Quelques écrivains ont considéré ce petit ouvrage comme le cinquième livre de ses *Entretiens mémorables*. Son traité sur la
Cavalerie n'est que le développement des idées qu'il attribue à
Socrate et dont il avait sans doute fait usage dans les manœu-
vres qu'il avait exécutées, lors de sa fameuse retraite des Dix-
Mille.

Ses talents l'ayant fait connaître d'Agésilas, il s'éloigna d'A-
thènes pour s'attacher à la fortune de l'illustre Spartiate. Les

(1) Voir notre *Précis de l'histoire ancienne,* pag. 245.

Athéniens lui reprochèrent cette faiblesse comme une trahison et portèrent contre lui un décret de bannissement. Cette sévérité ne servit guère qu'à le rendre persévérant dans son infidélité. Il suivit partout Agésilas, et après avoir combattu à ses côtés il revint avec lui à Sparte et se retira ensuite en Elide, à Scillonte, où il resta pendant vingt-quatre ans. Dans cette heureuse retraite où il jouissait de beaucoup d'aisance et de liberté, il put se livrer en paix à tous ses goûts. Son temps fut partagé entre l'étude et les plaisirs de la chasse qu'il aimait passionnément. Il écrivit même un livre sur la *Chasse*, où, après avoir rédigé les observations les plus curieuses sur les chiens de chasse et les différentes espèces de gibiers, il montre toute la passion qu'il avait pour cet exercice par le brillant éloge qu'il en fait. Son petit ouvrage sur l'*Equitation* a le même caractère. Peut-être a-t-il écrit dans le même temps pour l'instruction de ses enfants ses deux petits traités sur la *République de Lacédémone* et sur celle d'*Athènes*.

Quoi qu'il en soit, ces petites compositions ne furent jamais pour lui qu'un délassement. Ses travaux sérieux furent ses *Histoires*, c'est-à-dire, la *Cyropédie*, l'*Anabase* et les *Helléniques*.

La *Cyropédie* est bien plutôt un roman qu'une histoire. Les meilleurs critiques s'accordent à n'y voir qu'un traité politique dans lequel l'auteur a voulu exposer les moyens de former des citoyens justes et courageux, et mettre en scène un général également sage et habile dans l'art de la guerre. Quelques vérités historiques s'y trouvent mêlées, mais plus ou moins altérées : tous les personnages, Cyrus et ses parents exceptés, sont de pure invention ; les faits qu'on leur attribue sont ou fictifs ou arrangés ; et les usages que Xénophon prête aux Perses sont empruntés le plus souvent à la Grèce, et surtout à Lacédémone. Comme ouvrage historique, la Cyropédie est d'une autorité d'autant plus faible, qu'il est plus difficile de distinguer le petit nombre de faits réels qui peuvent s'y trouver ; mais considérée comme ouvrage politique et littéraire, elle est peut-être le chef-d'œuvre de Xénophon. C'est du moins le livre auquel il paraît avoir donné le plus de temps et le plus de soin.

L'*Anabase* est divisé en sept livres, et il contient toute l'histoire de l'expédition des Grecs qui se mirent à la suite de Cyrus le jeune. Xénophon était du nombre, et il eut la gloire de ramener ses concitoyens à Thymbron, après deux ans de combats et de souffrances. On peut diviser l'Anabase en deux parties : la première comprend la marche de l'armée de Cyrus, la ba-

taille de Cunaxa et la retraite des Grecs à travers la Babylonie,
l'Assyrie et l'Arménie, jusqu'à leur arrivée à Cotyora, sur les
bords du Pont-Euxin ; la seconde partie se termine à la jonction
des troupes avec l'armée de Thymbron, et comprend un intervalle d'environ huit mois. Ces deux parties de l'ouvrage ne
sont ni d'un égal intérêt, ni peut-être d'un égal mérite : la seconde est naturellement moins attachante que la première, où
l'intérêt croît à chaque page, en faveur de cette armée qui se
fraye une route à travers les obstacles de tout genre qui en-
travent sa marche et compromettent son existence : on peut
ajouter aussi, qu'outre la moindre importance des faits, la narration, dans la deuxième partie, se traîne davantage sur des
détails qui sont plus insignifiants. Ce n'en est pas moins,
dans son ensemble, un morceau à peu près achevé, qui renferme de curieux détails sur la géographie des contrées que
l'armée avait parcourues, et de précieux documents pour l'art
militaire.

Les *Helléniques* sont une continuation de l'ouvrage de Thucydide. Cet historien étant mort avant d'avoir achevé son ouvrage, ses parents remirent son manuscrit à Xénophon qui s'en
fit l'éditeur. Aussitôt qu'il l'eut publié, il résolut de poursuivre
ce beau travail et de s'étendre jusqu'à la bataille de Mantinée.
C'était embrasser un espace de quarante-huit ans. Comme
Thucydide, Xénophon divise le temps en *saisons*, mais il lui
est bien inférieur. Dans ses Helléniques, les événements, il est
vrai, sont présentés avec ordre, la narration en est rapide, mais
presque partout sèche, dénuée de couleur et de développement,
rarement mêlée, comme dans Thucydide, de ces réflexions qui
éclairent sur les causes et les conséquences des événements, de
ces vues profondes qui révèlent dans l'historien la faculté de
généraliser les faits, talent que Thucydide possédait à un si
haut degré.

D'ailleurs, Xénophon, tout entier à ses affections et uniquement occupé de reproduire ses impressions propres, met souvent une disproportion choquante entre l'importance des événements et l'étendue des développements qu'il leur consacre.
C'est ainsi que la paix d'Antalcidas, événement qui changea
les rapports essentiels de la confédération hellénique, est racontée avec une brièveté excessive. Il en est de même de quelques-unes des batailles les plus décisives, comme celles de
Leuctres, des Arginuses et d'Ægos-Potamos, quoique celle-ci
ait eu la plus grande influence sur la destinée d'Athènes. On
en peut dire autant des actions des généraux les plus renom-

més de son temps, tels qu'Epaminondas, Pélopidas, Alcibiade, Conon, Iphicrate et Timothée. Ce qui est plus grave encore, c'est la partialité de l'historien, que son attachement pour Sparte rend aveugle sur les mérites et la gloire d'Athènes, sa patrie (1). Tels sont les défauts que l'on peut reprocher à ce dernier ouvrage. Quant au style, il n'est ni vigoureux, ni sublime comme celui de Thucydide, mais il est toujours noble, élégant et gracieux. Les anciens sont unanimes à en louer la douceur. *Il est plus doux que le miel*, disait Cicéron, *les Muses elles-mêmes ont parlé par sa bouche.* Au jugement de Quintilien, *les Grâces semblent avoir pétri son langage et la persuasion s'être assise sur ses lèvres.* De là le surnom d'*Abeille attique* que l'antiquité lui a donné.

S'il fallait d'un mot résumer le caractère de ces trois grands historiens, nous dirions que l'histoire fut dramatique avec Hérodote, politique avec Thucydide et philosophique avec Xénophon. Dans tous les écrits de ce dernier on rencontre toujours le disciple de Socrate. A chaque page de ses *Helléniques*, de son *Anabase* et de sa *Cyropédie* éclatent tous les principes qu'il avait puisés à l'école de ce grand maître.

Après ces historiens célèbres, la Grèce vit encore paraître des hommes d'un grand talent qui se consacrèrent à l'étude de ses propres annales ou de celles des peuples voisins. On fit même les recherches les plus curieuses sur toutes les questions d'origine. On compulsa les fastes nationaux et religieux de chaque cité, on pénétra dans les sanctuaires pour en tirer toutes les annales qui y étaient conservées, on recueillit toutes les inscriptions et on employa tous les moyens possibles pour ravir à l'antiquité son obscurité mystérieuse. Tous ces efforts eurent pour résultat une foule de traités particuliers sur les points que la science avait le désir d'éclaircir. Malheureusement aucun de ces travaux ne nous est parvenu. Indépendamment des grands ouvrages des trois historiens que nous avons étudiés, nous n'avons que de rares fragments des livres des autres écrivains, et même nous ne connaissons souvent que le titre de leurs écrits.

Nous ne citerons ici que Ctésias qui dans son *Histoire de l'Assyrie et de la Perse* contredit souvent Hérodote, et Ephore de Cumes qui a le premier entrepris d'écrire une histoire universelle. Il la fit commencer à l'invasion des Héraclides dans le

---

(1) Tous ces jugements sont textuellement empruntés à la savante notice de M. Letronne sur Xénophon, et dans tout ce qui précède nous n'avons pu mieux faire que de résumer le travail de ce critique célèbre.

Péloponèse et la termina 340 ans avant notre ère. Diodore de
Sicile y a puisé en grande partie sa *Bibliothèque*.

CHAPITRE VI.

DES ORATEURS. ESCHINE ET DÉMOSTHÈNE.

Dans la législation de Solon il y avait une loi qui ordonnait
qu'aussitôt que le peuple serait assemblé pour quelque affaire
importante, un héraut crierait à haute voix : *Est-il quelqu'un
au-dessus de cinquante ans qui veuille prendre la parole?* Cette loi
avait pour but de déférer toutes les affaires importantes au sentiment des vieillards. Mais bientôt on négligea cette restriction,
et tout homme intelligent fut admis à donner son avis et à
discuter les intérêts de la nation. Cette forme de gouvernement
devint très-favorable à l'éloquence. Tous les hommes d'État
n'ayant pas d'autres moyens d'influence que la parole, cultivèrent cet art avec le plus grand soin, et ne se distinguèrent
pas moins par leurs discours éloquents que par leurs belles
actions.

Ce ne fut cependant pas chez les Athéniens que l'éloquence
fut d'abord réduite à un art. Les premières leçons de rhétorique furent données en Sicile 467 ans avant l'ère chrétienne par
un Syracusain nommé Corax. Il eut deux disciples, Tisias et
Empédocle d'Agrigente. Tisias publia aussi une rhétorique et
fut le maître d'Isocrate, un des rhéteurs grecs les plus célèbres.
Empédocle forma Gorgias de Léontium, qui introduisit l'art
oratoire à Athènes. Il vint dans cette ville pendant la guerre du
Péloponèse pour implorer le secours des Athéniens en faveur
des habitants de Léontium, ses concitoyens. « Il parut à la tribune et récita une harangue dans laquelle il avait entassé les
figures les plus hardies et les expressions les plus pompeuses.
Ces frivoles ornements étaient distribués dans des périodes,
tantôt assujetties à la même mesure, tantôt distinguées par la
même chute ; et quand ils furent déployés devant la multitude,
ils répandirent un si grand éclat que les Athéniens éblouis se-
coururent les Léontins, forcèrent l'orateur à s'établir parmi eux
et s'empressèrent de prendre chez lui des leçons de rhétorique.
On le combla de louanges lorsqu'il prononça l'éloge des citoyens
morts pour le service de la patrie ; lorsqu'étant monté sur le

théâtre, il déclara qu'il était prêt à parler sur toutes sortes de matières ; lorsque, dans les jeux publics, il prononça un discours pour réunir contre les barbares les divers peuples de la Grèce. Une autre fois les Grecs assemblés aux jeux pythiques lui décernèrent même une statue, qui fut placée, en sa présence, au temple d'Apollon (1). »

Il n'en fallait pas tant pour enflammer l'ambition de la jeunesse d'Athènes. Gorgias se vit aussitôt entouré d'une foule de disciples qui s'efforcèrent de lui ravir ses secrets dans l'art d'émouvoir et de persuader. Polus d'Agrigente et Alcidamas d'Elée furent les hommes les plus renommés de la nouvelle école. Socrate attaqua vivement ces sophistes, qui ne croyaient qu'au style et qui faisaient consister l'éloquence dans des périodes régulières et bien arrondies, dans le contraste et l'entrelacement des mots, dans des inversions, dans une multitude de petites recettes artificielles qui ne portaient que sur la symétrie du langage. Ne tenant aucun compte de la conviction, ils s'offraient à plaider le pour et le contre, et l'appât d'un gain sordide réglait seul l'usage de leurs talents.

Cette espèce d'orateur ne fit que démoraliser les Athéniens sans enrichir leur littérature d'aucun monument remarquable. La véritable éloquence ne pouvait se trouver que dans ces hommes sincères et dévoués qui consacraient leur vie à éclairer le peuple dans ses assemblées ou à défendre l'opprimé. Le barreau et la place publique furent d'abord le double théâtre sur lequel l'éloquence se produisit. Plus tard elle étendit son domaine. Elle loua les dieux, les héros, les hommes célèbres qui avaient illustré leur patrie, et s'attacha à tous les sujets de circonstance qui pouvaient mériter le blâme ou la louange. C'est ainsi que se fit tout naturellement la division de l'éloquence en trois genres : l'éloquence politique, l'éloquence judiciaire et l'éloquence démonstrative ou académique.

Nous ne pouvons douter que les hommes d'État qui gouvernèrent la république d'Athènes dans ses premiers temps n'eussent été doués d'un grand talent oratoire. Solon, Pisistrate et Clisthène durent la plus grande partie de leur influence à l'éclat de leur parole. Thémistocle se distingua également par son habileté à manier les esprits, mais il paraît qu'à cette époque l'art avait peu de part aux discours qui étaient prononcés. Chacun suivait simplement l'élan de sa nature et épanchait son âme avec un abandon sans réserve, songeant beaucoup moins

_____

(1) *Voyage d'Anacharsis*, ch. LI.

à captiver l'assemblée par le charme d'une parole étudiée que par l'énergie irrésistible d'un raisonnement victorieux.

Les orateurs politiques commencèrent à soigner davantage leurs discours, lorsqu'ils virent que les historiens les rapportaient dans leurs ouvrages. Ils ne se supposèrent plus seulement en face d'une assemblée mobile prête à oublier le lendemain ce qu'elle a appris la veille, mais ils se virent en présence de la postérité, et le souci de leur réputation fut un aiguillon puissant qui les empêcha de jamais rendre avec négligence leurs pensées. Ils travaillèrent donc tous leurs discours, ils les écrivirent aussi parfaitement qu'ils en étaient capables, et les apprirent ensuite pour les débiter de mémoire. Telles étaient sans doute les harangues des Cimon, des Alcibiade, des Thucydide et de Périclès qui est resté l'idéal de la perfection dans ce genre, et qui a eu la gloire de donner son nom à son siècle. Malheureusement nous n'avons absolument rien des productions de tous ces grands hommes. Cette première génération d'orateurs a entièrement péri ; nous ne pouvons admirer en eux que la réputation brillante dont ils ont joui dans tous les siècles.

L'éloquence attique ne nous est connue que par les dix orateurs que les grammairiens d'Alexandrie ont placés dans le canon des auteurs classiques. Ces orateurs sont : *Antiphon, Andocide, Lysias, Isocrate, Isée, Lycurgue, Hypéride, Dinarque, Eschine* et *Démosthène.* Après avoir caractérisé chacun de ces orateurs, nous parlerons tout spécialement d'Eschine et de Démosthène, dont le génie n'a jamais été surpassé.

I. — DES GRANDS ORATEURS ANTIQUES.

1. *Antiphon.* Cet orateur fut le disciple du rhéteur Gorgias et le maître de Thucydide. L'immortel historien lui donne les plus grands éloges, et ce sentiment se trouve confirmé par celui de Plutarque, qui le représente comme un orateur énergique et persuasif, d'une imagination féconde et d'une étonnante habileté à ménager les passions et les préjugés de ses auditeurs. Les anciens lui attribuent l'invention de la rhétorique, parce que le premier il en appliqua toutes les règles à l'éloquence politique et à l'éloquence judiciaire. Photius rapporte qu'il avait placé sur la porte de sa maison cette inscription : *Ici l'on console les malheureux.* Ces consolations n'étaient pas toutefois purement gratuites, car il se faisait payer fort cher toutes ses leçons, et c'était à prix d'argent qu'il composait des discours pour des accusés, ou des harangues pour des démagogues. Nous n'avons de lui que quinze harangues qui ont toutes rapport au genre judiciaire. Elles sont curieuses par les documents qu'elles renferment, touchant la forme de la procédure criminelle à Athènes; sous le rapport littéraire, elles justifient le jugement suivant qu'Hermogène a porté de cet orateur : « Il est, dit-il, clair dans l'exposition, vrai dans la peinture des sentiments, fidèle à la nature et par suite persuasif, mais il ne possède pas ces talents au point où les portèrent les orateurs subséquents. Quoique sa diction soit souvent grandiose, elle est pourtant polie : en général il manque de vivacité et d'énergie (1). »

Antiphon prit parti à Athènes pour la tyrannie des Quatre-Cents. Ce gouvernement ayant été renversé par un gouvernement plus démocratique, il fut accusé de trahison, parce qu'il était allé à Lacédémone solliciter la paix à quelque prix que ce fût. Jusqu'alors Antiphon, tout orateur qu'il était, n'avait jamais parlé en public. Se voyant sous le coup d'une aussi grave accusation, il prononça pour sa défense un discours qui a beaucoup été loué par Cicéron et Thucydide. Son éloquence ne l'empêcha pas d'être condamné à mort, comme traître à sa patrie. Sa maison fut rasée, sa famille déclarée infâme, et son corps resta sans sépulture (411).

2. *Andocide*. La vie d'Andocide fut très-agitée. Né à Athènes d'une des principales familles de cette ville, il prit part à tous les grands événements qui précédèrent et suivirent la guerre du Péloponèse. Nous n'avons de lui que quatre discours qui ont tous pour objet ses propres affaires. Le premier se rapporte aux *mystères d'Eleusis*, qu'on l'accusait d'avoir profanés ; le second traite de sa rentrée à Athènes après la guerre du Péloponèse; le troisième fut prononcé à l'occasion de la paix avec Sparte, et le quatrième est dirigé contre Alcibiade, qui l'avait fait accuser d'avoir profané les mystères d'Eleusis. La simplicité est le principal caractère de son éloquence ; il plaît surtout parce qu'il n'a aucune prétention.

3. *Lysias*. La réputation de Lysias fut beaucoup plus brillante que celle d'Andocide et d'Antiphon. Né à Syracuse (459), mais élevé à Athènes, il faisait partie de la colonie que les Athéniens envoyèrent à Thurium ou Sybaris (444). Il demeura dans la Grande-Grèce pendant dix-sept ans, et il y reçut les leçons de deux illustres rhéteurs de Syracuse, Tisias et Nisias. Quand le pouvoir des Athéniens fut ruiné en Sicile, il revint à Athènes,

---

(1) Hermogenes, *De form. orat.*

où il eut beaucoup à souffrir de la tyrannie des *Trente*. Thrasy-
bule lui avait fait accorder le droit de cité, mais ce décret fut
ensuite cassé, et Lysias n'eut pas d'autres priviléges que ceux
qu'on accordait aux étrangers les plus favorisés.

Il paraît qu'il n'écrivit que fort tard ; Photius lui attribue
pourtant deux cent trente-trois discours. Il ne nous en reste
que trente-quatre, qui sont tous du genre judiciaire, et se distinguent par la méthode qui y règne. La pureté, la clarté, la
grâce, le sentiment des convenances, sont les qualités qui les
caractérisent : il aurait été un orateur accompli, s'il avait eu la
force de Démosthène. Son style est élégant, sans être surchargé
d'ornements, et toujours soutenu. Les anciens louent surtout
son habileté à parler convenablement et avec art des sujets peu
importants. Le texte de ses discours, tel que nous l'avons, est
très-corrompu. Le chef-d'œuvre de Lysias est son *Oraison funèbre* des Athéniens qui, envoyés au secours des Corinthiens sous
le commandement d'Iphicrate, avaient péri dans la bataille livrée par ce général (1).

4. *Isocráte* (437-338). Gorgias, Prodicus et Théramène, les
plus célèbres rhéteurs de la Grèce, furent les maîtres d'Isocrate.
Le jeune Athénien les surpassa rapidement, mais il ne lui fut
jamais possible de monter à la tribune. La faiblesse de sa voix,
sa timidité excessive l'empêchèrent toujours de parler en public. Cet homme frêle et délicat, qui tremblait en présence
d'une assemblée, ne manquait pourtant pas de caractère et d'é-
nergie. Le lendemain de la mort de Socrate, il fut le seul de
tous ses disciples qui osât paraître en habit de deuil dans les
rues d'Athènes. Quelques années auparavant, lorsque son maître
Théramène, proscrit par les trente tyrans en plein sénat, s'était
réfugié auprès de l'autel, il s'était levé pour prendre sa défense,
et il avait fallu que le célèbre condamné le priât de lui épargner
la douleur de le voir mourir avec lui. Un disciple aussi reconnaissant et dévoué méritait d'être un jour lui-même un maître
distingué, et telle fut la gloire d'Isocrate.

S'il ne put paraître en public et arriver par ses talents aux
premiers emplois de la république, il eut du moins la consolation d'ouvrir une école d'éloquence et de voir la Grèce entière
se presser à ses leçons. Son père avait été ruiné dans la guerre
du Péloponèse et ne lui avait laissé pour tout héritage que sa
brillante éducation. En peu de temps ses leçons et les plaidoyers qu'il faisait pour ceux qui ne savaient pas plaider, lui

(1) Schæll, *Hist. de la littérature grecque.*

procurèrent une fortune immense, capable, disait-il, de satisfaire les désirs d'un homme sage.

Il ne nous reste encore aujourd'hui de ce rhéteur que vingt discours qui ont rapport à divers sujets. Trois appartiennent au genre moral, cinq au genre délibératif, huit au genre judiciaire, et quatre sont des éloges. Le plus célèbre de ses discours est son *Panégyrique d'Athènes*. Il fut lu devant le peuple assemblé pour les jeux olympiques. Le but de l'orateur est d'exalter le mérite des Athéniens et de faire voir que parmi les Etats confédérés ils doivent occuper le premier rang plutôt que les Spartiates. Il conclut en engageant tous les Grecs à se réunir pour faire la guerre aux Perses. Cette composition, toute courte qu'elle est, coûta, dit-on, dix ou quinze ans de travail à son auteur.

Ce seul trait fait connaître le caractère de l'éloquence d'Isocrate. Elle n'avait rien de persuasif et d'entraînant, parce qu'il n'écrivait rien avec chaleur. L'art le préoccupait beaucoup plus que la pensée, et la forme l'emportait toujours chez lui sur le fond. Il vieillit, dit l'auteur d'Anacharsis, faisant, polissant, refaisant et repolissant un très-petit nombre d'ouvrages. Il s'attachait plus à flatter l'oreille qu'à émouvoir le cœur. On est souvent fâché de voir un auteur si estimable s'abaisser à n'être qu'un écrivain sonore, réduire son art au seul mérite de l'élégance, asservir péniblement ses pensées aux mots, éviter le concours des voyelles avec une affectation puérile, n'avoir d'autre objet que d'arrondir des périodes, et d'autre ressource, pour en symétriser les membres, que de les remplir d'expressions oiseuses et de figures déplacées. Comme il ne diversifie pas assez les formes de son élocution, il finit par refroidir et dégoûter le lecteur. C'est un peintre qui donne à toutes ses figures les mêmes traits, les mêmes vêtements et les mêmes attitudes (1).

Ce qu'il y a eu de vraiment supérieur dans Isocrate, c'est donc beaucoup moins l'écrivain que le rhéteur. Il eut la gloire de former par ses leçons tous les grands hommes d'Athènes et généralement tout ce qu'il y avait de plus éminent parmi les étrangers. Il gouvernait par ses élèves tous les Etats civilisés de cette époque, et chacun tenait à honneur d'être en rapport avec lui. Malheureusement cette correspondance si étendue et si variée est entièrement perdue.

Cicéron a ainsi tracé le portrait de cet homme si extraordi-

(1) *Voyage d'Anacharsis*, ch. VII.

naire. « Sa maison, dit-il, fut ouverte à toute la Grèce, comme un lieu d'exercice, comme un magasin d'éloquence. Orateur accompli et maître parfait, quoiqu'il ne s'exposât point au grand jour de la place publique, il parvint, dans l'intérieur de son cabinet, à une gloire qu'à mon avis personne n'atteignit après lui. Il écrivit avec supériorité et il forma des sujets. Non-seulement il entendit mieux que ses devanciers le reste de son art, mais il fut le premier à comprendre qu'il faut observer, jusque dans les pensées, le nombre et la mesure, pourvu qu'on ait soin d'éviter les vers. Avant lui, en effet, la disposition et l'arrondissement de la période n'existaient pas, ou si quelquefois on rencontrait cette harmonie, rien n'annonçait qu'on l'eût recherchée à dessein. »

5. *Isée de Chalcis ou d'Athènes.* Isée donnait des leçons d'éloquence, comme Isocrate. Démosthène fréquentait de préférence son école, parce qu'il trouvait sa parole plus nerveuse que celle de ce dernier. Nous n'avons d'Isée que onze discours qui sont des actions judiciaires; ils justifient le sentiment de Démosthène. Le style d'Isée est élégant et vigoureux, et il rappelle celui de Lysias. Cependant il a plus d'art et moins de naturel, il n'est pas aussi fort dans ses raisonnements, mais il excite plus vivement les passions. Démosthène semble lui avoir beaucoup emprunté sous ce dernier rapport.

6. *Lycurgue d'Athènes.* Lycurgue appartenait à l'une des familles les plus anciennes d'Athènes, et il avait été le disciple d'Isocrate et de Platon. Il a eu la réputation d'un bon citoyen, d'un zélé patriote et d'un administrateur intègre. Il mourut l'an 325 avant J.-C. Nous n'avons de lui qu'une seule harangue; c'est une *accusation contre Léocrate.* Elle prouve que l'éloquence de Lycurgue était facile et naturelle, mais qu'elle manquait de goût.

7. *Hypérides,* son compatriote, lui fut beaucoup supérieur. On lui a donné le troisième rang après Démosthène et Eschine. Denys d'Halicarnasse loue sa force, la simplicité de l'ordonnance et la méthode de ses discours, et Dion Chrysostome lui donne les plus grands éloges. Nous sommes réduits à en croire ces critiques sur parole, car nous ne possédons aucune harangue qu'on puisse lui attribuer certainement.

8. *Dinarque de Corinthe* vécut à Athènes et se fit une grande réputation d'éloquence, surtout après la mort d'Hypérides et de Démosthène. Nous avons de cet orateur trois ou quatre *discours d'accusation.* L'authenticité de ceux qui sont dirigés contre

Démosthène, contre Aristogiton et contre Périclès n'est pas douteuse. On présume qu'il est aussi l'auteur de la harangue contre
Théocrine, qui se trouve parmi les ouvrages de Démosthène.

Pour compléter le nombre des grands orateurs attiques, il ne
nous reste plus qu'à parler de Démosthène et d'Eschine, son
rival.

II. — ESCHINE (387-312) ET DÉMOSTHÈNE (394-322).

Nous n'avons d'Eschine que trois discours, et ce sont autant
d'attaques contre Démosthène ou ses amis. Dans le premier, il
accuse Timarque, un citoyen d'Athènes qui s'était uni à Démosthène pour lui reprocher de s'être laissé corrompre par
Philippe de Macédoine à l'occasion d'une ambassade que les
Athéniens lui avaient confiée. Le second a pour objet de se justifier directement de ce reproche de corruption, et le troisième
est une accusation directe contre Démosthène lui-même parce
que Ctésiphon avait voulu lui décerner une couronne d'or.
Eschine fut victorieux dans la première action, il sortit de la
seconde avec des chances égales, mais il succomba à la troisième. S'étant refusé à payer l'amende à laquelle on l'avait
condamné, il s'exila et s'établit dans l'île de Rhodes, où il ouvrit une école d'éloquence qui fut longtemps célèbre.

Démosthène, son redoutable adversaire, ne put pas tout
d'abord se promettre de grands succès. Il n'avait aucun de ces
agréments nécessaires pour captiver un peuple léger comme
celui d'Athènes. Il avait l'air austère et chagrin, la voix aigre et
faible, la respiration entrecoupée, une prononciation barbare,
un style plus barbare encore ; des périodes intarissables, interminables, inconcevables, hérissées en outre de tous les arguments de l'école. A la tribune il avait l'air austère et chagrin,
se grattait la tête, remuait les épaules ; la première fois qu'il y
parut, il fut sifflé, hué, obligé de se cacher pendant quelque
temps (1).

« L'acteur Satyrus le ranima et lui donna des leçons. Démosthène mit en usage une obstination infatigable et ingénieuse
pour former sa voix, fortifier sa poitrine, corriger ses gestes, et
acquérir ce grand art de l'action, qu'il estimait le premier de
tous, sans doute en proportion des efforts qu'il lui avait coûtés.
Il ne poursuivait pas avec moins de zèle l'étude du style et de
l'éloquence. Les anciens nous parlent de ce cabinet souterrain

(1) *Voyage d'Anacharsis*, ch. LXI.

dans lequel il demeurait enfermé plusieurs mois, la tête à demi rasée, copiant Thucydide, s'exerçant à tout exprimer en orateur, préparant des morceaux pour toute occasion, sans cesse déclamant, méditant, écrivant. Les envieux prétendaient voir dans ce travail continuel l'absence ou la médiocrité du talent ; ils raisonnaient mal ; l'ardente opiniâtreté de Démosthène montrait son génie. La nature ne commande si impérieusement qu'à ceux qu'elle favorise, et cette force de persévérance est peut-être le plus rare de ses dons. Les harangues de Démosthène sentaient l'huile, disait-on, mais il répondait avec raison à ses ennemis que sa lampe et la leur n'éclairaient pas les mêmes travaux. Les études de Démosthène occupèrent plusieurs années de sa jeunesse, sans lui laisser le temps de paraître à la tribune ou au barreau (1). »

Il ne reparut en public qu'à l'âge de vingt-cinq ans. Il prononça deux discours contre Leptine, qui avait proposé d'imposer à tout Athénien l'obligation d'accepter les magistratures onéreuses. Le dernier, intitulé *des Immunités*, passe pour un de ses chefs-d'œuvre. Démosthène écrivit alors une foule de discours pour ceux de ses concitoyens qui n'avaient pas le talent de plaider leur propre cause. Il ne prononçait pas lui-même ces discours, il les remettait à la partie intéressée dans l'affaire, et recevait pour sa composition un salaire déterminé. Sa probité était loin de valoir son éloquence. Il s'inquiétait beaucoup plus de l'argent qu'on lui offrait que de la légitimité de la cause qu'il avait à défendre. On rapporte même que dans un procès il se chargea secrètement de l'accusation et de la défense. De tous ces plaidoyers relatifs à des intérêts privés, il nous en est parvenu trente. On remarque parmi ces discours ceux qu'il a prononcés pour revendiquer sa succession pater-nelle. Ils sont au nombre de cinq, et ils sont curieux surtout par les détails précieux qu'ils renferment sur sa jeunesse, sur sa fortune et sur la législation athénienne.

Mais ce qui fit surtout la gloire de Démosthène comme orateur, ce fut le combat qu'il engagea contre Philippe au nom de l'indépendance et de la liberté de sa patrie. «Onze harangues prononcées en l'espace de quinze ans, sous le nom de *Philippiques* et d'*Olynthiennes*, forment l'ensemble de cette grande accusation, intentée par le citoyen d'une république contre un monarque trompeur et conquérant. Démosthène avait vu de près Philippe, dont il pénétrait si bien le dangereux génie. Envoyé

---

(1) Villemain, Voy. dans la *Biographie universelle* au mot *Démosthène*. Nous n'avons fait que résumer ici cet excellent article.

comme ambassadeur à la cour de Macédoine, il y avait éprouvé
ces humiliations d'amour-propre dont le ressentiment particulier entre souvent dans les haines publiques des hommes d'Etat;
et Philippe était devenu pour lui un ennemi personnel. Mécon-
tent de ses collègues d'ambassade, et surtout d'Eschine, il
accusa cet orateur de prévarication et de vénalité (1).

Ce fut le commencement de la grande lutte qui s'éleva entre
ces deux orateurs. Timarque s'était joint à Démosthène pour
soutenir cette accusation. Eschine était coupable, mais il déploya tant d'habileté qu'il évita le coup qui le menaçait. Il comprit qu'il ne s'agissait pour lui que de gagner du temps, et il
fit diversion à l'attaque en accusant Timarque lui-même. Il
avait beau jeu ; ce Timarque s'était déshonoré par les plus révoltantes infamies, et se trouvait par conséquent indigne d'exercer aucune fonction et incapable de monter à la tribune. Dans
son discours, Eschine dévoila ses turpitudes avec tant d'âpreté
et le couvrit de tant de honte qu'il n'eut pas le courage de survivre à cet affront. Il se pendit sans attendre l'issue du procès.

Cet incident ayant fait traîner l'affaire en longueur, quand
Démosthène prononça son discours contre Eschine, le peuple
léger d'Athènes avait déjà oublié les malheurs qui avaient été
la suite des prévarications de ses ambassadeurs, et la voix du
grand orateur ne produisit aucune impression sur l'assemblée.
L'accusation fut retirée et aucun jugement ne fut prononcé. Ce
faible échec ne lui fit rien perdre toutefois de l'ascendant immense qu'il exerçait sur ses concitoyens, quand il leur parlait
de Philippe. Après les avoir longtemps trouvés insensibles, les
entreprises du roi de Macédoine ayant enfin justifié toutes les
prévisions alarmantes de sa politique, il eut la gloire de faire
entrer Thèbes dans l'alliance d'Athènes et de voir leurs armées
confédérées marcher contre Philippe pour la défense de la
Grèce. Ce fut dans les plaines de Chéronée (338) que se décida
ce grand combat de la liberté contre la servitude. Malheureusement pour sa gloire, Démosthène ne retrouva pas sur le champ
de bataille le courage qu'il montrait à la tribune, mais ses concitoyens oublièrent sa faiblesse comme soldat pour honorer le
dévouement et l'éclat de son éloquence.

Il fut choisi pour prononcer l'éloge funèbre des guerriers
morts dans cette célèbre journée, et Athènes récompensa son
patriotisme en lui décernant une couronne d'or. Ce prix devint
l'occasion d'une des luttes les plus belles et les plus magnifiques dont l'éloquence ait jamais donné le spectacle. Quand

(1) Villemain.

Athènes eut trouvé le repos dans la servitude sous la domination d'Alexandre, Eschine profita de la paix pour attaquer Ctésiphon, qui avait provoqué par un décret l'honneur rendu à Démosthène. « La célébrité des orateurs attira dans Athènes un immense concours. On vint de toute la Grèce pour assister à ce combat d'éloquence et de génie. Eschine attaqua le décret comme illégal et faux dans les termes. Il prouve d'abord que Démosthène est encore comptable de son administration et par conséquent ne peut être couronné ; et pour le mieux prouver, il peint des plus noires couleurs sa conduite politique et privée. Attaqué de toutes parts, frappé dans toutes les actions de sa vie, calomnié dans toutes ses pensées, l'orateur revient d'abord sur les coups qu'on lui porte, et raconte à son tour sa conduite politique, qui renferme celle d'Athènes. Cette apologie l'emporta. L'accusateur, n'ayant pas obtenu la cinquième partie des suffrages, fut exilé suivant la loi (1). »

Eschine se retira dans l'île de Rhodes où il ouvrit une école d'éloquence qui est devenue très-célèbre parce qu'elle créa un genre nouveau qui tenait le milieu entre l'enflure asiatique et la simplicité attique. Ce fut là qu'à sa première leçon, il lut les deux discours qui avaient été prononcés à l'occasion de *la Couronne*. Ses disciples applaudirent beaucoup au sien, mais à la lecture de celui de Démosthène leur enthousiasme alla jusqu'à l'ivresse. « Qu'auriez-vous donc fait, leur dit Eschine, si vous l'aviez entendu lui-même. »

On dit que ce discours de Démosthène fut le dernier qu'il prononça comme orateur public. Peu après son triomphe, il fut condamné pour s'être laissé corrompre par l'argent d'Harpalus, gouverneur macédonien, qui redoutait la colère d'Alexandre à cause de ses concussions et de ses rapines. Il n'est pas possible de prononcer sur la vérité de cette accusation et de ce jugement. Démosthène protesta de son innocence, après s'être enfui de sa prison, et ses lettres aux Athéniens firent sans doute impression sur le plus grand nombre, car à la mort du héros macédonien nous le voyons rappelé à Athènes par le suffrage universel. Il devint l'âme d'une nouvelle ligue des villes grecques contre la Macédoine, mais Antipater la détruisit par une victoire et força les Athéniens à condamner à mort l'orateur qui leur avait rendu à tous l'espérance et le courage. Démosthène n'eut pas la force de se résigner au malheureux sort qui l'attendait. Il prit du poison et livra à ses ennemis son corps expirant.

« La première vertu du style de Démosthène, c'est le mouve-

(1) Villemain.

ment : voilà ce qui le faisait triompher à la tribune : il fallait le
suivre et marcher avec lui. A deux mille ans de Philippe et de
la liberté, ses paroles entraînent encore. La diction est soignée,
énergique, familière, les bienséances adroites et nobles, les
raisonnements d'une force incomparable ; mais c'est le discours
entier qui est animé d'une vie intérieure, et poussé d'un souffle
impétueux. Au milieu de cette véhémence, on doit être frappé
de la raison supérieure et des connaissances politiques de l'orateur. Ces discours, pleins de verve et de feu, renferment les
instructions les plus précises et les plus salutaires sur tous les
détails du gouvernement et de la guerre. L'orateur ne déclame
jamais dans un sujet où la déclamation pouvait paraître éloquente. Il expose une entreprise de Philippe, en montre les
moyens, les obstacles, les dangers ; il peint la langueur des
Athéniens, il les conjure de faire un grand effort, il les instruit
de leurs ressources, il leur compose une armée, il leur trace
un plan de campagne ; une courte harangue lui a suffi pour
tout dire. Cette précision de langage et cette plénitude de sens
appartenaient à un véritable homme d'Etat ; le grand orateur
a l'art d'y joindre la clarté et la popularité du langage : « Dé-
» mosthène, observe Denys d'Halicarnasse, a transporté dans
» ses harangues politiques plusieurs des qualités de Thu-
» cydide : ces traits rapides et pénétrants ; cette âpreté, cette
» amertume, cette véhémence qui réveille les passions ; mais il
» n'a pas imité les formes poétiques et inusitées, qu'il ne ju-
» geait pas convenables à l'éloquence sérieuse de la tribune. Il
» n'a jamais recherché les figures inexactes et peu suivies, les
» tours hasardés ; il s'est tenu dans la simplicité du langage
» habituel, qu'il orne et anime par des métaphores, n'exprimant
» presque jamais sa pensée sans images. » Mais ces images
servent à la précision et à la vérité du style ; elles sont une
peinture énergique et courte des pensées. Démosthène ne fait
pas un usage moins fréquent des comparaisons prises dans les
objets de la vie commune, et presque toujours il en tire des in-
ductions vives et palpables qu'il applique à la situation et aux
intérêts de la république (1).

Longin loue surtout dans Démosthène la force et la véhémence. Il est plus facile, dit-il, de regarder d'un œil indifférent
les foudres tombant du ciel, que de n'être pas ému des passions
violentes qui partout éclatent dans ses ouvrages. Quintilien admire la vigueur de ses pensées, son style nerveux et serré, et
cette sagesse qui fait qu'il n'y a rien à retrancher, ni rien à

(1) Villemain.

ajouter dans ses discours. Cicéron l'exalte sans cesse et ne trouve à lui reprocher qu'une certaine rudesse qui contrariait quelquefois ses oreilles avides de cadence et d'harmonie. Tous les anciens lui ont reproché aussi ses plaisanteries lourdes et froides que notre délicatesse considérerait comme un grave défaut. Peut-être trouverait-on dans les mœurs de l'antiquité une excuse à ces fautes de bienséance et de goût ; peut-être aussi ne pourrait-on pas sérieusement insister beaucoup sur une expression impropre ou déplacée dans un écrivain de génie comme Démosthène. Ce sont des taches légères qu'il connaissait probablement mieux que tout autre, mais qu'il dédaignait parce que, suivant son expression, quand il s'agissait du salut d'Athènes, il ne s'inquiétait pas toujours de la place d'un mot. Mais ce qui prouve que l'homme le plus privilégié manque toujours de quelque chose, c'est qu'il fut entièrement privé du pathétique attendrissant. Il savait émouvoir les violentes passions, mais il ne put jamais faire couler les pleurs.

Avec Démosthène l'éloquence périt à Athènes, parce qu'après sa mort la Grèce fut à jamais courbée sous le joug dégradant de la servitude. Les dix orateurs attiques dont nous avons parlé ont été considérés par les grammairiens d'Alexandrie comme les seuls orateurs classiques qui aient brillé dans cette période. Si nous voulions mentionner ici les orateurs de second ordre dont nous possédons quelques ouvrages, nous devrions citer Gorgias, Alcidamas et Démade d'Athènes. Ce dernier se laissa corrompre par Philippe de Macédoine, et devint ensuite un des adulateurs d'Alexandre et d'Antipater. Cassandre le fit mourir, parce qu'il fut convaincu d'avoir entretenu des liaisons coupables avec les ennemis de ce prince. Il ne nous reste de cet orateur qu'un seul discours. C'est une *apologie* où il essaye de justifier sa conduite pendant douze années. Malgré toutes les ressources de son éloquence, la tâche était difficile, pour ne pas dire impossible. Aussi la postérité n'a-t-elle pas admis ses conclusions.

Indépendamment de ces treize orateurs, il y eut encore une multitude de citoyens distingués par leurs talents oratoires qui prirent part aux discussions publiques et qui prononcèrent des discours politiques ou des harangues judiciaires. Céphalus, Critias, Iphicrate, Hégésippe, Démocharès jouirent même parmi leurs contemporains d'une véritable célébrité. Mais comme nous ne possédons absolument rien de leurs ouvrages, nous ne pouvons que rappeler ici leur influence, sans caractériser le genre de leurs talents.

QUATRIÈME ÉPOQUE·

DEPUIS ALEXANDRE JUSQU'A LA CONQUÊTE ROMAINE (339-146).
ÉPOQUE GRÉCO-ALEXANDRINE.

Si l'on considère cette époque au point de vue des progrès de la civilisation en général, on ne peut s'empêcher de reconnaître son éclat et sa grandeur. Les conquêtes d'Alexandre contribuèrent plus à la propagation des lumières que tous les efforts réunis des philosophes anciens. « Nous nous esmerveillons, dit Plutarque, de l'efficace du parler de Carnéades, qui seut faire que Clitomachus, lequel auparavant s'appeloit Asdrubal, et estoit Carthaginois de nation, se conforma au parti, aux mœurs et langage des Grecs ; nous admirons la disposition de Zénon, de ce qu'il seut persuader à Diogène le Babylonien de s'adonner à l'estude de la philosophie : et depuis qu'Alexandre eut domté et civilisé l'Asie, tout le passe-temps de ces peuples estoit de lire les vers d'Homère, et les enfants des Perses, des Susianiens et des Gédrosiens chantoyent les tragédies de Sophocle et d'Euripide. Socrates fut puni de mort à la poursuite des calomniateurs qui lui mettoyent sus, qu'il introduisoit à Athènes de nouveaux dieux : là où par l'enseignement d'Alexandre les habitants de Bactra et du mont de Caucasus, encore de présent adorent les dieux de la Grèce. Platon a laissé par escrit une seule forme de gouvernement de ville, mais il n'a pas seu persuader à un seul homme de la suyvre, tant elle a esté trouvée austère et sévère : là où Alexandre ayant basti et fondé plus soixante et dix villes parmi les nations barbares, et ayant semé par toute l'Asie les mystères, sacrifices et cérémonies de servir aux dieux, dont on use en la Grèce, les as retirés d'une vie sauvage et bestiale. Il y a encore peu d'entre nous qui lisent les lois de Platon, là où il y a des milliers innumérables d'hommes qui ont usé et usent encore de celles d'Alexandre, estant plus heureux ceux qui ont été subjuguez et domptez par lui, que ceux qui ont eschapé sa puissance : car ceux-là n'ont encore eu personne qui les ai fait cesser de vivre misérablement, et ceux-ci ont esté contraints par le vainqueur de vivre heureusement... Si donc les philosophes se magnifient de ce qu'ils adoucissent et réforment les mœurs rudes et non polies d'aucune doctrine, et il se voit qu'Alexandre a changé en mieux infinies nations sauvages et natures bestiales, à bon droit le devra-on estimer un très-grand philosophe (1). »

Par suite de cette grande révolution opérée par l'épée d'Alexandre, Athènes perdit cette suprématie intellectuelle, cette haute prépondérance qu'elle avait exercée sur la Grèce et sur le reste du monde civilisé. Au lieu d'un seul et grand foyer de lumière il y en eut plusieurs disséminés çà et là dans le grand empire élevé par le héros macédonien. Les sciences et les lettres se réfugièrent tout spécialement à Alexandrie. Cette nouvelle capitale, placée à la jonction des trois grands continents, se trouva naturellement le rendez-vous des savants de toutes les parties du monde. Le génie grec et le génie oriental s'y rencontrèrent et contractèrent une alliance intime qui devait avoir pour résultat la fusion définitive de leurs idées et de leur caractère.

Toutefois cette grande cité ne jouit pas exclusivement du privilége de la science. Dans le même temps Athènes conservait encore une partie de sa gloire, et par Ménandre elle créait la comédie nouvelle, le seul genre qu'elle n'eût pas encore perfectionné ; la Sicile voyait naître avec Théocrite la poésie bucolique, l'île de Rhodes était le théâtre d'un nouveau genre d'éloquence qui a porté le nom de cette contrée, le royaume de Pergame sous les Eumènes et les Attales le disputait en éclat à la ville d'Alexandrie sous les Ptolémées, enfin toutes les grandes cités de l'Asie ou de la Grèce possédaient des hommes de talent qui les faisaient renaître à la science et préparaient ainsi à leur insu la gloire de ces Eglises d'Orient qui parurent si nombreuses et si brillantes aussitôt que les apôtres eurent annoncé l'Evangile.

La prééminence exclusive d'Athènes dans les sciences et les lettres avait insensiblement fait prévaloir le dialecte attique sur les autres dialectes. Cette diffusion de lumière produite par les conquêtes d'Alexandre créa des dialectes particuliers. La langue des vainqueurs se chargea d'une foule de mots nouveaux empruntés au langage barbare des vaincus ; elle s'arrêta par l'influence de ce néologisme et des locutions provinciales, et on vit paraître le *dialecte macédonien*. Ce dialecte se mêla ensuite avec les idiomes particuliers des habitants de l'Egypte et de la

_____

(1) Plutarque, *De la fortune et de la vertu d'Alexandre*, ch. III, trad. d'Amyot.

Phénicie, et il en résulta un amalgame barbare appelé *dialecte hellénistique*. Les poëtes et les prosateurs se servirent des dialectes employés par les grands écrivains des siècles précédents, mais ils ne retrouvèrent plus leur inspiration et leur génie. Car si cette époque est remarquable par la diffusion et la propagation des sciences et des lettres, au point de vue de l'art elle nous montre la littérature grecque en pleine décadence.

Tous les genres sont cultivés, mais dans tous on est tellement esclave de l'imitation qu'on ne trouve plus rien de grand, de neuf et d'original. La poésie épique n'est que de l'histoire mise en vers ; c'est une pâle contrefaçon d'Homère. La poésie dramatique se perd dans une obscurité recherchée, évitant tout ce qui est simple et naturel, pour se jeter dans ce qui est étrange et péniblement contourné. La poésie didactique versifie sèchement quelques traités scientifiques sans chercher à dissimuler l'aridité des sujets qu'elle choisit par quelques heureuses fictions. L'éloquence est plus dans les mots que dans les pensées, et l'histoire ne compte qu'un seul homme qui mérite d'être placé à côté des Hérodote, des Xénophon et des Thucydide ; c'est Polybe. Une seule classe de littérateurs abonde, c'est celle des grammairiens et des érudits. Ces travailleurs infatigables se dédommagent de leur propre stérilité, en commentant les chefs-d'œuvre des siècles précédents. Ils comptaient les mots et les lettres de l'*Iliade* et de l'*Odyssée*, ils épuraient les textes de tous les grands ouvrages de l'antiquité, ils les chargeaient de scolies et d'accents et les classaient par ordre de matière et de mérite. Nous apprécierons la valeur de tous ces travaux et nous dirons le profit que l'humanité en a retiré ; mais tout en reconnaissant les avantages particuliers qui ont pu en résulter, nous ne pouvons nous empêcher de déplorer cet abaissement rapide des esprits.

Naguère ils étaient préoccupés des souvenirs religieux et des traditions nationales les plus graves et les plus respectables, et maintenant les voilà qui se passionnent pour tout ce qu'il y a de plus puéril et de plus frivole. D'où vient ce changement extraordinaire ? On ne peut lui assigner d'autre cause que l'anéantissement de la liberté. Depuis le jour où la Grèce perdit son indépendance, elle sentit s'éteindre en elle l'inspiration et l'enthousiasme, ces deux grandes puissances nécessaires au génie. L'éloquence, réduite aux fleurs de rhétorique, se consuma misérablement dans l'enceinte des écoles à revêtir d'ornements factices des lieux communs ou des sujets de convention. Il ne lui était plus donné d'émouvoir la multitude par les grands noms de gloire et de patrie, puisque la tyrannie ne demande toujours que des hommes dociles et aveugles qui n'en appellent jamais à la raison. La poésie s'endormit au milieu de la mollesse et de la corruption, et ne sortit de loin en loin de sa triste léthargie que pour faire entendre des paroles d'adulation en l'honneur des rois qui la stipendiaient (1).

En parcourant cette nouvelle époque, nous ne nous arrêterons pas à tous les auteurs médiocres qu'elle renferme. Avant tout nous nous efforcerons de caractériser chacune des grandes écoles qui se sont élevées, et de donner une idée des compositions les plus remarquables qui ont paru en divers genres.

CHAPITRE I.

DES POËTES ATTIQUES. MÉNANDRE ET LA NOUVELLE COMÉDIE.

Les Muses quittèrent le sol de la Grèce aussitôt que la liberté en fut bannie. Après les conquêtes de Philippe et d'Alexandre, nous ne trouvons pas le moindre vestige de poésie lyrique. Le genre dramatique est également délaissé, à l'exception de la comédie, qui arrive à son plus haut degré de perfection en se transformant. La vieille comédie n'avait pas craint de mettre en scène des hommes connus, et de les attaquer directement par ses railleries et ses sarcasmes. La comédie moyenne s'était interdit ces personnalités choquantes, mais trop souvent encore on pouvait reconnaître ses allusions mordantes, et distinguer sous un nom supposé le personnage que le poëte avait voulu flétrir. Elle s'était aussi dédommagée des restrictions qui lui avaient été imposées en faveur des magistrats et des autres citoyens par une critique exagérée des hommes de lettres. Elle parodiait leurs ouvrages avec une licence et une bouffonnerie capables de décourager le talent (2).

La nouvelle comédie eut un caractère plus grave, un but plus élevé. Au lieu de s'attacher ainsi à quelques faits individuels, elle étudia les mœurs de la société, elle généralisa tous les défauts, toutes les passions qui y jouaient un rôle, et travailla à faire ressortir en particulier les travers de telles ou telles classes d'individus pour les détruire par le ridicule : *ridendo castigat mores*. L'avare, le joueur, l'intrigant, le débau-

(1) Voyez mon *Précis de l'histoire ancienne*, p. 498.
(2) Voyez plus haut, page 66.

ché, fournirent le sujet d'autant de pièces où l'on trouvait le défaut de tous les hommes qui obéissaient à l'une ou à l'autre de ces passions, sans que jamais on se permît de mêler à ces tableaux aucun trait qui pût être considéré comme une satire personnelle. Ce genre est véritablement le seul qui convienne à une société civilisée ; c'est aussi celui qui demande le plus d'art.

Pour rendre ridicules des hommes déjà connus par leurs actes administratifs ou par leurs exploits militaires, comme faisait la comédie ancienne, il suffisait d'un esprit vif, gai et caustique. On était toujours sûr d'intéresser le peuple par des plaisanteries, et il n'était pas nécessaire que la pièce fût conduite avec beaucoup d'art. Souvent le poëte se contentait pour tout plan d'un canevas grossier, et il était sûr de racheter par ses bons mots ce défaut d'ordonnance. Mais dans la comédie nouvelle, comme il s'agissait d'intéresser les spectateurs uniquement par la mise en scène d'un caractère ou d'un défaut pris en général, il était nécessaire, pour y réussir, de nouer une intrigue qui donnât le mouvement à toute la pièce, et empêchât l'action d'être jamais froide et languissante.

On trouve dans les ouvrages des anciens les noms de trente-deux poëtes qui ont cultivé la nouvelle comédie. Le plus célèbre est sans contredit Ménandre.

Il était Athénien et il naquit 342 ans avant notre ère. Il développa son génie observateur à l'école de Théophraste, le plus célèbre moraliste de tous les Grecs. Le poëte Alexis, qui se distingua dans la moyenne comédie par sa gaieté vive et franche, lui inspira ces tours gracieux et malins qui sont un des apanages du véritable comique. Toutefois, il paraît qu'il ne jouit guère de sa réputation. En butte aux attaques des envieux, dans les concours publics il se vit presque toujours supplanté par l'intrigue et la cabale. Bien que sa prodigieuse fécondité lui eût permis de livrer au théâtre plus de cent cinq drames nouveaux, il ne fut couronné que huit fois.

Ces injustices tourmentèrent sa vanité. Il ne pouvait supporter de se voir ainsi sacrifié à des hommes obscurs, qui n'avaient pas d'autres mérites que ceux qui leur étaient prêtés par de viles coteries. Dans son dépit il dit un jour à l'un d'eux : *Est-ce que tu ne rougis pas, Philémon, toutes les fois que tu es déclaré mon vainqueur ?* Ses ennemis ne se contentèrent pas d'humilier ainsi injustement son orgueil : ils le calomnièrent dans son honneur de poëte, en lui reprochant de n'être qu'un misérable plagiaire. Un certain Cécilius prétendit qu'il s'était approprié une comédie d'Antiphane dont il n'avait changé que le titre. Un grammairien, nommé Latinus, trouva lieu de faire six livres des larcins qu'il avait cru remarquer dans ce poëte.

Toutes ces contrariétés répandirent beaucoup d'amertume dans la vie de Ménandre. Mais plus tard, la postérité le dédommagea généreusement de l'injuste sévérité de ses contemporains. Les Athéniens lui érigèrent un tombeau voisin de celui d'Euripide, et, au théâtre d'Athènes, on voyait sa statue à côté de celles d'Eschyle, de Sophocle et d'Euripide. Ses pièces firent l'ornement des fêtes solennelles et l'agrément de toutes les réunions domestiques. On les déclamait dans les écoles et les maîtres les proposaient pour modèles à leurs disciples. Si l'on en croit Denys d'Halicarnasse et Dion Chrysostome, tout homme bien élevé aurait dû savoir tout Ménandre par cœur. Plutarque le place bien au-dessus d'Aristophane. Nous rapporterons ici son jugement, parce qu'il semble avoir été ratifié dans toutes ses parties par l'antiquité. « Ménandre, dit-il, sait adapter son style et proportionner son ton à tous les rôles, sans négliger le comique, mais sans hauteur. Il ne perd jamais de vue la nature ; la souplesse et la flexibilité de son expression ne saurait être surpassée. On peut dire qu'elle est toujours égale à elle-même, et toujours différente suivant le besoin ; semblable à une eau limpide qui, coulant entre des rives inégales et tortueuses, en prend toutes les formes sans rien perdre de sa pureté. Il écrit en homme d'esprit, en homme de bonne société ; il est fait pour être lu, représenté, appris par cœur ; pour plaire en tous lieux et en tous temps ; et l'on n'est pas surpris, en lisant ses pièces, qu'il ait passé pour l'homme de son siècle qui s'exprimait avec le plus d'agrément, soit dans la conversation, soit par écrit. »

Au point de vue moral il serait nécessaire de mettre une restriction sévère à tous ces éloges. Ovide pensait aussi, comme Plutarque, que Ménandre était un homme de bonne société, dont le livre ne pouvait pas être trop populaire. Tout en remarquant qu'il n'y avait aucune de ses pièces qui fût sans intrigue, le chantre de l'*Art d'aimer* ajoutait que cet auteur pouvait être mis sans danger entre les mains des jeunes gens. Dans l'antiquité païenne on n'avait pas pour les mœurs le même respect que de nos jours, mais ce que nous savons du caractère de Ménandre et de sa vie privée suffit pour nous convaincre que toutes ses pièces étaient très-licencieuses. Peut-être ce défaut a-t-il été un des motifs qui ont porté les Grecs chrétiens du Bas-Empire à détruire ses ouvrages. Aujourd'hui nous n'en possédons que des fragments fort courts, qui nous permettent d'apprécier les brillantes qualités de son style, mais ces débris ne nous suffisent pas pour nous faire connaître l'art avec lequel il formait un nœud, une intrigue, et développait un caractère quelconque.

Térence l'a imité et bien souvent traduit, mais le poëte latin s'est écarté de la simplicité du poëte grec. Ne se contentant pas de produire sur la scène romaine l'action telle qu'il la trouvait, il y joignait ordinairement, dit Schæll, une intrigue subordonnée qu'il tirait de quelque autre pièce de Ménandre, et qu'avec beaucoup d'art il amalgamait avec la principale action. Et voilà ce qu'il appelait de deux pièces en faire une. Nous ne pouvons donc juger en aucune façon de l'original par la copie.

Indépendamment de Ménandre, les grammairiens d'Alexandrie avaient placé dans leur canon quatre poëtes classiques qui s'étaient distingués dans la comédie nouvelle. C'étaient Philippide, Diphile, Philémon et Apollodore, mais nous n'avons absolument rien de leurs écrits. Quant aux comiques du second ordre, nous en possédons quelques fragments, mais ils sont si peu importants que nous ne croyons pas nécessaire de citer ici leurs noms.

CHAPITRE II.

DES POËTES SICILIENS. ORIGINE DE LA POÉSIE BUCOLIQUE.

La poésie pastorale, avec toute sa grâce et sa fraîcheur, ne pouvait naître que sous un ciel enchanteur, dans une de ces délicieuses contrées où les bergers et les laboureurs favorisés de tous les dons de la nature sont tout naturellement portés à chanter, comme Corydon et Thyrsis, les agréments de leur vie champêtre. « De tout temps, dit la Harpe, la poésie a été imitatrice ; et des paysans grossiers, misérables, abrutis par la misère, la crainte et le besoin, n'auraient jamais pu inspirer aux poëtes l'idée d'une églogue. Les poëtes embellissent, il est vrai ; mais il faut que l'objet les ait frappés avant qu'ils songent à l'orner : ils ne peignent pas le contraire de ce qu'ils voient (1). »

---

(1) La Harpe, *Cours de littérature*, t. II, p. 308.

Ainsi, avant Théocrite, le père et le prince de la poésie pastorale, nous voyons dans la Sicile, sa patrie, les bergers et les habitants des hameaux s'égayer par de douces chansons. Aujourd'hui encore, nous retrouvons sous ce même climat les mœurs et les habitudes champêtres que le poëte a décrites avec tant de naïveté et de perfection. Nous savons encore que si Théocrite a résumé en lui toute la poésie pastorale, comme Homère la poésie épique, il fut, aussi bien que le chantre d'Ilion, précédé et suivi d'une foule d'autres poëtes qui ont cultivé le même genre. Il a lui-même préservé de l'oubli le nom d'un certain Daphnis que les Muses ont fait fils de Mercure et d'une nymphe, et qu'on suppose gardien d'un grand troupeau qu'il faisait paître au pied du mont Etna. C'était, dit-on, le plus beau, le plus aimable et le plus spirituel des bergers. Nul doute que Daphnis n'eût de dignes rivaux, et que dans la Sicile et l'Arcadie il y ait eu un grand nombre de poëtes qui cherchèrent à reproduire ces mœurs simples et naïves des temps anciens.

Théocrite ayant rencontré la perfection dans ce genre, son nom a fait oublier ceux de tous les autres, et sa gloire a éclipsé les poëtes siciliens comme Homère les homérides. Ce grand poëte naquit à Syracuse et vécut sous Hiéron le jeune, qui ne sut pas dignement apprécier son mérite. Ptolémée Philadelphe, qui régnait en même temps en Egypte et qui se plaisait à réunir autour de lui les littérateurs et les savants, comprit mieux les intérêts de sa gloire. Par ses libéralités il attira le poëte sicilien à sa cour (270), et il en reçut en retour les plus magnifiques éloges. C'est à peu près tout ce qu'on sait de la vie de Théocrite.

Ses œuvres, telles que nous les avons, se composent de trente poëmes qui portent le titre d'*Idylles* (εἰδύλλια, c'est-à-dire, petits poëmes ou petits tableaux) et de vingt-trois autres morceaux moins étendus auxquels on a donné le nom d'*épigrammes*. Parmi les idylles on ne compte guère, à proprement parler, que dix *églogues*. Toutes les autres pièces sont des morceaux particuliers de différents caractères. On y retrouve quelques fragments de poëmes épiques, et il y en a plusieurs qui peuvent être considérés comme des poésies lyriques. Toutes ces pièces ne sont certainement pas authentiques. Généralement on en attribue plusieurs à d'autres poëtes qui vivaient avant ou après Théocrite, et on croit que les grammairiens d'Alexandrie ont placé sous le nom de ce poëte tout ce qui avait le caractère de la poésie pastorale, absolument de la même manière et pour la même raison qu'on a supposé d'Esope toutes les fables qui ont eu cours dans la Grèce.

Théocrite emploie le vers hexamètre et le dialecte dorien dont la simplicité convenait admirablement au genre de poésie qu'il avait adopté. La variété des sujets qu'il a traités, la diversité des tons qu'il a su prendre prouvent la flexibilité et la fécondité de son génie. Après avoir chanté comme chantent les bergers, il ne craint pas de saisir la trompette épique et il en tire des accents dignes d'Homère. Des hauteurs de l'épopée il descend ensuite avec un égal bonheur aux scènes variées de la poésie dramatique, et sa verve n'est ni moins piquante ni moins railleuse que celle du meilleur poëte comique. La Harpe lui reproche trop d'uniformité dans le ton et les idées ; il eût été plus juste de remarquer que la poésie pastorale est essentiellement le genre propre à son talent. Ainsi, malgré la variété des sujets qu'il traite, on trouve toujours dans ses vers cette noble simplicité, cette grâce inimitable qui donne à ses tableaux une teinte vraiment champêtre.

Il a eu pour disciple et pour rival le cygne de Mantoue, et sa gloire est de n'avoir pu en être surpassé. Bien souvent on a fait le parallèle de ces deux grands poëtes. On s'est plu à faire des antithèses pour peindre la nature de leur talent et leur opposition de mérite et de caractère, mais la postérité n'a pas osé définitivement prononcer. Sous le rapport de l'art ils sont l'un et l'autre si parfaits, que quand on les veut comparer, le dernier qu'on lit est toujours, selon l'expression d'un critique, celui qu'on préfère.

Mais il n'en est plus de même si on les juge au point de vue moral. Les licences que Virgile s'accorde quelquefois dans ses églogues ne sont rien près des expressions indécentes et grossières et de toutes les peintures lascives dont Théocrite a souillé ses écrits. Il n'est presque aucune de ses pièces qui ne mérite à cet égard les plus graves reproches. Si l'on ne savait jusqu'où les païens portaient le déréglement des mœurs, on serait profondément étonné de rencontrer dans un poëte aussi distingué par le génie des scènes aussi repoussantes.

A côté de Théocrite on place toujours Bion et Moschus. Leurs poésies ne sont pourtant pas bucoliques ; toutes sont lyriques ou mythologiques. On les a rapprochés sans doute parce qu'ils ont vécu dans le même temps (1) et dans le

_____

(1) Plusieurs auteurs supposent que Théocrite vécut environ un siècle avant Bion et Moschus, mais Moschus nous dit lui-même qu'ils étaient tous trois contemporains. C'est ce qu'on voit au vers 102 de son *Chant funèbre* sur Bion.

même pays, et que leurs compositions ont toujours été comprises sous le même titre, malgré la différence de leur genre et de leur caractère. Théocrite n'a point fait d'*idylles* dans le sens que nous donnons à ce mot; néanmoins tous ses poëmes ont été ainsi appelés parce qu'ils sont autant de tableaux concis et rapides. Bion et Moschus furent les créateurs de ce genre nouveau que les modernes ont aussi cultivé. L'un et l'autre ont fait de véritables idylles, c'est-à-dire qu'ils ont tracé de simples tableaux de la vie champêtre, sans action ni dialogue.

Bion naquit à Smyrne. Il paraît qu'il passa la plus grande partie de sa vie en Sicile ou dans cette partie de l'Italie que l'on appelait la *Grande-Grèce*. Il est probable qu'il mourut empoisonné, mais on ne sait ni le lieu ni l'époque de sa mort. Nous avons de ce poëte quelques petites idylles, et une grande idylle entière, le *Chant funèbre* en l'honneur d'Adonis. C'est le pendant de celui que Théocrite, dans ses Syracusains, met dans la bouche de la chanteuse argienne. Celle-ci a célébré le retour d'Adonis, Bion déplore sa perte. Ainsi ces deux poëmes nous offrent les deux sections de la fable d'Adonis, sa perte et sa résurrection. Bion a beaucoup de grâce et d'éclat, mais il est trop orné. Il n'a jamais le naturel et la simplicité de Théocrite.

Moschus son disciple a le même caractère. Il prodigue aussi les ornements et les images, et il pèche comme son maître par excès d'élégance et de richesse. Nous n'avons de lui que quatre idylles et quelques autres petits poëmes. On admire surtout son *Chant funèbre en l'honneur de Bion*. Il nous montre toute la nature attristée portant le deuil de cet illustre poëte, et nous exprime sa douleur d'une manière à la fois si vive et si tendre qu'on ne peut lire cette pièce sans être ému. Moschus n'est pas aussi ingénieux que Bion, mais il l'emporte peut-être sur lui par deux qualités bien précieuses, la délicatesse et le sentiment.

CHAPITRE III.

DES POÈTES ALEXANDRINS. DE LA POÉSIE ÉPIQUE, DIDACTIQUE, DRAMATIQUE, LYRIQUE ET ÉPIGRAMMATIQUE.

L'école d'Alexandrie cultiva tous les genres de poésie qui avaient fait la gloire de la Grèce. Parmi les poëtes qui l'illustrèrent, les uns s'élancèrent sur les pas du divin Homère et essayèrent de nouvelles épopées: les autres, à l'exemple d'Hé-

siode, entreprirent des poëmes didactiques. Le drame reparut
avec ses trois genres. On fit des tragédies, des comédies et des
satires. La lyre fit entendre de nouveaux sons et l'élégie soupira de nouvelles plaintes. On imagina même des genres inconnus au grand siècle. On se mit à multiplier les anagrammes,
les épigrammes, et tous ces jeux de mots que le bon goût a toujours réprouvés. A défaut de génie et d'invention, les beaux
esprits se faisaient un mérite de tous ces caprices d'imagination qui paraissent à toutes les époques de décadence. Quelques-
uns se plaisent même à symétriser leurs vers et à en disposer
la longueur respective de manière à représenter une figure, telle
qu'un œuf, un autel, un chalumeau, etc. Nous parlerons peu
de ces puérilités bizarres, mais nous nous efforcerons de caractériser les autres genres de poésie et de faire ainsi ressortir le
mérite littéraire de cette nouvelle époque.

I. POÉSIE ÉPIQUE.

Le seul poëte épique de cette époque dont nous possédions
l'ouvrage est Apollonius de Rhodes. Il naquit à Alexandrie ou à
Naucrates vers l'an 194 avant J.-C. et eut pour maître le poëte
Callimaque. S'étant refusé à suivre ses conseils et ayant mieux
aimé imiter Homère que de faire péniblement des compilations
érudites à la façon de Callimaque, celui-ci s'irrita de cette au-
dacieuse rébellion et se fit le détracteur du jeune poëte qu'il aurait dû encourager et soutenir par tous les moyens. Il alla jusqu'à intriguer en secret contre lui pour rendre le public injuste
envers ses talents. Apollonius, fatigué par toutes ces contradictions jalouses, quitta Alexandrie où il n'était pas apprécié, et
vint à Rhodes pour y professer l'éloquence. C'est de là qu'il prit
son surnom. Plus tard il fut rappelé dans sa patrie, et sous
Ptolémée Epiphane il fut nommé inspecteur de la bibliothèque
d'Alexandrie à la place d'Eratosthène que sa vieillesse avait
rendu infirme.

Apollonius avait commencé par mettre en vers des recherches
historiques, selon le goût des Alexandrins. Il écrivit sur les antiquités de Naucrates, d'Alexandrie, de Caunus, de Cnide, de
Canobus et de Rhodes. Toutes ces compositions sont perdues,
mais elles nous semblent peu regrettables; car de pareils sujets
n'étaient guère propres à enflammer la verve d'un poëte. Ses
contemporains en ont probablement jugé de même, et la postérité pour ce motif n'a pris soin que de son grand poëme épique
intitulé les *Argonautiques*.

Ce poëme est divisé en quatre chants. Le sujet est l'expédition de Jason qui sort de Pagases avec ses compagnons pour se rendre en Colchide; ils y font la conquête de la Toison d'or, et après de longs et dangereux écarts, ils reviennent dans leur pays. « Ce sujet, dit M. Charpentier, ne manquait pas de grandeur; l'expédition de Jason, c'est pour l'antiquité la découverte d'un nouveau monde. Mais ce sujet, fécond en apparence, est en réalité stérile, car il ne peut mettre en jeu toutes les passions, non plus que les caractères et les mœurs, qui sont l'âme de l'épopée. Expédition industrielle, le héros s'en montre trop souvent sans probité et sans honneur. Si le sujet est simple, il n'est pas un : car à côté de Jason se trouvent d'autres personnages qui trop souvent partagent avec lui et quelquefois lui enlèvent l'intérêt qui devrait se concentrer en lui seul. Ce poëme, à proprement parler, est plutôt un poëme descriptif qu'un poëme épique; on y rencontre d'heureuses images, de riants tableaux, d'agréables récits, quelquefois même des traits de caractère et de passion qui ne manquent ni de force ni de vivacité. Si la passion qui domine Médée y foule aux pieds la pudeur et la piété filiale avec cette violence sauvage qui, dans l'antiquité, n'était pas retenue par le sens moral, elle s'y trahit aussi à des sentiments plus délicats et plus tendres; elle y est tracée avec des couleurs qui semblent parfois chastes et réservées. Virgile a dû à Apollonius quelques-uns des traits dont il a peint Didon. Mais quelquefois ces traits sont gâtés par cette manie d'érudition qui, bien que plus rare dans Apollonius que dans Callimaque, s'y montre encore trop souvent dans des digressions oiseuses. Du reste, une diction pure et brillante, une douceur continue de style, qu'augmente encore l'usage perpétuel du dialecte ionien, une versification habile qui, à force d'art, imiterait le naturel, si le naturel pouvait s'imiter, telles sont les qualités qu'offre à un haut degré le poëme d'Apollonius. Il n'est pas non plus sans intérêt pour la connaissance des antiquités; il présente sous un voile brillant, et dans les caractères d'Orphée et d'Hercule, quelques-unes de ces vérités mystiques que trop souvent l'école d'Alexandrie exagéra ou corrompit, mais qui cependant n'étaient pas en elles-mêmes sans enseignements pour qui sait les comprendre (1). »

On a surtout reproché au poëme d'Apollonius de manquer d'invention et de n'avoir rien de cette chaleur et de cette élévation qui caractérisent les productions du génie. Il est sans

---

(1) Charpentier, *Histoire de la littérature grecque.*

tache, comme dit Longin, mais, selon la remarque de Quintilien, il est constamment médiocre. Le manque de verve et de
mouvement est d'ailleurs le défaut de tous les poëtes d'Alexandrie. Euphorion de Chalcis, Rhianus de Béné en Crète, Musée
d'Ephèse, qui, à l'exemple d'Apollonius, se firent les imitateurs
et les disciples d'Homère, avaient généralement choisi leurs
sujets parmi les événements des temps héroïques qui conviennent le mieux à l'épopée. Ils s'étaient placés au cœur de cette
antique civilisation si riche en traditions merveilleuses et en
légendes poétiques. Comme Homère, ils pouvaient sans blesser
la vraisemblance peindre leurs héros sous les proportions les
plus grandioses et unir constamment le ciel et la terre par l'intervention de la divinité. S'ils ne l'ont pas fait, il faut beaucoup moins s'en prendre à leurs talents qu'au caractère de leur
siècle.

L'épopée homérique n'a eu qu'un temps, parce qu'après la
civilisation des temps héroïques dont elle est la peinture, est
venue une autre civilisation moins naïve, moins simple, moins
crédule. Homère avait foi dans ses dieux et surtout dans ses
héros. Tous les hommes de son siècle y croyaient comme lui,
et cette conviction profonde exaltait tous les esprits et pénétrait
de sa chaleur vivifiante toutes les productions littéraires. Ce
fut là l'aliment de la poésie. Mais après que les sophistes de la
Grèce eurent partout semé le scepticisme en faisant subir à
toutes les croyances l'épreuve d'un examen sévère, après que
toute liberté se fut évanouie sous les coups des rois conquérants, quels sentiments auraient pu électriser les cœurs? Comment emprunter à la religion ses symboles et ses mythes,
puisque ces formes étaient usées et que personne n'y croyait
plus? Comment parler le langage sublime d'un vrai patriotisme,
puisque tout le monde était esclave et qu'on n'avait pas d'autre
patrie que la cour du despote à la table duquel on s'asseyait?
Privée de ces deux grandes ressources, la muse épique ne pouvait plus que raconter, et ses chants ne furent en effet que des
récits historiques. C'est ce qui nous fait considérer les poëtes
d'Alexandrie comme de grands esprits, qui, malgré tous les
priviléges dont la nature les avait ornés, succombèrent à une
dure nécessité.

II. POÉSIE DIDACTIQUE.

Pour les raisons que nous avons données, la poésie épique
n'était pas dans le génie et dans le goût des poëtes d'Alexan-

drie. Leur siècle manquait des deux éléments constitutifs de l'épopée, l'exaltation du patriotisme et la ferveur de la foi. Aussi Apollonius de Rhodes, qui est le véritable représentant de ce genre de poésie à cette époque, trouva-t-il un persécuteur dans son maître Callimaque, et ses premiers essais furent si mal accueillis de ses concitoyens qu'il fut obligé de s'exiler à Rhodes. La poésie didactique était bien plus en harmonie avec le caractère et le besoin de ces hommes qui se dédommageaient de la stérilité de leur esprit par un grand luxe d'érudition. Ils se plaisaient à mettre en vers toutes les données de la science, et il n'est pas une seule branche de connaissances, quelle que fût son aridité, qu'ils n'aient essayé d'enrichir de toutes les couleurs et de tous les ornements de la poésie.

Le plus célèbre de ces poëtes didactiques fut Aratus. Il était né à Soles dans la Cilicie, vers 277, et il fut contemporain de Théocrite, qui lui a accordé une mention honorable dans sa sixième idylle. Il jouit de la faveur de Ptolémée Philadelphe et vécut dans l'intimité du roi de Macédoine Antigone Gonatas, auprès de qui il passa le reste de ses jours. Nous n'avons de lui qu'un seul poëme intitulé *des Phénomènes et des Signes*. Ce n'est rien autre chose que la réunion de deux ouvrages d'Eudoxe de Cnide, *le Miroir* et *les Phénomènes*. Le but du poëte est de décrire l'influence des astres et leurs cours. Au moment où Aratus écrivait, l'astronomie n'était pas encore née. On rencontre dans son poëme des erreurs graves qui prouvent que sous ce rapport son ignorance était grande. Néanmoins son livre est considéré par les savants comme le recueil de tout ce qu'on savait en Grèce de son temps. Le plus célèbre astronome de l'antiquité, Hipparque, lui a fait l'honneur de le commenter.

Si on le juge au point de vue de l'art, ce poëme n'est pas sans mérite. Il est bien versifié, il est enrichi d'heureux épisodes, l'ordonnance en est régulière, il a même toutes les qualités que peut avoir une composition méthodique d'où le sentiment et la passion sont bannis. Aratus jouit d'une grande célébrité pendant sa vie, et son poëme eut l'honneur d'être trois fois traduit en vers latins, par Cicéron, Germanicus, César et Aviénus. Cette dernière traduction est la seule qui nous reste en entier. Ovide témoignait son admiration exagérée pour ce poëte en lui promettant une durée égale à celle des grands objets qu'il avait chantés :

Cum sole et luna semper Aratus erit.

La gloire d'Aratus effaça celle d'Archestrate et de Dicéarqu qui florissaient avant lui. Archestrate naquit à Syracuse, d'après Athénée, et vécut probablement du temps d'Aristote. « Il parcourut les terres et les mers pour connaître par lui-même ce qu'elles produisaient de meilleur. Il s'instruisait dans ses voyages non des mœurs des peuples, mais il entrait dans les laboratoires où se préparent les délices de la table, et il n'eut de commerce qu'avec les hommes utiles à ses plaisirs. Son poëme est un trésor de lumière et ne contient pas un vers qui ne soit un précepte. C'est dans cette école que plusieurs cuisiniers ont puisé les principes d'un art qui les a rendus immortels (1). » Comme on le voit, Archestrate était un vrai disciple de la secte d'Epicure. Son livre intitulé *Gastrologie* renferme toutes les découvertes et tous les secrets du sensualisme le plus raffiné. Ennius le traduisit à l'usage des Romains sous le titre de *Carmina idesphagitica*. Ce qu'en a dit l'abbé Barthélemy, d'après Athénée, a inspiré à Berchoux l'idée de sa *Gastronomie*.

Dicéarque de Messine a écrit une *Description de la Grèce* en vers ïambiques. C'est le premier ouvrage en vers qu'on ait composé sur la géographie. Dicéarque l'avait adressé à Théophraste sans autre but d'ailleurs que d'expliquer par ces vers des cartes géographiques qu'il avait dressées. Nous n'avons de ce poëme qu'un fragment.

Pour compléter l'énumération des poëtes didactiques de cette école nous citerons Nicandre de Colophon, qui fleurit vers l'an 140 avant J.-C. Indépendamment de son titre de poëte il était encore médecin, grammairien et prêtre d'Apollon de Claros. Il a chanté en deux livres : *les Remèdes contre les morsures des bêtes vénimeuses*, et *les Remèdes contre les poisons qui se rencontrent dans les aliments et les boissons*. Ses vers sont élégants, mais ses ouvrages ne sont d'aucun intérêt pour la science. Il avait aussi composé des *Géorgiques* auxquelles Virgile a fait quelques emprunts, et des *Métamorphoses* qui ont donné à Ovide la première idée de son ouvrage. Nous ne possédons plus rien de ces deux poëmes.

Tels furent les poëtes didactiques de l'école d'Alexandrie. En parlant de la poésie épique nous remarquions qu'elle était restée médiocre parce qu'elle avait manqué de toute inspiration profondément religieuse et patriotique. Il en fut de même de la poésie didactique ; elle eut de l'élégance et de la grâce, elle jouit même de tous les avantages que l'art peut donner,

---

(1) *Voyage d Anacharsis.*

mais elle n'eut ni le sentiment ni la vie. En parlant d'Aratus, Quintilien lui reproche de manquer d'âme. Il a traité, dit-il, un sujet qui ne comporte ni mouvement, ni variété, ni passion, ni personnage qui parle ou qui agisse (1). Ce jugement peut s'appliquer à toute la poésie didactique de cette époque ; elle est purement scientifique. Hésiode et les poëtes des premiers temps lui avaient donné un autre caractère en y répandant le sentiment religieux et en la mêlant aux intérêts les plus graves de la vie. Jetez un coup d'œil sur ces monuments anciens ; la présence de la Divinité s'y fait partout sentir. L'homme s'y intéresse parce qu'il se voit lui-même toujours en scène. Si on lui donne des préceptes, ils ont tous rapport à ses devoirs. Par là même que la croyance agit sur l'âme du poëte sa parole est toujours morale. Elle n'a rien pour cela d'incolore et d'aride, parce qu'en mettant en scène Dieu et l'homme, ses tableaux sont nécessairement autant de drames animés où le mouvement et la vie éclatent de toutes parts.

La poésie alexandrine, au lieu de s'élever à ces graves intérêts et de parler ainsi à l'homme le langage de l'imagination et des sentiments, se borne à enregistrer les découvertes de la science. Elle les orne de ses couleurs factices, elle les classe, elle les harmonise, mais tout ce travail d'érudition ne peut électriser le cœur et exalter l'esprit. Il n'y a rien qui se meuve, rien qui vous parle, rien qui vous touche. La poésie ne fait encore ici que raconter à la façon de l'histoire. Sur le ton de l'épopée nous l'avons entendu raconter les exploits des anciens héros ; dans le genre didactique elle raconte les progrès et les découvertes des savants.

III. POÉSIE DRAMATIQUE.

Le théâtre grec était né de l'émulation qu'excitaient entre tous les poëtes ces grands concours où la nation assemblée décernait une couronne à celui qui avait présenté la meilleure pièce. Les Ptolémées, qui désiraient voir à Alexandrie tout ce qui avait servi à la gloire d'Athènes, rétablirent cette heureuse institution. Ils rouvrirent l'arène et encouragèrent par leurs libéralités tous les hommes de talents qui osèrent s'y lancer. Tous ces efforts furent à peu près infructueux. Ce qui avait donné à la poésie dramatique tout l'éclat qu'elle avait eu à Athènes ne pouvait plus se rencontrer à Alexandrie. Le poëte

(1) Arati materia motu caret, ut in qua nulla varietas, nullus affectus, nulla persona, nulla cujusquam sit oratio. *Inst. or.*, **X**, **1**, 55.

n'avait plus pour juge ce peuple intelligent et passionné que le
sentiment national exaltait ; il n'avait pour règle que les caprices des princes qu'il devait amuser et les bizarreries des courtisans auxquels il lui importait de plaire. Ses compositions ne
pouvaient donc plus être que des ouvrages de cabinet. Au lieu
de tous ces grands mouvements qui embrasaient la Grèce entière à l'époque de sa liberté, il fallait des pièces péniblement
compassées, où l'esprit trouvait pour sa distraction des antithèses forcées, des jeux de mots brillants, des rapprochements
inattendus et de pures déclamations.

Toutes les tragédies de cette époque ne sont que des ampli-
fications fatigantes, semées de tirades philosophiques, froides
et ennuyeuses, assez semblables aux tragédies de Sénèque, que
nous verrons aussi paraître dans un temps de servitude et de
décadence. Ce qu'il y a de plus étonnant, c'est que les poëtes
tragiques de ce siècle ne semblent pas s'être doutés de leur in-
fériorité. Les grammairiens d'Alexandrie ont gravement dressé
deux canons de poëtes tragiques. Dans le premier ils ont placé
les grands maitres qui avaient fleuri à Athènes, les seuls vraiment immortels, et dans le second ils rangèrent ceux qui
avaient vécu sous les Ptolémées. Comme ils étaient au nombre
de sept, on en fit une constellation à part qu'on appela empha-
tiquement : *la Pléiade tragique*.

Ces poëtes sont : Alexandre l'Etolien, Philiscus de Corcyre,
Sosithée, Homère le jeune, Æantide ou Anantiade, Sosiphane
et Lycophron. Tous ces astres se sont tellement obscurcis que
nous ne possédons que quelques fragments de leurs ouvrages
et quelques détails sur leur vie. Il en est même deux, Æantide
et Sociphane, dont nous ne connaissons absolument que les
noms.

La comédie fut encore moins privilégiée que la tragédie.
« Nous ne trouvons à Alexandrie que deux poëtes qui aient travaillé pour le théâtre comique. Ce sont Machon de *Sinope* ou de
Corinthe, qui vécut sous Ptolémée III Evergète et ses successeurs ; et Aristonyme, qui, sous Ptolémée IV Philopator, fut un
des inspecteurs de la bibliothèque d'Alexandrie. Dégoûté du
séjour de cette ville, il projeta de se fixer à Pergame. Ptolémée
tenta tous les moyens de l'en dissuader : il alla même jusqu'à
le retenir de force. Lorsqu'il vit que la résolution du poëte était
inébranlable, il lui permit de l'exécuter. Aristonyme se rendit
en effet à la cour d'Eumène. Avec lui Thalie quitta le sol de
l'Egypte. Athénée cite deux de ses comédies, l'une portant le
titre bizarre du *Soleil qui gèle,* l'autre celui de *Thésée*. Nos con-

naissances sur Aristonyme se bornent à ces faibles notions (1).»

Ce qui détourna les esprits de la comédie proprement dite, ce fut peut-être la modification que subit le drame satyrique. Dans l'origine, à Athènes, cette pièce ne remplissait qu'un rôle fort subalterne. On la donnait après les grandes tragédies, comme un moyen de délassement et de distraction pour les spectateurs. Comme on était obligé d'y faire paraître des satyres et que le lieu de la scène était nécessairement restreint aux forêts, aux vallons et aux montagnes, il n'était pas possible aux poëtes de se donner carrière et de varier suffisamment cette espèce de composition.

A Alexandrie on innova dans l'intérêt du genre. Les satyres disparurent, et les auteurs eurent le droit de placer leur action dans le lieu qu'ils jugeraient le plus convenable. Le drame prit des proportions nouvelles, et il n'eut plus besoin de paraître à la suite d'une tragédie ou d'une comédie. Il devint par lui-même une véritable pièce, suffisant à lui seul pour égayer le peuple assemblé. En subissant cette transformation il changea aussi de caractère. Tout d'abord il tenait beaucoup de la tragédie à laquelle il avait donné naissance. Dans cette dernière époque il se rapprocha de la comédie et renouvela même les attaques personnelles que se permettaient les comiques anciens. Toutes ces modifications firent renaître ce genre affaibli et lui donnèrent une vigueur et un éclat qu'il n'eut jamais à Athènes.

Dans la même époque la littérature grecque vit naître deux nouveaux genres qui ont assez de rapport avec le drame satyrique, ce sont les *hilaro-tragédies* et les *silles*. Les *hilaro-tragédies* étaient, comme le nom l'indique, des pièces mixtes qui tenaient du tragique et du comique. Rhinthon de Syracuse, qui florissait sous le premier Ptolémée, illustra ce genre nouveau. Ses pièces licencieuses faisaient les délices de son opulente et voluptueuse patrie. Les *silles* n'étaient que des parodies qu'on faisait en appliquant à ceux qu'on voulait tourner en dérision des passages d'écrivains bien connus, altérés à dessein. Homère, dont les poëmes étaient très-populaires, défrayait ordinairement les sillographes. Timon de Phlionte était dans ce genre le poëte le plus distingué. Ses silles étaient des satires très-mordantes dirigées contre les prétentions et l'arrogance des philosophes. Les anciens estimaient beaucoup ses ouvrages, et il passait aux yeux de ses contemporains pour un grand poëte.

_____

(1) Schæll, *Hist. de la littérature grecque.*

IV. DE LA POÉSIE LYRIQUE ET DE LA POÉSIE ÉPIGRAMMATIQUE.

On a remarqué dans l'histoire littéraire de tous les peuples, que quand le goût commence à se corrompre dans une nation, le premier signe de cette décadence, c'est la création de genres faux et bizarres et l'altération des genres anciens par un mélange qui amène une véritable confusion. Nous avons déjà vu une partie de ce principe se vérifier dans l'école poétique d'Alexandrie par les innovations plus ou moins fâcheuses que nous avons signalées. Nous n'avons plus, pour appliquer cette maxime à la littérature grecque, qu'à constater cette confusion des divers genres, et c'est précisément ce que nous avons à observer touchant les poëtes lyriques qu'il nous reste à étudier.

Tout d'abord nous rencontrons deux poëtes que les grammairiens d'Alexandrie ont placés dans la pléiade tragique : Alexandre l'Etolien et Lycophron. Alexandre nous est plus connu par ses élégies que par son théâtre. Il vivait sous le second Ptolémée, et dans les morceaux élégiaques que Parthénius nous a conservés, il règne une certaine grâce jointe à beaucoup d'agréments et de facilité.

Lycophron est devenu proverbial par son obscurité. On appelle de son nom tout auteur inintelligible, comme on donne le nom d'Aristarque à tout critique habile. Nous n'avons de Lycophron qu'une seule pièce, et elle est d'une forme si singulière et si bizarre qu'on ne sait dans quel genre la classer. Les anciens supposaient que c'était une tragédie, bien qu'il n'y ait ni dialogue, ni action ; les modernes l'ont rangée parmi les poésies lyriques, et M. Matter en a fait tout récemment un poëme épique. A notre sens ce n'est ni l'un ni l'autre. Après une espèce de prologue ou d'introduction, le poëte expose une longue prophétie de Cassandre qui raconte à l'avance les malheurs que l'enlèvement d'Hélène et le crime d'Ajax vont attirer sur la famille des Atrides et sur tous les Grecs. La Prophétesse reprend toute l'histoire jusqu'à l'expédition des Argonautes et la chute de Troie, et continue les exploits et les aventures des Grecs jusqu'après Alexandre. Ce poëme renferme quatorze cent soixante-quatorze vers. C'est un abîme d'érudition grammaticale, historique et mythologique. L'auteur s'est efforcé d'y réunir tous les souvenirs que la fable et l'histoire ont pu lui fournir. Chaque mot rappelle un fait particulier, et chaque homme ou chaque divinité y est caractérisé seulement par un événement de sa vie. C'est le moyen que Lycophron emploie pour faire connaître ses personnages. Il croirait manquer à son honneur de poëte, si jamais il appelait quelqu'un par son nom. Pour lui, Apollon c'est *Molosse vêtu d'une tunique particulière*; Hercule, c'est *Palémon adoucissant le destin et armé d'une torche de pin*; enfin Cassandre appelle Troie *sa malheureuse nourrice incendiée*. Si l'on joint à toutes ces bizarreries les constructions inusitées, les mots inouïs, et les métaphores étranges dont ce poëme est surchargé, on ne sera pas étonné de la réputation d'obscurantisme que la postérité a faite à cet écrivain.

Quintilien place avant lui, et même à la tête des élégiaques grecs, le maître d'Apollonius de Rhodes, le célèbre Callimaque. Il naquit à Cyrène dans la Libye, et après avoir enseigné les belles-lettres à Eleusis, il fut appelé par Ptolémée Philadelphe à Alexandrie où il continua de se livrer à l'enseignement. Il fut tout à la fois grammairien, érudit, critique profond et poëte distingué. Il avait écrit sur l'origine des traditions et des coutumes, sur la situation des îles, sur les fleuves, les vents, les poissons et les oiseaux. Chacun de ses ouvrages était assez court, mais il se dédommagea de leur brièveté en les multipliant à l'infini; car on dit qu'il en composa plus de huit cents. De tous ces morceaux il ne nous reste que des fragments de ses élégies, de ses *ïambes* et de son poëme des *Causes*, quelques hymnes et environ quatre-vingts épigrammes.

Nous avons déjà dit le jugement que portait de lui Quintilien comme poëte élégiaque. Ovide n'a pas jugé indigne de son talent de l'imiter dans plusieurs pièces, et Properce l'estimait tellement qu'il n'ambitionnait pas d'autre gloire que d'être appelé le Callimaque romain. Ce qui nous reste de ses élégies ne nous permet guère d'apprécier par nous-mêmes son mérite. Ses hymnes ont un ton grave et solennel, mais il y règne une sorte d'obscurité mystérieuse qui en rend la lecture très-difficile. Les savants se sont plu à les commenter, parce que ces odes sont, sous le rapport religieux, un des monuments les plus curieux de cette époque. Cependant, si on jugeait du génie de Callimaque par ces compositions religieuses, on serait tenté de croire qu'il y avait chez lui plus de travail et d'effort que de verve et de naturel, et qu'à l'exemple de Lycophron il suppléa à la fécondité et à l'invention par l'érudition.

Ses épigrammes ne contribuèrent peut-être pas moins à sa réputation que ses autres poésies. Il eut en effet le mérite de faire les meilleures de toutes celles qui parurent alors. Mais nous ne croyons pas utile d'entrer dans le détail de tous ces jeux d'esprit qui étaient estimés dans ce siècle bien au-dessus de leur valeur. Qu'il nous suffise d'avoir signalé au commencement de ce chapitre l'apparition de toutes ces compositions frivoles comme un des symptômes de la décadence du goût et de l'affaiblissement des intelligences.

CHAPITRE IV.

DES GRAMMAIRIENS D'ALEXANDRIE.

Lorsqu'un siècle a eu la gloire de produire une littérature brillante, il est naturel que les hommes intelligents qui naissent ensuite s'arrêtent quelque temps devant ces monuments admirables, qu'ils en étudient toutes les parties, qu'ils en constatent les proportions et qu'ils environnent ces chefs-d'œuvre de toutes les observations qu'ils leur inspirent. Ces commentaires et cette critique sont d'abord un honneur que la postérité reconnaissante doit au génie, et ils deviennent ensuite une lumière pour ceux qui sont appelés à étudier ces monuments dans les âges à venir. Avant de reprocher aux grammairiens d'Alexandrie leurs excès, il est donc juste que nous les honorions pour les services qu'ils ont rendus par le soin qu'ils ont pris des auteurs anciens. La seule chose regrettable c'est que leurs travaux ne nous soient pas parvenus tels qu'ils les avaient conçus et exécutés. Leurs successeurs n'ayant plus rien trouvé à recueillir après eux dans le domaine de la critique, se sont avisés de faire de leurs grands ouvrages des extraits maladroits et inintelligents, et ces lourdes compilations ont malheureusement remplacé les travaux de première main dont elles sont le résumé.

Une des grandes tâches que s'imposèrent les grammairiens d'Alexandrie, ce fut de donner un texte bien pur de tous les anciens prosateurs et de tous les anciens poëtes, et de fixer, en quelque sorte, les règles du goût, en décidant quels auteurs devaient être considérés comme faisant autorité sous le rapport du langage. Aristophane de Byzance, qui fleurit vers l'an 199, fut un des savants qui contribua le plus à l'accomplissement de ce double dessein. Il recueillit les œuvres d'Homère, d'Hésiode, d'Alcée, de Pindare et d'Aristophane, il en revit le texte avec soin et en fit, comme nous dirions, une édition nouvelle avec notes et commentaires. Son Homère fut très-estimé. Il paraît que le premier il eut recours aux accents et à la ponctuation. Son but était par là de rendre le sens de chaque auteur plus net et plus précis en distinguant par des signes tous les mots semblables, et d'empêcher la véritable prononciation de s'altérer, en marquant ainsi la cadence de la phrase et son harmonie.

Cet amour de l'antiquité qui inspirait à Aristophane toutes ces précautions minutieuses le porta à classer les auteurs eux-mêmes par ordre de mérite. Jusque-là ceux qui donnaient des préceptes de goût prenaient indifféremment leurs autorités parmi les écrivains anciens. Cette liberté indéfinie avait par le fait introduit un tel arbitraire, qu'on trouvait toujours de quoi justifier les principes et les idées les plus bizarres. Il n'y avait pas d'expressions ni de tournures si barbares qu'on ne pût en rencontrer d'équivalentes dans quelques ouvrages.

Pour s'opposer au mauvais goût qui faisait invasion de toutes parts, Aristophane imagina de dresser un catalogue de tous les écrivains de premier ordre qui seraient cités comme autorité dans chaque genre. C'est ce qu'on a appelé le canon des grammairiens d'Alexandrie (1). Cette mesure eut sans doute ses avantages, mais elle eut aussi ses inconvénients. En établissant une démarcation aussi profonde entre les auteurs du premier ordre et ceux du second, on discrédita étonnamment ces derniers. Ils furent beaucoup moins étudiés, quoique souvent ils n'aient pas été de beaucoup inférieurs à ceux qui leur avaient été préférés; on ne se mit pas en peine de les reproduire, et cette indifférence nous a privés d'une foule d'ouvrages qui seraient aujourd'hui du plus grand intérêt.

Aristophane avait été le disciple de Zénodote d'Éphèse. Il eut à son tour la gloire de former Aristarque dont le nom est employé dans tous nos idiomes modernes pour désigner un critique accompli. Ce littérateur célèbre tint lui-même une école qui fut fréquentée de tous les savants. On comptait tant à

---

(1) Voici ce canon tel qu'il fut arrêté: Poëtes épiques: *Homère, Hésiode, Pisandre, Panyasis, Antimaque.* Poëtes ïambiques : *Archiloque, Simonide, Hipponax.* Poëtes lyriques : *Alcman, Alcée, Sappho. Stésichore, Pindare, Bacchylide, Ibycus, Anacréon, Simonide.* Poëtes élégiaques: .1re classe : *Eschyle, Sophocle, Euripide. Ion, Achœus, Agathon.* 2e classe : *la Pléiade tragique d'Alexandrie.* Poëtes comiques. Ancienne comédie : *Epicharme, Cratinus, Eupolis, Aristophane, Phérécrate, Platon.* Moyenne comédie : *Antiphane, Alexis.* Nouvelle comédie : *Ménandre, Philippide, Diphile, Philémon, Apollodore.* Historiens : *Hérodote, Thucydide, Xénophon, Théopompe, Ephore, Philiste, Anaximène, Callisthène.* Orateurs: *Les dix orateurs attiques.* Philosophes : *Platon, Xénophon, Eschine, Aristote, Théophraste.* On y ajouta par la suite la pléiade poétique, qu'il ne faut pas confondre avec la pléiade tragique. Cette nouvelle pléiade comprenait: *Apollonius de Rhodes, Aratus, Philiscus, Homère le Jeune, Lycophron, Nicandre, Théocrite.*

Alexandrie qu'à Rome quarante professeurs ou grammairiens
distingués qui s'étaient formés à ses leçons. Il quitta l'Égypte
sous Evergète II, lorsque ce prince chassa de son royaume
tous les hommes de lettres (139). Il se rendit en Chypre où il
acheva sa carrière. Il fit une nouvelle édition d'Homère et
laissa des commentaires sur Archiloque, Alcée, Anacréon, Eschyle, Sophocle, Ion, Pindare, Aristophane, Aratus, etc. Son
génie infatigable produisit plus de huit cents ouvrages.

Comme tous les hommes de goût, il avait pour Homère une
sorte de culte, un véritable enthousiasme. Tous les Grecs par-
tageaient cette admiration, mais par là même qu'elle était aussi
ardente, nécessairement elle devait provoquer une réaction excessive. Il devait se rencontrer des esprits bizarres, nés pour le
paradoxe, qui prissent à tâche de dénigrer le plus sublime des
poëtes, dans l'espérance de se faire un nom par l'éclat de leur
audace et peut-être même dans la pensée d'ajouter à leur propre gloire tout ce qu'ils auraient ravi à la sienne. C'est ce que
nous remarquons à cette époque. A côté de tous ces critiques
et de tous ces grammairiens qui se passionnent pour tout ce
qui est ancien, qui le recueillent et le commentent avec un
zèle presque superstitieux, s'élève une école de détracteurs qui
opposent le blâme à la louange et se font un mérite de la con-
tradiction. Cratès de Malles s'établit à Pergame et se déclara
ouvertement l'antagoniste d'Aristarque. Il n'avait pas les talents de ce dernier, cependant il réussit à faire école. La rivalité
de ces deux maîtres se perpétua, et on vit la secte des *aristar-
chéens* et celle des *cratétiens* se livrer d'ardents combats à propos de locutions, de mots et d'accents.

Celui qui dans cette guerre est resté le plus célèbre par sa
singularité et son extravagance, c'est le Macédonien Zoïle. Sa
haine contre Homère allait jusqu'à la fureur. On le surnomma
homéromastyx, le fléau d'Homère. Il est difficile de déterminer
quel fut son caractère et de dire comment il vécut. Pline en
fait un triste portrait. « Né à Amphipolis vers l'an 249, il attaqua, dit-il, Homère et Platon. Il avait été disciple de Polycrate,
auteur d'une harangue calomnieuse contre Socrate. On le sur-
nommait le chien rhéteur, il avait la barbe longue et la tête
rasée jusqu'à la peau ; son manteau ne descendait que jusqu'aux genoux. Tout son plaisir était de médire, et son unique occupation de chercher les moyens de se faire haïr. Un
homme sage lui demandait pourquoi il s'obstinait à dire du
mal de tout le monde ; il répondit, parce que je ne puis en
faire. » D'autres écrivains anciens sont moins sévères, et il est

bien probable que par ses travers ce critique se sera fait de nombreux ennemis qui n'auront pas épargné sa réputation.

Ce qui nous paraît certain parmi toutes les conjectures contradictoires qu'on pourrait réunir sur son compte, c'est que son esprit satirique et mordant le priva de tous les avantages de la faveur. Il se présenta à la cour des Ptolémées, mais Philadelphe se garda bien d'accueillir un savant qui jetait l'injure à tout ce qu'il admirait. Après avoir vécu pauvre et malheureux en Égypte, il revint en Grèce avec ses mêmes déclamations et ses mêmes critiques. Toucher à la gloire d'Homère, c'était, aux yeux de tous les Grecs, toucher à la gloire même de leur nation, et Zoïle fut traité comme un ennemi public. On dit qu'il fut précipité d'un rocher.

Nous n'avons rien de ses ouvrages. Tous ceux de Cratès, d'Aristophane et de Zénodote d'Ephèse sont également perdus. Il ne nous reste d'Aristarque que quelques observations grammaticales rapportées par des scholiastes. Néanmoins tous ces écrivains occuperont toujours un rang distingué, parce qu'ils ont créé un genre nouveau, la critique littéraire.

CHAPITRE V.

DE L'ÉLOQUENCE RHODIENNE ET ASIATIQUE. ATHÈNES ET THÉOPHRASTE.

Après les grands siècles littéraires, avons-nous dit, viennent ces siècles de décadence où l'on ne rencontre que des grammairiens ou des critiques. Pour la même raison, aux orateurs succèdent les rhéteurs. La véritable éloquence ne peut brille, que dans un temps de liberté. Quand une nation est esclaves personne n'ose produire ses sentiments et ses pensées, et celui qui parle, obligé de surveiller constamment le sens de tous ses mots, ne retrouve jamais cette chaleur de conviction et cet entraînement qui donnent au discours toute sa vie et toute sa puissance. L'éloquence manque d'ailleurs de théâtre et d'objet. Dans une cité comme Athènes, où les intérêts de la nation sont publiquement discutés, la place publique offre à l'orateur un magnifique champ de bataille sur lequel il trouvera toujours des rivaux dignes de lui. Chaque jour lui apporte de nouvelles questions à débattre, de nouvelles difficultés à vaincre. Sans cesse son talent est excité par les circonstances, et s'il a vraiment pour son pays du dévouement, il ne peut se faire que son esprit ne s'enflamme et ne produise de ces mouvements heureux qui ont à jamais caractérisé l'éloquence.

Mais quand le peuple n'a pas d'autre droit que celui d'obéir, en quel lieu, à quelle occasion l'orateur déploierait-il son talent? Quelles questions peut-il discuter? Il est réduit à se rappeler ces grandes scènes antiques où deux hommes de génie luttaient avec un incroyable courage dans l'intérêt de leur patrie. Ses travaux ne peuvent plus être que des essais factices, semblables à ces thèmes de déclamation que le maître dicte à ses élèves comme moyen d'exercice. L'éloquence devient nécessairement de la rhétorique, et c'est ce que nous remarquons à cette époque de décadence.

Après sa grande lutte contre Démosthène, Eschine s'était retiré à Rhodes où il ouvrit une école pour y enseigner l'art de la parole. Ses leçons n'étaient pas aussi spéculatives et théoriques que celles des rhéteurs qui vécurent après lui. Il avait été trop grand orateur pour ne pas concevoir que pour se former à l'éloquence, il fallait surtout étudier les chefs-d'œuvre des grands maîtres. Son enseignement n'avait pas d'autre but que d'inspirer à ses auditeurs une admiration motivée pour tous ces illustres orateurs qui avaient brillé dans Athènes. Souvent il lisait Démosthène lui-même et il enthousiasmait tous ses disciples par les beautés dont il leur découvrait le secret.

Néanmoins cette éloquence enseignée n'avait plus le naturel et la simplicité de cette éloquence d'inspiration toujours si admirable dans les orateurs attiques. Comme elle était plus travaillée, elle recherchait davantage la grâce et les ornements. Tous les discours qu'on prononçait ayant pour but de flatter ceux qui les entendaient, on ne pouvait songer à les rendre entraînants et pathétiques. A l'exemple de tous nos discours académiques, ils ne devaient briller que par le choix des expressions et des tours, l'éclat des ornements et l'arrangement symétrique des idées. C'était de l'art qu'on voulait et rien de plus.

L'éloquence rhodienne, selon la remarque de Quintilien, fit ainsi transition entre l'éloquence attique et l'éloquence asiatique. Cette dernière ne fut vraiment qu'un grand bruit de paroles, sous la pompe et l'éclat desquelles on cherchait à voiler la stérilité des idées. L'orateur pensait avoir admirablement réussi lorsqu'il avait rassemblé une foule d'ornements prétentieux et qu'il avait donné à sa déclamation un air de gravité et de profondeur. Manquant tout à la fois de goût et de jugement, tous ces écrivains prenaient l'enflure pour de l'élévation et le faux brillant pour de la richesse.

Hégésias de Magnésie, qui vécut du temps de Ptolémée Ier, est considéré par les anciens comme le père de cette éloquence. Il aura sans doute mérité cet honneur, si toutefois c'en est un, par un style surchargé de figures et d'ornements de toute espèce. Nous n'en pouvons juger puisque tous ses écrits sont perdus. Seulement nous possédons un chapitre du rhéteur Agatarchide où l'on trouve plusieurs exemples de mauvais goût empruntés aux discours d'Hégésias. Photius nous a conservé ce chapitre dans sa *Bibliothèque.*

Le seul homme éloquent qui ait paru dans cette période fut Démétrius de Phalère. Pendant l'espace de dix ans (318-307), il fut gouverneur d'Athènes ; il exerça cette charge avec tant d'équité et d'adresse qu'il se concilia l'estime et l'affection de tous ses concitoyens. Mais à la mort de Cassandre, son protecteur, il fut chassé par Démétrius Poliorcète et Antigone. Le peuple d'Athènes eut la lâcheté non-seulement de l'abandonner dans son infortune, mais encore de le condamner à mort, bien qu'au temps de sa prospérité il lui eût élevé, dit-on, trois cent soixante statues. Démétrius s'enfuit, et se réfugia en Egypte où il donna à Ptolémée l'idée de fonder la fameuse bibliothèque d'Alexandrie. Après avoir joui de toutes ses faveurs, il fut disgracié et contraint de s'exiler dans une province éloignée où il périt de la piqûre d'un aspic (284).

Comme nous n'avons aucun de ses écrits, nous devons nous en rapporter aux jugements que les anciens en ont portés. « Il était, dit Cicéron, le plus érudit de tous les orateurs de son temps, mais il était élevé moins pour les armes que pour les exercices de la palestre. C'est pourquoi il plaisait aux Athéniens plutôt qu'il ne les enflammait. Aussi, pour braver le soleil et la poussière, il ne sortait pas de la tente militaire, mais bien de la retraite de Théophraste, le plus savant de tous les Grecs. Le premier il assouplit le langage et lui donna de la mollesse et de la sensibilité ; il aima mieux paraître doux, comme il était, qu'imposant. Mais sa douceur était celle qui pénètre les esprits sans les émouvoir. Il ne laissait dans ses auditeurs que le souvenir de son élégance, bien différent de Périclès qui, comme le dit Eupolis, mêlait ses traits perçants à ce sentiment de plaisir (1). » Quintilien confirme ce jugement

_____
(1) Cic. Brutus.

et regarde Démétrius comme le dernier des orateurs qui ont
presque égalé les orateurs attiques (1).

Sous le règne de Démétrius, Athènes parut conserver encore
tout son éclat et toute sa grandeur. Ses théâtres étaient dé-
serts, la place publique n'était plus fréquentée, mais malgré
tous ces malheurs, on put croire un instant que le génie de
l'éloquence avait survécu en elle au génie de la liberté. Le
grand homme qui prêtait à cette illusion passagère, était Théophraste. Né dans l'île de Lesbos, 373 ans avant J.-C., il avait
été le disciple de Platon et s'était ensuite assis au nombre des
auditeurs d'Aristote, en attendant que le moment fût venu
pour le remplacer.

Formé à l'école des deux plus grands hommes de la Grèce,
Théophraste s'efforça d'emprunter à chacun d'eux ce qu'il avait
de plus parfait. Ainsi il voulut unir à la précision d'Aristote le
style harmonieux de Platon. Ses succès furent immenses. Plus
de deux mille auditeurs se pressèrent à ses leçons, et on ne
savait comment louer assez la simplicité de ses mœurs, la gravité de son caractère, la profondeur de sa science, le charme de
ses manières, les grâces et la richesse de son langage. Sa chaire
était devenue une tribune, où il s'élevait avec une étonnante
liberté contre les préjugés et les abus dont il était témoin. Les
délateurs, les intrigants et les ambitieux subissaient son inexo-
rable censure, et au sein du Lycée on pouvait du moins oublier qu'Athènes était réduite en esclavage.

L'envie ne put souffrir une telle gloire, et Théophraste eut
à rendre compte devant l'Aréopage de toute sa conduite. Il le
fit avec tant d'éloquence que personne n'osa le condamner. Il
reprit ses leçons et trouva dans Démétrius de Phalère, son ancien disciple, un puissant protecteur. Quand le peuple se sou-
leva contre ce prince et qu'il eut renversé toutes ses statues,
Théophraste dut prendre la fuite. Mais les lois tyranniques
portées contre tous les philosophes furent révoquées après un
an, et Théophraste put reparaître dans les jardins du Lycée où
il continua à enseigner avec le même succès. Il mourut paisi-
blement à l'âge de quatre-vingt-cinq ans.

« Bien que l'énergie n'ait pas manqué à son caractère, cet
aimable sage, dit M. Stiévenart, éloigné des affaires pendant
cette période malheureuse, ne songeait, comme son plus célèbre
imitateur, qu'à vivre tranquille, ne cherchant ni ne fuyant le
plaisir; toujours disposé à une joie modeste et ingénieux à la

_____

(1) Ultimus est fere ex Atticis qui dici possit orator. Quint. *Inst. or.*, x, 1, 80.

faire naître ; poli dans ses manières, sage dans ses discours, et craignant toute sorte d'ambition. A tout cela joignez la bienfaisance et le charme de l'étude des merveilles de la nature. Esprit vif et pénétrant, Théophraste avait embrassé toutes les parties alors explorées des sciences exactes et des sciences spéculatives. Il écrivit sur la logique, la physique, la métaphysique, la morale, la géométrie, la physiologie, la poétique, l'histoire naturelle, la médecine, la littérature, la politique, la rhétorique, la musique et la grammaire. La liste seule de ses traités, dont Diogène de Laërte et d'autres écrivains nous ont conservé les titres, effraye l'imagination par le nombre, l'étendue et la variété. L'étonnement semble croître encore quand on pense à cette perfection de style qui charmait Cicéron. « Théo- » phraste (1) est mon ami, disait l'orateur romain ; il fait mes » délices. »

De tous ces nombreux ouvrages, le plus connu est un traité de morale, *les Caractères.* Ce livre a été traduit dans toutes les langues et plusieurs fois. C'est le dernier qui soit sorti de la main de Théophraste, et c'est peut-être le plus parfait. Le sujet convenait admirablement à l'esprit enjoué et agréable du disciple et du successeur d'Aristote. L'école péripatéticienne a profondément disserté sur la nature du vice et de la vertu, et Aristote lui-même, dans son *Éthique,* s'est appliqué à classer avec une précision géométrique chacune de nos actions d'après leur essence. Théophraste le complète, dans le sens qu'il nous montre l'homme lui-même à l'œuvre. Il observe toutes ses démarches, il saisit le rapport de ses pensées et de ses sentiments avec ses actions, et comme le cœur humain est partout le même, de tous ces traits de détail il forme un type général, applicable aux hommes de tous les temps et de tous les lieux. Seulement Théophraste fait plutôt une esquisse qu'un tableau. Tous les grands traits sont tracés de main de maître, les contours sont si vivement dessinés qu'il n'y a pas lieu de s'y méprendre, mais il ne descend à aucun détail. Quelquefois même le trait n'est pas achevé, mais d'un mot l'idée est peinte avec tant de force, qu'on supplée aisément à ce qui manque. On dirait une de ces sublimes ébauches, dont la force et la hardiesse en disent plus à l'imagination que la peinture la plus détaillée et la plus complète.

On a beaucoup blâmé le décousu apparent et le style brisé

----

(1) Stiévenart, *Caractères de Théophraste.* Introduction, pag. 13 et 14. Nous devons à ce savant helléniste la seule vraie traduction que nous ayons de Théophraste.

qu'on remarque dans chacun des *Caractères*. Nous ne craindrons pas de tomber dans le paradoxe en soutenant avec plusieurs critiques que c'est là précisément le mérite de cet ouvrage et son originalité. Supprimez ces saillies impétueuses
et brusques, remplissez tous les vides que l'écrivain a laissés,
prêtez-lui des transitions pour lier ensemble toutes ses pensées,
et voyez si toutes ces grandes peintures ne deviennent pas tout
à coup des miniatures fort vulgaires. Après cette transformation il n'y aurait vraiment plus rien qui pût nous faire comprendre l'estime dont cet ouvrage a joui chez les anciens et
chez les modernes.

Le livre de Théophraste, comme l'a parfaitement remarqué
son habile traducteur, n'est réellement attaquable que du côté
des définitions. Celles surtout qui s'écartent de l'exacte précision d'Aristote sont loin de nous satisfaire. Il y a dans celles-là
trop et trop peu : explication diffuse et pourtant incomplète ;
partielle, et par là même manquant de justesse (1). C'est qu'il
y a une grande différence entre décrire et définir. Pour décrire, il suffit d'observer avec sagacité les faits qui se produisent extérieurement et de les exprimer avec toutes leurs circonstances. Théophraste en était plus capable que tout autre.
Aussi a-t-il fait faire de grands progrès aux sciences naturelles
en recueillant une multitude de phénomènes qui n'avaient
point été suffisamment remarqués, et le meilleur de ses ouvrages, ses *Caractères,* sont le résultat de ce même talent appliqué à la morale.

Pour définir avec toute la précision et toute l'exactitude philosophiquement exigée, ce n'est point assez de savoir reproduire ce qu'on a vu, et le représenter avec éclat et vivacité, il
faut encore savoir parfaitement abstraire. Ce second talent se
trouve rarement réuni au premier. C'est pourquoi il n'est pas
étonnant que Théophraste, si habile à peindre les hommes et
leurs caractères, et à saisir en général tous les phénomènes de
la nature, n'ait pas eu ce génie d'abstraction qui a fait la gloire
d'Aristote. Quelques historiens ont cependant voulu lui attribuer le mérite d'avoir enrichi et développé la doctrine aristo-
télicienne, mais il est généralement reconnu qu'il l'a laissée stationnaire. La postérité a toujours admiré en lui le savant et
l'écrivain, mais rarement elle a considéré le philosophe.

Quoique le nom d'Aristote, son maître, doive surtout paraître dans une histoire de la philosophie, malgré les restric-

___
(1) Stiévenart.

tions que nous nous sommes imposées, nous le citerons ici pour compléter ce que nous avons à dire sur l'éloquence à cette époque. Car Aristote ne se borna pas à classer toutes les connaissances humaines, mais il se fit encore le législateur de la pensée et donna toutes les règles de l'art oratoire. A ce titre, il s'est placé bien au-dessus de tous les rhéteurs. La sagacité de son esprit entra dans tous les détails de l'éloquence, il en découvrit tous les secrets et exprima ses pensées avec une netteté et une exactitude qui firent de chacun de ses préceptes autant de lois invariables, parce qu'elles ne sont que les procédés nécessaires de l'esprit. Aristote avait composé sur cette matière divers traités qui ne nous sont pas parvenus. Nous ne possédons que son *Art oratoire* ou sa *Rhétorique*. Quant à l'ouvrage qui a pour titre *Rhétorique adressée à Alexandre*, on le place ordinairement parmi ses œuvres, mais on reconnaît aujourd'hui que c'est à tort. Les uns l'attribuent à Anaximène de Lampsaque, les autres à Corax de Syracuse.

CHAPITRE VI.

DES HISTORIENS.

En suivant la littérature grecque en Europe, en Afrique et en Asie, partout enfin où les événements politiques l'ont transportée, nous avons vu la comédie briller seule à Athènes, la poésie pastorale illustrer la Sicile, et la poésie épique, dramatique et lyrique faire la gloire d'Alexandrie. Dans cette dernière ville nous avons aussi vu naître la critique littéraire et la philologie, pendant qu'à Rhodes et dans toute l'Asie les rhéteurs créaient un nouveau genre d'éloquence. Au milieu de cette dispersion de toutes les lumières, l'histoire est le seul genre littéraire qui ne soit pas moins cultivé dans un pays que dans un autre. Tout le monde a besoin de son secours, parce que tout le monde tient à échapper au temps pour passer à la postérité. Partout où il y a un foyer de sciences et d'études, il y a donc aussi des historiens qui racontent ce qu'ils ont vu et ce qu'ils ont appris, dans l'intérêt des temps présents et des temps à venir. Pour éviter toute confusion, nous distinguerons les historiens de cette époque en raison du pays qu'ils ont habité et des sujets qu'ils ont choisis. Les historiens qui ont vécu dans la Grèce proprement dite se groupent presque tous au-

tour du nom d'Alexandre. Ils ont raconté ses exploits et ceux
de ses successeurs. Polybe, devançant les temps par son génie,
s'est transporté à Rome et a fait le tableau des grandes conquêtes de ce peuple appelé à dominer sur le reste du monde.
Les historiens de l'école d'Alexandrie se sont spécialement attachés à l'histoire des grandes nations de l'Asie. Nous divise-
rons donc en trois articles ce que nous avons à dire des historiens de cette époque.

I. DES HISTORIENS D'ALEXANDRE.

Les exploits d'Alexandre, comme ceux de tous les grands
conquérants, devaient nécessairement éveiller le génie d'une
foule d'écrivains en leur offrant une sorte d'épopée historique
bien digne de leurs talents. Nous voyons en effet ce grand
homme environné de poëtes et d'historiographes qui enregis-
trent avec un soin scrupuleux toutes ses paroles et toutes ses
actions et qui célèbrent à l'envi chacune de ses victoires. Par
suite du mouvement imprimé à la civilisation par ses conquêtes, le domaine de la science s'agrandit et toutes les branches de connaissances, selon la remarque que nous en avons
faite, changent de caractère. L'histoire n'est pas réduite à la
Grèce et aux pays circonvoisins, comme elle l'est dans Hérodote, Thucydide et Xénophon; son horizon s'est élargi; elle
embrasse maintenant les intérêts de tout le monde civilisé et
raconte également ce qui s'est passé dans les trois parties du
monde ancien, l'Europe, l'Asie et l'Afrique.

Mais en s'étendant ainsi jusqu'aux limites les plus reculées
de la civilisation, trop souvent elle méconnaît sa vraie mission.
Dans la Grèce, l'exaltation du patriotisme en a peut-être souvent imposé à Hérodote. Il n'est que trop évident que Xénophon
a constamment écrit sous l'influence de ses sentiments personnels. Il a loué et blâmé selon les affections de son cœur. Néanmoins, malgré ce défaut d'impartialité, les ouvrages de ces
illustres historiens sont écrits avec dignité et grandeur, et il y
règne un ton de sincérité et de conviction qui les rend fort
éloquents. Les historiens d'Alexandre n'eurent point le même
mérite, parce qu'ils n'eurent pas les mêmes vertus. Au lieu de
cet amour de la patrie qui fut toujours si ardent sous un régime
de liberté, ils n'eurent jamais que l'amour de l'argent et des
honneurs, tel qu'on le trouve dans l'âme de tous les flatteurs
qui se pressent autour d'un roi absolu. Toutes les belles actions

d'Alexandre ne suffisaient pas à leur bassesse, et dans leurs ouvrages ils se plaisaient à les surcharger d'incidents extraordinaires et exagéraient ainsi la louange du héros.

C'était indignement prostituer le caractère et le talent de l'historien, qui doit être avant tout impartial et véridique. C'était aussi manquer aux véritables intérêts du conquérant, parce que la postérité, ne pouvant croire à ces récits fabuleux, était exposée à taxer d'exagération la réputation méritée du monarque. Il paraît qu'Alexandre lui-même le comprit ; car Lucien rapporte qu'un de ses adulateurs, ayant lu à ce prince pendant une navigation sur l'Hydaspe le récit de la bataille de Porus, le héros fut si indigné de tous les mensonges et de toutes les flatteries renfermées dans ce passage, qu'il arracha le livre des mains de l'auteur et le jeta dans le fleuve.

Nous n'avons aucun des ouvrages de tous ces historiens qui furent contemporains d'Alexandre. C'est pourquoi nous nous contenterons de nommer ici les plus remarquables d'entre eux et de les caractériser d'après les jugements qu'en ont portés les critiques anciens. Anaximène de Lampsaque, le philosophe Callisthène, Jérôme de Cardie et Aristobule de Cassandrie nous paraissent avoir joui de la plus grande réputation.

Anaximène avait fait à la façon de Xénophon des *Helléniques*. Elles étaient divisées en douze livres et allaient jusqu'à la bataille de Mantinée. Il écrivit ensuite l'histoire de Philippe et d'Alexandre ; on ne lui a reproché qu'un excès de prétention et d'emphase dans son style.

Le philosophe Callisthène était le neveu d'Aristote. Il déplut à Alexandre par sa franchise et sa liberté. Le héros macédonien eut la bassesse d'ordonner sa mort, sous prétexte qu'il était entré dans une prétendue conspiration. Parmi ses ouvrages, on distinguait ses *Helléniques* qui s'étendaient depuis la paix d'Antalcidas jusqu'au pillage du temple de Delphes par les Phociodiens, ses *Persiques* et une *Histoire d'Alexandre*. On devait trouver en lui de la sincérité, mais il paraît que ce mérite était contre-balancé par une vanité excessive qui lui faisait perdre la confiance nécessaire à l'historien. Quoique les fragments que nous possédons de lui soient simples et clairs, il paraît qu'il tombait souvent dans l'enflure. Longin dit qu'il ne s'élève pas, mais qu'il se guinde si haut, qu'on le perd de vue.

Jérôme de Cardie avait été témoin de toutes les expéditions d'Alexandre et de toutes les guerres qui s'élevèrent après sa mort. Ayant suivi le héros macédonien à travers tous les pays qu'il parcourut, il s'attacha ensuite à Eumène. Quand cet illustre défenseur de la famille d'Alexandre eut succombé dans la lutte, Antigone prit à son service le célèbre historien et lui confia le gouvernement de la Célé-Syrie et de la Phénicie. Jérôme resta fidèle à son bienfaiteur. Il soutint le parti de Démétrius son fils et passa plus tard sous les étendards de Pyrrhus. Il fit avec lui les guerres d'Italie et ne mourut qu'à l'âge de cent quatre ans.

Le principal ouvrage de Jérôme, celui qui fit sa réputation, était intitulé : *Mémoires historiques.* «Il y développa, dit Schœll, les mouvements qui suivirent la mort d'Alexandre, les cabales et les jalousies des principaux chefs de l'armée, les guerres sanglantes que les vues ambitieuses de plusieurs d'entre eux allumèrent en Europe et en Asie, la destruction entière de la maison royale de Macédoine, et la naissance des nouvelles monarchies qui démembrèrent l'empire fondé par Alexandre. Cependant les anciens reprochent à cet historien d'avoir trop souvent écouté la haine qu'il portait à Séleucus, à Cassandre, à Ptolémée, mais surtout à Lysimaque, par les ordres de qui Cardie (dans la Chersonèse de Thrace), sa ville natale, avait été détruite ; ils l'accusent de partialité pour Eumène, Antigone et Pyrrhus. Une particularité digne de remarque et qui nous fait d'autant plus vivement regretter l'ouvrage de Jérôme, c'est que, le premier de tous les écrivains grecs, il était entré dans quelques détails sur l'origine et les antiquités de Rome ; la guerre de Pyrrhus avec cette république lui en fournit probablement l'occasion. Diodore de Sicile s'est souvent servi des commentaires de Jérôme ; il est probable aussi que Plutarque y a puisé les détails qu'il nous donne sur la vie d'Eumène (1). »

Après Jérôme de Cardie, nous citerons Aristobule de Cassandrie, parce qu'il passait pour un des auteurs les plus véridiques de cette époque. Onésicrite d'Égine fut au contraire l'historien le plus décrié sous ce rapport. Son *Histoire de l'expédition d'Alexandre* fourmillait, dit-on, de mensonges et d'absurdités. Indépendamment de la basse adulation qui inspirait à tous ces écrivains le dessein d'altérer tous les faits et de donner à tous leurs ouvrages un caractère romanesque, ils avaient encore un goût faux et bizarre qui les éloignait de la noble simplicité qui est la véritable forme de l'histoire. On retrouvait dans leur style toute cette affectation et toute cette enflure qui distinguaient l'éloquence asiatique. Ils recherchaient le merveilleux comme les poëtes, et cette erreur de goût et de méthode leur faisait

---

(1) Schœll, *Histoire de la littérature grecque.*

toujours préférer les mots pompeux et sonores aux expressions exactes et claires.

Ces historiens primitifs d'Alexandre furent suivis d'une autre série d'écrivains qui traitèrent aussi le règne du grand conquérant d'après les monuments que laissèrent ceux qui avaient été témoins de ses exploits. Ces auteurs du second ordre, quoique plus éloignés des événements, méritèrent peut-être plus de confiance. La flatterie n'agit pas si vivement sur leurs esprits, et ils écrivirent avec une plus grande liberté de jugement. Mais s'ils furent moins romanesques, ils ne firent généralement pas preuve d'un goût plus pur.

Le premier d'entre eux, Hégésias de Magnésie, le contemporain de Ptolémée, n'est resté célèbre que par les réflexions ridicules et les ornements puérils dont il avait surchargé ses récits. Eratosthène, qui se distingua surtout par sa science, composa une *Histoire d'Alexandre* principalement pour corriger toutes les erreurs chronologiques et géographiques qui se trouvaient dans les travaux des autres historiens. Duris de Samos et Nymphis d'Héraclée laissèrent aussi des ouvrages sur Alexandre et ses successeurs. Mais on n'en sait guère que le titre, de sorte que l'histoire de ce grand homme ne nous est aujourd'hui connue que par des historiens qui appartiennent à l'époque suivante.

II. POLYBE ET LES HISTORIENS DE L'ÉCOLE GRECQUE.

Dans un siècle de décadence où tous les genres de littérature s'étaient affaiblis en se transformant, on est étonné de rencontrer un écrivain aussi éminent que Polybe. A la vérité les circonstances l'avaient heureusement servi. Né à Mégalopolis vers l'an 205, son père Lycostas lui avait inspiré de bonne heure cet amour de la liberté et de la vertu qui a toujours fait les grands hommes d'État et les grands écrivains. En même temps il recevait les leçons et les exemples de Philopémen, le dernier des défenseurs de l'indépendance de son pays. A la mort de ce héros, le jeune Polybe eut la gloire de porter l'urne qui renfermait ses cendres et de remplir ainsi un des plus beaux rôles dans cette cérémonie imposante à laquelle la Grèce entière s'associa pour célébrer du moins avec pompe les funérailles de sa liberté.

Durant la guerre mémorable que les Romains firent au roi de Macédoine, à Persée, on accusa Polybe de s'être montré peu

favorable à la domination romaine, et il fut obligé de se rendre
devant le sénat pour se défendre. Ceux de ses concitoyens qui
avaient été enveloppés dans cette même accusation furent exilés
dans différentes villes d'Italie, mais pour lui, il obtint le droit
de rester à Rome. Il y fit l'éducation de Scipion, le futur destructeur de Carthage et de Numance. On sait assez quel fut son
succès. Il avait trouvé dans ce jeune Romain toutes les dispositions les plus heureuses ; mais il eut le mérite d'en tirer les
plus brillants résultats et de le faire admirer dans Rome entière
comme un modèle de décence et de sagesse.

Ses liaisons intimes avec la famille des Scipions lui furent
d'un grand secours pour l'exécution du travail historique qu'il
méditait. Par leur entremise, il prit connaissance des registres
conservés dans le temple de Jupiter au Capitole. On les appelait
libri censuales, et ils étaient comme les annales ou les archives
de la nation. Il eut ensuite occasion de voyager en Afrique, en
Espagne et dans les Gaules, et partout il recueillit des observations particulières et des renseignements nouveaux qu'il destinait dans son esprit à enrichir son histoire et à relever une
foule d'erreurs accréditées parmi les Grecs par des relations
fausses ou des descriptions inexactes.

Cet homme infatigable, que l'amour de la science rendait
supérieur à toutes les fatigues et à toutes les difficultés, avait
écrit cinq ouvrages. Le premier est une *Histoire de Numance,* que
nous connaissons seulement par ce qu'en dit Cicéron ; le second
une *Vie de Philopémen* à laquelle Polybe lui-même nous renvoie
dans son histoire générale ; le troisième un *Commentaire sur la
tactique,* dont Arrien et Elien font le plus grand éloge ; le quatrième était intitulé *De l'habitation de l'équateur,* et avait pour but
de distinguer les divers climats ; enfin le cinquième est son *Histoire générale.* Ce dernier ouvrage est le seul dont nous possédions quelque chose. Cette histoire renfermait tous les événements qui se sont passés en Italie, en Sicile, en Grèce, en
Afrique et dans toutes les autres parties du monde, depuis l'an
220 jusqu'à l'an 167 après J.-C. Elle embrassait par conséquent
un espace de 53 ans. Elle était divisée en quarante livres, mais
il ne nous en reste que les cinq premiers, et des fragments assez
considérables des douze suivants.

Les deux premiers livres ne sont qu'une introduction. Après
avoir remonté dans l'histoire romaine aussi haut que la certitude historique le lui a permis, Polybe expose les causes de la
première guerre punique, en raconte les principaux événements et décrit ensuite les expéditions des Romains contre les

Illyriens et les Gaulois, les guerres des Etoliens et des Achéens, et les exploits du roi de Macédoine Antigone et du Spartiate Cléomène. Au troisième livre il entre pleinement dans son sujet et suit les triomphes d'Annibal depuis le commencement de la seconde guerre punique jusqu'à la bataille de Cannes. Les deux livres suivants ont pour objet ce qui se passait dans le reste du monde pendant ce même temps. On y voit les règnes de Philippe en Macédoine, d'Ariarathe en Cappadoce, d'Antiochus en Syrie, de Ptolémée Philopator en Egypte, et le tableau des séditions et des guerres qui troublaient la Grèce.

Polybe n'a point ce caractère superstitieux que nous avons remarqué généralement dans les historiens d'Alexandre. Comme le dit un de ses traducteurs, il n'avait nulle foi à ces divinités qui avaient des yeux sans voir et des oreilles sans entendre. Il cherchait, dans les règles de la prudence, de la politique et de la guerre, les raisons de tous les événements et soutenait, sans détour, que quiconque avait recours pour cela aux dieux, n'avait point assez d'esprit pour les découvrir, ou voulait s'épargner la peine de les chercher. Les divinités que les législateurs et les généraux feignaient d'invoquer et dont ils se vantaient d'être inspirés, étaient, selon lui, une invention ingénieuse pour rendre plus souple et plus docile la multitude, à qui ces beaux dehors imposent et font aisément illusion. Mais il croyait à une Providence qui dispose et qui conduit tout à ses fins (1).

Cette solidité de jugement indique assez quelle idée Polybe s'était faite de l'histoire et à quel point de vue il jugeait les événements. Ecartant toutes les traditions populaires qu'on rencontre dans Hérodote et dans une multitude d'autres historiens, il n'accueillit jamais que les faits qui lui paraissaient véritablement certains. Il aima mieux ne commencer son ouvrage qu'à une époque peu éloignée des temps où il vivait, afin d'être sûr de ce qu'il rapportait. Aussi a-t-il toujours joui près de tout le monde d'une grande réputation d'exactitude et de véracité. On a pu lui contester ses autres mérites, mais on a unanimement reconnu en lui cette qualité d'ailleurs si précieuse dans un historien.

Polybe ayant été mêlé comme homme d'Etat et comme guerrier à tous les événements civils et militaires qui éclatèrent dans son temps, il se trouvait par là même dans la situation la plus avantageuse pour saisir la vraie cause de tous les

_____

(1) Ce jugement est emprunté à dom Thuillier, qui publia une nouvelle traduction de Polybe en 1727, 6 vol. in-4°.

faits qu'il avait à raconter. Son esprit philosophique, qui le
portait à se demander les causes et les effets de chaque révolution particulière, le plaça sur une route nouvelle que les anciens n'avaient point soupçonnée. Hérodote avait eu l'idée dans
son histoire générale d'en enchaîner toutes les parties, mais il
n'avait pas eu d'autre but que de faire une œuvre d'art, assez
semblable pour l'ordonnance et l'effet à une pièce de théâtre.
Thucydide avait recherché l'exactitude, et avait eu la gloire
d'introduire le premier dans la science un esprit de critique
qui séparât le vrai du faux, le certain de l'incertain. Xénophon
avait été plus philosophe, mais il pensait trop peu par lui-
même pour appliquer fortement les principes de la philosophie
à l'histoire. Ce fut l'œuvre de Polybe.

Ce grand homme conçut le premier que l'humanité était soumise à des lois générales, et que les faits qui éclataient dans son
sein ne pouvaient être qu'une manifestation de ces lois. Il crut
qu'on pouvait remonter des effets à la cause et conclure par in-
duction de tous ces phénomènes aux lois qui les régissent.
D'après cette persuasion, il rechercha les causes particulières de
tous les événements qu'il voyait se produire et s'efforça de mettre en lumière dans son ouvrage cet enchaînement des causes
et des effets que dans le langage moderne nous avons appelé la
philosophie de l'histoire. Comme à l'époque où il vivait, la guerre
était le grand élément de civilisation, le moteur universel du
monde, Polybe s'appliqua surtout à la tactique militaire, il en
étudia tous les secrets et s'expliqua par ce moyen la supériorité
relative des différentes nations. Rien n'est plus frappant que
le parallèle qu'il établit entre la phalange macédonienne et la
légion romaine. Quiconque aura suivi de près tous ses raisonnements, sera convaincu comme lui qu'il y a là une explication
vraie et profonde de la fortune de ces deux peuples.

Souvent on a reproché à Polybe de trop appuyer sur ces considérations stratégiques et d'attacher une excessive importance
à l'élément militaire. Nous croyons qu'on aurait été moins
sévère si l'on eût réfléchi au caractère des temps que Polybe
avait à peindre. Il commence son histoire à la première guerre
punique dans le but de la terminer avant la troisième ; il embrasse par conséquent une époque de l'humanité où toutes les
grandes questions de vie et de mort se décident sur le champ
de bataille. Pour concevoir les succès et les revers et s'expliquer alors les alternatives de la fortune, il faut, comme l'a fait
Polybe, suivre le guerrier partout, rendre compte de tous ses
plans, les apprécier sainement et faire ainsi la part exacte de

ses fautes et de ses bonnes inspirations. C'est pourquoi, indépendamment de toutes les ressources qu'offre son livre aux hommes de l'art, il est encore pour le fond ce qu'il devait être quand on le considère à un point de vue général.

Mais ce qui fait le plus d'honneur au génie de Polybe, c'est qu'il ait reconnu la véritable mission de Rome ancienne dans la marche du monde. Au début de son histoire, il nous la montre établissant dans l'univers une vaste unité qui n'avait pas encore été réalisée. Tous les événements lui semblent converger vers un même centre, et par l'énergie de ses conceptions philosophiques le premier il a le pressentiment de cette grande idée que le christianisme devait plus tard admirablement développer. On sera peut-être surpris qu'un écrivain aussi supérieur par la pensée n'ait pas joui dans l'antiquité d'une réputation fort brillante. C'est pourtant ce qui est arrivé à Polybe. Tite-Live qui l'a souvent traduit se contente de dire que c'est un historien digne de foi, qui n'est pas méprisable. Quintilien n'en fait pas même mention dans la longue série d'historiens grecs qu'il a dressée. Lucien n'en parle pas non plus dans son Traité de l'art d'écrire l'histoire, et Longin n'en dit rien dans son Traité du sublime. Cette négligence des critiques les plus célèbres est à la vérité un peu compensée par les louanges de Josèphe, de Pausanias et de Plutarque. Néanmoins il y a loin de ces éloges partiels à toute la gloire dont brillèrent Hérodote, Thucydide et Xénophon.

Cette différence de fortune entre ces écrivains provient surtout de la différence de leur style. Dans l'antiquité on tenait beaucoup plus à l'éclat de la forme qu'à la solidité du fond. Le mérite de la pensée ne pouvait jamais racheter l'imperfection du langage. Ce fut pour ce motif qu'on dédaigna Polybe. L'élévation de son esprit l'avait arraché à tous les préjugés de son siècle, et par la puissance de son génie il avait trouvé la véritable forme, le vrai caractère de l'histoire. Mais son style se ressentit toujours du mauvais goût qui régnait alors. On y rencontre bien des locutions vicieuses et barbares, des latinismes qui étaient sans doute le fruit de son long séjour à Rome, et, ce qu'il y a de plus grave, des tournures embarrassées et obscures. Son style n'a ni couleur ni mouvement; il expose ce qui s'est passé, mais sa narration ne vous entraîne jamais, et rarement son expression fait image. Denys d'Halicarnasse exagérait sans doute quand il disait que Polybe n'entend rien à l'art d'écrire, et que personne n'est capable de soutenir d'un bout à l'autre la lecture de ses livres, mais son style nous semble du moins assez imparfait pour nous expliquer son défaut de vogue dans l'antiquité.

Pour compléter la liste des historiens de l'école grecque, nous citerons ici Aratus de Sicyone, qui avait composé des *Mémoires*, dont Polybe a vanté l'exactitude et la clarté ; Phylarque, qui écrivit l'histoire des événements qui se sont passés depuis la mort d'Alexandre jusqu'à celle de Cléomène III, roi de Sparte ; Polémon, qui fit une *Histoire de la Grèce*, dont Pausanias a peut-être copié la plus grande partie sans le nommer ; enfin Philinus d'Agrigente, qui fut le précurseur de Polybe. Il avait écrit l'*Histoire de la première guerre punique*.

III. DES HISTORIENS DE L'ÉCOLE D'ALEXANDRIE.

L'école d'Alexandrie fut moins féconde en historiens que l'école grecque, mais elle eut aussi la gloire de produire des hommes célèbres, dont la science moderne a bien souvent regretté les écrits. Ces illustres écrivains sont Bérose, Abydène, et Manéthon.

Bérose était un astronome chaldéen qui, au rapport de Josèphe, était estimé et connu de tous les savants et de tous les hommes de lettres. Il avait écrit une *Histoire de la Babylonie* ou *de la Chaldée*, d'après les archives du temple de Bélus dont on lui avait confié la garde à Babylone. Josèphe tira un grand parti de cet ouvrage pour répondre à Apion, qui avait attaqué l'antiquité de la nation juive et la véracité de ses annales. Il lui montre dans Bérose les mêmes récits que dans Moïse, particulièrement sur le déluge, sur Noé et ses enfants, et sur les rapports qui ont existé entre les Juifs et les Chaldéens avant la captivité. Eusèbe avait aussi profité des témoignages de cet historien dans son livre de la *Préparation évangélique*. Malheureusement nous n'avons de cet historien que les fragments rapportés par ces deux auteurs.

Abydène était probablement un des disciples de Bérose. On croit généralement que dans son *Histoire d'Assyrie et de Chaldée*, il prit pour base la grande *Histoire de la Babylonie* de Bérose. Rien n'est plus incertain que sa vie et son caractère. On ne sait même pas si Abydène est son nom ou celui de son pays. On trouve des fragments de son ouvrage dans la *Préparation évangélique* d'Eusèbe, dans l'écrit de saint Cyrille contre Julien et dans la *Chronographie* de le Syncelle. A en juger par ces lambeaux, la perte de cet ouvrage est infiniment regrettable, au même titre et pour le même motif que celui de Bérose.

Manéthon était un prêtre égyptien qui florissait en même temps que Bérose, sous le règne de Ptolémée Philadelphe. Il était attaché au temple d'Héliopolis où il remplissait les fonctions de sacrificateur et de gardien des archives sacrées. A la prière de Ptolémée son protecteur, il composa une *Histoire universelle de l'Egypte*. D'après Josèphe qui l'accuse de s'être laissé prévenir contre les Juifs et de s'être souvent à leur sujet écarté des auteurs anciens pour dire des fables, Manéthon était très-considéré par les Egyptiens. Toutefois il paraît aujourd'hui certain qu'il avait beaucoup exagéré la puissance et l'antiquité de ce peuple, et que, sous ce double rapport, il avait flatté sa vanité nationale. Cependant ses dynasties ne font pas remonter les premiers rois d'Egypte à cette antiquité fabuleuse que leur supposent Diodore de Sicile et Hérodote. La critique moderne est même parvenue à entendre les dynasties de Manéthon dans un sens qui permet de concilier sa chronologie avec celle de la Bible (1).

Dans un temps, les difficultés que présentait la chronologie de Manéthon avaient porté beaucoup d'auteurs à la discréditer et à la ranger parmi les historiens fabuleux. Mais après le témoignage positif de Josèphe, son adversaire, et l'hommage que lui ont rendu Jules Africain et le Syncelle, il est impossible de s'arrêter à ce jugement sévère. Si cet historien a pu, comme tant d'autres, faire de trop grandes concessions aux préjugés nationaux et à ses passions personnelles, il n'en est pas moins vrai qu'il a pris soin de consulter les sources les plus respectables et les plus anciennes. Il nous dit lui-même qu'il parle d'après les vieilles chroniques égyptiennes, et qu'il a recueilli toutes les inscriptions qui pouvaient lui donner quelque lumière. Il est probable que si son ouvrage nous était connu autrement que par des fragments, nous y trouverions les renseignements les plus précieux.

Nous en dirons autant du livre d'Hécatée d'Abdère sur les *Antiquités du peuple juif*. Il était un des compagnons d'Alexandre, et nous aurions dû le placer parmi les historiens de l'école grecque. Mais nous le citons ici parce que son ouvrage a du rapport avec ceux de Manéthon, d'Abydène et de Bérose, puisque, comme eux, il a nécessairement de nombreux points de

---

(1) Nous croyons que ces listes renferment les noms de tous les rois qui régnèrent simultanément en Egypte, à Thèbes, à This, à Eléphantine et dans les chefs-lieux des divers nomes. On a commis une erreur en supposant à tort que ces dynasties étaient successives. Voyez notre *Précis de l'histoire ancienne*, pag. 79.

contact avec nos livres saints. Josèphe nous apprend qu'Hécatée était tout à la fois un homme d'Etat célèbre et un grand
philosophe. Il en cite quelques passages qui nous font croire
que la science chrétienne aurait pu tirer de ce monument les
plus beaux témoignages. Hécatée avait encore écrit un autre
ouvrage sur l'Egypte, mais il est entièrement perdu. L'existence ne nous en a été révélée que par Diodore de Sicile et
Plutarque, qui s'appuient de son autorité.

CINQUIÈME ÉPOQUE.

DEPUIS LA CONQUÊTE DE LA GRÈCE PAR LES ROMAINS JUSQU'A LA
RUINE DU PAGANISME; DERNIERS TEMPS DE LA LITTÉRATURE
PAÏENNE (146 ANS AV. J.-C. 363 APRÈS (1).

La conquête romaine ne fut pas aussi funeste à la littérature
grecque qu'on aurait pu le craindre, parce que ces fiers conquérants, après avoir dédaigné les sciences et les arts, se prirent
d'admiration pour les Grecs et leur génie. Les Scipion, les Paul-
Emile et tous les patriciens achetaient des esclaves grecs pour
en recevoir des leçons. Ils tenaient à honneur de parler le grec
avec une grande pureté, et consacraient tous leurs instants de
loisir à ce pénible exercice, méprisant leur langue maternelle
et les écrivains qui s'en servaient. On s'habillait à la mode des
Grecs, on imitait leur somptuosité et leur luxe dans les festins,
et on réputait grossier et barbare tout ce qui n'était pas emprunté à leurs usages. La religion des vieux Romains fit place
à la mythologie des Hellènes. Toutes les divinités qui avaient
habité dans Athènes eurent droit de cité à Rome, et on trans-
porta en même temps dans cette ville immense tous les ouvrages qui avaient fait la gloire de la Grèce.

L'opulent Lucullus fonda la première bibliothèque publique
à Rome. « Il n'épargna rien, dit Plutarque, pour se procurer
des livres. Il en rassembla un très-grand nombre de bien écrits,
et il en fit un usage honorable en ouvrant sa bibliothèque au
public. Tous les Grecs qui étaient à Rome avaient un libre accès dans les galeries, dans les portiques et dans les cabinets qui
entouraient sa bibliothèque; ils s'y rendaient comme dans un
sanctuaire des Muses; ils y passaient les jours entiers à dis-
courir ensemble, et quittaient avec plaisir toutes leurs affaires

---

(1) Nous avons placé la fin de cette dernière époque à la mort de Julien l'A-
postat, parce qu'avec lui le paganisme vit s'évanouir toutes ses espérances.
Il compta bien encore parmi les hommes de lettres quelques partisans, mais ils
ne purent léguer aux générations suivantes leurs préjugés et leurs erreurs. Cette
observation suffit pour motiver la date que nous avons choisie, mais il est bien
entendu que nous ne nous y arrêterons pas au point de ne rien dire des auteurs
païens qui ont vécu postérieurement. Nous tenons à être complet ou du moins à
n'omettre aucun écrivain célèbre.

pour s'y réunir (1). » Sylla fit transporter à Rome la bibliothèque d'Apellicon, après la prise d'Athènes, et Auguste exécuta le projet d'une bibliothèque publique tel que César l'avait
conçu. Elle fut appelée *Palatine* parce qu'on l'avait placée dans
le temple d'Apollon Palatin. Tibère l'agrandit, et la plupart des
empereurs ne cessèrent d'ajouter à ces collections immenses,
de sorte que, malgré les ravages faits par divers incendies, au
ivᵉ siècle de l'ère chrétienne, on comptait encore à Rome
vingt-neuf bibliothèques ouvertes au public.

Pour mettre à profit tous ces trésors littéraires, les empereurs
s'efforcèrent d'établir dans les principales villes de leur empire
des écoles renommées où les jeunes gens pouvaient se former
sous la direction de maîtres habiles. Au Capitole il y avait dix
professeurs de langue latine, dix professeurs de langue grecque,
trois rhéteurs latins, cinq rhéteurs grecs, un philosophe et deux
jurisconsultes. Tous faisaient leurs cours en public et étaient
salariés par l'Etat. Il y avait des établissements semblables à
Milan, à Marseille et à Carthage. Dans l'Asie Mineure, Tarse
avait hérité de la gloire de Pergame depuis la chute de ce petit
royaume ; en Egypte, Alexandrie était déchue de la splendeur
qu'elle avait eue sous les premiers Ptolémées ; mais, pendant la
domination romaine, son école resta célèbre dans les sciences
et la philosophie ; en Syrie, Antioche avait aussi ses écoles
brillantes, et sur la fin du iiiᵉ siècle, Béryte surtout était distinguée par ses études de jurisprudence. Athènes n'avait conservé de tout son ancien éclat que l'honneur d'avoir une école
de rhétorique très-florissante.

En présence de tous ces faits on ne peut dire que pendant
cette période les encouragements et les ressources aient manqué
à la science. En aucun temps elle ne fut peut-être plus proté-
gée, et peut-être bien que jamais on ne déploya une activité
intellectuelle plus grande que depuis la réduction de la Grèce
en province romaine jusqu'après les Antonins. Dans cet intervalle nous savons que la littérature latine s'enrichit de chefs-
d'œuvre dans tous les genres, mais la littérature grecque
païenne fut au contraire très-pauvre et très-médiocre. L'épopée,
le drame et la poésie lyrique ne furent pas même cultivés ; les
poëtes de cette époque n'eurent pas la force de faire autre chose
que de mauvais poëmes didactiques et de misérables épigrammes. On imagina le roman, ou plutôt on donna à ce genre de
littérature une importance qu'il n'avait pas auparavant. Quel-

---

(1) Plutarque, *Lucullus*, trad. de Ricard.

ques ouvrages de ce genre sont assez bien réussis, mais ce succès même est à nos yeux une preuve de la décadence des sentiments et des idées. Comme dans l'époque précédente, l'art oratoire ne fut plus qu'un travail de convention, une sorte de déclamation fantastique à l'usage des rhéteurs et de leurs disciples. La critique littéraire trouva du moins un digne représentant dans Longin, mais il n'y eut qu'un seul genre qui fut alors cultivé par des hommes de talent, ce fut l'histoire. Tout ce que nous savons sur ces temps et ceux qui les ont précédés nous est parvenu par Strabon, Diodore de Sicile, Denys d'Halicarnasse, Josèphe, Plutarque, Arrien et une foule d'autres historiens distingués qui brillèrent alors.

Mais à part cette exception tout languit, tout se meurt. Si l'on voulait rechercher les causes de ce triste phénomène, nous croyons qu'on serait en droit d'en assigner deux principales, la ruine de la nationalité grecque et la chute du paganisme. Par là même que la Grèce n'existe plus comme nation, sa littérature ne peut plus avoir qu'une existence artificielle et éphémère. Rome est aux pieds de son génie tant que sa propre langue n'est pas formée ; mais une fois que le latin a dépouillé sa première rudesse, elle s'en empare pour élever des monuments nouveaux marqués à son empreinte. Son patriotisme lui fait trouver les plus sublimes inspirations, et ses poëtes s'illustrent dans tous les genres pendant que les Grecs ont de la peine à tourner une chétive épigramme. L'éloquence latine se montre en même temps dans toute sa pompe, sans que le génie grec puisse faire autre chose que d'annoter et de commenter les chefs-d'œuvre qu'il a produits à l'époque de sa liberté et de son indépendance. S'il se dédommage un peu de toutes ses misères par le nombre des historiens qu'il a produits, c'est que l'histoire est de tous les temps et de tous les pays. Quand elle est riche d'événements comme elle l'était alors, les scènes qu'elle offre sont si vives et si saisissantes qu'elles ne peuvent pas se présenter à l'esprit sans lui communiquer quelque chose de cet enthousiasme qui fait les grands écrivains. D'ailleurs nous verrons qu'en général ceux qui ont le mieux réussi étaient Romains de cœur et de caractère, et qu'il n'y a de grec en eux que la langue.

D'un autre côté, cette vieille littérature fut frappée d'impuissance, non-seulement par les Romains qui lui ravirent sa liberté en faisant la conquête du sol où elle était née, mais encore par le christianisme qui imprima une autre direction à tous les esprits et éleva dans les mêmes contrées à ses seuls

frais une littérature toute nouvelle. A partir du second siècle
de l'ère chrétienne, nous voyons tous les plus beaux génies
déserter insensiblement les écoles anciennes pour passer sous
l'étendard de la croix. Sous Constantin le paganisme ne comptait plus que des sophistes ou des rhéteurs qui s'abusaient
sur le passé par des subtilités d'école. Julien essaya une dernière lutte contre la foi chrétienne, et fut vaincu. Après
lui nous ne rencontrons plus guère que des auteurs chrétiens plus ou moins fidèles à la doctrine de l'Eglise, mais
appartenant essentiellement par la nature de leurs idées, le
caractère de leur style et de leur méthode à la littérature chrétienne.

CHAPITRE I.

DE LA POÉSIE GRECQUE PENDANT CETTE DERNIÈRE ÉPOQUE.

Comme nous l'avons dit, à cette époque il n'y a ni poésie
lyrique, ni théâtre, ni épopée. Les poëtes grecs de ce temps
ont le goût si faux et l'esprit si froid et si desséché, que dans
toutes leurs compositions ils pèchent par le défaut d'invention
et par le choix de leurs sujets. La chronologie, la géographie
et les sciences les plus arides, tels sont les objets exclusifs de
leurs vers. Leur imagination n'étant pas assez vive pour
créer de magnifiques fictions, ils suppléent à cette stérilité par
un bagage effroyable d'érudition.

Ainsi Apollodore d'Athènes écrivit des tablettes chronologiques qu'il dédia à Attale II, roi de Pergame. « Elles renfermaient, dit Schœll, tous les événements mémorables, les fa-
meux siéges, les migrations des peuples, les grandes expéditions militaires par terre et par mer, l'établissement des colonies, la fondation des jeux nationaux, les traités d'alliance ou
de paix, les hauts faits des rois, la vie des hommes illustres
depuis la prise de Troie, qui d'après son calcul répond à la
1184° année de notre ère, jusqu'à la 159° olympiade avant J.-C.
Le tout était exprimé en peu de mots et en vers *comiques,*
c'est-à-dire en ïambes sénaires. Nous devons à cet ouvrage
curieux la connaissance de quelques époques précises, indépendamment de celle de la destruction de Troie, telles que les
époques de l'invasion des Héraclides dans le Péloponèse, du
départ de la colonie ionienne, de la première olympiade (1). »

(1) Schœll, *Histoire de la littérature.*

Si nous ne regrettons pas pour la poésie la perte de l'ouvrage d'Apollodore, nous la regrettons du moins pour l'histoire, parce qu'on aurait pu y trouver des éclaircissements chronologiques qui nous manqueront toujours.

De la chronologie, la poésie descendit ensuite à la géographie. Apollodore en donna lui-même l'exemple, car il écrivit en vers iambiques une *Description de la terre*. Ce fut sans doute ce qui engagea Scymnus de Chios et Denys de Charax à versifier le récit de leurs voyages. Scymnus dédia le sien à Nicomède III, roi de Bithynie, et Denys mérita le surnom de *Périégète*. Mais ces deux poëmes n'offrent guère plus d'intérêt pour la science que pour la poésie. Ils sont écrits sans imagination et ne renferment d'ailleurs aucune notion nouvelle.

Le seul poëte vraiment remarquable de cette époque est le fabuliste Babrius ou Babrias. On sait qu'il vivait du temps d'Auguste, mais on n'a aucun détail sur sa vie. Tout ce qu'on peut dire, c'est qu'il mit en vers une collection de fables d'Ésope qu'il avait divisée en dix livres. D'ignorants copistes ont eu la barbarie de briser ces vers, qui étaient élégants et concis, pour délayer dans une prose lourde et traînante la pensée de l'auteur. Tout le talent de Babrias disparut sous ce fatras informe. La critique moderne est pourtant parvenue à reconstruire quelques-uns de ces morceaux charmants qui pouvaient le disputer aux meilleurs passages de Phèdre, mais ce qu'elle a sauvé est bien médiocre comparativement à tout ce que nous avons perdu.

Pour achever le tableau de tous les poëtes grecs qui ont brillé à cette époque, nous n'avons plus qu'à citer Oppien et les poëtes épigrammatiques. Oppien a laissé deux poëmes descriptifs intitulés, l'un *la Pêche* et l'autre *la Chasse*. « Le poëme de la pêche, dit Schœll, est intéressant pour l'amateur d'histoire naturelle, qui y trouve beaucoup de détails instructifs, racontés dans un style pur, élégant et soutenu ; mais le génie poétique et le goût y manquent, et la lecture de ces chants est fastidieuse. *La Chasse* est inférieure à ce poëme, tant sous le rapport de l'intérêt que sous celui du style qui est dur et raboteux (1). » Ce savant critique pense que cette différence indique deux auteurs et qu'on aurait confondu ensemble deux poëtes du même nom.

Quant aux poëtes épigrammatiques, ils furent fort nombreux. Mais ils se sont occupés de choses trop frivoles pour que

---

(1) *Histoire de la littérature grecque.*

nous consentions à énumérer leurs noms et leurs mille petits
ouvrages. Nous nommerons seulement Archias qui doit sa célébrité beaucoup moins à ses vers qu'au discours prononcé par
Cicéron en sa faveur. Il était né à Antioche, mais il avait enseigné la littérature grecque à Rome, où il avait vécu dans l'intimité des Métellus et des Lucullus qui l'avaient adopté. Son
titre de citoyen romain lui ayant été contesté, Cicéron qui avait
été son disciple le défendit, et son plaidoyer est un de ses plus
beaux chefs-d'œuvre. Archias avait chanté la *Guerre des Cim-
bres* et ensuite la *Guerre de Mithridate.* Ces deux poëmes sont
perdus, et nous n'avons de lui que des épigrammes dont l'authenticité est contestée. Mais on pourrait les lui ravir sans
faire tort à sa réputation.

CHAPITRE II.

DES ROMANS GRECS.

Le roman est une création de cette époque. M. Villemain
nous fait ainsi connaître pourquoi ce genre fut négligé dans
les plus beaux siècles d'Athènes. « Tout l'empire de la fiction,
dit-il, était alors envahi par le polythéisme ingénieux des Grecs.
Cette croyance devait suffire aux imaginations les plus vives ;
elle satisfait ce besoin de fables et de merveilleux si naturel
à l'homme. Chaque fête, en rappelant les aventures des dieux,
occupait les âmes curieuses par des récits qui ne laissaient
point de place à d'autres événements. Le théâtre, dont les solennités n'étaient point affaiblies par l'habitude, frappait les
esprits par ce mélange d'intervention divine et d'histoire héroïque, qui faisait son merveilleux et sa terreur. De plus, chez
une nation si heureusement née pour les arts, la fiction appelait naturellement les vers ; et l'on ne serait point descendu de
ces belles fables si bien chantées par les poëtes, à des récits en
prose qui n'auraient renfermé que des mensonges vulgaires.
Remarquons d'ailleurs combien tout était public et occupé
dans la vie de ces petites et glorieuses nations de la Grèce ; il
n'y avait pour personne de distraction privée ni de solitude.
L'Etat se chargeait, pour ainsi dire, d'amuser les citoyens.
Toute la Grèce courait aux jeux olympiques pour entendre Hérodote lire son histoire. A Athènes, les fonds du théâtre étaient
faits avant ceux de la flotte ; et les affaires de la république,

après avoir occupé les assemblées où tout homme libre prenait
part, étaient régulièrement mises en comédie par Aristophane.
Les fêtes sacrées, les jeux de la gymnastique, les délibérations
politiques, les réunions de l'académie, les orateurs, les rhéteurs
et les philosophes, se succédaient sans interruption et tenaient
les citoyens toujours animés et réunis. Dans cette existence si
vive, il n'y avait ni satiété ni langueur.

» Sous d'autres rapports, cette forme de société fournissait
peu à l'imitation des mœurs privées et à la fiction romanesque.
La civilisation, quoique prodigieusement spirituelle et corrompue, était plus simple que la nôtre. L'esclavage domestique
formait une première et grande uniformité; le reste de la vie
des citoyens se passant sur la place publique, était trop ouvert
à tous les yeux pour que l'on y pût supposer avec vraisemblance quelque aventure extraordinaire, quelque grande singularité de caractère ou de destinée; enfin la condition inférieure des femmes, leur vie retirée, affaiblissaient la puissance
de cette passion qui joue un si grand rôle dans les romans modernes (1). »

Cependant, si l'on voulait trouver dans la belle antiquité des
précédents à ce genre nouveau, on pourrait nommer la *Cyropédie* de Xénophon qui n'est qu'un roman philosophique, et
l'*Atlantide* de Platon qui présente à peu près le même caractère. L'allégorie, qui fut souvent employée par les Grecs, offri-
rait aussi des fictions amusantes et des contes gracieux qui
tiendraient de fort près au genre romanesque. Mais quelque
ingénieux que soient ces rapprochements, il est toujours vrai
de dire que les premiers romans parurent dans cette dernière
époque. On les appelait *contes érotiques*, et sous ce titre on
comprenait les fables milésiennes, les voyages imaginaires et
les romans proprement dits.

« Les *fables milésiennes* étaient de petites fictions assez semblables à nos fabliaux et qui respiraient toute la mollesse de
mœurs entretenue par le beau climat de l'Ionie. Un certain
Aristide de Milet avait écrit dans ce genre un recueil célèbre.
Cette corruption, qui, du reste, ne devait sembler guère nouvelle aux spectateurs des comédies d'Aristophane, gagna toute
la Grèce et fut portée dans l'Italie encore républicaine. L'historien Sisenna avait traduit en latin le livre d'Aristide; et Plu-

_____

(1) Nous n'avons pas cru pouvoir mieux faire pour traiter ce sujet que de résumer le magnifique travail que M. Villemain a publié sous ce titre : *Essai sur les
romans grecs.* Souvent nous le citerons textuellement, et quand nous ne le citerons pas ainsi, nous l'analyserons.

tarque nous raconte qu'après la défaite de Crassus, le général
des Parthes trouva cet ouvrage dans le bagage militaire d'un
officier romain, et qu'il le fit apporter à Séleucie, pour le montrer à l'assemblée de la nation, comme une preuve de la décadence et des vices de leurs ennemis. Ces fables milésiennes
étaient fort vantées pour les grâces et la naïveté du style. Le
nom en resta dans la langue latine, pour exprimer des récits
enjoués et libres. Un empereur romain peu connu dans l'histoire, Albinus, avait écrit dans ce genre déjà cultivé par beaucoup d'écrivains, quelques contes, dont le succès dura même
après son règne. » Mais il ne nous reste presque rien de ces
compositions légères, et nous ne devons pas en déplorer la
perte, puisque, au jugement de Plutarque lui-même, elles ne
renfermaient que des infamies.

Les voyages imaginaires paraissent avoir été inspirés aux
Grecs par les lointaines expéditions d'Alexandre. Ils s'emparèrent des exploits de l'illustre conquérant et y trouvèrent un
aliment pour une nouvelle espèce de merveilleux. Antoine Diogène est l'auteur le plus ancien que nous connaissions en ce
genre de composition. Il écrivit un ouvrage intitulé: *Des choses
incroyables que l'on voit au delà de Thulé*. Il le divisa en vingt-
quatre livres, comme l'Iliade. Ce recueil n'est qu'un tissu des
choses les plus invraisemblables et les plus absurdes. « Un individu nommé Dinias, dont la patrie n'est pas indiquée, après
avoir parcouru une grande partie de l'Asie et de l'Europe,
parvient enfin dans l'île de Thulés, où il rencontre une Ty-
rienne nommée Dercyllide, qui, après avoir eu avec son frère
Mantinias des aventures merveilleuses, se repose dans ces
contrées septentrionales de ses longues et pénibles courses.
Elle les raconte à Dinias. A la fin, tout le monde se retrouve à
Tyr, où Dinias fait écrire sur des tables de bois de cyprès le
récit de Dercyllide; celle-ci ayant approuvé la rédaction, or-
donne qu'un double de ces tablettes soit déposé dans sa tombe.
Après la prise de Tyr par Alexandre le Grand, on trouva la
tombe et le roman (1). »

Photius, qui donne un extrait de cette grossière fiction, dit
pourtant que cette lourde compilation avait un but moral, et
que Antoine Diogène avait voulu montrer que le coupable reçoit toujours la punition qu'il a méritée. Il est douteux qu'on
ait pu rendre le même témoignage à toutes les productions
semblables qui inondèrent alors la Grèce; car il paraît qu'elles

(1) S. hall.

n'étaient remarquables que par leur absurdité et leur licence. Lucien écrivit probablement son *Histoire véritable* pour tuer par le ridicule toutes ces fables insensées.

Quant aux romans proprement dits, ils eurent une autre destinée. Les plus célèbres furent les *Babyloniques* du Syrien Jamblique, les *Ephésiaques* de Xénophon, *Théagène et Chariclée* d'Héliodore, *Leucippe et Clitophon* d'Achille Tatius, et *Daphnis et Chloé* de Longus.

Les *Babyloniques* de Jamblique ont été composées vers le milieu du IIᵉ siècle. L'auteur naquit vers la fin du règne de Trajan et fleurit sous Marc-Aurèle. Son livre est rempli de scènes extraordinaires et d'aventures incroyables; mais à travers ce désordre d'imagination, si l'on trouve parfois un mouvement d'idées fort singulier, jamais on n'y rencontre aucune passion vraie, aucune peinture de mœurs, aucune imitation de la nature. Les *Ephésiaques* de Xénophon d'Ephèse n'offrent également que des mœurs vagues et fictives, mais il y a de la grâce dans les détails, et l'intérêt y est ménagé avec autant d'habileté que dans les romans modernes. On remarque même dans le fond des aventures et dans l'enchaînement des faits quelque chose de neuf qui en rend la lecture agréable et piquante.

Mais le roman qui enchantait Racine c'était celui d'Héliodore. « Il avait conçu dès l'enfance, nous dit son fils, une passion extraordinaire pour cet auteur ; il admirait son style et l'artifice merveilleux avec lequel sa fable est conduite. » « Ce dernier éloge, continue M. Villemain, doit nous paraître sans doute bien exagéré. La fable d'Héliodore est bien éloignée de la savante intrigue de nos bons romans. Des pirates, des combats, des captivités, des reconnaissances, voilà tous les ressorts de l'ouvrage. Mais ce que l'on doit le plus regretter dans le roman d'Héliodore, c'est qu'il ne fait point connaître un état de la société, et qu'à l'exception d'une lueur d'humanité chrétienne que l'on y voit percer, il n'offre que des mœurs fictives, et ne représente ni un siècle, ni un peuple. On ne pourrait indiquer, d'après l'ouvrage, à quelle époque les personnages sont placés. Sous ce rapport, ce roman ressemble beaucoup à nos prolixes romans du XVIIᵉ siècle, où l'on faisait consister l'imagination à ne rien peindre suivant la nature. Ainsi Héliodore promène longtemps ses personnages dans l'Egypte ; mais cette Egypte n'est ni l'ancienne Egypte, ni l'Egypte des Perses, ni celle des Ptolémées, ni celle des Romains. Il met sous nos yeux les fêtes et les assemblées publiques d'Athènes; mais il n'emploie que des traits vagues qui ne montrent ni Athènes libre,

ni Athènes conquise. Le roi d'Ethiopie qui figure dans son ouvrage ressemble tout à fait à ces rois de Perse ou d'Arménie
dont mademoiselle de Scudéri faisait grand usage, et qui n'é-
taient d'aucun temps ni d'aucun pays (1).

Héliodore, qui vivait dans le IV° siècle, était évêque de Tricca
en Thessalie, mais il composa son livre avant d'être promu à
l'épiscopat. On reconnaît à la délicatesse de ses peintures, aux
formes particulières de son style, d'ailleurs pur et poli, enfin à
la réserve et à la décence qui règnent dans ses fictions, qu'il
écrivit sous l'influence des idées chrétiennes. Néanmoins, par
son caractère tout profane, ce livre doit être rangé parmi les
productions de la littérature païenne, et son auteur nous présente l'exemple d'un de ces littérateurs alors fort nombreux dont l'esprit était désabusé des erreurs du polythéisme, mais qui tenaient encore par l'imagination à ses
vieilles fictions.

Suidas dit que l'auteur de *Leucippe et Clitophon*, Achille Ta-
cius, fut évêque. Si le fait était démontré, il prouverait que
Tatius, comme saint Augustin et tant d'autres, traversa de
violents orages avant d'arriver à la lumière du christianisme.
Son livre est écrit sous une influence toute païenne, et il est
rempli d'allusions aux fables voluptueuses de la mythologie.
On y rencontre des peintures de mœurs les plus libres, et des
traces choquantes de cette infâme licence qui souilla l'antiquité
païenne.

Pour en finir avec tous les romans grecs, nous n'avons plus
qu'à citer la naïve pastorale de Longus, cette peinture si vantée de *Daphnis et de Chloé*. On ne sait à quelle époque vivait
l'auteur, et on n'a aucun détail sur sa vie. Nous nous contenterons de dire que ce tableau a servi incontestablement de
modèle à *Paul et Virginie*. C'est assez en indiquer l'auteur et
les mérites.

Après la pastorale de Longus on ne trouve rien du même
genre dans la littérature grecque qui soit digne d'attention.
Tous les romans postérieurs ne sont que des compositions mor-
tes, « images d'une société détruite par le malheur et la servitude. Il y a des sons, des phrases, des formes de style, des
apparences, et, s'il est permis de le dire, des ombres de pensées ; mais il n'y a plus d'âme, plus de vie. »

(1) **Villemain.**

CHAPITRE III.

DE L'ÉLOQUENCE GRECQUE SOUS LA DOMINATION ROMAINE.

Dans l'époque précédente, nous avons vu l'éloquence réduite à des discours d'apparat, et se perdant dans des déclamations vagues et fictives. A cette époque, elle n'a point changé de caractère ni d'objet. Mais à défaut de ces grandes assemblées où elle s'inspirait autrefois, elle a su se créer des réunions particulières où elle vient étaler ses charmes pour être applaudie. Dans les jours de fête cette multitude oisive qui remplissait les cités de l'empire romain aimait à entendre quelque orateur renommé pour puiser des émotions dans son art, et elle courait à une déclamation avec autant d'ardeur qu'à un spectacle. Les sophistes les plus distingués spéculaient sur cette passion populaire, et on en voyait qui allaient de ville en ville, réunissant partout de nombreux auditoires et ajoutant sans cesse à leur fortune et à leur gloire.

Comme on distingue dans la musique différents genres, on avait aussi distingué différentes espèces de déclamations. Il y avait la *mélété* dont l'auteur jouait le rôle d'un personnage de l'antiquité, la *lalia* qui n'était qu'un compliment, la *systasis* par laquelle l'orateur implorait le secours d'un protecteur, l'*exhortation* qui était judiciaire ou morale, la *dialexis* qui équivalait à une dissertation, etc., etc. Toutes ces compositions étaient trop factices pour qu'on espérât y rencontrer jamais le naturel, le mouvement et l'action qui caractérisent la véritable éloquence. Les ornements y étaient prodigués, toutes les pensées en étaient excessivement recherchées, et le faux brillant remplaçait partout la solidité et la richesse.

Parmi tous ces vains artisans de paroles on distingue deux hommes vraiment supérieurs à leur siècle, Dion Chrysostome et Lucien.

Dion, né à Pruse en Bithynie, vers le milieu du premier siècle, joua un rôle fort brillant comme écrivain et comme philosophe. Vespasien, proclamé empereur par les armées de Syrie, lui ayant demandé ce qu'il devait faire, Dion lui répondit avec courage qu'il devait rétablir la république. C'était un conseil aussi honorable qu'inutile. Ce philosophe, qui n'avait étudié le monde que dans les livres, vint à Rome; mais sa liberté d'esprit l'obligea d'en sortir sous Domitien. Il se réfugia dans le pays des Gètes, où il vécut longtemps inconnu. A la mort du tyran, l'armée campée sur les bords du Danube ayant voulu nommer un empereur, Dion révéla son talent et s'opposa par son éloquence à ce funeste dessein. Nerva et Trajan lui surent gré de l'énergie qu'il déploya dans cette circonstance. Ce dernier lui fit même l'insigne honneur de le placer sur son char dans son entrée triomphale à Rome après la défaite des Daces. Dion s'en retourna ensuite dans sa patrie, où il passa le reste de ses jours occupé à embellir à ses frais la ville qui l'avait vu naître.

Il nous reste de lui quatre-vingts discours qui roulent sur des sujets de philosophie, de morale, de littérature et de politique. La plupart révèlent dans leur auteur un talent éminent qui nous fait croire qu'il eût été un génie de premier ordre s'il fût né dans des temps meilleurs. En littérature il ne partageait d'aucune manière les préjugés de son siècle. Un seigneur déjà avancé en âge lui ayant demandé comment il fallait faire pour devenir éloquent, il lui conseilla l'étude des grands modèles. Il s'était appliqué ce conseil à lui-même, car nous savons qu'il se modelait principalement sur Platon et sur Démosthène. Dans son exil au milieu des Gètes il n'avait pas d'autres livres que le *Phédon* de Platon et le discours de Démosthène *sur l'ambassade*. Son style se ressentit de l'influence de ces grands maîtres; car il a de la grâce, de l'élégance et de la noblesse, qualités qui manquent absolument à tous ses contemporains.

Dans ses écrits politiques il apprend aux princes leurs devoirs et il attaque vivement la tyrannie. Trajan régnait alors, et le philosophe pouvait sans danger exprimer à ce sujet ses pensées. Mais Dion avait prouvé auparavant qu'il ne craignait pas la colère des empereurs, puisque sa franchise l'avait contraint de s'exiler. Ses discours, ou, comme il les appelle, ses diatribes philosophiques et morales, ont plus de valeur que ses écrits politiques. Les sujets qu'il traite sont généralement assez vagues. A l'exemple de Cicéron et de Sénèque, il écrit *sur la servitude et la liberté; sur la douleur et les maladies de l'âme; sur le bonheur du sage; sur l'exil*, etc. Mais quel que soit le caractère général de ces traités, ils sont fort curieux parce qu'ils sont un des monuments des derniers efforts du polythéisme expirant contre le christianisme victorieux.

La philosophie ancienne, effrayée des progrès de l'esprit nouveau, s'efforça de ranimer le culte des faux dieux, en inspirant à tous ses sectateurs une sévérité de mœurs que l'antiquité n'avait guère connue. Les doctrines stoïciennes furent embrassées avec ardeur par toutes les intelligences d'élite, et elles y cherchèrent du moins un extérieur de vertu capable d'arrêter la corruption dont la société païenne était profondément atteinte. Dion Chrysostome fut de ce nombre. Ennemi systématique du christianisme qu'il connaissait mal, il lutta en faveur de l'ancienne croyance et entreprit de la spiritualiser par les conseils qu'il a répandus dans la plupart de ses œuvres philosophiques et morales. Ce dessein était bien chimérique sans doute, mais il fut celui d'une foule d'hommes éminents qui parurent à cette époque, et il a du moins le mérite de nous révéler l'influence secrète du christianisme qui agissait par la sublimité de sa doctrine sur ceux même qui ne l'admettaient pas.

Lucien naquit vers le commencement du IIe siècle à Samosate, dans la Comagène. Son caractère n'est pas aussi facile à définir que celui de Dion Chrysostome. Son esprit très-mobile prenait avec une égale facilité tous les tons et traitait avec un même bonheur tous les sujets. Se trouvant sans fortune, il éprouva de grands obstacles pour satisfaire son goût pour les lettres, mais il en triompha par cette énergique volonté et cette application persévérante qu'on a toujours rencontrées dans les hommes de génie. Après avoir reçu les leçons des rhéteurs les plus célèbres, il parcourut les grandes cités à l'exemple des autres sophistes, visita l'Asie, la Grèce et la Gaule, donnant partout en spectacle son éloquence et prélevant sur ses auditeurs de magnifiques tributs. Il avait quarante ans et il n'avait encore produit que de vaines déclamations qui n'avaient pu le faire distinguer de cette tourbe d'orateurs dont les discours étaient courus par la multitude à peu près comme le sont aujourd'hui les concerts donnés par des musiciens voyageurs.

Dès lors il rentra en lui-même et résolut de travailler désormais beaucoup moins pour le présent que pour l'avenir, et de songer à la réputation plus qu'à la fortune. Instruit de tous les vices de son époque et de tous les travers de ses contemporains, il se mit à les attaquer par de mordantes satires qui rappellent la gaieté franche et l'esprit piquant d'Aristophane. Comme ce poëte qu'il semble avoir choisi pour modèle, Lucien eut surtout pour but de faire la guerre aux sophistes. Socrate avait réduit au silence cette engeance d'ergoteurs subtils qui faisaient abus du raisonnement par vaine gloire, mais après le règne de la philosophie d'Aristote et de Platon, ces misérables charlatans étaient devenus bien plus nombreux qu'auparavant. On en trouvait dans toutes les villes de l'empire romain qui faisaient parade de leur savoir et qui à ce titre s'imposaient aux riches et aux grands pour en recevoir quelque argent et quelque honneur. Lucien, qui connaissait toutes leurs bassesses pour avoir trop longtemps vécu dans leur méprisable compagnie, les dépouille de leur manteau et révèle à toute la multitude l'inanité de leur esprit et les turpitudes de leur cœur.

Non content de s'en prendre à l'orgueil des philosophes, Lucien veut éclairer le peuple sur les préjugés religieux et sur les sottes superstitions au milieu desquelles le berçait la cupidité des prêtres du paganisme. Dans une série de *Dialogues*, nous aurions presque dit de pamphlets, il immole à la risée publique tous ces dieux et toutes ces déesses dont la crédulité vulgaire avait peuplé l'Olympe. Il mit à nu les mœurs infâmes qu'on attribuait à tous ces êtres imaginaires, et les fit ainsi descendre de l'autel au rang des brigands les plus méprisables et des hommes les plus corrompus. Dans son *Traité des sacrifices*, il ne craignit pas de s'en prendre directement au culte qu'on rendait à la Divinité, et de saper ainsi par sa base toute religion possible.

Cet excès nous fait comprendre les torts de ce célèbre satirique. En touchant à la philosophie et à la religion ancienne, il y avait dans l'une et l'autre tant de choses à détruire et à réformer, que la verve de l'écrivain pouvait s'enflammer à l'aise et son esprit mordant s'attaquer à une multitude d'abus, sans cesser un seul instant d'être dans le vrai. Mais pour renverser utilement l'édifice ancien, il fallait, comme les philosophes chrétiens, être prêt à en élever un autre à la place, et si l'on retirait au peuple ses anciennes croyances, il était nécessaire d'être en mesure pour lui en donner de plus fortes, de plus élevées et de plus solides. C'était précisément ce qui manquait à Lucien. Frappé de tous les vices de la société ancienne, il la démolit avec une incroyable hardiesse, mais il est sans conviction, sans doctrine positive. S'agit-il d'attaquer la philosophie contemporaine, il est admirable dans ses satires, et personne n'est en droit de lui contester la victoire. Malheureusement, après avoir fait ces ruines, il ne nous dit point quel est son système à lui, en les attaquant tous, il nous laisse même croire qu'il n'en admet aucun et que toutes ses conceptions se perdent dans un doute absolu.

En conséquence, ses coups portent non-seulement sur le paganisme et ses superstitions, mais en général sur toute espèce de religion. Nous ne relèverons pas ici les traits qu'il a lancés contre le christianisme. Comme Dion Chrysostome et tant d'autres, il ne le connaissait que fort vaguement et le jugeait d'après des préventions populaires. On doit donc regarder comme non avenues toutes les digressions qu'il a pu se permettre de ce côté. Mais ce qui nous fait croire que Lucien a été irréligieux jusqu'à se faire soupçonner d'athéisme, ce sont les critiques amères qu'il fait du culte, du sacrifice et de la prière, c'est-à-dire de tous les éléments qui sont de l'essence d'une religion quelconque.

En luttant avec tant de persévérance et d'énergie contre la philosophie et la superstition, il avait sans doute pour but d'aider à la régénération du monde, par la suppression des abus. Ses ouvrages de morale étaient aussi, du moins dans son intention, un moyen de rappeler ses contemporains à des mœurs plus honnêtes, en leur inspirant un dégoût profond pour tous les excès où l'on était alors tombé. Mais en peignant toutes ces infamies, il descend à des détails infiniment obscènes et licencieux. Car, comme l'a dit un critique moderne, si on doit le recommander comme un écrivain éminemment ingénieux, amusant et aimable, il est nécessaire d'ajouter que toutes ses productions ne conviennent pas à tous les âges, et qu'il pourrait arriver que, lu sans précaution, il fît dans l'esprit et dans l'âme des lecteurs, trop jeunes ou mal préparés, des maux plus graves que ceux dont il pourrait les guérir(1).

Après toutes ces restrictions, nous nous croyons autorisé à faire remarquer que les écrits de Lucien ne furent pas sans profit pour la civilisation en général. Ces satires piquantes, qui auraient causé de graves inquiétudes dans un autre temps, parce que l'auteur détruisait tout sans rien pouvoir édifier, étaient à cette époque fort utiles au progrès. En démolissant l'ancienne religion et l'ancienne philosophie, Lucien servait sans s'en douter les intérêts du christianisme. Le peuple ne pouvant rester sans culte, ni croyance, en l'éclairant sur les erreurs dont il avait été jusqu'alors victime, on le disposait nécessairement à accepter la foi nouvelle, qui lui apparaissait d'ailleurs comme le meilleur remède à tous les maux du siècle présent. C'est à ce point de vue qu'il faut se placer pour concevoir l'importance de ces écrits, non moins remarquables par la grâce et la pureté du style que par la finesse et la nouveauté des pensées.

Après Lucien et Dion Chrysostome, nous citerons encore, parmi les sophistes, OElius Aristide qui nous a laissé cinquante-quatre déclamations, dans la plupart desquelles il célèbre quel-

(1) M. Boissonade.

que divinité, l'empereur Marc Aurèle et d'autres personnes; Maxime de Tyr, qui sous le titre de *Dissertations* ou *Discours* a composé quarante et un traités sur divers sujets de philosophie, de morale et de littérature ; Philostrate, qui a écrit les *Vies des sophistes* et en particulier la *Vie d'Apollonius* de Tyane ; enfin Athénée, qui dans son *Banquet des sophistes* nous a transmis une foule de détails fort curieux sur l'antiquité.

Nous ne disons rien ici des sophistes du quatrième siècle, nous aurons occasion d'en parler en traitant de l'empereur Julien et de son école.

CHAPITRE IV.

DES GRAMMAIRIENS ET DES RHÉTEURS.

Les grammairiens déjà si nombreux dans l'époque précédente le devinrent encore davantage dans celle-ci. On n'attachait pas d'ailleurs à cette dénomination une signification aussi restreinte que la nôtre. Sous ce titre on comprenait indifféremment toutes les études philologiques ainsi que la science de la mythologie et des antiquités. Mais entre ces connaissances diverses on s'attacha tout particulièrement à la philologie. Il y eut une foule de savants qui s'exercèrent à décomposer la langue grecque, à en étudier les secrets et à en faire valoir toutes les ressources.

Au reste, rien n'était plus naturel que de se livrer à ce travail au moment où l'ignorance et le mauvais goût commençaient à changer le sens des mots, et à autoriser l'emploi de toutes les locutions les plus vicieuses et les plus barbares. Toutes les bonnes traditions n'étant pas encore perdues, il importait de les recueillir et de les conserver dans des lexiques ou des grammaires destinés à les transmettre à la postérité. Ce fut à Alexandrie qu'on cultiva tout spécialement ce genre d'érudition. Apollonius le sophiste publia le premier lexique grec. Son ouvrage ne comprenait que les mots dont Homère s'était servi (λέξει Ομηρικαί). Hérodien fit le même travail sur Hippocrate, et Timée sur Platon. Le livre de Julius Pollux, qui parut vers le milieu du second siècle de notre ère sous le nom d'*Onomasticum*, peut être considéré comme le premier dictionnaire. Il ne suit cependant pas l'ordre alphabétique, comme les autres lexicographes. C'est une sorte d'encyclopédie méthodique où tout est placé par ordre de matière.

Ces compilations n'empêchaient pas les travaux particuliers des commentateurs et des scoliastes. Homère fut toujours l'objet principal des recherches de tous ces savants, et on en donna dans ces derniers temps plusieurs éditions, dans le but de perfectionner de plus en plus l'ouvrage des premiers grammairiens d'Alexandrie. On fit de même pour les autres auteurs anciens, mais toutefois il n'y avait là rien de bien neuf ni de bien original. La seule chose qu'on puisse vraiment regretter dans la perte des écrits de tous ces philologues, ce sont les traités qu'ils avaient composés sur les anciens dialectes. Tryphon avait écrit non-seulement sur ces dialectes, tels qu'on les trouve dans Homère, Simonide, Pindare et les autres poëtes, mais il avait encore rendu compte de toutes les formes de langage propres à Argos, à Syracuse et à toutes les villes de la Grèce. Malheureusement il ne nous reste de lui que deux médiocres traités sur les *Tropes* et l'*Affinité des mots*.

Presque tous les grammairiens écrivaient ainsi sur des sujets particuliers de petits traités qu'on pourrait considérer comme des chapitres détachés d'une rhétorique ou d'une grammaire. Le premier qui écrivit une grammaire assez complète fut Denys de Thrace, qui florissait sous Ptolémée VII Evergète II. Son livre devint classique aussitôt qu'il parut, et les scoliastes s'en emparèrent pour le charger de commentaires. Son succès devait créer autour de lui une foule d'imitateurs. Il ne manqua pas en effet d'écrivains qui se mirent à traiter de l'*orthographe,* des *parties du discours*, des *verbes irréguliers*, des *pronoms*, des *conjonctions,* des *adverbes,* etc. On fit en même temps pour la poésie ce qu'on avait fait pour la prose, et on eut des *Prosodies* de tous les genres.

On trouvera peut-être étonnant que nous nous arrêtions à des œuvres semblables ; mais en y réfléchissant, on reconnaîtra avec nous que si tous ces travaux n'ont pas beaucoup d'importance par eux-mêmes, ils sont fort curieux, parce qu'ils sont l'expression de cette loi générale de l'esprit humain qui, au déclin de la carrière, aime à jeter ses regards vers le passé pour jouir au moins par le souvenir de toutes les gloires de sa jeunesse. C'est le vieillard qui, au terme de sa vie, retrouve les goûts de son enfance. Ainsi non-seulement on étudie avec une merveilleuse patience toutes les paroles, toutes les phrases des anciens, mais on compile encore avec un profond respect toutes les antiquités religieuses et nationales. De là toutes ces col-

lections immenses des poëtes cycliques que nous trouvons sous
le titre de *Métamorphoses*.

Toutes ces productions supposaient assurément plus de patience que de génie. Néanmoins, quelque modeste que fût le
mérite de leurs auteurs, elles étaient un service rendu, parce
que les siècles à venir pouvaient trouver bien des richesses
dans cet amas d'érudition. Les travaux des rhéteurs étaient
plus brillants, mais moins utiles. Si l'on en juge par le succès
qu'ils ont tous obtenu, leur art était un moyen infaillible de
faire fortune. Le plus célèbre de tous les rhéteurs fut Hermogène de Tarse en Cilicie. Il florissait sous Marc Aurèle. Son
génie fut si précoce, qu'à quinze ans il professait en présence
de l'empereur et le ravissait d'admiration. A vingt-cinq il perdit la mémoire et fut inepte pour le reste de ses jours. Il laissa
un grand ouvrage de rhétorique qui servit de texte aux leçons
de tous les maîtres et fut exclusivement adopté dans toutes les
écoles.

Mais quelle qu'ait été sa réputation, nous placerons au-dessus de lui et de tous les autres rhéteurs, Longin, pour son
Traité du sublime. On ne sait dans quel pays il naquit, s'il était
Syrien ou Athénien, mais on est sûr qu'il florissait au commencement du troisième siècle. Il fut très-estimé de ses contemporains. Eunape a fait pour lui une phrase qui a été depuis appliquée, du moins en partie, à une foule d'autres, il l'appelait *une
Bibliothèque vivante et un Musée ambulant*. D'après le philosophe
Porphyre qui avait été son disciple, son jugement était la règle
du bon sens, et ses décisions littéraires passaient pour des arrêts
souverains et irrévocables. Suidas lui attribue un grand nombre
d'ouvrages dont les titres prouvent qu'il n'était pas moins
versé dans la philosophie que dans la rhétorique. Mais nous
ne pouvons le juger que par son *Traité du sublime*.

Cet ouvrage est un chef-d'œuvre de bon sens, d'érudition et
d'éloquence. « Longin, dit Boileau qui l'a traduit, ne s'est pas
contenté, comme Aristote et Hermogène, de nous donner des
préceptes tout secs et dépouillés d'ornements. En traitant des
beautés de l'élocution, il a employé toutes les finesses de l'élocution. Souvent il fait la figure qu'il enseigne, et en parlant du
sublime il est lui-même très-sublime. Cependant il fait cela si
à propos et avec tant d'art, qu'on ne saurait l'accuser en aucun
endroit de sortir du style didactique. C'est ce qui a donné à son
livre cette haute réputation qu'il s'est acquise parmi les savants,
qui l'ont tous regardé comme un des plus précieux restes de
l'antiquité, sur les matières de rhétorique. Casaubon l'appelle

un *Livre d'or*, voulant marquer par là le poids de ce petit ouvrage, qui, malgré sa petitesse, peut être mis en balance avec les plus gros volumes (1).»

A part cette explication naïve de la métaphore de Casaubon, le jugement de Boileau a été confirmé par tous les critiques. On a contesté l'authenticité de cet ouvrage, qui est encore aujourd'hui attribué par quelques-uns à un Denys de Pergame, le contemporain d'Auguste, mais personne n'en a attaqué le mérite. Le style en est concis et animé, et l'auteur développe parfaitement les lois et la nature du sublime dans les pensées et les expressions. Ce qui prouverait à nos yeux que ce petit ouvrage a été composé à une époque où le christianisme exerçait déjà une influence assez profonde sur la société, c'est que l'auteur ne partage point sur la Divinité les erreurs du polythéisme, et il va même puiser dans nos livres saints les expressions qui lui semblent le mieux rendre l'idée qu'il s'en est faite. «Ainsi, dit-il, le législateur des Juifs qui n'était pas un homme ordinaire, ayant fort bien conçu la grandeur et la puissance de Dieu, l'a exprimée dans toute sa dignité au commencement de ses lois par ces paroles : Dieu dit : *Que la lumière se fasse, et la lumière se fit : que la terre se fasse, et la terre fut faite* (2).»

Nous pourrions encore citer Denys d'Halicarnasse, dont nous possédons quelques ouvrages de rhétorique et de critique littéraire. Mais comme il s'est surtout distingué par ses travaux historiques, nous en parlerons au chapitre suivant.

CHAPITRE V.

DES HISTORIENS.

Ces derniers siècles furent très-féconds en historiens. Les Romains avaient fait de si grandes choses que tout homme d'intelligence prenait plaisir à les raconter. On ne vit pourtant point paraître d'historien de premier ordre, quoiqu'il y eût alors beaucoup d'hommes très-érudits. Plutarque fut à tous les points de vue l'écrivain le plus remarquable. C'est pourquoi nous lui consacrerons un article à part, et nous traiterons séparément des historiens qui l'ont précédé et des historiens qui l'ont suivi.

(1) Boileau, préface du *Traité du sublime.*
(2) Longin, ch. vii, trad. de Boileau.

I. — DES HISTORIENS QUI ONT VÉCU AVANT PLUTARQUE.

Les plus célèbres de ces historiens sont Diodore de Sicile, Denys d'Halicarnasse et Josèphe.

Diodore de Sicile naquit à Argyrium, aujourd'hui San-Filippo d'Agirone, et fut le contemporain de Jules César et d'Auguste. Pendant plusieurs années il parcourut les principaux pays de l'Europe, de l'Asie et de l'Afrique, et revint ensuite se fixer à Rome, où après trente ans de recherches et de travaux il publia sa *Bibliothèque historique*. Elle était divisée en quarante livres et comprenait tous les événements qui se sont passés depuis les temps les plus reculés jusqu'à 60 ans avant J.-C. La *préface* que Diodore a placée en tête de son ouvrage renferme les principes les plus élevés et les vues les plus remarquables. Ainsi il ne veut pas que l'histoire se contente d'exposer les faits et de les raconter année par année, mais il lui assigne pour mission de faire sentir que tous les hommes sont membres d'une même société, et qu'à ce titre ils sont les ministres de la Providence divine qui, après avoir assujetti à des rapports communs les astres et la terre, soumet à des lois générales les natures diverses des hommes en distribuant à chaque individu la part qui lui est marquée par le destin. Dans sa pensée le travail de l'historien doit surtout avoir pour fin de ramener tous les événements qui se sont passés dans le monde à un même principe, comme si tous les peuples de la terre ne formaient qu'une seule cité.

Nous avons déjà rencontré dans Polybe cette idée, mais il ne l'a pas appliquée avec autant d'étendue que Diodore. Se bornant aux temps purement historiques, il a écarté tout ce qui avait rapport aux âges anciens, sous prétexte que tout ce passé n'était peuplé que de fables incroyables. Diodore n'a pas plus de confiance dans ces mythes que Polybe, mais il les fait entrer dans son édifice, du moins comme peinture de ces siècles où tous ces jeux d'imagination suffisaient à l'humanité encore dans l'enfance.

Sous le rapport moral, cette préface de Diodore ne renferme pas des idées moins frappantes que sous le rapport philosophique. Il conçoit l'histoire beaucoup moins comme une œuvre d'art que comme une œuvre d'utilité sociale. Il veut qu'elle soit, selon ses expressions, la prêtresse de la vérité, l'asile de la vraie sagesse, l'école des bonnes mœurs. Elle doit offrir aux hommes de tout âge des leçons éprouvées par l'expérience de tous les siècles, et fournir à la patrie de bons citoyens en les instruisant de leurs devoirs. Enfin, comme il n'a pas l'avantage de croire à la récompense de la vertu et au châtiment du vice dans une autre vie, il cherche à suppléer par l'histoire à ce défaut de sanction morale, et il encourage au bien en montrant l'immortalité de la gloire qu'on s'assure près des générations à venir quand on accomplit des devoirs héroïques.

Si Diodore eût tenu toutes les espérances qu'il donne dans sa préface, assurément il eût été le premier historien de l'antiquité. Malheureusement il a été loin de les réaliser. Son plan a de la grandeur et il en a tracé les lignes principales d'une main assez sûre. Les diverses époques qu'il a marquées sont encore celles que tous les historiens sont obligés de suivre. Ainsi il avait partagé tout son ouvrage en trois grandes parties ; la première comprenait tous les temps antéhistoriques jusqu'à la guerre de Troie, la seconde s'étendait depuis la guerre de Troie jusqu'à Alexandre, et la troisième depuis Alexandre jusqu'aux événements contemporains. Les six premiers livres contenaient les temps mythologiques, les trois premiers étaient consacrés aux antiquités des peuples barbares, et les trois suivants aux antiquités grecques.

Après avoir ainsi suivi la méthode ethnographique, il la quitte tout à coup en entrant dans le véritable domaine de l'histoire, et au lieu de s'efforcer, comme il l'avait promis, d'enchaîner les événements et de mettre de l'unité dans son tableau, il devient simplement annaliste et raconte les faits année par année. Il paraît avoir apporté un grand soin à l'exactitude chronologique, ce qui est toujours un mérite, mais toutes ses précautions ne l'ont point exempté d'erreur.

Une grande partie de son ouvrage est maintenant perdue. Nous ne possédons sur les temps mythologiques que les cinq premiers livres, le sixième nous manque. Nous n'avons que des fragments des livres vi à x, mais nous possédons la dernière section de cette seconde période qui s'arrêtait au vingtième livre. Quant à la dernière partie de l'ouvrage, qui eût été plus intéressante à cause de la rareté des documents sur les temps qui se sont écoulés après Alexandre, nous n'en avons malheureusement que des lambeaux.

Le grand défaut de Diodore de Sicile c'est de manquer de critique. Il n'avait point été témoin des événements qu'il raconte, comme la plupart des historiens que nous avons vus auparavant, et il n'a pu les rapporter que d'après les anciens documents. Rome, comme il nous le dit lui-même, lui a offert de grandes ressources, et il a pu trouver dans ses immenses bi-

bliothèques les renseignements les plus utiles. Mais il eût fallu
choisir avec un grand discernement dans cet amas de matériaux, et apprécier les divers témoignages à leur valeur. Il ne
serait pourtant pas juste de faire à Diodore des reproches sévères sur ce point, puisque de son temps la critique était encore
dans l'enfance. N'ayant aucune règle pour se guider, il dut souvent faire fausse route, et il n'est pas étonnant que son ouvrage
se soit beaucoup ressenti de l'imperfection de la science. S'il
eût cité ses autorités, c'eût été au moins un moyen de parer en
grande partie à cet inconvénient, mais il le fait rarement, de
sorte que la critique moderne a souvent été embarrassée pour
apprécier ses récits.

Quant au mérite littéraire, le baron de Sainte-Croix nous
semble l'avoir parfaitement caractérisé. « Son style, dit-il, est
facile, clair, simple et sans affectation. Il ne devient figuré et
métaphorique qu'aux endroits où il s'agit des dieux, parce qu'il
copie alors les poëtes et les mythologues. Il ne recherche ni
l'atticisme, ni les termes trop anciens ; il adopte le genre tem-
péré, qui convient assez à l'histoire. Mais lâche et quelquefois
diffus, il manque de liaison et d'ordre ; sa narration est trop
souvent embarrassée ; il ignore l'art de débrouiller les faits, d'y
répandre la lumière, et de faire toujours sortir un événement
d'un autre. Emploie-t-il le récit des anciens historiens, il le dépouille de tous ses agréments : jamais le sien n'est animé et
encore moins dramatique. Narrateur froid et monotone, il dé-
daigne les ressources de l'éloquence et blâme l'abus qu'on
faisait de son temps des harangues... Son jugement est assez
sain ; il loue et blâme avec impartialité. Ses réflexions sont communes sans être triviales ; il s'y montre homme de bon sens et
de probité » (1).

Denys d'Halicarnasse vint à Rome l'an 30 avant J.-C., et y
passa vingt-deux années pour travailler à son grand ouvrage
historique, qui a pour titre *Des antiquités romaines*. Ce livre
peut être considéré comme une introduction à l'histoire de Polybe. L'auteur remonte aux origines de Rome et s'arrête à l'an
266 avant J.-C., précisément là où Polybe commence. Il était
divisé en vingt livres ; nous n'en avons que les onze premiers,
qui vont jusqu'à l'an 312 de Rome, et quelques fragments des
neuf autres. Le style de Denys manque quelquefois d'élégance
et de pureté, et il est surtout prolixe dans ses harangues, que
d'ailleurs il a beaucoup trop multipliées. Mais son ouvrage n'en

---

(1) *Examen des historiens d'Alexandre.*

est pas moins fort précieux. Disciple de Polybe, il paraît n'avoir rien épargné pour se faire instruire parfaitement sur les matières qu'il traitait ; et bien différent d'une foule d'historiens anciens, il semble avoir préféré à l'art l'exactitude.

Son but était noble et élevé. Après la conquête de la Grèce par les Romains, il voulut relever l'honneur de son pays en prouvant que Rome était une colonie de la Grèce et que ses compatriotes avaient droit de se glorifier des merveilleux exploits de cette cité. Cette pensée lui semblait capable d'éteindre tout esprit de rivalité entre les Grecs et les Romains, et de rendre aux premiers leur sort plus supportable, en leur faisant voir des frères dans leurs conquérants. Tout dans l'ouvrage de Denys d'Halicarnasse se rapporte à cette unique pensée. C'est une thèse inspirée par un patriotisme sincère. Il n'y a peut-être pas là toutes les garanties d'impartialité que l'histoire exige, et nous croyons qu'à son insu Denys a donné aux faits primitifs qu'il rapporte une teinte adoucie qu'ils n'avaient pas. Nous ne pouvons croire par exemple à cette lueur de demi-civilisation dont il couvre le berceau de Rome naissante. Il y avait là certainement un élément barbare qui tranchait fortement par son caractère rude et sauvage. Nous ne pouvons admettre non plus comme autant de faits historiques toutes ces légendes qui forment les règnes des premiers rois. Mais, à part ces restrictions, le livre des *Antiquités romaines* reste à nos yeux ce qu'il est véritablement, c'est-à-dire un ouvrage de la plus haute importance, où l'on trouve des détails fort curieux sur la constitution et les affaires intérieures de la république. On ne peut trop regretter la partie qui nous manque, parce que c'était là surtout que l'auteur avait fait usage de cet esprit de critique dont il avait trouvé dans Polybe le précepte et l'exemple.

Denys d'Halicarnasse avait écrit ses *Antiquités romaines* pour réconcilier les Grecs et les Romains, Flavius Josèphe publia ses *Antiquités judaïques* pour faire connaître sa nation aux autres peuples et détruire les préjugés qu'on avait contre elle. Cet historien naquit à Jérusalem, trente-sept ans après J.-C., d'une famille sacerdotale, et remplit dans sa nation les plus hautes fonctions. Quand les Juifs se révoltèrent contre les Romains, quoiqu'il eût désapprouvé leur conduite, il combattit vaillamment pour l'indépendance de sa patrie. Tite et Vespasien reconnurent son mérite et se l'attachèrent par leurs bienfaits. Après la ruine de Jérusalem, il les suivit à Rome où il vécut heureux sous leur protection. Il est probable qu'il mourut sous Domitien. Ses principaux ouvrages sont ses *Antiquités judaïques*, sa *Réponse à Apion*, et son *Histoire de la guerre de Judée et de la destruction de Jérusalem*.

Les *Antiquités judaïques* forment une histoire complète du peuple juif, depuis la création du monde jusqu'à la douzième année du règne de Néron. Il a pris pour base de ses récits les livres saints; mais dans le but de plaire au goût des Grecs, il les a souvent dépouillés de leur noble simplicité pour les revêtir des ornements qu'on recherchait à cette époque. Le but particulier qu'il s'était proposé nuit aussi quelquefois à sa véracité et à son exactitude. Souvent il supprime ou il altère les faits au profit du système qu'il a préconçu. Comme il avait à sa disposition bien des documents que nous n'avons plus, il nous fait connaître une foule de particularités intéressantes. Son livre est surtout précieux parce qu'il comble une lacune de quatre siècles qui se trouve entre l'Ancien Testament et le Nouveau.

Sa *Réponse à Apion* n'est qu'une défense de son livre des *Antiquités* contre un grammairien d'Alexandrie, qui s'était moqué de ce que Josèphe avait dit à la gloire de sa nation. Cette espèce de dissertation historique est encore aujourd'hui d'une grande importance, parce que les objections d'Apion ont été souvent renouvelées parmi nous et parce que l'historien juif y répond par des témoignages d'auteurs que nous n'avons plus. Ce livre, tout petit qu'il est, prouve que les apologistes du christianisme ont été privés de grandes ressources par la perte des historiens les plus anciens, car ils y auraient sans doute trouvé, comme Josèphe, des témoignages à l'appui de tous les grands faits rapportés dans nos livres saints.

Mais le principal ouvrage de Josèphe, c'est son *Histoire de la guerre de Judée et de la destruction de Jérusalem*. On ne peut douter ici de la véracité de l'historien, qui nous raconte ce qu'il a vu et qui nous rapporte ce qu'il a entendu. Il n'avait absolument aucun motif d'exagérer les torts et les maux de sa nation déjà si malheureuse et si coupable, et il lui suffisait, pour l'éclat et l'énergie de ses tableaux, de peindre les scènes telles qu'elles s'étaient passées. Il l'a fait en homme de génie, et son livre est un des plus beaux chefs-d'œuvre de la littérature ancienne. Le style en est aussi élégant qu'animé, les scènes se succèdent avec un intérêt qui va toujours croissant, tous les caractères des personnages sont fortement tracés, et le dénoûment qu'on attend avec effroi dépasse encore par son éclat le pressentiment qu'on en avait.

Pour compléter la liste des historiens qui vécurent avant Plutarque, nous citerons ici le Juif Justus de Tibérias, qui avait écrit une *Chronique des rois juifs*; Nicolas de Damas, l'ami d'Hérode le Grand, auteur d'une *Histoire universelle* en cent quarante-quatre livres, dont nous n'avons plus que quelques fragments; Castor de Rhodes, Théophane de Mitylène, Timagène d'Alexandrie, Posidonius d'Apamée, Juba le fils du roi de Numidie, dont les ouvrages sont entièrement perdus.

II. — PLUTARQUE.

Plutarque naquit à Chéronée en Béotie, cinquante ans après J.-C. Il suivit à Delphes les leçons d'Ammonius, et pendant sa jeunesse il se nourrit surtout de la lecture des poëtes. Ses concitoyens lui ayant confié le soin de quelques négociations particulières, il vint à Rome, et bientôt il s'y fit connaître en donnant des leçons publiques d'éloquence et de philosophie. Après avoir reçu les applaudissements des Romains les plus distingués, il revint dans sa patrie et y passa le reste de ses jours, heureux de répandre sur le lieu qui l'avait vu naître quelque chose de l'éclat qui se rattachait à son nom. Il mourut dans un âge fort avancé, exerçant les fonctions de prêtre d'Apollon.

On a divisé ses œuvres en deux parties : ses *Vies parallèles des hommes illustres* et ses *Œuvres morales*. Ce double titre indique assez que Plutarque fut à la fois historien et moraliste. Mais peut-être pourrait-il induire en erreur en laissant croire que ses œuvres morales n'ont rien d'historique et qu'on ne retrouve pas dans ses travaux d'historien le coup d'œil observateur du philosophe. Ces deux choses sont au contraire en lui si parfaitement unies, que dans le moindre de ses ouvrages, les faits viennent toujours à l'appui de ses maximes, ou ses maximes répandent sur les faits leurs lumières.

Ses *Vies parallèles des hommes illustres* ne sont point, comme il le dit lui-même (1), des histoires proprement dites. Son but est de peindre le caractère des hommes qu'il met en scène, et de révéler leurs vertus ou leurs vices. Comme une action ordinaire, une parole, un badinage, font souvent mieux connaître le caractère d'un homme que des batailles sanglantes, des siéges et des actions mémorables, il s'attache moins aux grands événements qu'aux particularités, ou, si l'on veut, aux anecdotes. Il pénètre toujours dans les replis les plus secrets de l'âme de ses

(1) Voy. *Vie d'Alexandre.*

grands hommes, il descend pour ainsi dire dans l'intérieur de
leur maison, y recueille les moindres incidents de leur vie privée, et par la réunion de tous ces traits il reproduit au naturel
l'image du héros qu'il voulait vous faire connaître. Ces vies supposent une lecture très-étendue et très-variée, les détails qu'elles
renferment ont été puisés dans près de trois cents ouvrages
particuliers. Toutes ces productions étant actuellement perdues,
le livre de Plutarque devient par là même infiniment précieux.
Sans lui nous ignorerions une foule de choses sur l'antiquité, et
nous ne pourrions même nous faire une juste idée des mœurs,
des habitudes et du caractère des Grecs et des Romains. L'historien philosophe serait privé des éléments les plus essentiels
pour entrer dans la connaissance vraie et profonde de ces
vieilles républiques, et expliquer les révolutions dont elles ont
été le théâtre et le principe.

On a dit que Plutarque n'avait été dans ses *Vies des hommes
illustres* qu'un compilateur adroit et intelligent, et que tous ses
morceaux n'étaient formés que de pièces de rapport empruntées avec goût aux historiens anciens. Pour réfuter cette opinion,
il suffirait de faire remarquer l'unité de style et de méthode qui
règne dans toutes ces compositions. Si elles avaient été, comme
on le rapporte, une sorte de plagiat artistement déguisé, on y
trouverait toujours une grande inégalité de style et une infinie
variété de couleur. Le pinceau des différents peintres aurait
laissé son caractère et son empreinte, et il n'eût jamais été possible d'harmoniser ensemble tous ces tons discordants. Mais ce
qui prouve que Plutarque avait une tout autre méthode, c'est
que quand il se trouve pour le même sujet en concurrence avec
un historien d'une célébrité populaire, il évite de toucher aux
tableaux qu'il a peints et de reproduire ce qu'il a dit, afin de
rester toujours neuf et piquant pour ses contemporains. Ainsi
dans la vie de Nicias, où il avait à raconter les grandes scènes
représentées par le pinceau de Thucydide, il met de côté les
actions d'éclat qui avaient été, comme il le dit, divinement exposées par cet historien, et ne s'arrête qu'aux particularités,
aux détails de mœurs qu'on avait jusqu'alors négligés. Il en fait
un petit tableau, et nous représente ainsi son héros dans toute
sa ressemblance. Toutes ses vies nous paraissent autant de
miniatures délicates, dont tous les traits méritent attention, et
nous comparerions volontiers son travail d'érudition à celui du
glaneur qui vient après la moisson recueillir tous les beaux épis
que le maître du champ a laissés. Venu après tous ces grands
écrivains qui ont déroulé, sous la forme d'un drame imposant,

toute l'histoire de la Grèce et de Rome, Plutarque parcourt derrière eux tout le terrain qu'ils ont largement exploité, il y trouve encore une foule de petits événements et de détails de mœurs qui ne sont point entrés dans ces vastes monuments ; il les recueille avec amour et respect, et comme l'homme se peint souvent mieux dans les petites choses que dans les grandes, parce qu'elles lui sont plus personnelles, son talent trouve le secret de former avec tous ces éléments épars le portrait de tous les personnages les plus célèbres.

En parcourant cette galerie, la critique a rencontré d'assez graves observations à faire. Trop souvent l'auteur s'est laissé abuser par un excès de confiance envers les auteurs anciens qui lui servaient de guide. Quelquefois il ne s'est pas assez sévèrement rendu compte de ses propres récits, et il lui est arrivé de se contredire. Mais toutes ces erreurs sont faciles à rectifier. Au point de vue de l'art et de la science, son plus grand tort, c'est d'avoir voulu à toute force opposer constamment à chaque grand homme de la Grèce un illustre Romain. Comme l'a si bien dit M. Villemain : « Est-il possible que l'histoire offre toujours à point nommé ces rapports, ces symétries, que le talent oratoire saisit quelquefois entre deux destinées, deux caractères célèbres ? L'exactitude ne doit-elle pas souvent manquer à ces rapprochements, essayés sur une longue série de grands hommes ? Et l'écrivain ne sera-t-il pas conduit à fausser les traits pour créer des ressemblances, et à subtiliser pour expliquer les différences ? Enfin ne s'attache-t-il pas un peu de monotonie à cette méthode, qui établit dans l'histoire de deux peuples des correspondances si régulières, et emboîte les grands hommes de deux pays dans ces étroits compartiments ? Peut-être, pour justifier ce système de composition adopté par Plutarque, faut-il se souvenir qu'il était Grec, et que dans l'esclavage de son pays il trouvait une sorte de consolation à balancer la gloire des vainqueurs, en opposant à chacun de leurs grands hommes un héros qui fût né dans la Grèce (1). » On remarque d'ailleurs dans tous ses parallèles une prédilection marquée pour tous ses concitoyens. Denys d'Halicarnasse consolait les Grecs des victoires de Rome, en leur montrant que les Romains étaient leurs frères et qu'ils pouvaient s'enorgueillir de leurs exploits ; Plutarque tendait au même but, en prouvant à la Grèce vaincue qu'elle n'était pas moins riche en gloire que ses vainqueurs. De part et d'autre c'était le langage ingénieux du patriotisme, et

(1) Villemain, *Notice sur Plutarque.*

assurément on ne pourrait imaginer un moyen d'inspiration plus honorable.

Ses *Œuvres morales* ont bien quelque chose du caractère des productions de tous les rhéteurs de cette époque. Quelques-unes ne sont que des déclamations plus ou moins emphatiques sur des sujets de commande. Mais généralement on y trouve ce bon sens ferme et droit qui évite tous les excès et préserve par conséquent de bien des écarts. Ses écrits philosophiques ne sont à la vérité qu'une reproduction des pensées de Platon ou des autres philosophes, mais ils ont du moins le mérite d'une grande lucidité, et ils sont toujours parsemés de citations et d'anecdotes qui en rendent l'étude aussi agréable qu'instructive. On rencontre dans cette dernière partie de ses œuvres des opuscules historiques qui sont également du plus haut intérêt. Nous ne citerons que son traité *sur la fortune des Romains* et ses deux discours *sur la fortune et la valeur d'Alexandre*, où nous avons tout particulièrement admiré la hauteur du point de vue que l'auteur a choisi pour juger l'influence sociale des conquêtes d'Alexandre et rendre raison des étonnantes victoires des Romains.

Une chose pourrait surprendre en parcourant les nombreux traités de morale écrits par Plutarque, c'est qu'il ne parle en aucun endroit du christianisme. Admirateur passionné de l'antiquité, retiré dans les montagnes de la Béotie, il se livra tout entier aux illusions de la mythologie antique et aux spéculations des anciens philosophes, et ne fit nulle attention aux idées nouvelles qui faisaient bruit autour de lui. Il est même à remarquer que dans ses nombreux ouvrages il nous parle fort peu de son siècle et des choses contemporaines. Sa pensée est dans le passé, il a toujours le regard tourné en arrière. Cependant nous avons bien souvent lu avec curiosité un de ses opuscules intitulé *du Silence des oracles*. Ce phénomène lui avait sans doute révélé une sorte de révolution dans la religion ancienne, et il cherche à en expliquer la cause. Un chrétien l'eût donnée sans embarras, mais le prêtre d'Apollon est obligé de recourir à toutes les conjectures les plus extraordinaires. Il les multiplie d'autant plus qu'aucune de celles qu'il avance ne le satisfait.

Le style de Plutarque se ressent des défauts de son siècle. Il n'a ni la pureté attique, ni la noble simplicité des anciens. Quelquefois il est surchargé d'allusions obscures et de locutions vicieuses. Soit incurie de la part des copistes, soit négligence affectée de la part de l'auteur, il y a même des phrases dont on ne peut grammaticalement expliquer la construction. Mais ces défauts de détails sont largement compensés par les mérites d'ensemble. Si l'expression de Plutarque est parfois embarrassée et incorrecte, elle est toujours hardie, pittoresque et fortement colorée. « Personne n'a possédé au plus haut degré, dit encore M. Villemain, l'imagination de style. Quels plus grands tableaux, quelles peintures plus animées que l'image de Coriolan au foyer d'Attilius, que les adieux de Brutus et de Porcie, que le triomphe de Paul-Émile, que la navigation de Cléopâtre sur le Cydnus, que le spectacle si vivement décrit de cette même Cléopâtre, penchée sur la fenêtre de la tour inaccessible où elle s'est réfugiée, et s'efforçant de hisser, d'attirer vers elle Antoine vaincu et blessé qu'elle attend pour mourir! Combien d'autres descriptions d'une admirable énergie! Et à côté de ces brillantes images, quelle naïveté de détails vrais, intimes, qui prennent l'homme sur le fait, et le peignent dans toute sa profondeur en le montrant avec toutes ses petitesses (1)! » Ce qui suffirait seul pour établir la renommée de Plutarque comme écrivain, c'est l'influence immense qu'il a exercée sur les littératures modernes. En France, en Angleterre, partout enfin, il n'y a presque pas un écrivain de génie qui ne se soit d'abord nourri de la lecture de ses ouvrages et qui ne se soit approprié quelques-uns de ses mérites.

III. — HISTORIENS QUI ONT VÉCU APRÈS PLUTARQUE.

Les principaux historiens païens postérieurs à Plutarque sont Arrien, Appien, Dion Cassius, Hérodien, Élien et Zosime.

Arrien naquit à Nicomédie dans la Bithynie. Il se mit au service de l'empereur Adrien et il en reçut pour récompense la dignité consulaire et le titre de sénateur. Dans ces siècles de décadence où, à l'exception de quelques hommes de génie, comme Plutarque et Lucien, tout le monde se faisait imitateur, Arrien choisit pour modèle Xénophon. S'il ne l'égala pas, il eut du moins le petit mérite de faire des livres qui portaient des titres analogues aux siens. « Ainsi, dit un de ses biographes, Xénophon avait rédigé les *Dicts* de Socrate, Arrien écrivit ceux d'Épictète; Xénophon avait publié sept livres de l'expédition de Cyrus qui fonda la grandeur des Perses, Arrien composa sept livres sur l'expédition d'Alexandre qui détruisit l'empire des Perses. Les *Helléniques* de Xénophon donnèrent, dit-on, nais-

(1) Villemain, *Notice sur Plutarque.*

sance aux *Bithyniques,* aux *Alaniques* d'Arrien. Xénophon avait traité de la chasse et de la tactique, Arrien traita de la tactique et de la chasse : copiste à la fois du style et du caractère de Xénophon, Arrien se montra aussi jaloux de la réputation de bon général que de celle de bon écrivain (1). » Les plus importants de ses ouvrages qui nous restent sont : son *Histoire de l'expédition d'Alexandre* et ses *Indiques* qui en forment le complément. Cet historien est surtout curieux pour le détail des opérations militaires. Sous ce rapport son autorité ne peut être balancée par celle d'aucun écrivain.

« Sa diction, dit le baron de Sainte-Croix, est en quelque sorte calquée sur celle de Xénophon ; du moins en approche-t-il le plus près qu'il est possible en traitant des sujets différents. Moins élégant que son modèle, il n'en a pas les grâces. Quoique en général il soit fort clair, on s'aperçoit pourtant de cette gêne et de ce défaut de naturel , presque inévitables dans les imitations. Arrien est encore recommandable par l'ordre et l'arrangement des mots; mais sa narration n'est ni animée ni dramatique comme celle de Xénophon. La précision d'Arrien ne le rend jamais obscur; sa simplicité est plus l'effet de l'art que de la nature, en quoi il diffère encore de Xénophon. S'il emploie des termes nouveaux, ils sont toujours intelligibles et ne nuisent point à la clarté, son mérite principal. Il manque d'élévation et souvent tombe trop bas lorsque la phrase est tout entière de lui et qu'il cesse un instant d'imiter. Cependant la lecture de ses ouvrages ne cause ni ennui ni fatigue (2). »

Appien naquit à Alexandrie et fleurit à Rome sous Trajan, Adrien et les Antonins. Il avait écrit en vingt-quatre livres une histoire de Rome qui embrassait tous les temps qui s'étaient écoulés depuis Romulus jusqu'à Auguste. Il avait exclusivement suivi la méthode ethnographique, c'est-à-dire qu'il avait rapporté de suite tout ce qui s'était passé dans chaque province. Son histoire était même divisée par nation, et chacun de ses livres avait pour titre le nom d'un peuple vaincu par les Romains. Ainsi, après avoir raconté dans les cinq premiers l'histoire des sept rois, au sixième on trouvait les guerres d'Italie (Ἰταλικὴ), au septième les guerres contre les Samnites (Σαυνιτικὴ), au huitième les guerres contre les Gaulois (Κελτικὴ), etc. Cette méthode, qui lui semblait fort avantageuse pour la clarté, avait un inconvénient immense, c'était de séparer l'histoire générale en une

---

(1) Clavier, *Biographie universelle.*
(2) Le baron de Sainte-Croix, *Examen des historiens d'Alexandre le Grand.*

multitude d'histoires particulières et de rendre impossible toute vue d'ensemble. On ne pouvait plus se rendre compte du développement général de la civilisation.

L'ouvrage d'Appien ne nous est parvenu que mutilé. Parmi ce qui nous en reste on distingue surtout les cinq livres où il traite des guerres civiles. « Si ce morceau était perdu, remarque avec raison M. Michaud, une foule de détails curieux nous seraient restés inconnus. Appien descend, dans cette partie de son ouvrage, jusqu'aux moindres particularités. Son récit est simple et sans ornement ; mais il porte tellement l'empreinte de la vérité, qu'on croit être témoin des événements qu'il raconte. Ses chapitres sur les proscriptions de Marius et de Sylla, sur celles des triumvirs, seront toujours une lecture attachante pour ceux qui ont eu le malheur d'étudier le cœur humain à l'école des révolutions. Montesquieu a beaucoup profité de la lecture d'Appien ; à l'aide du récit de l'historien, il peint à grands traits la corruption des Romains ; mais le simple et véridique Appien la décrit peut-être d'une manière plus énergique : car, après avoir peint tous les crimes qu'enfantent l'ambition et l'avarice, il consacre un chapitre aux vertus qui se montrèrent au milieu du désordre général ; et, dans ce chapitre, il ne trouve à louer que la conduite des femmes et des esclaves (1). »

Dion Cassius, né en Bithynie 155 ans après J.-C., fut sénateur sous Commode et consul sous Alexandre Sévère. Il avait composé en quatre-vingts livres une histoire romaine. Elle s'étendait depuis la fondation de Rome jusqu'à l'an 229 après J.-C. Nous ne possédons des trente-cinq premiers que quelques fragments. Les dix-neuf suivants sont complets ; le cinquante-cinquième est très-mutilé. Les derniers depuis le soixantième sont perdus, et on est obligé d'y suppléer par un abrégé qu'en a fait un moine du XIe siècle, nommé Jean Xiphilin. Il y a des erreurs dans Dion Cassius, et on lui a reproché avec justice ses préventions contre les grands hommes que Rome a produits. Néanmoins, ayant choisi Polybe pour modèle, il n'a point oublié que le premier devoir de l'historien est d'être exact. Son travail suppose bien des recherches, et il est pour nous d'un immense intérêt, puisque nous n'avons point d'autres renseignements que les siens sur l'époque où il a vécu.

C'est aussi ce qui fait le prix de l'ouvrage d'Hérodien. Après avoir pris part aux principaux événements de son temps, il en

(1) Michaud, *Appien, Biographie universelle.*

écrivit l'histoire. Son travail commence à la mort de Marc Aurèle et s'étend jusqu'à l'avénement de Gordien à l'empire. Il renferme par conséquent un espace de cinquante-huit ans (180-238), pendant lequel dix-sept princes régnèrent successivement ou conjointement. Nous n'avons pas d'autres documents sur cette époque, puisque les écrivains de l'*Histoire Auguste* s'appuient exclusivement sur son témoignage. On reproche à cet historien de n'avoir pris aucun soin de la chronologie et d'ignorer presque entièrement la géographie, ce qui lui a fait faire beaucoup d'erreurs. Ayant choisi Thucydide pour modèle, il s'efforça surtout d'imiter son éloquence, et il se plut à placer dans ses récits des harangues et des épîtres qui sont de lui plutôt que des personnages auxquels il les attribue. Quoique Photius ait fait de son style le plus brillant éloge, on ne peut s'empêcher d'y reconnaître des redondances déplacées, des expressions prétentieuses, un air de roideur et d'affectation qui sent bien plus le rhéteur que l'écrivain. Malgré tous ces défauts, il n'en reste pas moins un des historiens les plus remarquables de cette époque.

Elien lui est trop inférieur pour lui être comparé. Ses *Histoires diverses* ne sont qu'une compilation qui ne suppose ni talent ni goût. Cet ouvrage est cependant curieux parce que nous y trouvons quelques extraits d'auteurs qui sont maintenant perdus.

Zosime, écrivain du v° siècle, nous apprend qu'il était comte et ex-avocat du fisc. Probablement qu'il vivait sous le règne de Théodose le Jeune. Il composa une *Histoire romaine* où il s'étend surtout sur les événements qui se sont passés après Dioclétien. Au commencement de son ouvrage il nous fait connaître son but en disant que Polybe ayant exposé les causes de la grandeur des Romains, il se propose de montrer avec la même exactitude les causes de leur décadence et de leur ruine. Il en expose deux principales, les fautes de Constantin et de ses fils et l'abandon du culte des dieux auxquels Rome devait sa gloire. Ces deux pensées révèlent le caractère de cet ouvrage et en indiquent suffisamment la valeur historique. C'est une apologie de l'ancienne religion et une attaque directe contre le christianisme. L'auteur dénigre tout ce qu'ont fait les empereurs chrétiens et relève au contraire les actions des empereurs païens. Nous ne voulons point contester ce qu'il y a de vrai dans ces critiques et ces éloges, et nous tenons avant tout à reconnaître que l'ouvrage de Zosime mérite un rang distingué parmi les productions de ce siècle; mais aussi on devra reconnaître avec nous qu'on ne

peut s'en rapporter aveuglément au témoignage de cet historien, et que son esprit d'hostilité systématique est un motif
pour se tenir en garde contre un grand nombre de ses asser-
tions. Photius nous apprend d'ailleurs que Zosime n'avait point
étudié par lui-même les documents primitifs qui auraient pu
l'éclairer, mais qu'il s'était contenté d'abréger l'histoire plus
étendue d'Olympiodore et surtout celle d'Eunape, le continuateur de Dexippe. Il paraît que les travaux de ces écrivains
étaient fort remarquables, mais ils sont entièrement perdus.

Tels furent les derniers historiens que le polythéisme produisit. Nous ne nous sommes occupé que de ceux dont nous
possédons au moins une partie des ouvrages. Parmi ceux dont
les écrits ne nous sont pas parvenus nous citerons Jason d'Argos, Callicrate de Tyr, Bardisanès le Babylonien, etc.

CHAPITRE VI.

L'EMPEREUR JULIEN ET SON ÉCOLE.

Julien n'eut pas d'autre but pendant son règne que de renverser le christianisme et de rétablir le polythéisme. Pour
réaliser ce projet infâme il eut recours à tous les moyens les
plus habiles. Nous ne voulons pas reproduire ici toutes les ruses
de cette tactique que nous avons exposée ailleurs (1); nous nous
contenterons de juger au point de vue littéraire les écrits de cet
empereur et ceux des principaux sophistes qui se dévouèrent,
comme lui, à la défense de l'ancienne religion.

Julien traita dans ses écrits de la morale, de la théologie et
de la métaphysique. Les principaux ouvrages qui nous restent
de lui sont la *Fable allégorique*, les *Césars*, le *Misopogon*, quelques
Discours, et un recueil de quatre-vingt-dix lettres. Sa *Fable allégorique* n'est qu'un conte qu'il a intercalé dans un de ses
discours, pour montrer au cynique Horaclius qu'il est possible
de faire entrer une fiction dans une composition sérieuse. Cette
allégorie n'est que l'histoire de Constantin et de sa famille. Elle
est très-faible de conception.

Les *Césars* sont bien autrement remarquables par l'éclat du
style et la richesse des pensées. Ils se rapprochent beaucoup
pour la pureté du goût des meilleures productions des siècles

(1) Voyez notre *Précis de l'histoire romaine.*

les plus privilégiés. L'esprit s'y fait peut-être trop sentir, et à force de vouloir être piquant, l'auteur semble quelquefois recherché. Mais si son livre a un mérite littéraire incontestable, il n'annonce pas dans Julien des qualités morales bien distinguées. On dirait qu'il a pris à tâche d'abaisser tous ses prédécesseurs dont il fait le tableau, pour rehausser d'autant les vertus qu'il se supposait. Sous prétexte que Romulus, à la fête des saturnales, a invité chez lui tous les dieux et tous les Césars, il soumet à la censure du vieux Silène tous les empereurs à mesure qu'ils se présentent. Marc Aurèle est placé au premier rang, mais Constantin est représenté comme un homme efféminé et livré à la débauche. Julien satisfait ainsi sa haine contre tous les princes dont le caractère lui a déplu, et trace le tableau des vertus et des vices de tous ceux qui ont vécu avant lui sous la pourpre impériale. Quelle que soit la partialité de cet ouvrage, il offre cependant quelques traits particuliers, dont on peut profiter pour une histoire critique des empereurs.

Le *Misopogon* est une satire, en réponse aux railleries des habitants d'Antioche qui s'étaient moqués de Julien, de sa barbe, et de son costume de philosophe. L'empereur y fait lui-même son portrait, vante sa barbe et sa malpropreté, et se rit de toutes ses manières sauvages et grossières. Cet ouvrage n'a d'ailleurs aucun mérite littéraire. Il a été écrit avec une excessive précipitation, il est rempli de contradictions, d'idées incohérentes, de plaisanteries basses et forcées, et de citations pédantesques. Les mêmes idées et souvent les mêmes expressions reviennent sans cesse, de sorte qu'on ne peut faire de lecture plus désagréable et plus fastidieuse.

Les *Discours* qui nous restent sont adressés à des philosophes cyniques, ou bien ils ont pour objet l'éloge des dieux et l'éloge des princes. Le restaurateur du paganisme écrivait des déclamations emphatiques en l'honneur du *Soleil roi* ou de la *Mère des dieux*. Ces compositions se ressentent de l'exaltation de son âme. Il y parle toujours avec enthousiasme, et sa prose est toute poétique. Quand il écrit aux philosophes, son but est de déterminer l'idée qu'on doit se faire de la philosophie de Diogène, et de justifier le polythéisme de toutes les extravagances où il était tombé, en expliquant comme autant d'allégories l'histoire de ces divinités dont les Grecs avaient peuplé leur Olympe.

Sa correspondance n'est pas la partie la moins intéressante de ses œuvres. Nous ne possédons qu'une faible partie des lettres que son activité d'esprit avait prodigieusement multipliées, mais ce qui nous en reste jette un grand jour sur le caractère de ce prince et sur les événements de son temps.

Il y a encore plusieurs autres livres de Julien qui nous manquent. Ainsi nous n'avons de son ouvrage *Contre les chrétiens et contre leur croyance,* que les fragments qui se trouvent dans Socrate et dans saint Cyrille d'Alexandrie. Nous savons par la réfutation qu'en a faite ce dernier, qu'il était divisé en sept livres. Les trois premiers avaient pour titre *Du renversement des Evangiles,* et les autres étaient dirigés contre les autres parties de nos livres saints. Toutes les difficultés de Julien provenaient uniquement de ce qu'il dénaturait les faits et faussait l'enseignement chrétien. Ne se sentant pas assez fort pour combattre la foi elle-même, il affecta de ne pas comprendre ses dogmes et s'arma ainsi contre les vaines illusions de son esprit. Son ouvrage fit si peu sensation que les écrivains catholiques n'en firent une réfutation qu'un demi-siècle après, pour prévenir l'abus qu'en aurait pu faire l'incrédulité.

Julien s'étant annoncé comme le restaurateur du paganisme, tous les hommes lettrés qui tenaient à l'ancien culte se réunirent autour de lui, et formèrent pour ainsi dire école. Les plus célèbres de ces écrivains furent Thémistius, Libanius et Himérius.

Thémistius vécut au IVe siècle de l'ère chrétienne, portant le surnom d'*Euphradès* ou de beau parleur. L'empereur Constance l'ayant élevé à la dignité de sénateur, il reçut de tous ses successeurs, jusqu'à Théodose, quelques nouvelles faveurs. Les éloges qu'il fit de tous ces princes sont une preuve de la reconnaissance qu'il sut leur témoigner. Il resta toujours attaché à l'ancienne religion, ou plutôt il ne connut guère d'autre culte que celui des belles-lettres. Son indifférence religieuse le rendait tout naturellement très-tolérant, et il dut à cette disposition d'esprit la tranquillité dont il jouit sous tous les empereurs qui passèrent sur le trône depuis Constance jusqu'à Théodose le Grand. Ce dernier prince ne craignit pas de confier à l'illustre orateur l'éducation de son fils Arcadius, et on croit que Thémistius termina par cette honorable mission sa longue carrière.

Thémistius avait beaucoup écrit. Il avait laissé des commentaires sur les œuvres d'Aristote, des panégyriques et des déclamations sur des sujets historiques ou moraux dans le goût des sophistes. Nous avons encore de lui trente-trois discours, où indépendamment des lumières qu'ils renferment sur les principaux événements de l'époque, on trouve des morceaux

d'éloquence écrits avec pureté et précision. Quelquefois on y regrette, il est vrai, une sorte d'affectation pédantesque qui porte
l'écrivain, surtout dans ses panégyriques, à revêtir des expressions les plus brillantes de pompeux mensonges, mais aussi, à
côté de ce faux éclat, il n'est pas rare d'être frappé par d'heureux passages, qui rappellent la grandeur d'Homère et la magnificence de Platon que Thémistius avait choisis pour ses modèles.

Libanius fut le disciple de Thémistius. Né à Antioche l'an
314, il resta, comme son maître, inviolablement attaché à la
religion de la Grèce ancienne, mais il se fit aussi universellement
estimer par la noblesse de son caractère et la beauté de
son talent. Ses *Lettres*, qui ne sont pas la partie la moins précieuse de ses œuvres, nous le montrent en rapport avec saint
Amphiloque, saint Athanase, saint Basile, saint Dorothée,
saint Grégoire de Nysse et saint Jean Chrysostome, c'est-à-dire
avec tous les Pères les plus célèbres de l'Église au IVᵉ siècle.
Le reste de ses œuvres se compose de petites pièces détachées
qui semblent n'être que des exemples de rhétorique à l'usage
de ses élèves, des matières de discours ou de déclamations.
Gibbon a dit des ouvrages de Libanius, qu'ils n'étaient que les
vaines compositions d'un orateur qui cultivait la science des
mots, ou les productions d'un penseur solitaire, qui, au lieu
d'étudier ses contemporains, avait les yeux toujours fixés sur
la guerre de Troie ou la république d'Athènes.

Sans doute il y a quelque chose de factice et de vide dans
cette éloquence de rhéteur, qui ne se propose après tout qu'une
vaine parade. Mais on ne peut cependant s'empêcher de reconnaître dans Libanius une imagination riche et brillante,
d'heureux emprunts faits à la langue des poëtes, et généralement une phrase harmonieuse et savamment cadencée.

Himérius, né vers 315, à Prusias en Bithynie, se fit également une grande réputation d'éloquence, et nous avons encore de lui vingt-quatre discours ou déclamations qui nous
permettent d'apprécier son talent. Ces compositions nous offrent quelques détails historiques d'un véritable intérêt, mais
elles n'ont point le mérite littéraire que nous avons reconnu
dans Libanius. Ses plans sont vagues ou nuls, son style est
surchargé d'érudition, et il affecte les tournures emphatiques,
les mots inusités et les formes prétentieuses. Son éloquence
aspire sans cesse à tout ce que la poésie lyrique a de plus en-
thousiaste et de plus élevé. Mais ce qui le rapproche de Libanius et de Thémistius, c'est l'esprit de tolérance et de modération qui l'a toujours animé.

Quelle que soit notre admiration pour ce noble sentiment, nous ne pouvons en savoir grand gré à ces rhéteurs qui firent entendre au monde les derniers accents du polythéisme expirant. Les atroces persécutions que les chrétiens eurent à souffrir pendant plus de trois siècles montrent assez que les sociétés païennes furent étrangères à cette vertu. Et si les derniers défenseurs de ce culte vaincu firent entendre des paroles de modération, nous ne voyons là que le langage du soldat épuisé qui demande grâce après la défaite, de sorte que, quand on ne voudrait pas attribuer avec tant d'autres ce changement à l'affaiblissement des convictions religieuses, il faudrait encore y reconnaître un signe d'impuissance, plutôt qu'un effort de générosité.

HISTOIRE

DE LA

LITTÉRATURE GRECQUE

DEUXIÈME PARTIE.

DE LA LITTÉRATURE CHRÉTIENNE.

Pendant que la littérature païenne rendait le dernier soupir, le christianisme faisait naître sur le sol fécond de la Grèce une littérature nouvelle, qui devait surpasser l'ancienne par la profondeur et la richesse des idées, sans lui être inférieure par la magnificence et l'éclat du langage. Cette littérature étant le fruit d'une révélation spéciale, il était juste qu'elle n'eût pas de développements analogues à toutes les littératures anciennes, qui n'avaient été que le produit de l'esprit humain. Aussi la voyons-nous s'offrir avec un caractère tout différent de celui que nous avons remarqué en étudiant la littérature païenne.

A son début, le polythéisme se perd dans des obscurités profondes où l'on démêle avec peine quelques légendes fabuleuses. Les écrivains les plus anciens sont des poëtes qui chantent harmonieusement quelques souvenirs mythologiques. Après Lycurgue et Solon, lorsque les républiques de la Grèce sont déjà formées, on commence seulement à voir paraître les premiers prosateurs. Dans le christianisme au contraire, comme tout doit reposer sur des faits, les premiers ouvrages qu'on publie sont écrits en prose, et ils sont tous revêtus d'un caractère tout à la fois historique et dogmatique. Plus tard nous verrons cette littérature s'approprier, en les épurant, presque tous les genres de composition que le polythéisme a mis en honneur, mais ce phénomène ne se manifeste que vers le IVe siècle, immédiatement après que le monde civilisé est venu tout entier se prosterner au pied de la croix.

Cette diversité de développement qu'on remarque entre ces deux littératures suppose nécessairement une différence d'inspiration. Le polythéisme nous montre l'homme réduit à lui-même, cherchant la vérité au fond de son âme, et observant la nature qui l'environne pour lui ravir ses secrets. Il y a sans doute quelque chose de noble et d'élevé dans ces efforts constants de l'esprit humain qui tend sans cesse à la connaissance de la vérité, et qui cherche à la répandre universellement par l'énergie de la parole. Mais le christianisme nous présente encore un plus grand spectacle. Ne négligeant aucune des ressources naturelles que les anciens exploitaient, il y ajoute toutes les lumières de la révélation, et sa parole s'enrichit d'une foule de vérités qui n'avaient été que vaguement soupçonnées. La nature matérielle, la conscience humaine, et l'histoire du monde ne sont plus les seules mines où ses défenseurs doivent puiser ; ils ont à leur disposition les livres saints eux-mêmes qui sont les dépositaires de la parole divine. C'est de là que leur éloquence tirera toute sa force et toute son originalité. Car s'il fallait, au point de vue de l'art, établir une distinction profonde entre les orateurs païens et les orateurs chrétiens, nous sommes persuadé qu'on devrait surtout appuyer sur cette considération.

Nous ne prétendons cependant pas qu'en dehors de cette idée il n'y ait pas encore bien des différences particulières à signaler entre le génie des deux littératures. Ainsi les écrivains de l'ancienne Grèce paraissent surtout préoccupés de la perfection de la forme. En toute circonstance, la question d'art prévalait à leurs yeux. Le peuple d'Athènes eût sifflé l'orateur qui eût fait un solécisme en lui proposant un bon conseil. Il applaudissait le rhéteur qui lui débitait, comme Gorgias, des phrases ampoulées et sonores, et il portait jusqu'aux nues le nom d'Isocrate, qui avait eu la patience de polir pendant dix ans un discours à la louange de son pays.

Le christianisme ayant avant tout un but pratique, ne pouvait ainsi porter les esprits vers ce culte minutieux du beau et les passionner à ce point pour de simples formes. Quand les chrétiens se voyaient poursuivis au fond des retraites les plus obscures par la barbarie de leurs persécuteurs, il s'agissait bien pour eux de cadencer une période et de plaire à l'oreille par un choix de mots heureux. Ils s'écrivaient à la hâte leurs chagrins, se donnaient de mutuels conseils et des consolations réciproques, sans trop s'inquiéter des règles de l'art. Souvent l'énergie de leur foi et l'ardeur de leur charité les rendaient éloquents; mais si nous trouvons dans leurs écrits des passages d'une éminente beauté, nous ne devons pas nous étonner d'en rencontrer d'autres où l'on pourrait, sous le rapport du style, signaler bien des incorrections et bien des négligences.

La langue des Pères de l'Eglise n'est pas à beaucoup près la même que celle de Thucydide, de Xénophon et de Démosthène. En introduisant dans le monde une foule d'idées nouvelles, le christianisme fut obligé d'avoir recours à des mots nouveaux pour les exprimer. Il n'eut pas besoin d'en créer qui n'existaient pas avant lui, parce que tous ses dogmes ayant leurs racines dans la nature humaine, il lui suffit de donner aux mots déjà reconnus une acception particulière. Ces diverses nuances de langage donnèrent au style de tous les auteurs ecclésiastiques une couleur qu'on rencontre dans tous leurs ouvrages, mais qu'on ne remarque jamais ailleurs.

La foi imprima à la pensée une direction qu'elle n'avait point encore reçue, et on vit naître sous cette influence une foule de productions littéraires d'un genre tout spécial. Jusqu'alors les disputes qui avaient agité les écoles n'avaient été qu'une sorte de gymnastique intellectuelle où chacun faisait assaut de science et d'adresse. Dans ces combats il ne s'agissait ni de la vie d'un homme, ni du sort d'un royaume. Mais quand le christianisme entra dans le monde, il excita sur-le-champ une guerre terrible, dont l'issue devait décider de l'avenir du genre humain tout entier. On s'est étonné souvent de l'ardeur que de part et d'autre on a apportée dans ces controverses, sans doute parce qu'on n'a pas assez réfléchi à l'étendue des intérêts engagés dans le débat. Pour nous, qui n'avons ici qu'à juger les choses au point de vue littéraire, nous nous contenterons d'observer que la vivacité de l'action a souvent porté ceux qui en remplissaient le principal rôle à s'inquiéter beaucoup plus du choix de leurs arguments que du choix de leurs expressions.

On peut en dire autant des orateurs que des controversistes. L'éloquence ancienne ne connaissait que le barreau et la place publique. Chaque orateur calculait à l'avance l'effet que sa harangue devait produire sur ses auditeurs, et souvent son plaidoyer ou son discours de tribune était bien plutôt une œuvre d'art qu'une œuvre de conviction. Il le travaillait donc avec tout le soin qu'un homme peut apporter à un monument qu'il considère comme son unique moyen de fortune et d'immortalité. L'orateur chrétien, plaçant plus haut ses espérances et n'employant au reste sa parole que pour rendre meilleurs ceux qui l'écoutaient, songeait tout naturellement beaucoup moins à l'arrangement de ses périodes et s'appliquait plutôt à la force des pensées qu'à la pompe du langage. Ce n'est pas à dire qu'il ait toujours négligé l'art et ses ressources. Nous reconnaîtrons dans saint Basile, saint Grégoire et saint Jean Chrysostome de magnifiques modèles, mais si ces hommes de génie nous offrent eux-mêmes quelquefois des pages moins brillantes et moins correctes, nous sommes bien aise d'en avoir à l'avance fait connaître le motif.

Ces observations ont ici pour but d'établir qu'il y a entre la littérature chrétienne et la littérature païenne de profondes différences, aussi bien sous le rapport artistique que sous le rapport doctrinal. Quand on veut les juger, il ne faut donc point se tenir au même point de vue et leur appliquer les mêmes règles. Tout en respectant les principes généraux, qui sont de tous les temps et de tous les lieux, parce qu'ils ne sont que les lois de notre nature, il faut, pour être juste, faire la part du caractère des deux sociétés qu'elles représentent, et juger leurs productions d'après un idéal conforme à leurs principes et à leurs lois. Il nous semble que souvent on est tombé dans de grandes erreurs pour avoir trop négligé ces notions préliminaires. On a été sévère jusqu'à l'injustice envers les Pères de l'Eglise et les écrivains ecclésiastiques, parce qu'on les a jugés d'après des principes empruntés à l'école de la Grèce ancienne, sans vouloir tenir compte de la différence des temps, du but et des idées. Nous nous sommes efforcé d'éviter ces excès, et pour y échapper plus sûrement nous avons sans cesse rapproché leurs ouvrages des événements qui en ont été la cause ou l'occasion, pour nous expliquer par là leur à-propos et leur caractère.

Pour ce même motif, nous emprunterons aux différentes phases de la société en général, les divisions de cette dernière partie de notre *Histoire de la littérature grecque*. Ainsi nous la partagerons en trois époques ; la première s'étendra depuis la prédication des apôtres jusqu'à Constantin, la seconde depuis Constantin jusqu'à l'hérésie des iconoclastes, la troisième depuis l'hérésie des iconoclastes jusqu'à la chute de Constantinople (1). La première époque est un temps de formation,

(1) Nous avons vu souvent diviser ainsi l'histoire de la littérature chrétienne : 1o les Pères apostoliques, 2o les Pères apologistes, 3o les Pères dogmatiques et controversistes, 4o les Pères scolastiques. Les premiers étaient renfermés dans le premier siècle de l'Eglise, les seconds comprenaient les temps qui se sont écoulés avant Constantin, les troisièmes s'étendaient depuis Constantin jusqu'à saint Jean Damascène, et les derniers se trouvaient au moyen âge. Cette division nous semble très-vicieuse parce qu'elle manque absolument de précision et qu'elle forme des catégories purement imaginaires. Les Pères apostoliques n'ont-ils pas été apolo-

pendant lequel le christianisme se propage parmi le peuple, au sein des persécutions, jusqu'à ce qu'il soit reconnu par *les* Césars ; la seconde est la période brillante de la littérature chrétienne en Orient ; la troisième est un âge de décadence. Nous caractériserons plus particulièrement chacune de ces époques à mesure que nous les traiterons.

gistes et controversistes dans l'occasion ? Nous montrerons que dans ce premier siècle toutes les branches de la science ecclésiastique furent du moins représentées. Les Pères apologistes, qu'on place au second et au troisième siècle, ne se sont-ils pas aussi occupés de controverse ? Saint Justin, Tertullien, etc., n'ont-ils pas écrit des traités de cette nature ? N'y eut-il pas alors des Pères, comme saint Irénée, qui n'ont pas fait autre chose ? Après Constantin peut-on dire qu'il n'y eut que des controversistes ? N'y eut-il pas des hommes qui s'occupèrent surtout à commenter les saintes Écritures, comme saint Jérôme, ou à exercer le ministère de la prédication comme saint Chrysostome ? Enfin, au moyen âge les controverses cessèrent-elles au point qu'on dut placer sous une autre dénomination les écrivains de cette époque ? Ce fut au contraire le temps des grandes luttes intellectuelles, l'âge de la dialectique par excellence. Nous concevons à peine comment on a pu s'arrêter à des divisions aussi vagues et aussi arbitraires qui ne peuvent que fausser les idées.

PREMIÈRE ÉPOQUE.

DEPUIS LA PRÉDICATION DES APÔTRES JUSQU'A CONSTANTIN.

Le christianisme fut annoncé aux hommes du peuple par de misérables pêcheurs qui n'avaient cultivé ni les sciences, ni les lettres. Au lieu de se présenter au monde avec tout l'éclat du génie, comme les systèmes des anciens philosophes, il fut au contraire dans ses commencements dénué sous ce rapport de toute ressource. Les temps apostoliques ne nous offrent, à proprement parler, aucun homme vraiment instruit, et même après le 1er siècle, tout portait humainement à croire que la religion nouvelle ne provoquerait pas avant longtemps une grande activité scientifique. Mais la Providence en avait autrement décidé. Au IIe siècle nous voyons la foi chrétienne subjuguer par le seul éclat de sa lumière des rhéteurs célèbres, des philosophes renommés, et faire ainsi la conquête de quelques-uns des écrivains qui étaient l'ornement de la littérature païenne. Ces hommes d'élite mirent alors leur parole au service de la foi qu'ils avaient embrassée avec ardeur, et l'enseignement catholique s'enrichit de tout ce qu'il y avait de meilleur dans la philosophie des Grecs et des Orientaux.

Cette heureuse alliance ouvrit aux investigations des écrivains ecclésiastiques un large domaine, et leurs ouvrages développés sur des proportions plus vastes répondirent admirablement à toutes les attaques de leurs ennemis. Les apologistes opposèrent aux persécuteurs le langage éloquent de la justice et de la raison, pendant que les controversistes renversaient le polythéisme par le raisonnement, démasquaient les hérétiques par la force de la tradition, et convainquaient les Juifs par le témoignage des Ecritures. Ce développement de la doctrine amena nécessairement un progrès dans les institutions.

Jusqu'alors, on s'était peu occupé de l'enseignement scientifique. Les chrétiens fréquentaient les écoles païennes, ou s'en tenaient à la simplicité de leur foi. Sur la fin du IIe siècle ils eurent leurs écoles particulières, et elles se multiplièrent prodigieusement. La plus célèbre fut celle qui s'éleva à Alexandrie, sous la direction successive d'Athénagore, de Pantenus, de Clément d'Alexandrie, d'Origène, d'Héracléas et de saint Denys. Elle pouvait rivaliser avec l'école philosophique de cette ville, pour le génie des maîtres, la force et le nombre des élèves, et l'étendue des connaissances qu'on y cultivait. Ainsi, indépendamment des saintes Ecritures, qui étaient le principal objet des études, on y enseignait la philosophie, la géométrie, la grammaire, la rhétorique et toutes les sciences profanes. Les païens eux-mêmes rendaient justice aux talents de ceux qui étaient à la tête de cette école, et souvent ils allaient entendre leurs leçons. Il n'était pas rare qu'ils se laissassent captiver, non-seulement par l'éclat de leur parole, mais encore par les doctrines qu'ils développaient, et ces institutions devenaient ainsi un moyen de conquête d'autant plus précieux qu'il s'adressait aux intelligences d'élite.

Comme on le voit, la littérature chrétienne nous offre pendant cette première époque le spectacle d'un progrès constant. A son début tous les éléments qu'elle doit développer sont en germe. A mesure qu'on avance dans le temps, tous ces germes grandissent dans une heureuse proportion. Pour mieux comprendre cette marche harmonique et régulière, nous étudierons chaque siècle à part, et nous nous efforcerons de les caractériser de manière à constater le mouvement dont chacun d'eux fut l'expression.

CHAPITRE I.

DES TEMPS APOSTOLIQUES.

Cette période se borne au premier siècle de l'Eglise. On a appelé *Pères apostoliques* les écrivains ecclésiastiques qui ont fleuri pendant ce temps, parce qu'ils étaient les disciples immédiats des apôtres. Tous leurs ouvrages sont extrêmement simples ; à l'exception d'un petit traité de morale intitulé *le Pasteur*, ils ont tous la forme épistolaire. On le conçoit sans peine quand on se représente la vie de ces premiers chrétiens. Ils n'avaient tous qu'un cœur et qu'une âme, et toutes les Eglises naissantes étaient unies entre elles par les liens de la plus étroite charité. Elles n'éprouvaient donc pas d'autres besoins que de s'adresser des exhortations et des conseils ou de se communiquer leurs joies et leurs peines. A cet effet elles s'éclairaient par l'intermédiaire de leurs premiers pasteurs, et ce sont ces lettres si tendres et si expansives qui composent à peu près toutes les richesses littéraires de ce premier siècle.

Les auteurs de ce temps dont il nous reste quelques écrits sont saint Barnabé, saint Clément de Rome, saint Ignace d'Antioche, saint Polycarpe, Hermas et Papias.

Sous le nom de l'apôtre saint Barnabé on a une épître appelée par Origène *Epître catholique*. Son authenticité a été vivement attaquée et défendue, mais, quoi qu'il en soit de cette controverse, cet ouvrage, comme l'a dit Tillemont, est assurément digne de vénération, et par l'estime qu'on en a faite et par son antiquité (1). Le but de l'auteur est exactement le même que celui de saint Paul dans son *Epître aux Hébreux*. Il veut éclairer les Juifs hellénistes qui prétendaient allier avec la foi chrétienne toutes les observances mosaïques, parce qu'ils ne concevaient pas que la loi ancienne eût été abolie par la loi nouvelle. Après avoir développé avec une étonnante érudition la doctrine catholique sur ce point, saint Barnabé termine son épître par des applications morales d'un ordre fort élevé. Il traite des deux routes que l'homme peut suivre en ce monde, et il apprend au chrétien ce qu'il doit faire et ce qu'il doit éviter pour entrer dans le chemin de la lumière et aboutir au salut. Bossuet et Bourdaloue lui ont fait de nombreux emprunts.

Le pape saint Clément ayant appris que la division s'était introduite dans l'Eglise de Corinthe, résolut, au nom de sa juridiction universelle, d'intervenir dans cette affaire malheureuse. Il écrivit à cette occasion aux fidèles de cette Eglise une lettre si admirable que plusieurs écrivains ont voulu la mettre au nombre des Ecritures canoniques. Le saint pontife recherche les causes du désordre qui vient d'éclater, et il les trouve dans l'envie, dont il peint les sombres et désastreux effets. Comme remède il les rappelle à la pratique de l'humilité chrétienne et de la douceur évangélique. Toute cette composition est admirable par l'esprit de charité qui l'anime, par la noblesse des sentiments qu'elle renferme, et par la sagesse des conseils qui s'y trouvent. Qui ne serait touché du tableau que fait saint Clément de la ferveur primitive des Corinthiens pour leur inspirer le regret de cette paix et de ce bonheur que la révolte leur avait ravis ? « Vous étiez tous, leur dit-il, dans des sentiments d'humilité et sans aucune présomption ; plus enclins à obéir

(1) Tillemont, *Mém. pour servir à l'hist. ecclés.*, t. I, pag. 414.

qu'à commander, à donner qu'à recevoir; contents de la sub-
sistance pour ce monde, que vous regardiez comme un lieu de
passage, et allant sans détour à votre patrie, la loi du Seigneur
toujours sous les yeux et les oreilles du cœur incessamment
ouvertes à sa parole. Ainsi jouissiez-vous des bénédictions de la
douceur et de la paix. Vous aviez une faim et une soif insatiables de la justice, et comblés de la plénitude de l'Esprit-Saint,
la surabondance de vos biens se répandait au loin sur tout le
monde. Dans la joie de la bonne conscience et d'une confiance
juste et raisonnable, vous étendiez vos bras vers le Tout-Puis-
sant à qui vous n'aviez à demander que le pardon des fautes de
fragilité. Mais vous le pressiez jour et nuit par des gémisse-
ments ineffables, afin qu'il ne pérît aucun de ceux qu'il a donnés à son Fils. Vous conversiez dans la sincérité et l'innocence,
sans malignité et sans ressentiment. Si quelqu'un péchait contre vous, c'était sa chute que vous pleuriez; vous estimiez que
les fautes du prochain étaient les vôtres. Le premier germe de
division, l'ombre seule de dissension vous faisait horreur (1).»

Nous avons encore une autre lettre qu'on attribue à saint
Clément, mais nous n'en parlerons pas parce que l'authenticité nous en paraît au moins fort douteuse.

Saint Ignace, évêque d'Antioche, avait été disciple de saint
Jean et avait reçu de saint Pierre le gouvernement de l'Église
d'Antioche immédiatement après la mort de saint Evode. Trajan, passant par cette cité, fit comparaître devant son tribunal
le saint évêque qui confessa généreusement devant lui la loi
chrétienne. Il le condamna à être dévoré par les bêtes pour
l'amusement du peuple romain. Ignace se laissa charger de
chaînes et conduire à Rome. Pendant son voyage il s'arrêta
deux fois, l'une à Smyrne, et l'autre à Troade. Son zèle pour la
foi le fit profiter de ces instants de repos pour écrire aux Eglises de l'Asie Mineure. De Smyrne il écrivit aux Ephésiens, aux
Magnésiens, aux Tralliens et aux Romains : de Troade, aux
Philadelphiens, aux Smyrniotes et à leur évêque, saint Polycarpe. Ces sept lettres nous sont parvenues. A l'exception de
celle qui est adressée aux Romains, elles renferment toutes à
peu près la même pensée.

Au moment où saint Ignace traversait l'Asie Mineure pour
aller à Rome chercher la couronne du martyre, toute cette partie de la chrétienté était désolée par les judaïsants et les docètes. Les judaïsants rejetaient la divinité du Christ et voulaient

_____

(1) Trad. de M. Guillon, *Bibliothèque choisie des Pères de l'Eglise.*

maintenir les observances mosaïques; les docètes niaient au contraire l'humanité du Rédempteur et s'égaraient ainsi dans un spiritualisme absurde. Saint Ignace pensait qu'il ne suffisait pas de combattre directement ces erreurs par les lumières de la tradition et des saintes Écritures, mais qu'il fallait avant tout, pour préserver l'Eglise de la contagion, prêcher aux vrais pasteurs et aux vrais fidèles l'union la plus parfaite. Ses sentiments de charité l'élèvent aux considérations les plus belles sur la formation de la hiérarchie ecclésiastique et sur le principe d'amour qui la soutient et la vivifie.

Dans son Epître aux Romains, saint Ignace, avons-nous dit, se propose un but tout différent. Il savait qu'à Rome les chrétiens devaient user de leur influence pour l'arracher à ses bourreaux. Il leur écrivit pour les conjurer de ne point lui ravir ainsi la palme glorieuse du martyre. « Ne m'aimez pas à contre-temps, s'écriait-il. Que j'aille servir de pâture aux lions et aux ours ; ce sera un chemin plus court pour arriver au ciel. Je suis le froment de Dieu : puissé-je être moulu par les dents des bêtes, pour devenir un pain digne d'être offert à Jésus-Christ!... S'il arrivait qu'elles m'épargnassent comme elles ont fait, j'irais moi-même les presser à l'attaque ; j'imiterais leur violence pour les forcer à me dévorer. Pardonnez-moi, je connais mes intérêts; le prix de la victoire est Jésus-Christ : en faut-il davantage pour m'animer? C'est aujourd'hui seulement que je commence à être disciple de Jésus-Christ. Tout ce qu'il y a de créé dans le monde visible ou invisible m'est indifférent ; mon unique désir étant de posséder Jésus-Christ. Que je sois consumé par le feu ; que je meure de la mort lente et cruelle de la croix ; que je sois mis en pièces par les tigres et les lions affamés; que mes os soient dispersés, mes membres meurtris, mon corps broyé ; que tous les démons épuisent sur moi leur rage : je suis prêt à endurer avec joie tous les supplices, pourvu que je jouisse de Jésus-Christ (1). » Ces sublimes élans nous donnent une idée de l'éloquence entraînante de ce saint évêque.

Son ami, saint Polycarpe, avait été comme lui nourri de la doctrine des apôtres. Dans la lettre qu'il lui avait écrite, il le chargeait de veiller sur les Eglises d'Asie et lui traçait en particulier tous ses devoirs. Ce fut sans doute pour ce motif qu'après le départ d'Ignace, les Philippiens s'adressèrent à l'évêque de Smyrne pour en recevoir des conseils. La réponse que leur adressa saint Polycarpe est le seul ouvrage que nous possédions

_____
(1) Trad. de M. Guillon, *Bibliothèque choisie des Pères de l'Eglise.*

de ce grand évêque. Il commence par les louer de la vénération profonde qu'ils ont témoignée à l'évêque d'Antioche et du respect qu'ils ont pour sa mémoire. Il passe ensuite en revue les divers ordres de la hiérarchie ecclésiastique et descend jusqu'aux simples fidèles pour rappeler à tout le monde les obligations de son état. On y remarque surtout une grande horreur des doctrines nouvelles, et à l'exemple de saint Ignace, il recommande aux vrais enfants de Jésus-Christ de rester parfaitement unis afin de déconcerter par là l'esprit d'erreur.

Papias, évêque d'Hiérapolis, dans la petite Phrygie, avait fait un recueil des discours et des traditions apostoliques. Son but était de fixer par ce moyen le sens qu'on devait attacher aux paroles de Jésus-Christ et des apôtres, et de prévenir ainsi les fausses interprétations des hérétiques. Le livre d'Hermas, intitulé le *Pasteur*, le seul de tous les écrits des temps apostoliques qui n'ait pas la forme épistolaire, est un ouvrage de morale. Il est divisé en trois parties : les *Visions*, les *Préceptes* et les *Comparaisons*. Dans les *Visions*, l'Eglise, sous la figure d'une femme, instruit Hermas sur ses devoirs d'époux et de père, et lui apprend le moyen d'arriver de l'incrédulité à la foi. Elle termine tous ses entretiens en lui racontant ses persécutions et ses souffrances. Les *Préceptes* traitent de la foi en Dieu, de la justice, de l'innocence, de l'aumône, du mensonge, enfin des vertus et des vices, mais sans aucune méthode. Les *Comparaisons* ne sont que des apologues imaginés par l'auteur pour rendre sous des images gracieuses quelques-unes des prescriptions de la loi nouvelle. C'est une imitation des paraboles de l'Evangile.

Tels sont les écrits qui nous restent des temps apostoliques. « Il est à remarquer, dit Mœhler, que dans ce petit nombre d'ouvrages nous trouvons déjà les principales formes sous lesquelles l'activité scientifique se développa plus tard. Les Epîtres de saint Ignace nous offrent les premières traces d'une apologie de l'Eglise contre les hérétiques ; celle de saint Barnabé, un essai de dogmatique spéculative ; dans le *Pasteur*, nous trouvons une première tentative d'une morale chrétienne ; dans l'Epître de saint Clément de Rome, le premier développement de la science d'où naquit plus tard le droit ecclésiastique ; et enfin dans les Actes du martyre de saint Ignace, le plus ancien ouvrage historique. C'est ainsi que dans les expressions de l'esprit d'un enfant est renfermé le germe de toutes les connaissances possibles (1). »

(1) Mœhler, *la Patrologie*, t. I, p. 57 ; sur les *Pères apostoliques*, voir l'excellent ouvrage de M. l'abbé Freppel.

CHAPITRE II.

DES ÉCRIVAINS ECCLÉSIASTIQUES DU SECOND SIÈCLE.

Au IIe siècle, la littérature chrétienne reçut les plus grands développements. On ne se borna pas à s'écrire mutuellement quelques épitres, sous forme d'exhortations et de conseils, mais on composa des ouvrages fort savants et fort étendus dans tous les genres. Plusieurs hommes instruits passèrent des ténèbres du paganisme à la lumière du christianisme, et mirent leurs talents au service de la foi qu'ils avaient embrassée. L'Eglise, qui jusqu'alors s'était cachée dans le secret des catacombes, et qui avait souffert sans élever la voix, fit tout à coup entendre ses plaintes, et réclama, au nom de la justice et de la raison, le droit de vivre en paix. Aristides, Méliton, Apollinaire, saint Justin, Tatien, Athénagore et plusieurs autres s'élevèrent contre l'infamie des persécutions qui frappaient les chrétiens, et leur parole éloquente monta jusqu'aux oreilles des empereurs.

Pendant qu'ils s'efforçaient ainsi par leurs apologies de calmer la fureur des bourreaux, ils luttaient en même temps, par de savants traités de controverse contre les juifs, les païens et les hérétiques, pour la défense de la vraie foi. Nous ne possédons presque plus rien de ces travaux. Mais il suffit de s'en rapporter à la liste des ouvrages de Méliton de Sardes, telle qu'on la trouve dans Eusèbe, pour être convaincu de l'importance et de la variété des questions qui étaient alors agitées. Cet écrivain composa à lui seul des traités particuliers sur le corps, l'âme et l'esprit de l'homme; sur la vérité, la foi, l'Incarnation, l'Eglise, le baptême et sur plusieurs sujets tirés de la morale et de la discipline ecclésiastique. En rapprochant les titres de ces ouvrages des écrits de saint Justin et de saint Irénée, on voit que les esprits s'occupaient alors de tout ce qu'il y a de plus grave et de plus élevé dans les études théologiques et philosophiques.

L'exégèse ou l'interprétation des saintes Ecritures fut encore une des sciences nouvelles qu'on commença dès ce moment à cultiver. Les hérétiques, désireux de trouver dans les livres saints leur bizarre doctrine, ne se contentèrent pas de les altérer par des interpolations et des suppressions, ils les commentèrent encore pour en faire sortir de force ce que la simplicité des premiers chrétiens n'y pouvait soupçonner. Basilides publia vingt-quatre livres de commentaires sur l'Evangile, et Héracléon le Valentinien expliqua l'Evangile saint Jean avec un art qu'Origène admirait. Pour répondre à leurs subtilités et empêcher leurs erreurs ainsi voilées de s'accréditer, il fallut opposer à toutes ces fausses interprétations une interprétation vraie. Les catholiques s'y appliquèrent, et nous savons par Eusèbe que Héraclite, Appien et plusieurs autres avaient publié sur cette matière des ouvrages très-distingués, avant que Pantène, un des chefs illustres de l'école chrétienne d'Alexandrie, en eût publiquement donné des leçons.

L'histoire ecclésiastique ne se borna plus aux *Actes des martyrs*. L'Eglise était déjà répandue dans le monde entier, on pouvait à côté de ses souffrances placer ses triomphes et raconter ainsi son établissement et ses progrès. Un Juif de naissance, Hégésippe, se mit à voyager dans le but de réunir toutes les connaissances possibles sur l'origine des grandes Eglises et les épreuves qu'elles avaient eues à traverser. Il vint même à Rome du temps du pape Anicet, et publia ses mémoires en cinq livres. Malheureusement il ne nous en est rien parvenu.

L'Eglise de cette époque a été en proie à des bouleversements si profonds, que la plus grande partie des ouvrages qui furent alors composés n'ont pu survivre au malheur des temps. A en juger par les noms des écrivains qui nous sont connus, et par le titre de leurs ouvrages, nous n'aurions aucune espèce de renseignements à désirer sur ces temps primitifs, si leurs livres avaient été conservés. Mais les seuls auteurs importants dont nous possédions quelque chose sont saint Justin, Tatien, Athénagore, saint Théophile, Hermias et saint Irénée. Nous nous arrêterons à chacun d'eux pour apprécier le mérite littéraire de leurs ouvrages.

I. — SAINT JUSTIN.

Saint Justin naquit à Sichem, l'ancienne capitale de la Samarie, au commencement du IIe siècle. Ses parents étaient païens et l'élevèrent dans leurs erreurs. Pendant sa première jeunesse il eut un grand désir de se livrer à l'étude des choses de Dieu, et il fréquenta toutes les écoles des philosophes dans le but de les connaître. Aucun d'eux ne put le satisfaire. Il s'était pourtant arrêté aux doctrines des platoniciens, et il se livrait avec enthousiasme aux idées sublimes qu'ils lui avaient communiquées sur la Divinité.

Un jour, pendant qu'il méditait sur toutes ces choses, il fit la rencontre d'un vieillard qui lui adressa une foule de questions qu'il ne put résoudre. Il s'aperçut par là que le système de Platon n'était pas plus satisfaisant que ceux de Pythagore et des autres philosophes, et, d'après le conseil de son interlocuteur, il se mit à lire les saintes Écritures. Il fut frappé de toutes les lumières qu'il y trouva renfermées, et aussitôt il proclama qu'il n'y avait point pour l'homme d'autre philosophie que le christianisme. Cette éclatante conversion donna à l'Église un illustre défenseur. Saint Justin avait beaucoup étudié ; il connaissait tous les systèmes des anciens philosophes, et il avait lu tous les chefs-d'œuvre des poëtes que les Grecs admiraient. Sa science fut un moyen dont Dieu se servit pour faire briller sa vérité aux yeux des gentils et venger les chrétiens de toutes les calomnies qu'on faisait peser sur eux.

Tous les écrits de saint Justin se rapportent à ce double but. Quoiqu'ils ne soient pas très-nombreux, ils représentent la polémique religieuse presque sous tous ses aspects. Ainsi, dans son *Exhortation aux gentils*, il attaque le polythéisme en face et dévoile toutes ses absurdités ; dans son *Dialogue avec le juif Triphon*, il défend le christianisme contre le judaïsme ; dans ses deux *Apologies*, il présente aux empereurs un plaidoyer en faveur des chrétiens qu'ils envoyaient à la mort sans raison ; enfin sa *Lettre à Diognète* (1) est un monument précieux où l'auteur indique à ceux qui n'ont pas la foi le moyen de l'acquérir.

L'*Exhortation aux gentils* est une réfutation vigoureuse, nette et précise de l'ancienne religion des Grecs. Saint Justin se demande quels sont les auteurs de cette religion. Après avoir établi qu'il n'y en a point d'autres que les poëtes et les philosophes, il montre que ni l'un ni l'autre ne mérite confiance. Sa critique de la mythologie grecque, et de tout le merveilleux grossier et sensuel que les poëtes y ont mêlé, offre un tableau très-vif et très-animé. Quand il arrive aux philosophes, il ne lui est pas difficile de démontrer qu'il n'en est aucun qui ait pleinement résolu les grands problèmes qu'on se pose nécessairement sur Dieu, sur l'âme humaine, sur nos destinées au delà de cette vie. Il s'applique surtout à faire ressortir la faiblesse et l'incohérence de leurs systèmes en les mettant en regard avec les doctrines révélées. Toutefois, il ne nie point que les philosophes anciens n'aient dit des choses vraies et utiles, mais il

---

(1) Nous avons placé parmi les *Œuvres de saint Justin* la Lettre à Diognète pour ne pas nous séparer du sentiment ordinaire. Cependant les raisons apportées par Tillemont pour prouver que ce petit écrit est antérieur au philosophe nous paraissent très-fortes, et nous croirions même cette opinion plus probable que l'autre.

prétend que ce qu'il y a de bon dans leurs ouvrages se trouve
dans les livres saints, et il soutient même qu'ils ont puisé à
cette source divine et que toutes leurs richesses ne sont que les
fruits de leurs larcins.

Son *Dialogue avec Tryphon* est très-remarquable par la force
du raisonnement et l'érudition extraordinaire qu'il suppose. Ce
dialogue n'est pas d'ailleurs une fiction. Saint Justin eut en effet
un entretien à Ephèse avec un juif nommé Tryphon. Celui-ci
jouissait d'une très-grande réputation de savoir parmi ses co-
religionnaires, et il paraît qu'il pressa très-vivement par ses
objections l'illustre docteur. Comme tous les juifs, Tryphon
était surtout scandalisé de deux choses : c'est que les chrétiens
qui faisaient profession d'une haute piété, n'eussent point égard
aux lois cérémonielles et aux observances légales dictées par
Dieu à Moïse, et que contrairement à l'Ecriture sainte et à la
raison ils missent toute leur espérance dans un *homme crucifié*.
Pour répondre à ces deux difficultés fondamentales, saint Justin devait démontrer, à l'exemple de saint Paul dans son épître
aux Hébreux, que l'ancienne loi était abrogée, et que cet *homme
crucifié*, l'auteur de la loi nouvelle, était Dieu. Son dialogue se
réduit à développer ces deux idées spécialement par les saintes
Ecritures.

Ces deux ouvrages de controverse, tout importants qu'ils sont
au point de vue dogmatique, n'offrent rien de bien saillant sous
le rapport littéraire, surtout le *Dialogue avec Tryphon*. Il n'en
est pas de même des deux *Apologies* de saint Justin. La première spécialement est un chef-d'œuvre d'éloquence. On ne
saurait trop admirer l'intrépidité de cet apologiste qui, après
avoir indiqué son nom et sa patrie, disait aux empereurs romains : « Ce n'est ni pour vous flatter, ni pour gagner vos bonnes grâces, que nous vous écrivons ; nous ne vous demandons
autre chose que de vouloir bien nous juger suivant les règles
d'une droite raison. C'est pour empêcher qu'entraînés par la
prévention, par des superstitieuses complaisances, par des
mouvements peu réfléchis, vous ne portiez des jugements contre vous-mêmes. Je dis contre vous-mêmes : car pour nous,
nous sommes persuadés qu'on ne peut nous faire de mal, tant
qu'on ne pourra pas nous convaincre d'être ce qu'on nous accuse d'être, sans nous entendre, des malfaiteurs et de mauvais
citoyens. Vous pouvez bien nous ôter la vie, mais vous ne pouvez nous nuire. »

Après cet exorde plein de fermeté et de vigueur, le saint
martyr se plaint de ce que l'on condamne les chrétiens sans les

connaître, sur leur nom seul et d'après des bruits calomnieux. Il expose dans cette première partie la sainteté de leur morale et la pureté de leurs mœurs. Dans la seconde, il établit quelques-uns des dogmes principaux du christianisme, dont il prouve la divinité par les prophéties. Dans la troisième, pour détruire les calomnies répandues contre les mystères et les assemblées des chrétiens, il révèle tout ce qui se passait dans ces pieuses réunions et nous fait ainsi connaître qu'on y célébrait les mêmes mystères que sur nos autels (1). Toutes ses pensées sont développées avec une grande liberté d'esprit et une grande force de raisonnement. Cette composition est sans contredit l'écrit le plus remarquable que saint Justin nous ait laissé. L'empereur Antonin parut lui-même frappé de la justice de la cause défendue par l'éloquent apologiste, car il publia un édit en faveur des chrétiens.

La seconde apologie de saint Justin est beaucoup moins étendue et beaucoup moins célèbre que la première. Elle fut composée vers l'an 166, à l'occasion de la conversion d'une dame romaine qui s'était séparée de son mari, parce qu'elle n'avait pu l'amener à changer de religion et de conduite. Le païen irrité dénonça comme chrétienne son épouse, et il s'ensuivit un procès qui coûta la vie à plusieurs chrétiens. Saint Justin éleva de nouveau la voix pour justifier ses frères de toutes les calomnies que les païens imaginaient contre eux.

Dans sa *Lettre à Diognète*, il revient encore sur ces mêmes accusations, et il répond à tout ce qu'on avait pu dire par le tableau qu'il fait de la vie et du caractère des chrétiens. « Ils ne se distinguent point, dit-il, des autres hommes ni par leur pays, ni par leur langue, ni par leurs usages civils. Ils n'habitent pas des villes à eux et ne se servent pas d'un langage qui leur soit particulier : rien d'extraordinaire ne se fait voir dans leur manière de vivre... Tout pays étranger est pour eux une patrie, toute patrie est pour eux un pays étranger... Ils sont dans la chair, mais ils ne vivent point selon la chair. Ils habitent la terre, mais leur domicile est au ciel. Ils obéissent aux lois existantes, mais leur vie vaut mieux qu'elles. Ils aiment tout le monde et sont persécutés par tout le monde. On ne les connaît point, et pourtant on les condamne. On les tue, et ils vivent. Ils sont pauvres et enrichissent beaucoup de monde. On les dépouille de tout, et ils ont de tout en abondance. Ils sont méprisés et estimés malgré ce mépris. On les calomnie, et pourtant on avoue leur vertu. Ils sont outragés,

(1) V. M. Guillon.

et ils bénissent. Ils sont raillés, et ils honorent. Ils font du bien, et sont punis de mort comme les malfaiteurs. Ils marchent au supplice avec joie, comme si on leur rendait la vie. Les juifs les traitent en étrangers. Les Grecs les persécutent, et leurs plus grands ennemis ne peuvent dire la cause de leur inimitié.

» En un mot, ce que l'âme est dans le corps, les chrétiens le sont dans le monde. L'âme est répandue dans tous les membres, comme les chrétiens le sont dans toutes les villes de la terre. L'âme habite, il est vrai, le corps, mais ne fait point partie du corps ; de même les chrétiens demeurent dans le monde, et ne sont pas du monde. L'âme est invisible dans le corps ; on sait qu'il y a des chrétiens dans le monde, mais leur esprit de piété demeure invisible. La chair hait l'âme et lui fait la guerre, parce qu'elle s'oppose à ses désirs ; le monde hait les chrétiens parce qu'ils sont contraires à sa concupiscence. L'âme aime le corps qui lui est hostile, ainsi que les membres ; les chrétiens aiment leurs ennemis. L'âme est à la vérité renfermée dans le corps, mais c'est elle qui maintient le corps dans son intégrité ; de même les chrétiens sont renfermés dans le monde comme dans une prison, mais sans eux le monde s'écroulerait ; l'âme immortelle vit dans une dépouille mortelle ; les chrétiens vivent dans ce monde périssable en attendant cet autre monde qui ne doit pas périr. L'âme devient plus parfaite par l'abstinence du corps ; les chrétiens deviennent chaque jour plus nombreux par suite des supplices auxquels ils sont journellement condamnés. Telle est la position où Dieu les a mis. »

Après cette brillante description, saint Justin recherche la cause de ce phénomène surprenant, et il la trouve en Dieu qui a fait habiter dans le cœur des hommes son Verbe éternel, et les a soumis au même esprit. Il serait difficile de décider, dit Moehler, ce qu'il y a de plus remarquable dans cette épître, l'art avec lequel l'apologiste a saisi la matière et l'a traitée, ou la profondeur dogmatique avec laquelle tantôt il présente la doctrine apostolique dans toute sa simplicité, et tantôt il s'élève, avec un noble enthousiasme, à une espèce de sainte mysticité, dans laquelle il développe les points les plus frappants du dogme et de la vie chrétienne. Le style est grave, animé et brillant ; il n'emprunte rien à l'art, tout est le pur épanchement d'une âme qui puise sa lumière et sa chaleur dans l'amour de Dieu.

Après avoir si dignement défendu la foi, saint Justin eut le bonheur de recevoir la couronne du martyre l'an 167 de l'ère chrétienne.

II. — TATIEN ET ATHÉNAGORE.

Tatien fut le disciple de saint Justin. Il naquit dans l'Assyrie, et après avoir étudié toutes les sciences de l'Orient, il vint en Grèce pour s'enquérir, sur les lieux mêmes, de la doctrine de Platon et des autres philosophes. Il approfondit tous leurs systèmes et se fit même initier aux divers mystères. Sa surprise fut grande lorsqu'il vit que cette sagesse si renommée des génies de Rome et d'Athènes ne reposait que sur des doctrines sans valeur qui offraient les contradictions les plus bizarres et souvent les sentiments les plus bas et les plus indignes sur l'homme et sur la Divinité. Quand il fut convaincu de l'orgueil et de la vanité de toutes ces fausses théories, il ouvrit les saintes Écritures, et y trouva ce qu'il avait inutilement cherché ailleurs. Il fut frappé de la haute antiquité de ces livres, et il y crut, dit-il, parce que le style en est simple, clair, sans nulle prétention ; parce qu'on y trouve l'annonce des choses qui devaient arriver ; parce qu'on y voit les magnifiques promesses faites aux hommes vertueux, l'idée admirable d'une Divinité unique qui préside à tout, qui gouverne tout, qui réunit tout sous son empire. Tels furent les puissants motifs qui le déterminèrent à embrasser la religion chrétienne.

Saint Justin fut son maître, et tant qu'il l'eut pour guide il demeura très-ferme dans la foi. Après la mort de cet illustre martyr, il continua même à Rome les leçons que ce saint docteur y donnait publiquement, et il est probable qu'il écrivit dans ce temps-là l'ouvrage que nous avons de lui et qui est intitulé : *Oratio contra Græcos*. Ce discours est une violente diatribe contre les Grecs. Pour leur ravir toute la gloire dont ils étaient si fiers, il montre qu'ils ont emprunté des barbares toutes leurs plus belles inventions, et qu'en se les appropriant, ils les ont défigurées. Son grand dessein était de faire ressortir la nullité de leur philosophie et de leur morale. Il y parvint surtout en établissant un parallèle entre les systèmes des philosophes anciens et l'enseignement révélé. Cet ouvrage n'a point le caractère des écrits de saint Justin et des autres apologistes chrétiens. Il y règne un esprit d'irritation qui était bien plus capable d'aigrir les païens que de les convaincre et de les convertir. Son style est vif, animé et parfois même très-élégant, et son ouvrage fait preuve d'une érudition profane très-étendue. Mais il n'était pas aussi instruit dans les dogmes chrétiens que dans la philosophie païenne ; car souvent on rencontre dans son ouvrage des expressions inexactes, qui supposent qu'il n'avait pas une idée bien nette de nos mystères. L'imperfection de sa science ne l'empêcha pourtant pas de se considérer dans son esprit comme le maître et le docteur de tous les autres chrétiens, et il conçut de son éloquence une idée si haute et si vaine qu'il se crut en droit de se séparer de l'Eglise pour imaginer une nouvelle doctrine qui lui fût propre. Il prit à Marcion, à Saturnin, à Valentin et aux autres hérétiques une partie de leurs erreurs, et forma ainsi la secte des encratiques. Il établit sa première école dans la Mésopotamie, et de là sa doctrine se répandit à Antioche, dans la Cilicie, la Pisidie et dans quelques autres provinces de l'Asie Mineure ; elle alla même jusqu'à Rome, dans les Gaules et dans l'Espagne. Comme chef de secte, il avait beaucoup écrit, mais aucun de ses ouvrages ne nous est parvenu.

L'apologie d'Athénagore est bien supérieure à celle de Tatien. Celui-ci avait eu le tort d'attaquer avec amertume les erreurs de ses adversaires et de répandre sur elles à pleines mains le ridicule, sans s'attacher à faire connaître aux gentils la nature du christianisme et le fondement de sa doctrine. Athénagore suit un plan tout opposé. S'adressant à Marc Aurèle, il le loue de la douceur et de la félicité de son gouvernement qui faisait jouir tout le monde des fruits de l'abondance et de la paix, à l'exception des seuls chrétiens. Il n'attribue point à l'empereur les mauvais traitements et les injures qu'ils reçoivent dans leurs biens, dans leur honneur et dans leur vie même, mais il se plaint de ce que le prince ne les protége pas comme tous ses autres sujets. Pour montrer qu'ils en sont dignes, il répond aux trois reproches qu'on avait coutume de faire aux chrétiens, en les accusant d'athéisme, d'inceste et d'anthropophagie.

Il détruit la première accusation en faisant remarquer à ses adversaires qu'ils confondent le *monothéisme* avec l'*athéisme*. Les chrétiens nient la pluralité des dieux, mais ils reconnaissent l'existence de la Divinité. Seulement ils croient que la Divinité est une, et Athénagore justifie leur foi par les témoignages des anciens poëtes et des anciens philosophes et par des arguments rationnels. Il prouve ensuite la fausseté du polythéisme en montrant par l'histoire que tous les dieux dont les Grecs ont peuplé leur Olympe ont eu un commencement et qu'ils ne sont par conséquent que des créatures.

Les deux autres calomnies sont réfutées par la pureté de la

morale des chrétiens, par la chasteté de leur vie, par leur horreur pour le sang et les abominations de la chair. Cette dernière partie de son apologie est admirablement traitée, et nous
croyons qu'au point de vue philosophique et littéraire, cette
composition est supérieure à tout ce que nous avons vu jusqu'alors. On y trouve réunis à un haut degré l'esprit et le talent, un grand art dans le développement et la disposition des
idées, une direction spéculative et pratique et une éloquence
remarquable (1).

Athénagore a encore composé un traité sur la *Résurrection
des morts*. Cet ouvrage ne le cède en rien au précédent, et le
surpasse même sous plusieurs rapports. Dans l'exorde, parfaitement beau et disposé selon toutes les règles de la rhétorique,
il indique le plan bien réfléchi de son ouvrage, et le divise en
deux parties, dont la première a pour but de réfuter les objections que l'on a faites sur la résurrection, et la seconde de poser
les fondements de ce dogme d'après des considérations empruntées à la nature de l'homme et de Dieu. Cette thèse a été reprise
bien des fois depuis Athénagore, mais nous ne pensons pas
qu'on ait rien ajouté aux arguments du philosophe chrétien.

On pense que ce célèbre écrivain naquit à Athènes, mais on
ne sait rien ni sur sa vie, ni sur sa mort.

III. — SAINT THÉOPHILE D'ANTIOCHE ET HERMIAS.

Saint Théophile fut le septième évêque d'Antioche. Il se convertit, comme saint Justin et comme Tatien, par la lecture des livres saints. Devenu évêque en 176, il déploya un grand zèle pour
la défense de la foi. Nous savons qu'il avait composé des livres
contre Marcion et contre Hermogènes, qu'il avait éclairci les
principales difficultés de l'Ancien Testament, et que pour l'instruction des fidèles il avait publié quelques petits traités sur les
vérités de la religion chrétienne, avec les commentaires sur les
Evangiles et sur les proverbes de Salomon. Mais de tous ces
nombreux ouvrages il ne nous reste plus que ses *Trois livres à
Autolycus*.

Cet Autolycus était un de ses amis. Il avait reçu une éducation très-distinguée, et il était plein de zèle pour la recherche
de la vérité. Mais la lumière de la foi n'ayant point éclairé son
âme, il attaquait les dogmes de la religion chrétienne avec une
rare habileté et une science étonnante. Il avait de fréquents entretiens avec saint Théophile et il lui soumettait toutes ses diffi-

(1) Moehler.

cultés. Le livre que nous possédons fut le fruit de ces vives discussions. Il paraît qu'il fut publié sous le règne de l'empereur Commode.

Dans la première partie le savant évêque défend la croyance chrétienne à l'égard de la Divinité. On y trouve les considérations philosophiques les plus élevées sur l'origine du polythéisme et sur les causes qui ont pu altérer dans l'esprit des hommes la notion du vrai Dieu. Dans les deux autres parties de son ouvrage il s'attache tout spécialement à montrer ce que le polythéisme a d'absurde et d'insensé, et il fait ressortir la supériorité du christianisme précisément par le fait même de son antiquité. Il prouve qu'il remonte bien plus haut que les premiers mystères de la Grèce, et qu'à ce titre son enseignement mérite une confiance incomparablement plus grande que les écrits des poëtes et des philosophes.

Le style de saint Théophile est brillant, son imagination lui fournit les expressions les plus heureuses et les plus frappantes, il a même le talent dans ses descriptions de tout peindre avec autant de richesse que de grâce. Quand il raisonne, son argumentation est pressante, et il s'élève à des considérations d'un ordre si élevé, qu'on sent qu'il n'était pas moins philosophe qu'éloquent. Son ouvrage mérite d'être rangé parmi les bonnes productions de cette époque. Saint Théophile mourut la sixième année de l'empereur Commode, en 186.

On ne sait ni en quel lieu ni à quelle époque vécut Hermias. Son ouvrage nous fait croire qu'il vécut après Tatien et saint Justin. Il n'a point eu pour objet d'exposer la doctrine catholique et d'en justifier tous les principes. Sous ce titre *Irrisio gentilium philosophorum,* il se raille de tous les systèmes des anciens philosophes. Ayant pris pour texte cette maxime de saint Paul : « La sagesse de ce monde est une folie devant Dieu, » il prend plaisir à montrer que les sages de la Grèce n'ont été d'accord sur aucune des questions fondamentales. «Si je leur demande ce que je suis, celui-ci, dit-il, me fait immortel; quel bonheur! celui-là mortel; quel sujet d'affliction! Un autre me fait résoudre en atomes indivisibles; me voilà eau, me voilà air, me voilà feu; bientôt après je ne suis plus ni eau, ni air, ni feu; mais je deviens bête fauve ou poisson; je suis de la famille des thons et des dauphins. Que je vienne à m'examiner, j'ai peur de moi-même; je ne sais plus de quel nom m'appeler, homme ou chien, loup, taureau, oiseau, serpent, dragon ou chimère; tant il plaît à messieurs les philosophes de me faire subir des métamorphoses diverses. Transformé dans toutes les bêtes du monde, bêtes de terre, d'eau, d'air, bêtes de formes différentes, bêtes sauvages ou domestiques, muettes ou bruyantes, intelligentes ou brutes; je nage, je vole, je m'élève dans les airs, je rampe, je cours, je repose; et puis, voici encore Empédocle qui vient me faire plante. » Après avoir appliqué avec beaucoup d'esprit cette critique acérée et mordante à tous les grands problèmes qui intéressent l'humanité, Hermias en conclut l'insuffisance de la philosophie, parce qu'aucune de ses solutions n'a rien de fixe ni de solide.

IV. — SAINT IRÉNÉE.

Saint Irénée était Grec d'origine. Il est probable qu'il naquit en Ionie vers l'an 140 ; c'est du moins ce que semble attester son épître à Florinus, dont nous trouvons un fragment dans Eusèbe. Il est certain toutefois qu'il passa sa première jeunesse en Asie Mineure, et qu'il y reçut les leçons de saint Polycarpe. « Je vois encore, nous dit-il dans son traité contre les hérésies, le lieu où ce saint homme était assis, lorsqu'il prêchait la parole de Dieu. Quelle gravité dans sa démarche ! quelle sainteté dans toute sa conduite ! quelle majesté sur son visage et dans tout son extérieur ! Combien étaient puissantes les exhortations dont il nourrissait son peuple ! Il me semble l'entendre encore nous raconter de quelle sorte il avait conversé avec saint Jean et plusieurs autres qui avaient vu Jésus-Christ; nous parler de ses miracles, de sa doctrine, qu'il avait recueillis de la bouche même de ceux qui avaient été les témoins oculaires du Verbe et de la parole de vie. Dès lors j'écoutais toutes ces choses, je les gravais, non sur des tablettes, mais dans le plus profond de mon cœur. »

Ces magnifiques enseignements remplirent de zèle le jeune Irénée et en firent un apôtre. Il quitta sa patrie pour aller prêcher l'Evangile aux nations qui n'étaient pas converties, et il vint dans les Gaules à l'époque où saint Pothin était encore assis sur le siége de l'Eglise de Lyon qu'il avait fondée. Ce digne évêque fut frappé des vertus et de la science du nouveau missionnaire et l'ordonna prêtre. Saint Irénée répondit à la confiance que l'Eglise des Gaules lui avait témoignée, en employant un zèle toujours plus vif et plus ardent, et bientôt il se vit environné de tous les respects et de toute la vénération de la multitude. Les montanistes étant venus répandre dans cette Eglise naissante leurs déplorables erreurs, saint Irénée fut choisi par les martyrs de Lyon pour soumettre la doctrine des fidèles des

Gaules au jugement du pape Eleuthère. En lui confiant cette importante mission, ils lui remirent pour le souverain pontife une lettre de recommandation où on le représente à saint Eleuthère comme un homme brûlant de zèle pour l'Evangile de Jésus-Christ.

Après la mort de saint Pothin, Irénée fut choisi pour gouverner l'Eglise de Lyon en 177. Les temps étaient très-difficiles. La persécution qui avait emporté saint Pothin et une foule d'autres martyrs n'était pas encore entièrement apaisée. Les hérétiques cherchaient en même temps tous les moyens de pénétrer au sein de cette nouvelle Eglise naissante pour corrompre sa doctrine. D'un autre côté on était menacé d'un schisme par suite de la célébration de la Pâque. Saint Irénée fut l'homme dont la Providence se servit pour remédier à tous ces maux.

La question de la Pâque ayant soulevé les différends les plus graves entre les évêques d'Orient et ceux d'Occident, le pape Victor avait espéré pacifier les esprits en assemblant des conciles. Polycrate d'Ephèse et les autres évêques de l'Asie Mineure n'ayant pas voulu faire le sacrifice de leur opinion personnelle, le souverain pontife allait lancer contre eux l'excommunication. Saint Irénée écrivit alors au pape avec une franchise tout apostolique, et le conjura de ne pas retrancher de l'Eglise pour une simple affaire de discipline des hommes dévoués à la foi. Il lui observait que s'il s'engageait dans cette voie, il lui faudrait agir de même par rapport à plusieurs autres usages qui n'étaient pas les mêmes dans les différentes Eglises, et qu'il tomberait ainsi dans des embarras inextricables. Le pape se rendit à ces raisons puissantes, et le saint évêque, par la liberté de sa parole, rendit à l'Eglise sa paix intérieure que la crainte du schisme avait pour un instant troublée.

Envers les païens le zèle de saint Irénée fut admirable. Saint Jérôme nous apprend qu'il avait écrit pour leur instruction un livre intitulé : *De la science* (Περὶ ἐπιστήμης). Eusèbe en loue la profondeur et l'importance, sans rien nous apprendre de son contenu. Mais ce qui prouve mieux que tout le reste la force de son éloquence et le mérite de ses ouvrages, ce sont les éclatants succès qu'il obtint. Il eut la gloire de convertir en fort peu de temps la plus grande partie de sa ville épiscopale, de sorte que, sous Septime Sévère, lorsque la persécution recommença, le nombre des martyrs alla jusqu'à dix-neuf mille, sans compter les femmes et les enfants. Saint Irénée avait composé pour l'instruction de ces fidèles plusieurs traités de différents genres, mais aucun d'eux ne nous est parvenu.

De tous ses ouvrages nous ne possédons que son *Traité contre les hérésies*. Il est divisé en cinq livres. Le premier est employé tout entier à expliquer les systèmes des hérétiques, particulièrement des valentiniens et des marcosiens. Il en parle avec de grands détails, et c'est un des monuments les plus importants pour l'étude du gnosticisme et des erreurs qui troublèrent l'Eglise pendant ces premiers siècles. Dans le second livre il réfute tous ces hérétiques par les principes du bon sens et de la raison; dans le troisième il les convainc par la doctrine des apôtres que ses entretiens avec saint Polycarpe lui avaient parfaitement fait connaître. Dans le quatrième il les combat par les paroles de Jésus-Christ lui-même, et dans le cinquième il explique quelques endroits de saint Paul dont les sectaires abusaient (1).

Cet ouvrage remarquable a été écrit en grec, mais le texte original est presque entièrement perdu. Il ne nous en reste que des fragments qu'on a recueillis de saint Epiphane, Eusèbe, Théodore, saint Jean Damascène et les autres Pères de l'Eglise qui en avaient fait des extraits. Nous ne le connaissons en entier que par une traduction latine qui fut faite sous les yeux d'Irénée lui-même, sans doute à l'usage des chrétiens des Gaules, qui ne connaissaient que la langue des Romains, leurs conquérants. Cette traduction barbare et remplie d'hellénismes rend assez difficile la lecture du livre de saint Irénée. Parfois elle est même très-fatigante. A la vérité on est bien dédommagé de ces peines par l'érudition immense et les idées élevées et profondes qu'on y trouve. L'auteur avait lu tous les poëtes et tous les philosophes de l'ancienne Grèce, il avait recherché dans leurs systèmes tous les éléments des gnostiques, de sorte que tout en exposant les rêveries de ces sectaires, il nous montre la liaison de toutes ces erreurs avec les doctrines qui les avaient précédées. En développant ainsi les facultés de son esprit, et en se familiarisant avec Homère et Platon, il était parvenu à cette richesse d'élocution et à cette force de dialectique qui caractérisent ses écrits. Il avait aussi emprunté à cette éducation toute philosophique ces habitudes méditatives qui ont enrichi son *Traité contre les hérésies* de considérations rationnelles et spéculatives aussi remarquables par leur profondeur et par leur justesse que par leur nouveauté.

Saint Irénée reçut la couronne du martyre l'an 202.

Pour compléter l'énumération de tous les monuments litté-

(1) Tillemont, *Mém. pour servir à l'hist. ecclés.*

raires qui nous restent du IIe siècle, nous mentionnerons ici les *Actes des martyrs*. Rien ne nous a jamais paru plus touchant que la relation du martyre de saint Ignace, celle du martyre de sainte Perpétue et de sainte Félicité, celle des martyrs de Lyon et de Vienne et celle de saint Polycarpe. C'est bien là qu'il faut chercher les plus belles inspirations de cette sorte d'éloquence qu'on appelle l'éloquence du cœur.

CHAPITRE III.

DES ÉCRIVAINS ECCLÉSIASTIQUES DU TROISIÈME SIÈCLE.

Le IIIe siècle a le même caractère que le IIe, en ce sens qu'on y voit se continuer les mêmes luttes, mais toutes les parties de la science ecclésiastique reçoivent de nouveaux développements et prennent une forme nouvelle selon les besoins de l'époque. Ainsi nous ne voyons plus aucun apologiste grec s'adresser aux empereurs pour faire cesser les persécutions. On était alors convaincu que ce n'était ni par préjugé, ni par ignorance que les païens versaient le sang des chrétiens. Les calomnies qu'ils répandaient sur leur compte n'étant que de vains prétextes, il eût été inutile de vouloir encore y répondre. Il fallait transporter ailleurs le débat et diriger tous ses efforts contre le polythéisme lui-même, dont les principes étaient absolument incompatibles avec ceux du christianisme. Le combat qui agitait le monde était une guerre à mort entre ces deux religions, et la paix n'était possible que par la ruine de l'une ou de l'autre. Les partisans des superstitions idolâtriques usèrent de subtilité et de raffinement pour donner un air de vraisemblance à leurs grossières erreurs. Pour les combattre, les Pères de l'Eglise durent avoir recours à toutes les ressources de l'éloquence et de l'érudition, et la lutte devint plus grave et plus savante qu'elle n'avait jamais été.

Au contraire, la controverse avec les juifs s'affaiblit. Ce peuple, flétri et condamné, allait être partout dispersé. Sous le rapport religieux, politique et intellectuel, il n'était plus assez fort pour résister sérieusement au christianisme qui comptait toutes ses heures par de nouveaux triomphes. Ceux des enfants d'Israël qui n'avaient point encore ouvert les yeux à la foi, se montraient si endurcis qu'il y avait lieu de désespérer le prosélytisme le plus ardent. Aussi il n'y a peut-être dans tout ce siècle qu'un seul ouvrage qui ait été spécialement composé à leur intention.

Quant aux hérésies, elles sont toujours aussi vives et presque aussi nombreuses, mais elles ne se présentent plus sous la même forme. Après le travail de saint Irénée on voit le gnosticisme, frappé à mort, tomber chaque jour en lambeaux. Cette espèce de panthéisme oriental est remplacé par le dualisme, c'est-à-dire, au lieu d'admettre avec les gnostiques que tout est Dieu, on reconnaît deux principes, l'un bon, l'autre mauvais, et à l'aide de ces deux principes on veut s'expliquer tous les phénomènes du monde actuel. Cette doctrine fut enseignée par Marcion, disciple de Cerdon, qui l'avait empruntée aux Perses. A mesure que cette doctrine fut abandonnée, on vit prospérer une autre secte qui admettait l'unité de Dieu, mais qui ne croyait pas, avec les catholiques, à la Trinité des personnes. Ces nouveaux hérétiques furent appelés pour ce motif *unitaires*.

Pour répondre à toutes ces nouvelles erreurs, les défenseurs de la foi donnèrent à la controverse chrétienne un développement qu'elle n'avait point encore reçu. Dans le siècle précédent nous avons vu saint Justin, Athénagore, saint Irénée, faire effort pour justifier la foi par la science et le raisonnement. Au III⁰ siècle, tous les grands docteurs de l'Eglise se jettent avec ardeur dans cette voie nouvelle et l'explorent avec un étonnant succès. Clément d'Alexandrie témoigne son admiration pour la philosophie grecque qu'il appelle la préparation évangélique, et recueille dans son domaine la plus riche moisson. Origène s'élance sur ses pas et entreprend de coordonner toutes les parties de l'enseignement catholique et d'en former un vaste système scientifique. Il échoua dans cette tentative, mais ses efforts sont du moins un témoignage de la disposition des esprits.

L'Ecriture sainte fut aussi étudiée sur des bases plus larges et des proportions plus étendues qu'on ne l'avait fait jusqu'alors. On sait toutes les peines prodigieuses qu'Origène se donna pour collationner les textes des différentes versions, et nous parlerons de ses nombreux commentaires sur chacun de nos livres saints. Les chrétiens de cette époque étaient si désireux de connaître parfaitement les saintes Ecritures, que dans toutes les écoles on s'appliquait surtout à en expliquer le sens.

On voit par ces idées générales, que si le II⁰ siècle du christianisme nous a offert plus de richesses littttéraires que le I⁰ʳ, le III⁰ l'emporte également sur le II⁰. Nous achèverons d'en donner la preuve en entrant dans le détail de la vie et des ouvrages de

Clément d'Alexandrie, d'Origène, de saint Hippolyte, saint Grégoire le Thaumaturge, saint Denys d'Alexandrie, saint Pamphile et saint Méthode, les seuls écrivains grecs de cette époque qui nous aient laissé quelques ouvrages.

I. — CLÉMENT D'ALEXANDRIE.

Clément d'Alexandrie était probablement originaire d'Athènes. Il dut son surnom au long séjour qu'il fit dans la capitale de l'Egypte, et à la gloire qu'il y acquit par l'éclat de son enseignement. Dès sa plus tendre jeunesse il fréque..ait toutes les écoles savantes, et il était si versé dans la connaissance de toutes les branches de la littérature grecque qu'aucun écrivain n'a jamais fait preuve d'une érudition plus solide et plus variée. Néanmoins toute la science que put lui fournir la philosophie ancienne ne suffit pas aux besoins de son esprit. Toutes ces doctrines humaines laissaient son âme inquiète et vide ; il ne trouva le repos qu'entre les bras du christianisme. Quoiqu'on ne sache pas l'époque précise de sa conversion, il est à présumer qu'elle eut lieu de bonne heure.

La Providence, qui le destinait à être par ses lumières l'ornement et le soutien de son Eglise, lui donna pour maîtres dans la science chrétienne tous les hommes les plus éminents de cette époque. « L'un d'eux, dit-il, était d'Ionie, et m'a instruit dans la Grèce. J'en ai eu deux autres dans l'Italie méridionale, l'un était de la basse Syrie et l'autre de l'Egypte. J'ai eu encore d'autres maîtres dans l'Orient, dont l'un était Assyrien et l'autre Juif d'origine et établi dans la Palestine. Mais celui que j'ai rencontré le dernier était certainement le premier pour ses mérites. Je le trouvai en Egypte après l'avoir bien cherché, et après lui je n'en voulus plus chercher d'autres. » Ce maître admirable était saint Pantène, que Clément d'Alexandrie appelle l'abeille du siècle, parce qu'il cueillait, ajoute-t-il, les fleurs du champ prophétique et apostolique, et communiquait à l'esprit de ses auditeurs la véritable et pure connaissance qu'il en avait extraite.

Par ces détails, on voit que Clément d'Alexandrie ne négligea rien pour approfondir les doctrines chrétiennes. Comme les philosophes de la Grèce parcouraient autrefois le monde entier pour recueillir les oracles de la sagesse, ainsi Clément fit de grands voyages en Orient et en Occident pour s'instruire des traditions apostoliques, et apprendre ce que Jésus-Christ avait enseigné. Les vertus et le génie de saint Pantène l'ayant fixé à Alexandrie, il fut ordonné prêtre de cette Eglise, et l'an 189 il fut choisi par l'évêque Démétrius pour succéder à saint Pantène, qui avait abandonné sa chaire pour aller prêcher l'Evangile dans les Indes. Sa gloire comme docteur date de cette époque.

Sa vaste érudition, sa connaissance approfondie de la littérature grecque, son éloquence facile et entraînante lui attirèrent un très-grand nombre d'auditeurs. Les païens eux-mêmes venaient l'entendre par amour pour la science, et il savait les captiver avec un si grand art qu'il les gagnait pour la plupart à Jésus-Christ. Pendant douze ans il continua son enseignement avec le plus grand succès, et il parut vraiment suscité de Dieu pour la conversion des païens. Personne avant lui n'avait encore exploité la philosophie grecque à l'avantage de la foi. On trouve bien dans saint Justin et dans Athénagore une sorte de pressentiment des idées si largement développées par Clément d'Alexandrie, mais généralement les apologistes chrétiens avaient été, comme Hermias et comme Tatien, frappés des erreurs de la philosophie ancienne, et ils s'étaient surtout appliqués à en critiquer les résultats. Sans doute c'était un des aspects sous lequel le polythéisme devait être considéré. Il fallait même l'ébranler de cette manière pour mettre dans tout son jour l'éminente supériorité de la doctrine du Christ sur les systèmes des philosophes. Mais après avoir donné tout d'abord à la controverse cette direction négative, il était nécessaire de recueillir des débris de cet ancien édifice tout ce qu'il y avait de bon, de beau et de vrai. Ce fut la tâche à laquelle se dévoua Clément d'Alexandrie.

Au lieu de dénigrer la philosophie ancienne, il la considéra au contraire comme un moyen ménagé par la Providence pour amener les païens à la vraie foi. A ses yeux, tout le monde civilisé avait été préparé longtemps d'avance à la lumière de l'Evangile. Les Juifs avaient leur loi, qui remplit près d'eux l'office d'un maître, d'un initiateur. Les Grecs reçurent du ciel la philosophie, qui fut chargée à leur égard du même ministère. Comme il y a de nombreux rapports entre la loi nouvelle et la loi mosaïque, Clément d'Alexandrie établissait qu'il y a de nombreuses ressemblances entre le christianisme et la philosophie. Son grand dessein était de démontrer par des faits et des témoignages cette admirable harmonie, et il mit au profit de cette grande idée toutes les ressources de son érudition. Les trois grands ouvrages que nous possédons de lui, son *Exhortation aux gentils,* son *Pédagogue* et ses *Stromates,* forment ensemble un tout où l'on trouve le développement complet de son système.

Le premier, son *Exhortation aux gentils*, est une réfutation directe du paganisme. Il y prouve avec un grand luxe d'érudition que la religion païenne, ses oracles, ses faux dieux, sont autant de supercheries et d'inventions humaines. Après une savante énumération des infamies qui déshonorent l'histoire de toutes les divinités de l'ancienne Grèce, il retrace avec une effroyable énergie le tableau des sacrifices humains, qui ensanglantaient les autels du paganisme dans tous les lieux du monde. Il pénètre ensuite dans les mystères si vénérés de la grande déesse, il nous révèle toutes les abominations qui s'y passaient, et après avoir ainsi flétri le polythéisme pour toutes les abominations qu'il autorise, il met en regard les bienfaits de la révélation chrétienne, la pureté de sa doctrine, la sublimité de sa morale, et répond à toutes les objections que les païens faisaient pour se refuser à un changement de religion. Clément d'Alexandrie termine ce discours éloquent par une péroraison pleine de chaleur. « Secouez donc, s'écrie-t-il, ces ténèbres qui interceptent et éloignent de vos yeux les rayons de la vérité. Salut, ô lumière descendue du ciel, plus pure que celle du soleil, plus agréable que tout ce qu'il y a de plus doux dans la vie présente ! Qui se laisse diriger par elle a bientôt reconnu son égarement : il obéit à la loi divine, il aime Dieu, il chérit le prochain, il a droit à la récompense, il la revendique hautement. Ecoutez la voix de Jésus-Christ, les accents de son Evangile, trompette sacrée qui retentit par tout l'univers. Revêtez les armes dont parle saint Paul ; tenez-vous prêts pour le généreux combat contre le vice, le seul ennemi redoutable. »

Le second ouvrage de Clément d'Alexandrie, intitulé *le Pédagogue,* est un livre de morale. Après avoir amené les païens à la foi, en leur montrant la frivolité de leur ancienne religion, l'illustre docteur veut conduire le chrétien récemment converti à la pratique des préceptes évangéliques. Son ouvrage est divisé en trois livres. Dans le premier, il établit la nécessité pour l'homme d'avoir sous les yeux, pour toutes les actions de sa vie, un modèle qu'il puisse reproduire. Pour ce motif, Jésus-Christ est venu en ce monde pour se faire notre précepteur et notre *pédagogue,* et nous donner dans sa vie parfaite l'exemple de toutes les vertus. Cet idéal divin et sans tache est placé à la vue de tout le monde. En sa présence, quels que soient l'âge, le sexe, le degré de fortune ou de talent, tout le monde est appelé à profiter de ses leçons. Nous sommes tous pour lui des enfants, qu'il se propose d'élever jusqu'à la gloire de Dieu, son Père. De ce point de vue général, Clément embrasse toutes les relations qui existent entre le chrétien et le Christ, et il se livre sur ce sujet aux considérations les plus élevées et les plus profondes. Dans les deux livres suivants, il entre dans le détail de toutes les règles particulières à la vie chrétienne et justifie scientifiquement chacune de ces prescriptions. Il termine cet ouvrage par une hymne qu'il adresse à Jésus-Christ, le véritable pédagogue. Selon la remarque de Tillemont, il ne fit en cela qu'imiter beaucoup d'autres fidèles, qui, dès le commencement de l'Eglise, composaient des cantiques à la gloire de Jésus-Christ, l'honorant comme Dieu et comme le Verbe de Dieu.

Ces deux premiers ouvrages n'étaient, dans la pensée de Clément d'Alexandrie, qu'une introduction au christianisme. Le premier devait conduire à la foi, le second à la pratique; il fallait ensuite développer les dogmes et les mystères. C'est ce qu'il se propose dans son livre des *Stromates*. Ce titre, un peu extraordinaire, indique pourtant assez bien le caractère de cet ouvrage. D'après Aulu Gelle, on avait coutume de donner ce titre à des écrits formés de pièces de diverses couleurs, et que nous appellerions aujourd'hui *Mélanges* ou *Mémoires*. Le mot de *stromata* signifiait encore tout simplement les couvertures dont on enveloppait les tapisseries. Dans ce sens, il convenait encore parfaitement au livre de Clément d'Alexandrie, où tout est couvert et caché, selon son expression, comme le noyau sous l'écorce des fruits. Il nous rend lui-même raison des motifs qui l'ont porté à donner cette forme singulière au plus important de ses ouvrages. « Comme il pourrait arriver, dit-il, que bien des personnes fissent, sans prudence et sans réflexion, leur lecture habituelle de ces livres, je les ai avec intention enveloppés d'un tissu bigarré, où les pensées se succèdent sans liaison naturelle, et où les paroles indiquent et désignent autre chose que le contenu du discours. C'est ainsi que la forme devait en déguiser le fond. C'est pourquoi ce livre ne doit pas être comparé à un jardin dessiné avec art et entretenu avec soin, mais à un verger touffu et ombragé, où des arbres fruitiers sont placés au hasard parmi des arbres stériles, afin qu'ils demeurent cachés à ceux qui seraient tentés d'en dérober les fruits. C'est pour cette raison que je n'ai pas mis d'ordre dans mon écrit et que je ne me suis pas servi d'un langage fleuri, car j'ai voulu que le lecteur mît en usage son application et sa perspicacité. »

Il est vraiment regrettable que Clément ait ainsi compris ses devoirs comme écrivain, et qu'il se soit imposé le désordre comme une loi de première nécessité. Son ouvrage y a beaucoup

9.

perdu, en intérêt et en clarté. On conçoit que nous n'en entreprenions pas l'analyse, parce que ce défaut d'ordre nous obligerait à nous jeter dans des détails qui nous feraient sortir du cadre dans lequel nous devons nous renfermer. Nous nous contenterons de dire que tel qu'il est, cet ouvrage est un des grands monuments de la science chrétienne, que c'est un trésor inépuisable d'érudition, et qu'il offre les plus grandes ressources, surtout à l'historien philosophe qui chercherait à pénétrer les rapports intimes qui se trouvent entre le christianisme et la philosophie grecque. Clément d'Alexandrie mourut vers l'an 217.

II. — ORIGÈNE ET JULES L'AFRICAIN.

Le disciple le plus illustre de Clément d'Alexandrie fut Origène. Né à Alexandrie en 185, il eut pour père saint Léonide, qui souffrit le martyre en 202, sous l'empereur Sévère. Son éducation fut très-chrétienne, et il répondit si admirablement aux soins de ses parents qu'il devint aussi remarquable par sa piété que par sa science. Souvent son père Léonide s'approchait de lui pendant son sommeil, et, lui découvrant la poitrine, il la baisait avec respect comme le temple de l'Esprit-Saint. Le jeune Origène lisait chaque jour les saintes Écritures et écoutait avec admiration les commentaires que son père en faisait devant lui. Il étudiait en même temps les sciences humaines, c'est-à-dire la dialectique, la géométrie, les mathématiques, la musique, la rhétorique, et l'histoire de toutes les sectes de philosophes. Dans toutes ces branches de connaissances, il fit de si rapides progrès, que, selon l'expression de saint Jérôme, dès son enfance il fut un grand homme.

A dix-huit ans, il fut chargé par l'évêque Démétrius de la direction de l'école chrétienne d'Alexandrie. Il succéda à son maître Clément, si célèbre par son érudition et son éloquence, et bientôt sa réputation l'emporta sur la sienne. Les païens accouraient à ses leçons, et il n'y avait entre eux qu'une voix pour louer avec enthousiasme l'étendue de son savoir, la vigueur de son esprit, le charme de son élocution, la grâce et l'onction de sa parole. On admirait en même temps son désintéressement absolu, ses austérités volontaires, et sa persévérance dans la méditation et la prière. Ses discours et ses exemples enflammaient tellement ses auditeurs, qu'on en vit plusieurs, au sortir de ses leçons, courir au martyre.

Ce maître éloquent fut aussi un écrivain des plus féconds.

Au rapport de saint Jérôme, il composa plus de volumes que d'autres n'en auraient pu lire. Saint Epiphane nous dit qu'il a laissé plus de six mille ouvrages, ce qui doit sans doute s'entendre des livres séparés de chacun de ses traités, ainsi que de ses lettres. On peut ranger tous ses travaux en cinq classes : 1° les ouvrages bibliques, 2° les ouvrages apologétiques, 3° les ouvrages dogmatiques, 4° les ouvrages pratiques, 5° les lettres.

1° Ses ouvrages bibliques sont de deux genres. Les uns sont de pures critiques sur le texte primitif et les traductions, les autres sont des commentaires ou explications de chacun des livres saints. Ces ouvrages sont les plus considérables et les plus nombreux qu'ait publiés Origène, et c'est aussi le plus grand service qu'il ait rendu à l'Eglise.

Avant lui il y avait de grandes contestations entre les juifs et les chrétiens, au sujet des différentes versions de la Bible. Les juifs rejetaient l'autorité de la version d'Alexandrie qui était en honneur parmi les chrétiens, et dans la controverse ils en appelaient au texte primitif. Pour éclaircir cette difficulté, qui pouvait être une entrave aux progrès de la foi, Origène réunit dans un seul volume, sur six colonnes parallèles : 1° le texte hébreu, en caractères hébreux ; 2° le même texte en caractères grecs ; 3° la version d'Aquila ; 4° celle de Symmaque ; 5° celle des Septante ; 6° celle de Théodotion. Ayant encore par la suite découvert trois autres versions anonymes, il les réunit aux premières sous forme d'appendice, ce qui étendit le nombre de ses colonnes à huit et même à neuf. On les appela alors *Octaples* et *Ennéaples,* mais l'ancienne dénomination d'*Exaples* a prévalu. Origène ne borna pas cet immense travail à une simple compilation. Il revit le texte des Septante qui était suivi dans l'Eglise, il y ajouta ce qui se trouvait dans le texte primitif et dans les autres traductions, et il en retrancha ce qu'on y avait ajouté. Toutes ses additions étaient marquées d'une astérisque *, et ses suppressions d'une obèle ÷.

Lorsqu'il eut ainsi vérifié le texte entier avec le plus grand soin, Origène entreprit d'expliquer tous les livres saints. Il en vint à bout, soit en éclaircissant les textes par des scolies ou notes courtes et savantes, soit par des commentaires ou dissertations sous le nom de *Tomes,* par lesquels il en établit les divers sens, soit enfin par des homélies prononcées dans les églises d'Orient et d'Italie, au nombre de plus de mille. C'est là que, selon l'expression de saint Jérôme, déployant les voiles de sa brillante imagination et se laissant emporter au souffle d'une science inépuisable, il quitte terre et semble voguer en pleine mer (1).

On a beaucoup reproché à Origène sa prédilection pour le sens allégorique. Mais on n'a peut-être pas assez réfléchi au caractère du siècle où vivait ce savant commentateur, ainsi qu'aux différents genres d'interprétation qui peuvent convenir à l'Ecriture. Sous ces deux aspects sa méthode se conçoit et se justifie. Elle était d'abord conforme à l'esprit général de son époque. Parmi les païens, tous les philosophes de la nouvelle école d'Alexandrie se livraient à cette espèce d'interprétation et allégorisaient toutes les monstrueuses extravagances du polythéisme qu'il ne leur était pas possible de justifier par l'histoire ou par le raisonnement. Chez les juifs, Aristobule et Philon obéirent aux mêmes tendances et appliquèrent la même méthode à leurs traditions religieuses et nationales. Le génie d'Origène, qui entra si profondément en rapport avec les idées de son siècle, ne pouvait rester étranger à ce mouvement des esprits. Cependant il lui obéit sans en être dominé. Ainsi, tout en s'attachant spécialement au sens allégorique, il ne néglige point le sens littéral et historique. Il veut même que celui-ci soit toujours la base du premier.

Pour éviter l'arbitraire, il voulut même établir des règles qui fixent d'une manière positive les circonstances où l'on doit préférer au sens littéral le sens allégorique. Quoiqu'il y ait eu peut-être quelque exagération dans ses principes à cet égard, on ne peut contester qu'il eut du moins la gloire d'ouvrir à l'exégèse un monde tout nouveau que les écrivains des siècles postérieurs ont exploité avec les plus grands avantages. Le symbolisme chrétien est devenu depuis ce moment une science, et il n'a pas manqué de trouver parmi les docteurs de l'Eglise les plus illustres interprètes.

2° Pendant qu'Origène traçait ainsi à tous les savants la méthode à suivre dans l'interprétation des saintes Ecritures, il défendait avec un zèle infatigable la foi chrétienne. Nous ne possédons plus les nombreux ouvrages qu'il composa contre les hérétiques, mais nous avons encore le plus considérable de ses écrits apologétiques, son *Traité contre Celse.* « Ce philosophe se vantait d'avoir porté au christianisme un coup mortel par le livre qu'il avait publié sous le titre de *Discours véritable* En effet l'ouvrage était composé avec beaucoup d'artifice. Son titre semblait justifié par un ton de franchise, et surtout par un

_____

(1) Guillon, *Bibliothèque choisie des Pères de l'Eglise,* t. II, p. 277-278.

caractère d'assurance propre à éloigner tous les doutes. Une érudition fastueuse appuyait de tout son poids une argumentation vive, serrée, qui avait épuisé toutes les ressources du sophisme ; et l'apparente austérité du sujet s'y trouvait tempérée adroitement par une piquante ironie qui lui assurait des lecteurs dans toutes les classes de la société. Ce n'étaient plus les fausses interprétations données par l'ignorance et le fanatisme des peuples à une religion qui enveloppait ses mystères des ombres du secret. Nos premiers apologistes l'avaient tirée du sanctuaire. C'étaient la philosophie et la raison armées de nos propres aveux, s'avançant contre la religion nouvelle en connaissance de cause, procédant par une marche régulière, sapant dans ses bases l'édifice tout entier de la foi chrétienne, la mettant au creuset, l'attaquant dans son principe, dans ses dogmes, dans son histoire et ses institutions.

« L'Église commençait à s'alarmer d'un si dangereux adversaire. Origène se chargea de la défendre. Dans son ouvrage divisé en huit livres, le savant apologiste ne se contente-pas de détruire les objections de son adversaire, qu'il poursuit pied à pied, au risque même quelquefois de revenir sur ses pas, parce que Celse le ramène souvent aux mêmes objections. Il établit doctement la vérité de la religion chrétienne. Il la démontre par le raisonnement, par les faits, par les prophéties, par les miracles, par les mœurs de ses disciples, et ce vaste cercle est toujours parcouru avec une inébranlable fermeté(1).» Ce traité est un chef-d'œuvre de controverse. Il est impossible de manier avec plus d'adresse et de bonheur l'argumentation. Le sujet y est étudié et pénétré si profondément sous tous ses aspects, que l'incrédulité moderne n'a pu imaginer aucune difficulté qui n'ait été à l'avance détruite par Origène dans cet admirable ouvrage.

3° Origène fut moins heureux dans ses écrits dogmatiques. Il en avait composé un assez grand nombre que nous connaissons seulement par les éloges qu'en ont fait les écrivains ecclésiastiques. Saint Jérôme loue beaucoup son livre des *Stromates* qu'il avait fait à l'exemple de celui de Clément d'Alexandrie, pour mettre en harmonie les dogmes chrétiens avec la philosophie grecque. Il avait également écrit sur *la Résurrection* et sur le *libre arbitre*, mais de tous ses ouvrages dogmatiques nous ne possédons que son livre *Des principes* (Περὶ ἀρχῶν). «Il était encore fort jeune, dit Mœhler, quand il l'écrivit ; son esprit était

---

(1) Guillon, *Biblioth. des Pères de l'Eglise.*

tout rempli de la philosophie platonicienne, qui, dans cet ouvrage, pénètre et défigure le dogme chrétien. Son principal but était de ranger sous un ordre systématique les principales parties de la foi catholique, afin de pouvoir, en les exposant d'une manière serrée et unie, combattre avec plus de force les gnostiques.» Ce projet suppose à lui seul une grande étendue d'esprit, et s'il y a pour Origène de la gloire à l'avoir conçu, il ne trouva que des peines dans l'exécution. Nous ne pouvons cependant assigner les erreurs où ses conceptions l'entraînèrent. L'ouvrage tel que nous l'avons aujourd'hui est une traduction de Rufin, et nous savons que ce traducteur n'était pas assez esclave des pensées et des expressions de l'original pour qu'on soit en droit de juger Origène d'après ce qu'il lui fait dire. Quoi qu'il en soit, il est sûr que son livre renfermait beaucoup d'erreurs et qu'il a pu donner lieu à la secte qu'on a appelée la *secte des origénistes*.

4° Ses ouvrages *pratiques* ont un grand mérite. Ainsi on a toujours beaucoup estimé son petit *Traité de la prière* (Περὶ εὐχῆς). Dans une première partie Origène détermine le sujet de la prière, sa forme, le temps et le lieu où elle doit être faite, et dans la seconde il donne une explication détaillée de *l'Oraison dominicale*. Son langage est simple et populaire. On y retrouve l'élan d'une âme pénétrée d'un vif amour de Dieu et qui exprime tous ses sentiments avec une liberté parfaite et un abandon absolu. Son *Exhortation au martyre* est écrite avec un enthousiasme brûlant. On y trouve toute cette chaleur d'âme qui transportait Origène aussitôt qu'il entendait parler de mourir pour Jésus-Christ.

5° Sa correspondance était très-étendue et elle avait pour objet des sujets très-graves, en sorte que souvent ses lettres étaient autant de traités sur quelques questions particulières. Eusèbe en avait réuni plus d'un cent. Nous n'en possédons plus qu'une seule dans son intégrité. Elle est adressée à Jules l'Africain, et il y traite de l'authenticité de l'histoire de Suzanne qui se trouve dans les prophéties de Daniel. Jules l'Africain avait élevé à cet égard des doutes et les avait appuyés par des raisons fort spécieuses. L'illustre docteur répond à toutes ces difficultés et en triomphe.

Ce Jules l'Africain était un Libyen qui habitait la Palestine. Il paraît avoir été très-lié avec Origène, qui parle d'ailleurs de lui avec respect, et qui vante sa connaissance des saintes Ecritures. D'après le caractère de ses ouvrages il semble avoir été un érudit plutôt qu'un philosophe ou un orateur. Ainsi il avait composé un ouvrage historique intitulé *Chronographia* ou *De temporibus*. C'était une chronologie qui commençait à la création et qui allait jusqu'à l'an 221 de l'ère chrétienne. Il avait aussi fait une dissertation sur les soixante et dix semaines de Daniel, indépendamment de la lettre qu'il écrivit à Origène sur l'authenticité de l'histoire de Suzanne telle qu'elle est rapportée dans le prophète. Eusèbe vante l'exactitude de ses ouvrages et les recherches qu'ils supposent.

III. — SAINT HIPPOLYTE, SAINT GRÉGOIRE LE THAUMATURGE, SAINT DENIS D'ALEXANDRIE, SAINT PAMPHILE ET SAINT MÉTHODE.

Les autres écrivains ecclésiastiques du IIIe siècle dont nous possédons encore une partie des ouvrages, sont saint Hippolyte, saint Grégoire le Thaumaturge, saint Denis d'Alexandrie, saint Pamphile et saint Méthode.

Saint Hippolyte fut un des écrivains les plus féconds de cette époque ; on ne connaît ni le lieu, ni l'époque de sa naissance. On sait seulement qu'il fut évêque et qu'il mourut martyr dans la persécution de Dèce. Il composa des commentaires sur l'Ancien et le Nouveau Testament, où, à l'exemple d'Origène, il s'attache de préférence aux explications allégoriques. Eusèbe et saint Jérôme nous apprennent qu'il avait composé une réfutation de toutes les hérésies qui s'élevaient d'après son calcul au nombre de trente-deux. En sa qualité d'évêque, il se mêlait à toutes les questions qui agitaient l'Eglise. Il laissa des dissertations sur la communion quotidienne, sur le jeûne du samedi, sur le jour où l'on devait célébrer la fête de Pâques et sur plusieurs points de discipline. Nous ne possédons de ces divers ouvrages que des fragments. Le seul ouvrage un peu important qui ait été conservé c'est son traité *du Christ et de l'Antechrist*. Ce livre ne nous semble cependant pas justifier par lui-même tous les éloges que les auteurs anciens accordent au saint évêque.

Saint Grégoire le Thaumaturge, né à Néocésarée au commencement du IIIe siècle, nous a laissé fort peu d'écrits, mais ils sont tous très-importants. Son *Exposition de la foi*, toute courte qu'elle est, nous offre un résumé très-précieux et très-succinct de la croyance des fidèles au dogme de la Trinité avant l'erreur d'Arius et la décision du concile de Nicée. Son *Epître canonique* renferme les détails les plus précis sur l'institution de la pénitence au IIIe siècle. Enfin son *Panégyrique d'Origène* nous fait connaître la méthode employée par les docteurs chrétiens dans leur enseignement public. Il nous raconte dans cet écrit sa vie avant son arrivée à Césarée, puis il entre dans le détail de ses relations avec Origène dont il avait suivi les leçons avec une grande assiduité. Il décrit la marche suivie par ce maître illustre pour amener ses disciples à la vérité ; il expose les systèmes et les doctrines qui régnaient alors dans les différentes académies, et il termine en exprimant toute son admiration et toute sa reconnaissance pour celui dont il avait reçu les leçons. Son style est riche et varié, mais il y règne une pompe et une grandeur qui pourraient par leur exagération sentir la recherche et l'enflure. Il mourut vers l'an 270.

Saint Denis d'Alexandrie fut aussi un des disciples d'Origène. Comme saint Grégoire le Thaumaturge, il se convertit à ses leçons et se livra ensuite à l'étude de la théologie. Après avoir lui-même enseigné publiquement dans l'école des catéchistes d'Alexandrie, il fut élevé sur le siége de cette ville l'an 247. Il eut beaucoup à souffrir des païens et des hérétiques, et il déploya pendant tout son pontificat une infatigable activité pour les intérêts de l'Eglise catholique. Sa conduite et son génie furent si admirables, qu'il reçut de ses contemporains le titre de *Grand*, et mérita d'être appelé par saint Athanase le *maître de l'Eglise catholique*. De tous ses nombreux écrits il ne nous reste plus que quelques lettres.

Saint Pamphile, qui mourut martyr en 309, a revu les travaux d'Origène sur la Bible, et a publié une nouvelle édition des Septante. Pour venger Origène de toutes les erreurs qu'on lui attribuait, ce saint martyr publia, de concert avec Eusèbe, un ouvrage divisé en six livres, sous le titre d'*Apologie d'Origène*. Nous ne possédons que le premier livre traduit par Rufin. Il ne renferme guère que des passages extraits d'Origène pour le justifier de toutes les accusations portées contre sa doctrine.

Saint Méthodius, qui fut évêque de Tyr et qui mourut victime de la persécution de Dioclétien, vers l'an 311, ne partagea pas les sentiments de saint Pamphile à l'égard d'Origène. Il l'attaqua très-vivement sur la résurrection des corps et sur les principes qu'il avait émis au sujet de la création. Cette division provenait sans doute de ce que l'on n'établissait pas de distinction entre les ouvrages qu'Origène composa dans sa première jeunesse et ceux qu'il a publiés dans la maturité de l'âge. Les premiers renfermaient des erreurs que nous avons signalées et qui ont ensuite donné naissance à la secte des origénistes, les autres contenaient des principes tout opposés et permettaient aux apologistes de l'illustre docteur de le purifier personnellement de la tache d'hérésie.

Mais après avoir rendu à Origène l'hommage que méritaient sa foi et ses vertus, il n'était pas moins utile de dévoiler ses erreurs, comme l'a fait saint Méthodius, pour empêcher les hérétiques d'en tirer un mauvais parti. Nous ne possédons que des fragments des ouvrages que ce saint évêque composa à cette occasion. Il nous a encore laissé sous forme de dialogue une dissertation très-étendue sur les avantages de la virginité. Ses considérations sont graves et élevées, et son style est paré de toutes les grâces et de toutes les richesses de la poésie grecque.

Nous pourrions ajouter à ces écrivains ecclésiastiques, les noms de saint Alexandre de Jérusalem, de Firmilien, évêque de Césarée, de saint Anatole de Laodicée, de saint Archélaüs, le premier adversaire de Manès, de Philéas, évêque de Damiette, et d'une foule d'autres hommes distingués qui fleurirent au III⁰ siècle. Mais ce qui nous reste de leurs écrits est trop peu considérable pour qu'on puisse motiver, avec connaissance de cause, un jugement littéraire.

DEUXIÈME ÉPOQUE.

DEPUIS CONSTANTIN JUSQU'A LA CONDAMNATION DE L'HÉRÉSIE DES ICONOCLASTES.

(306-787.)

Pendant la première époque de la littérature chrétienne, tous les écrivains que nous avons vus paraître au sein de l'Eglise se sont exclusivement préoccupés des intérêts religieux. Ils ont composé des apologies pour désarmer au nom de la raison et de la justice la colère de leurs persécuteurs, des traités de controverse pour répondre aux attaques doctrinales des juifs, des païens et des hérétiques, ou bien les évêques écrivaient quelques homélies et quelques lettres pour fortifier les fidèles dans la foi et les prémunir contre tous les dangers qui les environnaient. Nous ne trouvons pendant ces trois premiers siècles aucun livre qui n'ait un caractère éminemment pratique et qui n'ait été publié pour satisfaire immédiatement un besoin impérieux et absolu. On le conçoit, car il n'était guère possible qu'en présence du grand combat qui se livrait alors entre le polythéisme et le christianisme, il y eût parmi les disciples de l'Evangile des hommes assez froids pour cultiver la littérature comme un objet d'art, au lieu de se mêler à la lutte qui devait avoir pour dénoûment l'empire du monde.

Au IVe siècle, quand la religion chrétienne a définitivement triomphé, et qu'avec Constantin elle est devenue véritablement la religion de l'Etat, la littérature conserve encore en général ce même caractère. Avant tout, les écrivains ecclésiastiques s'attachent à combattre les hérétiques et à instruire les fidèles. Les évêques, et tous ceux qui ont mission d'enseigner les vérités saintes, ne se proposent point d'autre but. Leurs écrits témoignent de l'étendue et de la variété de leurs connaissances, mais à peine en trouvons-nous quelques-uns qui soient de purs délassements littéraires. Ils sont tous au contraire autant d'efforts sérieux et graves contre les progrès de l'erreur ou du vice.

Mais à cette époque, lorsque tout le monde se fut converti au christianisme, à côté des évêques, des prêtres et des docteurs, il y eut parmi les fidèles des hommes d'étude qui se vouèrent à la science et qui cultivèrent la poésie, l'histoire, la philologie, la grammaire et toutes les branches des connaissances humaines. Leur foi les éloignait sans doute des rêveries de la mythologie grecque et de toutes les erreurs qui avaient abusé leurs ancêtres, mais elle leur inspirait une ardeur d'autant plus grande pour l'étude de la vérité contemplée sous les mille formes qu'elle revêt dans la nature et l'humanité. Aussi voyons-nous sous cette nouvelle influence s'opérer dans toutes les intelligences un réveil mystérieux dont la cause est évidemment supérieure aux lois ordinaires de la nature.

Car, selon la marche commune des événements, la littérature est toujours l'expression de la société. Après Constantin, on voit manifestement le contraire arriver. Le Bas-Empire ne nous offre sous tous les aspects que faiblesse et corruption. Ses empereurs ne sont le plus souvent que des personnages abjects que l'intrigue élève sur le trône et que le crime en fait descendre. Le peuple ne se passionne que pour les jeux et les théâtres, et Constantinople peuplée trop vite et au hasard a beaucoup plus l'air d'une colonie que d'une capitale. Néanmoins, au milieu de cette dégradation profonde, nous voyons s'élever et fleurir la littérature la plus riche et la plus variée. Les Athanase, les Basile, les Grégoire et les Chrysostome rappellent pour l'éloquence les beaux temps d'Athènes, et leur parole a l'avantage sur celle des anciens orateurs de s'appliquer à des sujets plus généraux et plus élevés. La poésie, qui était éteinte, se ranime, et l'histoire reprend ses pinceaux pour représenter des combats et des vertus d'un ordre tout nouveau.

Pour ne négliger aucun des monuments qui ont enrichi cette époque, nous ne parlerons pas seulement des Pères de l'Eglise qui ont lutté contre l'hérésie ou qui ont développé avec éloquence les vérités chrétiennes, mais nous rappellerons encore les efforts des poëtes et les travaux des historiens qui ont alors vécu. Nous aurons soin de faire de chacun d'eux une étude à part, et à mesure que nous les apprécierons, nous les mettrons en regard des siècles où ils se sont développés, pour qu'on puisse ainsi observer la marche générale de la civilisation.

CHAPITRE I.

DES PÈRES DE L'ÉGLISE QUI ONT SPÉCIALEMENT COMBATTU L'ARIANISME. SAINT ATHANASE, SAINT BASILE, SAINT GRÉGOIRE DE NAZIANZE ET SAINT GRÉGOIRE DE NYSSE.

En racontant les combats que l'Eglise eut à livrer, ses historiens se sont exclusivement attachés à représenter l'immobilité de ses traditions et l'invariabilité de son enseignement. C'est un point qu'il importe de ne pas perdre de vue, mais quand on s'y arrête exclusivement on s'expose à ne pas comprendre le mouvement des idées et le progrès des siècles. Rien n'est pourtant plus sensible que le développement intellectuel des nations placées sous l'influence du christianisme. Ainsi, pendant les premiers siècles de l'Eglise, toute la controverse religieuse roule sur la notion de Dieu que les païens et les hérétiques défigurent. Les premiers tiennent à la mythologie grecque et à son polythéisme insensé, les seconds recueillent les rêves de l'Orient et se jettent dans le panthéisme, puis dans le dualisme. Les apologistes chrétiens poursuivirent l'erreur dans chacun de ses retranchements. Quand ils l'en eurent bannie, elle admit l'unité de Dieu, mais au nom de la raison elle se refusa de croire au dogme de la Trinité. Le combat devait changer de face. Il ne fallait que du bon sens pour renverser le polythéisme, le panthéisme et le dualisme, mais on avait besoin d'autres armes pour défendre la foi attaquée dans un de ses plus profonds mystères. Arius, qui fut le chef de la nouvelle secte, eut de nombreux partisans, mais la vérité révélée triompha par le génie de saint Athanase, dont les courageux efforts furent continués par saint Basile, soutenu de saint Grégoire de Nysse, son frère, et de saint Grégoire de Nazianze, son ami.

I. — SAINT ATHANASE.

Né au commencement du IVᵉ siècle, saint Athanase était encore bien jeune quand Arius commença à répandre ses erreurs. Il n'était que diacre lorsqu'il parut au concile de Nicée (315), mais il y déploya tant de savoir et de pénétration, que, d'après le témoignage de saint Grégoire de Nazianze, il tint le premier rang dans cette assemblée. Il fut même le principal auteur du symbole qui y fut dressé, bien qu'il en fasse honneur à Osius, l'évêque de Cordoue. Quelques mois après ce concile (27 décembre 326), il fut promu au siége patriarcal d'Alexandrie et se trouva ainsi fort heureusement placé pour attaquer l'erreur où elle était née. La Providence, qui le destinait à combattre la plus dangereuse et la plus terrible de toutes les hérésies, l'avait doué des plus beaux talents et des plus belles vertus. « Il avait, dit l'abbé de la Bletterie, l'esprit juste, vif et pénétrant, le cœur généreux et désintéressé, un courage de sang-froid, et pour ainsi dire un héroïsme uni, toujours égal, sans impétuosité ni saillies, une foi vive, une charité sans bornes, une humilité profonde, un christianisme mâle, simple et noble comme l'Evangile, une éloquence naturelle, semée de traits perçants, forte de choses, allant droit au but, et d'une précision rare dans les Grecs de ce temps-là. L'austérité de sa vie rendait sa vertu respectable ; sa douceur dans le commerce la faisait aimer. Le calme et la sérénité de son âme se peignaient sur son visage. Quoiqu'il ne fût pas d'une taille avantageuse, son extérieur avait quelque chose de majestueux et de frappant. Il n'ignorait pas les sciences profsnes, mais il évitait d'en faire parade. Habile dans la lecture des Ecritures, il en possédait l'esprit. Jamais ni Grec, ni Romain, n'aimèrent la patrie autant qu'Athanase aima l'Eglise, dont les intérêts furent toujours inséparables des siens. Une longue expérience l'avait rompu aux affaires ecclésiastiques. L'adversité, qui étend et raffine le génie lorsqu'elle ne l'écrase pas, lui avait donné un coup d'œil admirable pour apercevoir des ressources, même humaines, quand tout paraissait désespéré. Menacé de l'exil lorsqu'il était dans son siége, et de la mort lorsqu'il était en exil, il lutta pendant près de cinquante ans contre une ligue d'hommes subtils en raisonnements, profonds en intrigues, courtisans déliés, maîtres du prince, arbitres de la faveur et de la disgrâce, calomniateurs infatigables, barbares persécuteurs. Il les déconcerta, les confondit et leur échappa toujours, sans leur donner la consolation de lui faire voir une fausse démarche. Il les fit trembler lors même qu'il fuyait devant eux et qu'il était enseveli dans le tombeau de son père (1). »

Quand ce grand homme s'éleva pour défendre l'Eglise et sa doctrine, le christianisme n'en avait pas fini avec le polythéisme. Il était devenu dans l'ordre social une puissance publique, mais il y avait encore beaucoup d'hommes qui repoussaient

(1) La Bletterie, Vie de Jovien.

sa lumière et qui refusaient de se soumettre à son autorité. Saint Athanase fit deux traités contre les gentils pour montrer leur ignorance, réfuter leurs objections mal fondées, et justifier la foi des chrétiens. Dans ces deux ouvrages, l'illustre docteur s'élève aux considérations philosophiques les plus remarquables sur les causes de l'idolâtrie, et il nous montre les premiers principes de cette déplorable erreur dans le secret attachement que nous avons à nous-mêmes. Treize siècles plus tard, Bossuet reproduisait cette même pensée et la développait admirablement dans son magnifique *Discours sur l'histoire universelle.*

Mais de quelque importance que soient les ouvrages d'Athanase contre les païens, ils ne forment que la moindre partie de ses œuvres. Tous ses efforts furent particulièrement dirigés contre Arius et ses sectaires, qui voulaient renverser tout l'édifice de la religion chrétienne en détruisant le dogme de la Trinité, son principal fondement. Ses immenses travaux pour la défense de l'Eglise pourraient être divisés en cinq classes. La première comprendrait ses commentaires sur saint Matthieu et sur les Psaumes ; la seconde, ses écrits dogmatiques ; la troisième, ses ouvrages historiques ; la quatrième, ce qu'il a publié pour sa défense, et la cinquième, ses lettres.

Ses commentaires sur quelques parties de l'Ancien et du Nouveau Testament n'ont pas d'autre but que de répondre aux subtilités des ariens en leur prouvant par l'Ecriture la divinité du Verbe. Saint Athanase appuie sur les Psaumes pour faire voir qu'ils contiennent presque tous des types et des prophéties sur Jésus-Christ. C'est d'ailleurs la méthode ordinaire des Pères de mettre en rapport les deux Testaments et de montrer par leur harmonie l'unité de l'enseignement chrétien depuis les temps les plus reculés jusqu'à leurs jours.

Parmi les écrits purement dogmatiques de saint Athanase on distingue surtout les quatre traités ou discours (λόγοι) qui ont pour but de prouver la divinité de Jésus-Christ, un écrit de moindre étendue *De incarnatione contra Arianos*, et un pareil nombre de traités sur la divinité du Saint-Esprit. Ces plaidoyers, comme le dit Bossuet, sont des chefs-d'œuvre d'éloquence aussi bien que de savoir (1). « Leur principal mérite, ajoute un critique moderne, consiste dans la pénétration d'esprit à saisir le vrai point de la difficulté, à dégager les principes des nuages dont l'artifice et le sophisme avaient

(1) Bossuet, *Défense de la tradition et des saints Pères*, liv. IV, ch. XII.

réussi à les envelopper ; à exposer le dogme avec justesse, précision et netteté, à confondre l'adversaire par l'autorité et l'enchaînement des preuves et des témoignages ; en sorte que, comme s'expriment les maîtres de l'art, il n'y a rien de trop ni de trop peu. Plus qu'aucune autre, cette sorte d'éloquence veut la sobriété des ornements, nulle affectation, nulle recherche, tout l'abandon de la nature ; mais en même temps elle suppose la rapidité dans l'argumentation vive, pressante, nerveuse ; la chaleur et la variété dans les mouvements ; la vraie grandeur de l'expression ; la noblesse du style toujours égale à la majesté du sujet ; l'abondance, mais sans excès ; enfin, d'après Photius, la simplicité avec la véhémence et la profondeur, c'est-à-dire tout ce qui compose le sublime et le merveilleux. Tout cela se retrouve éminemment dans ces lumineuses expositions de la foi catholique, contre les subtilités de l'hérésie arienne. Réunies, elles présentent un vaste ensemble de doctrine où les docteurs des siècles suivants, saint Basile, saint Grégoire de Nazianze eux-mêmes, ont puisé les raisonnements dont ils ont combattu les mêmes erreurs (1).»

Ses ouvrages historiques se composent d'une vie de saint Antoine, de deux écrits sur les décrets du concile de Nicée et les opinions de saint Denis d'Alexandrie, de l'histoire de l'arianisme et d'un livre qui traite de ce qui se passa dans les synodes de Rimini et de Séleucie. Sa vie de saint Antoine lui fut inspirée par le désir de faire connaître aux moines de la Thébaïde leurs devoirs, en leur présentant dans un même tableau les exemples que leur avait laissés leur fondateur et leur patriarche. Ses écrits sur le concile de Nicée et sur la doctrine de saint Denis sont du genre apologétique. Dans le premier il expose les raisons qui ont déterminé les Pères à adopter la formule qu'ils ont choisie, et il explique le sens de cette formule. Dans le second, il réfute les ariens, qui avaient la prétention de s'autoriser du témoignage de saint Denis. L'histoire de l'arianisme et surtout le livre qu'il a composé sur les synodes de Rimini et de Séleucie ont beaucoup de ressemblance avec l'ouvrage de Bossuet sur les variations des églises protestantes. Saint Athanase se propose surtout de prouver l'instabilité, l'inconséquence et les contradictions des ariens entre eux, et de là il conclut, comme Bossuet le fera plus tard à l'égard des réformés, qu'ils ont quitté le rocher sur lequel l'Eglise est établie (2).

Dans tous ses récits, l'illustre docteur est grand, ferme, sim-

(1) Guillon, *Bibliothèque choisie des Pères.*
(2) Mœhler, *Vie de saint Athanase le Grand.*

ple et persuasif. Mais son éloquence se montre surtout avec dignité et noblesse dans ses propres apologies. Rien ne l'ébranle, rien ne le désespère. Qu'il raconte, dit Bossuet, la violence d'un Syrien, la sourde persécution de Constance, les tragédies des ariens sur le calice rompu, la profanation des autels, le bannissement du pape Libère, d'Osius et de tant d'autres saints, le sien propre et les calomnies dont on se servait pour rendre sa personne odieuse, on le trouve toujours le même (1). Au milieu de ses luttes ardentes et passionnées il déploie toutes les ressources de l'homme pénétrant qui n'est pas moins habile dans la pratique des affaires que dans l'exercice de l'argumentation. Ses lettres achèvent de nous révéler sous ce rapport la flexibilité de son génie, mais il est bien à regretter que le plus grand nombre soit perdu. Nous aurions pu assurément y surprendre encore bien des secrets qui auraient jeté une vive lumière sur cette existence si pleine, si orageuse et pourtant si brillante ; il mourut le 18 janvier 373.

II. — SAINT BASILE ET SAINT GRÉGOIRE DE NYSSE.

Saint Basile, né à Césarée en Cappadoce, l'an 329, succéda à saint Athanase dans son rôle de défenseur de la foi de Nicée contre les nouveautés des ariens. S'il n'eut pas une vie aussi agitée que la sienne, et s'il n'eut pas conséquemment l'occasion de déployer un sens pratique aussi délicat et aussi sûr que le sien, il l'emporta sur lui par l'éloquence. Au jugement des critiques les plus célèbres, saint Basile n'eut point de rivaux dans l'art oratoire. « Quiconque, dit Photius, aspire à devenir un orateur accompli, n'aura besoin ni de Platon, ni de Démosthène, s'il prend Basile pour modèle. Il n'y a point d'écrivain dont la diction soit plus pure, plus belle, plus énergique, ni qui pense avec plus de force et de solidité. Il réunit tout ce qui persuade et tout ce qui convainc et charme l'esprit ; son style, toujours naturel, coule avec la même facilité qu'un ruisseau qui sort de sa source. »

Cet homme de génie se montra aussi doué de toutes les vertus. Sa complexion délicate et faible, ses souffrances aiguës et presque continuelles ne nuisirent jamais à l'activité de son zèle, à son ardeur pour l'étude, à la chaleur et à l'entraînement de toutes ses compositions. Elevé sur le siége de Césarée par les vœux d'un peuple qui avait apprécié son mérite, il donna constamment à ses ouailles l'exemple d'un désintéressement parfait. S'appauvrissant par ses aumônes, il répandit ses libéralités sur les juifs, sur les hérétiques aussi bien que sur les catholiques ; sa charité lui avait appris à voir un frère dans tous ceux qui sont dans l'affliction ou le besoin. On sait quelle était son intrépidité en face des princes lorsque sa conscience lui faisait un devoir de résister à leurs ordres. Sa conférence avec le préfet Modeste est à nos yeux une de ces scènes sublimes que rien ne peut surpasser (1).

Basile ne se contentait pas de lutter ainsi d'énergie contre les puissances humaines, il attaquait encore l'erreur dans de savants traités de controverse qui ne sont point inférieurs à sa grande réputation. Ces ouvrages se composent principalement de ses cinq livres contre Eunomius et de son *Traité du Saint-Esprit*. Eunomius était un philosophe arien qui n'attaquait pas seulement la distinction des personnes divines dans le sens des catholiques, mais qui condamnait encore ceux qui admettaient dans l'essence divine divers attributs, comme la sagesse, la vérité et la justice. L'évêque de Césarée rapporte sans déguisement toutes ses paroles, en dévoile l'artifice et relève avec une étonnante habileté les contradictions dans lesquelles le sectaire était tombé. Son traité du Saint-Esprit est une réfutation complète de l'erreur de Macédonius qui avait nié la divinité de cette troisième personne de la Sainte-Trinité. Cet ouvrage a fourni aux théologiens de tous les temps leurs meilleurs arguments en faveur de ce point de doctrine. Toutes les difficultés graves y sont résolues, tous les textes de l'Ecriture y sont discutés et éclaircis ; la question y est considérée sous tous ses aspects et elle est parfaitement approfondie.

Parmi les homélies de saint Basile on en trouve qui peuvent être considérées comme autant de traités contre les ariens, les sabelliens et les anoméens. Mais comme orateur, dit M. Villemain, il est plus intéressant de le contempler instruisant les pauvres habitants de Césarée, les élevant à Dieu par la contemplation de la nature, leur expliquant les merveilles de la création, dans des discours où la science de l'orateur, formé dans Athènes, se cache sous une simplicité persuasive et populaire. C'est le sujet des homélies qui portent le nom d'*Hexaméron*. Parmi des erreurs de physique communes à toute l'antiquité, elles renferment beaucoup de notions justes, de descriptions heureuses et vraies. Quel soin pour montrer partout Dieu dans

_____

(1) Voyez notre petit *Précis de l'histoire ecclésiastique*, p. 61 et 62.

son ouvrage ! quelle intelligence, quelle imagination pour exprimer les bontés du Créateur... Quel charme dans le début de
quelques-unes de ces homélies !

« Il est des villes, dit l'éloquent orateur, qui depuis le lever
du jour jusqu'au soir repaissent leurs regards du spectacle de
mille jeux divers : elles ne se lassent pas d'entendre des chants
dissolus qui font germer la volupté dans les âmes ; et souvent
on nomme heureux de tels hommes, parce que, laissant les
soins du commerce et les arts utiles à la vie, ils passent dans
la mollesse et le plaisir le temps qui leur est assigné sur la
terre. Ils ne savent pas que le théâtre de ces jeux impurs est
une école de vice pour ceux qui s'y rassemblent.

» Quelques autres qui sont passionnés pour les courses de chevaux, croient combattre un songe, attellent leurs chars, changent leurs écuyers, et dans le sommeil ne sont pas délivrés de
la folie qui les tourmente le jour. Et nous que le Seigneur, le
grand artisan des merveilles, appelle à la contemplation de ses
ouvrages, nous lasserons-nous de les regarder, ou serons-nous
paresseux d'entendre les paroles de l'Esprit-Saint ? Ne nous
presserons-nous pas plutôt autour de ce grand atelier de la
puissance divine, et reportés en esprit vers les temps passés,
ne saurons-nous pas embrasser d'un regard tout l'assemblage
de la création. »

Fidèle à ce plan théologique et poétique, l'orateur expliquait
chaque matin et chaque soir l'ordre des saisons, les mouvements de la mer, les divers instincts des animaux, leurs migrations régulières, l'existence de l'homme et les merveilles de
sa nature... Partout les vérités morales viennent se mêler à ses
descriptions ; et quand il a parcouru le spectacle du monde
matériel et de la nature vivante, il revient à ses auditeurs par
des allocutions d'un charme inexprimable.

A-t-il expliqué devant le peuple de Césarée la création et les
mouvements de la mer, il termine par ces paroles pleines d'un
enthousiasme oriental : « Mais puis-je apercevoir la beauté de
l'Océan tel qu'il parut aux yeux de son créateur ? Que si l'Océan
est beau et digne d'éloge devant Dieu, combien n'est pas plus
beau le mouvement de cette assemblée chrétienne où les voix
des hommes, des enfants, des femmes, confondues et retentis-
santes comme les flots qui se brisent au rivage, s'élèvent, au
milieu de nos prières, jusqu'à Dieu lui-même (1). »

Indépendamment de ses homélies savantes sur le texte de la

---

(1) Villemain, *De l'éloquence chrétienne dans le* IVe *siècle.*

Genèse, saint Basile nous en a laissé une foule d'autres sur divers points de dogme et de morale. Partout on retrouve la même profondeur d'idées, la même sensibilité, le même enthousiasme. On admire surtout celles qui sont en faveur des pauvres contre les riches et les avares. Ses panégyriques de sainte Julitte, du saint martyr Gordius et des quarante martyrs de Sébaste ont fourni les traits les plus heureux aux orateurs modernes. Enfin, ce qui complète tous ses travaux, ses œuvres morales et ascétiques, et ses lettres sont une mine inépuisable qui offre toutes les richesses d'une imagination sensible et pittoresque et tous les élans d'un cœur embrasé de l'amour de Dieu et des hommes.

Saint Basile mourut en 379. Il avait un frère, appelé Grégoire, qu'il fit nommer évêque de Nysse en Cappadoce. « Il faut, disait-il, que ce soit lui qui honore sa chaire et non la chaire qui honore l'évêque. » Grégoire répondit à ses espérances et fut un des écrivains les plus distingués de son siècle. Quelques-uns de ses contemporains l'ont même placé au-dessus de son frère, et généralement on lui rendit de plus brillants honneurs. Ces témoignages prouvent qu'il avait sacrifié davantage au mauvais goût et aux tendances déjà extraordinaires et bizarres de son siècle, mais la postérité s'est bien gardée de ratifier ces jugements.

Saint Grégoire fut sans doute le premier à protester contre leur exagération, car il eut toujours pour son frère la vénération et le respect d'un disciple pour son maître. Il se sentait tellement inférieur à lui, qu'en tout il n'avait pas d'autre ambition que de l'imiter. Dans ses écrits il traita presque exclusivement les mêmes sujets. Ainsi, comme lui il fit un Hexameron et un traité de la formation de l'homme où l'on admire de curieux détails d'anatomie; un panégyrique des quarante martyrs de Sébaste, des traités ascétiques et moraux et des homélies sur les saintes Ecritures. Il défendit aussi la foi de Nicée contre les arguties d'Eunomius et mérita d'être persécuté par Valens. Sous Théodose il fut au contraire respecté à Constantinople et à la cour, le clergé le produisait dans les conciles comme un de ses oracles, et il fut appelé à prononcer les oraisons funèbres de l'impératrice Flaccille et de sa fille Pulchérie.

On ne saurait lui contester comme écrivain un luxe étonnant d'imagination et une grande facilité d'élocution. Mais aussi il a les défauts de ces heureuses qualités. Sa facilité dégénère souvent en un flux de paroles qui noie les idées plutôt qu'il ne les exprime, et la richesse de son imagination surcharge son style d'une foule d'ornements inutiles, qui sont moins un agrément qu'une fatigue. Cet enthousiasme oriental qui anime et vivifie les discours de saint Basile est remplacé chez lui par une sorte de mysticisme qui le jette dans de subtiles allégories, dont le moindre tort est d'être arbitraires et inutiles. Tous ces défauts sont surtout sensibles dans ses panégyriques, où la louange se déploie avec une emphase qui n'est ni de bon ton, ni de bon goût. Saint Grégoire de Nysse mourut en 396.

III. — SAINT GRÉGOIRE DE NAZIANZE.

Le nom de saint Grégoire de Nazianze et celui de saint Basile sont si étroitement unis qu'on ne peut les séparer. Ils ont marché l'un et l'autre dans la même voie, ils ont combattu les mêmes combats, et tous deux ils ont été par leur éloquence la lumière de l'Eglise et la terreur de ses ennemis. Leur génie était pourtant bien loin d'avoir le même caractère. « L'éloquence de saint Basile était plus sérieuse, celle de saint Grégoire plus vive et plus enjouée ; l'un songeait plus à persuader et l'autre à plaire ; l'un disait plus de choses, l'autre avec plus d'esprit ; l'un paraissait éloquent parce qu'il l'était, l'autre quoiqu'il le fût beaucoup songeait encore à le paraître ; l'un respectait la pénitence jusqu'à la sévérité, l'autre aimait la pénitence jusqu'à la rendre aimable ; l'un était majestueux et tranquille, et l'autre plein de mouvement et de feu ; l'un aimait la gravité jusqu'à condamner la raillerie, quoiqu'il fût capable d'y réussir, et l'autre avait su la rendre innocente et la faire servir à la vertu ; en un mot, l'un attirait plus de respect, mais l'autre se faisait plus aimer (1). »

Saint Basile ne fit point de vers, saint Grégoire fut tout à la fois orateur et poëte. Comme orateur il s'éleva tout d'abord contre Julien qu'il avait connu dans les écoles et qui s'était fait le persécuteur des chrétiens. Les discours qu'il lui adressa sont autant de philippiques ou de catilinaires véhémentes où il lui reproche avec une indicible énergie tous ses attentats. On peut juger de l'attachement des chrétiens pour les sciences et les lettres profanes, par l'ardeur avec laquelle saint Grégoire s'élève contre l'apostat qui avait fermé aux disciples du Christ l'entrée des écoles. «Je vous abandonne tout le reste, dit-il avec indignation en s'adressant aux païens, les richesses, la naissance, la gloire, l'autorité et tous les biens d'ici-bas dont le

(1) Duguet, *Lettres*, t. III, l. XIII.

charme s'évanouit comme un songe ; mais je me saisis de l'éloquence, et je ne regrette pas les travaux, les voyages sur terre
et sur mer que j'ai entrepris pour l'acquérir.»

Sous Valens, saint Grégoire de Nazianze fut persécuté comme
saint Basile, comme tous les défenseurs du dogme catholique.
Sous Théodose il fut appelé sur le siége de Constantinople (379)
par les vœux de tous les fidèles qui désiraient trouver en lui un
soutien contre tous les périls dont les hérétiques les menaçaient.
Chaque jour l'illustre évêque faisait entendre à son peuple des
discours si élevés et si profonds sur les mystères qui occupaient
alors tous les esprits, qu'il a mérité par sa science d'être surnommé le *Théologien*. Mais quelle que soit la beauté de son éloquence, ce qui nous touche surtout dans la conduite de ce grand
saint, c'est l'esprit de douceur et de charité qu'il déploya au
milieu de ces luttes ardentes et passionnées qui remplissaient
souvent Alexandrie de troubles et de séditions. Il eut la sagesse
de défendre aux orthodoxes de discuter sur des questions ar-
dues qu'ordinairement ils n'entendaient pas, et il eut le bonheur de substituer en eux à cet esprit de controverse l'esprit de
prière et de charité. Envers les ariens il n'avait pas d'autre
principe que de leur rendre le bien pour le mal, parce qu'il pensait qu'on les gagnerait plutôt à Jésus-Christ par la mansuétude
et la générosité que par la persécution. Il ne se trompait pas,
car les hérétiques eux-mêmes venaient entendre avec respect
sa parole, et s'ils n'étaient pas toujours convertis, ils ne s'en
retournaient du moins jamais sans être touchés.

Plus tard il rendait ainsi naïvement compte des fruits de son
apostolat dans cette grande cité. «J'y ai travaillé, disait-il, j'y
ai rassemblé un peuple dispersé parmi des loups : j'y ai abreuvé
par ma doctrine un peuple à qui l'eau manquait : j'y ai répandu
la semence de cette foi qui est fondée sur Dieu même : j'y ai
découvert la lumière de la Trinité à des personnes qui étaient
auparavant dans les ténèbres. Mes discours les persuadaient.
Déjà quelques-uns s'étaient rendus : d'autres n'étaient pas fort
éloignés, et le reste aurait fait de même. Emportés et indociles
auparavant, ils commençaient à devenir tous plus traitables.
On était plus disposé à recevoir mes instructions, et j'avais lieu
de bien espérer de ceux mêmes qui m'étaient le moins favo-
rables.» Mais l'envie ne put supporter tant de succès obtenus
par une aussi grande vertu. On s'unit pour traverser tous les
desseins de l'illustre évêque, on accusa de faiblesse sa tolérance, on essaya de rendre sa foi suspecte, et on ne craignit
pas de lui reprocher d'être arrivé au siége qu'il occupait par

intrigue et par ambition. La meilleure réponse à opposer à de tels détracteurs, c'était de renoncer volontairement à toute dignité et à tout honneur. Saint Grégoire de Nazianze le fit en présence de tout son peuple. Rien n'est beau, rien n'est touchant comme les adieux qu'il adresse à son troupeau bien-aimé avant de le quitter. «Adieu, Eglise d'Anastasie, adieu monuments de notre commune victoire, nouvelle Silo, où nous avons pour la première fois planté l'Arche sainte, depuis quarante ans errante dans le désert; adieu aussi, temple célèbre, notre nouvelle conquête, que le Christ remplit maintenant d'une foule si nombreuse; bourgade de Jébus, dont nous avons fait une Jérusalem; adieu vous toutes, demeures saintes, les secondes en dignité, qui embrassez les diverses parties de cette ville et qui en êtes comme le lien et la réunion; adieu, saints apôtres, céleste colonie, qui m'avez servi de modèles dans mes combats; adieu, chaire pontificale, honneur envié et plein de périls, conseil des pontifes, orné par la vertu et l'âge des prêtres; vous tous ministres du Seigneur à la table sainte, qui approchez de Dieu quand il descend vers nous; adieu, chœur des Nazaréens, harmonie des psaumes, veilles pieuses, sainteté des vierges, modestie des femmes, assemblée des orphelins et des veuves; regards des pauvres tournés vers Dieu et vers moi; adieu, maisons hospitalières, amies du Christ et secourables à mon infirmité.

» Adieu, vous qui aimiez mes discours, foule empressée où je voyais briller les poinçons furtifs qui gravaient mes paroles. Adieu, barreaux de cette tribune sainte, forcés tant de fois par le nombre de ceux qui se précipitaient pour entendre la parole. Adieu, ô rois de la terre, palais des rois, serviteurs et courtisans des rois, fidèles à votre maître, je veux le croire, mais certainement la plupart infidèles à Dieu. Applaudissez, élevez jusqu'au ciel votre nouvel orateur; elle s'est tue sa voix incommode qui vous déplaisait. Mais si ma langue est muette, mes écrits du moins et ma plume sauront toujours bien combattre pour la vérité.

» Adieu, cité souveraine et amie du Christ (car je lui rends ce témoignage, quoique son zèle ne soit pas selon la science; et le moment de la séparation adoucit mes paroles); approchez-vous de la vérité, corrigez-vous, quoique bien tard.

» Adieu, Orient et Occident, pour lesquels j'ai combattu et par qui je suis accablé! J'en atteste celui qui pourra vous pacifier, si quelques autres évêques savent imiter ma retraite. Mais je m'écrierai surtout: Adieu, anges gardiens de cette

Eglise, qui protégez ma présence et protégerez mon exil; et toi, Trinité sainte, ma pensée et ma gloire! puissent-ils te conserver et puisses-tu les sauver, sauver mon peuple! et que j'apprenne chaque jour qu'il s'est élevé en sagesse et en vertu! Enfants, gardez-moi le dépôt sacré, et que la grâce de Notre-Seigneur Jésus-Christ soit avec vous tous! (1) »

L'éloquent orateur alla ensuite à Césarée rendre hommage à la mémoire de saint Basile, son illustre ami; puis il se retira près du bourg d'Arianze, sa patrie, où loin du bruit et des affaires il passa le reste de ses jours, occupé à cultiver de ses mains un petit jardin et s'amusant à composer de petites poésies pour distraire ses ennuis. Le plus considérable de ses poëmes est celui qu'il a fait sur sa propre vie. Il décrit avec autant de délicatesse que d'élégance toutes les adversités qu'il a rencontrées, les joies et les peines qui ont rempli son âme. Ses autres pièces sont des méditations religieuses sur divers sujets de piété. Souvent il revient sur l'inconstance et la brièveté de la vie; mais ce sujet si usé et si vieilli prend sous sa plume un éclat qui le rajeunit et qui lui donne un charme inexprimable. On aime surtout cette teinte mélancolique et grave qui ne naît ni de l'abattement, ni du désespoir, mais qui est le résultat des réflexions solides et vraies que la foi chrétienne inspire sur la fragilité des choses de ce monde. Saint Grégoire nous offre dans ses poésies tout le luxe d'une imagination orientale soutenue par les idées graves et sérieuses d'une philosophie sublime.

Ce caractère est d'ailleurs celui de tous ses écrits. Dans ses *Oraisons funèbres* on trouve tout l'élan, toute la richesse et toutes les pieuses magnificences de l'ode sacrée et de l'hymne religieuse. S'il invective contre Julien, sa parole se colore de toute cette indignation qu'on admire dans les prophètes d'Israël ou de Juda, quand ils veulent tirer la ville sainte du sommeil de mort où le crime l'a plongée. Ses discours dogmatiques, qui l'ont associé au même surnom que saint Jean, sont remplis de saillies impétueuses, d'écarts imprévus et sublimes qui prouvent qu'on peut allier la doctrine la plus profonde et la plus subtile aux grâces et au mouvement du style. Dans ses lettres enfin c'est le même charme d'imagination, la même sensibilité de cœur souvent jointe au mérite bien rare d'exprimer avec un égal bonheur les grandes et les petites choses. On place ordinairement parmi ses œuvres une tragédie intitulée: *le Christ souffrant* (*Christus patiens*). Ce serait faire tort à son

_____

(1) Trad. de M. Villemain.

génie que de lui imputer cette œuvre médiocre, qui n'est formée que d'emprunts platement faits à Euripide. Son esprit original n'eût jamais pu descendre ainsi à un travail d'un genre aussi faux et aussi misérable. Il mourut vers l'an 391.

CHAPITRE II.

DES AUTRES PÈRES DOGMATIQUES DE CETTE ÉPOQUE. SAINT ÉPIPHANE, SAINT CYRILLE DE JÉRUSALEM ET SAINT ÉPHREM.

Le siècle qui vit fleurir saint Athanase, saint Basile, saint Grégoire de Nysse et saint Grégoire de Nazianze, eut encore la gloire de produire en Orient saint Epiphane, saint Cyrille de Jérusalem et saint Ephrem, le diacre d'Edesse. Ces derniers docteurs n'eurent pas le génie que nous avons admiré dans les premiers, mais leurs écrits sont néanmoins fort précieux pour l'historien et le philosophe aussi bien que pour le littérateur, et nous devons entrer dans les détails nécessaires pour les caractériser.

I. — SAINT ÉPIPHANE.

Saint Epiphane, archevêque de Salamine, vint au monde vers l'an 310, et mourut sur mer le 12 mai de l'an 403, âgé de plus de 92 ans. Il fut témoin par conséquent de toutes les grandes luttes soulevées au sein de l'Eglise par l'arianisme. Sous Valens, son zèle pour la foi aurait dû l'exposer, comme tant d'autres évêques, aux persécutions des hérétiques. Mais ils n'osèrent l'attaquer, parce qu'ils craignirent, selon la remarque de saint Jérôme, qu'en attaquant un homme aussi universellement vénéré pour sa vertu, ils ne se fissent tort à eux-mêmes. Ils le laissèrent donc paisible dans son Eglise, protégé qu'il était contre la tempête par sa propre réputation (1). Saint Epiphane profita du repos qu'on lui laissait pour écrire contre les païens et les hérétiques des traités fort remarquables qui lui ont mérité la gloire d'être placé parmi les docteurs de l'Eglise.

Les principaux ouvrages de saint Epiphane sont l'*Anchora* et

---

(1) D. Gervaise, *Vie de saint Epiphane*, liv. II.

le *Panarion*. Le premier fut composé sous le règne de l'empereur Valens pour fixer dans la vraie foi les chrétiens de Pamphylie. Il lui donna ce titre un peu bizarre pour faire comprendre aux fidèles que les vérités qui y sont exposées sont l'ancre à laquelle ils doivent s'attacher pour ne pas faire naufrage. Saint Epiphane explique avec un grand soin toute la doctrine catholique sur le mystère de la sainte Trinité, il y prouve la résurrection des morts, et s'applique surtout à réfuter les erreurs des païens, des manichéens, des sabelliens et des ariens. C'est un traité assez complet sur la notion de Dieu telle que l'Eglise l'a définie.

Le *Panarion* ou l'*Antidote* était dans l'esprit de son auteur un préservatif contre toute espèce d'erreurs. C'est une histoire dogmatique de toutes les hérésies qui avaient jusqu'alors paru. Il est divisé en trois livres ; le premier contient les hérésies avant Jésus-Christ. C'est une exposition de toutes les erreurs de la philosophie ancienne et des différentes sectes judaïques. Saint Epiphane en compte quarante-six. Les deux derniers livres sont consacrés aux hérésies qui ont paru depuis Jésus-Christ ; le savant archevêque en trouve trente-quatre. Il ne se contente pas d'exposer les systèmes et les erreurs de chaque sectaire ; mais après les avoir exposés, il en donne la réfutation.

C'était assurément un beau travail que ce tableau de toutes les conceptions humaines rapprochées de l'enseignement chrétien et jugées ainsi au nom de la raison, de l'autorité et du bon sens. Mais pour que l'exécution fût digne de l'étendue et de la beauté du plan, il eût fallu un homme d'un génie bien complet. Saint Epiphane n'a guère de remarquable qu'une érudition immense. Il sait beaucoup, et son livre sera toujours un répertoire très-précieux où l'historien peut aller puiser des détails infiniment curieux, spécialement sur les systèmes qui ont paru pendant les premiers siècles de l'Eglise. Mais l'ouvrage tel qu'il est manque de critique et de discernement, les erreurs y sont quelquefois faiblement réfutées, et quand il veut établir la doctrine catholique on ne trouve point en lui ces idées profondes et sublimes que nous avons admirées dans les grands génies dont nous avons auparavant étudié les écrits. Son style est généralement très-rude et très-négligé. C'est l'écrivain grec de cette époque qui a écrit avec le moins de perfection.

Ses autres livres, comme son *Traité des poids et des mesures*, sa *Physiologie* ou son Traité des animaux, ont les mêmes mérites et les mêmes défauts. Dans chacun d'eux on trouve une étonnante érudition dont les écrivains postérieurs ont fait leur profit. Mais au milieu de ces matériaux bruts et informes que l'art n'a pas pris soin de polir, on remarque des raisonnements incohérents, ou l'on rencontre des histoires incroyables racontées d'après de vagues rumeurs qui n'auraient pas fait impression sur un esprit ferme et juste.

II. — SAINT CYRILLE DE JÉRUSALEM.

Saint Cyrille, né à Jérusalem l'an 315, mourut en 386 après avoir été évêque de cette ville. Il ne nous a laissé qu'un seul ouvrage qu'il a publié sous le nom de *Catéchèses*. C'est le sommaire des prédications qu'il faisait chaque dimanche pour ceux qui étaient sur le point de recevoir le baptême, et pour ceux qui l'avaient nouvellement reçu, c'est-à-dire les catéchumènes et les néophytes. Ces catéchèses sont au nombre de vingt-trois. Les dix-huit premières sont des instructions que saint Cyrille donna sur la fin d'un carême à des catéchumènes qui devaient être baptisés à Pâques. Les cinq dernières portent le titre de *Mystagogiques* (initiation aux saints mystères), parce qu'elles étaient réservées aux mêmes personnes pour le temps qui suivrait leur baptême.

Les premières traitent des dispositions générales que l'on doit apporter à la réception du baptême, et renferment ensuite une exposition détaillée de tous les articles du symbole. Dans les dernières, après avoir parlé des cérémonies du baptême, de la profession de foi et de la formule de renonciation qu'on prononçait sur les fonts sacrés, l'illustre docteur instruit les néophytes sur le sacrement de confirmation et sur ses effets, sur l'Eucharistie, la présence réelle de Jésus-Christ, la transsubtantiation ; le sacrifice de la messe avec toutes ses prières, ses pratiques et ses cérémonies, et la communion des fidèles. L'unique dessein de saint Cyrille étant d'instruire ses catéchumènes et ses néophytes, il évite tous les arguments philosophiques et toutes les idées trop spéculatives qui auraient été inaccessibles à des intelligences ordinaires. Il n'a point recours aux témoignages des auteurs profanes, parce qu'il s'adresse à des hommes qui ont déjà la foi. Il ne se jette point non plus dans aucune de ces digressions savantes, utiles pour faire paraître le talent de l'orateur, et quelquefois pour émouvoir et charmer des auditeurs instruits; mais comme il tient avant tout à instruire ceux qui l'écoutent des vérités fondamentales de la religion, il sacrifie tout à la clarté et à la méthode. Il s'efface entièrement lui-même pour ne songer qu'aux autres. Aussi quelle précision dans tous ses développements! quelle sagesse et quelle exactitude de doctrine! Chacune de ses instructions renferme un fonds d'idées solides qui portent avec elles-mêmes leur lumière et leur évidence! Le style est simple, mais pur et concis. Tout ce qu'il avance est appuyé par l'Ecriture, et l'esprit de foi anime tellement toutes ses paroles, que, selon la remarque d'un de ses traducteurs (1), on se sent ému, pénétré de religion et échauffé en les lisant.

Ce n'est point ici le lieu d'observer toutes les ressources qu'offre cet ouvrage aux défenseurs de la foi contre les erreurs modernes. En nous renfermant dans une appréciation purement littéraire, nous nous contenterons de citer ces *Catéchèses* comme autant de chefs-d'œuvre que l'orateur chrétien doit prendre pour modèles toutes les fois qu'il se propose d'annoncer les vérités religieuses au peuple.

III. — SAINT ÉPHREM.

Saint Ephrem, né à Nisibe ou aux environs, est la lumière et la gloire de l'Eglise de Syrie. Ses écrits étaient si estimés que sur la fin du IVe siècle on avait l'habitude dans quelques églises de les lire après l'Ecriture sainte. « Ce grand homme, disait saint Chrysostome, excelle à échauffer les âmes tièdes et languissantes, à relever les courages des affligés, à donner à la jeunesse des règles de conduite, à diriger les solitaires dans les voies de la perfection, les pécheurs dans celles de la pénitence, à confondre l'hérésie sous les traits dont il la perce. » Il est vraiment surprenant que des talents aussi variés se soient rencontrés dans un homme qui passa toute sa vie dans la solitude, au milieu des moines, sans avoir aucun contact avec la société et sans être surexcité par aucune de ces circonstances extraordinaires qui obligent le génie à se produire.

Retiré dans une cellule près d'Edesse, il y composa tous ses ouvrages. Un jour, vers l'an 372, il interrompit ses travaux pour faire visite à saint Basile qui gouvernait encore l'Eglise de Césarée. Arrivé dans cette grande ville, il alla entendre l'éloquent prédicateur, et lui demanda ensuite humblement ses conseils. Saint Basile fut ravi de l'éclat de ses vertus, et on a dit, mais à tort, qu'il l'avait élevé au sacerdoce. Ephrem se

---

(1) Grancolas.

refusa toujours à accepter cette dignité, et il est resté célèbre
dans toute l'Eglise sous le nom de diacre d'Edesse.

De retour dans sa solitude, il reprit ses études et ne les quitta
que pour aller porter des secours aux habitants d'Edesse à l'occasion d'une effroyable famine qui désola cette malheureuse
cité. Il nous a lui-même tracé la peinture la plus affreuse de
ce fléau destructeur. « La mort, s'écrie-t-il, a ouvert un vaste
gouffre où tous les âges viennent se précipiter et s'engloutir.
Assise sur des monceaux de cadavres, la mort siége comme sur
un trône élevé, environnée d'une escorte innombrable de victimes, dont aucune n'a pu se dérober à ses coups. Aujourd'hui,
confondant les morts avec les vivants, elle fait de chaque maison un sépulcre, où celui qui respire encore gît à côté de celui
qui n'est plus. Ici des habitations qui regorgent de cadavres ;
là, d'autres demeures vides d'habitants. La route qui conduit
au rendez-vous de la mort, seule, est fréquentée ; celle qui
mène à la ville est déserte. La mort et le tombeau se montrent
insatiables ; le sépulcre ne sait plus dire : C'en est assez. Tout
est abandonné, maisons, travaux, culture des champs. Une
seule pensée remplit tous les esprits : c'est que l'on va mourir.
Nuit et jour on a la mort sous les yeux. C'est pour aujourd'hui ;
demain l'on sera mort. Chacun s'empresse de disposer pour
soi-même la tombe qui va le recevoir. Le lit le plus délicat
n'est rien auprès de la couche funèbre qui s'apprête. Le pauvre
est tout entier à cet unique soin ; le riche ne sait plus entasser
l'or dont il est si avide. A force de se multiplier, les morts s'em-
barrassent dans la route qui mène au commun dépôt ; les ravages de la contagion sont tels, que la terre manque à ceux
qu'elle a déjà dévorés. Plus de bras pour ensevelir les morts ;
ils gisent çà et là dans les voies publiques ; et parce que la terre,
comblée de morts, n'en peut plus recevoir de nouveaux, les
cadavres restent sans sépulture, abandonnés à la corruption
qu'ils exhalent. »

Nous ne croyons pas que jamais écrivain ait réuni avec plus
de bonheur la pompe et la magnificence du langage à la chaleur des sentiments. Toujours en présence de Dieu et de sa
conscience et continuellement occupé à se préparer avec ferveur au grand passage de cette vie à l'éternité, les mêmes sujets et les mêmes images reviennent souvent sous sa plume. On
pourrait le nommer le peintre de la mort et du jugement. Ce
sont les scènes qu'il a dépeintes avec le plus d'énergie et d'originalité. Mais quelle que soit la richesse de son imagination,
le retour constant de ces couleurs sombres et tristes répand une

sorte de monotonie dans l'ensemble de ses œuvres. Ceci tient peut-être à ce que nous n'en possédons d'ailleurs qu'une partie, car le génie fécond de l'illustre docteur avait produit des ouvrages de tous genres.

Ainsi il avait composé des commentaires sur tout l'Ancien et le Nouveau Testament. Une grande partie de ce travail ne nous est point parvenue. Il explique l'Ecriture, tantôt à la lettre, tantôt dans le sens spirituel, et quelquefois dans le sens mystique. On voit qu'il avait soigneusement consulté les versions publiées avant lui; il ajouta aux interprétations anciennes une foule d'aperçus ou de développements que l'on ne rencontre point ailleurs. Son commentaire n'a point la sécheresse de ces sortes d'ouvrages. Lumineux et savant, il est de plus animé, sentencieux, profond, noble et pittoresque dans son élocution.

Outre ce commentaire, saint Ephrem a traité, dans une longue suite de discours, de la vie des patriarches, de plusieurs filles et femmes célèbres de l'Ancien et du Nouveau Testament. Nous avons encore de lui un très-grand nombre de discours et d'exhortations, de traités ascétiques, d'homélies et de prières, de questions et de réponses sur tous les objets de la foi et de la morale. Mais il est rare, comme nous l'avons dit, qu'il ne ramène pas ses auditeurs à sa grande et presque unique pensée, la mort et le jugement (1). Nous ne pouvons résister au plaisir de citer ici la description qu'il fait dans un de ses discours du second avénement de Jésus-Christ.

« Du plus haut des cieux, dit-il, le Roi des rois, porté sur un trône éclatant de lumière, environné de gloire, est descendu; il vient siéger comme juge à la face de tout l'univers, et faire comparaître, au pied de son tribunal, tous les humains. A ce seul aspect, je me sens prêt à m'évanouir; la plus violente agitation s'est emparée de tout mon corps; mes membres palpitent; mes yeux se remplissent de larmes; ma langue balbutie; mes lèvres tremblent; ma voix, entrecoupée par les sanglots, s'arrête; il n'y a plus dans mes idées que désordre et confusion. Un coup de tonnerre qui vient tout à coup à retentir à nos oreilles, porte la terreur au fond de l'âme : que sera-ce alors que les accents de la trompette, mille fois plus éclatants que le bruit du tonnerre, se faisant entendre jusque dans les tombeaux, iront réveiller tous les hommes, justes et pécheurs, qui existèrent depuis la naissance du monde; alors que le genre humain tout entier, renaissant à la fois, viendra comparaître aux pieds

_____
(1) Guillon.

du souverain juge? Il a parlé, et soudain la terre ébranlée a
rendu tous les morts ensevelis dans ses entrailles. Ceux que
l'Océan avait engloutis dans ses abîmes et ceux que les animaux féroces dévorèrent, reparaissent tous ressuscités, tous
vivants dans leur propre chair. Un fleuve de feu, épanché des
lieux où naît le soleil, avec l'impétuosité d'une mer en furie,
s'est précipité sur la terre ; il embrase montagnes et vallées,
il consume l'univers tout entier. Plus de riantes campagnes,
plus de fontaines rafraîchissantes, de fleuves et de rivières portant au loin l'abondance avec leurs eaux ; l'air est embrasé,
les étoiles tombées du ciel, le soleil anéanti, la lune changée
en sang. Tout a disparu. Le ciel s'est replié comme un livre.
Les anges ont reçu l'ordre de rassembler, d'une extrémité à
l'autre, les fidèles serviteurs de Dieu ; ils l'exécutent en un moment. Un nouveau ciel, une nouvelle terre ont remplacé le ciel
et la terre anéantis. Tout à coup un trône majestueux s'avance.
Le signe du Fils de l'homme paraît resplendissant de lumière,
et son éclat remplit un immense horizon. Tous les peuples ont
reconnu le royal sceptre du monarque terrible qui se découvre
enfin à leurs regards. Comment oser alors se présenter à Jésus-
Christ et entrer avec lui en jugement? Accablé par le souvenir
de ses péchés, vide de bonnes œuvres, le pécheur est là, nu et
tremblant, dans l'effroyable attente de l'arrêt qui va être rendu
contre lui. Chacun lit le tableau de sa vie tout entière. Ceux
qui ont marché par la voie étroite, qui ont racheté leurs péchés
par une pénitence sincère, qui ont exercé la miséricorde envers
les indigents, les étrangers, attendent pleins de confiance la
bienheureuse espérance et le glorieux avénement du grand
Dieu sauveur, Notre-Seigneur Jésus-Christ. C'est le jour de
leur triomphe. »

Voilà sans doute un de ces morceaux qui ont fait dire à saint
Grégoire de Nysse en parlant de saint Ephrem : « Quand vous
l'entendez, vous croyez assister à la dernière scène qui accom-
pagnera la consommation des temps. Vous êtes présent à l'arrivée de Jésus-Christ porté sur les nuées du ciel. Vous êtes
réveillé de votre assoupissement, comme les morts au fond de
leurs sépulcres par les sons de la trompette ; et il ne manque
en effet à la vérité du tableau que la présence même du juge
futur des vivants et des morts. » En souscrivant à ces éloges
qui caractérisent parfaitement d'ailleurs le talent du diacre
d'Edesse, nous croyons devoir faire observer que ses écrits sont
bien plus remarquables par l'éclat des couleurs que par la force
du raisonnement et la profondeur des pensées. Saint Ephrem

est peut-être encore plus poëte qu'orateur ; sa doctrine est pure, et ses livres sont remplis des témoignages les plus formels en faveur de notre foi ; mais il ne se livre jamais à ces considérations philosophiques si familières aux Athanase, aux Basile, aux Grégoire de Nazianze, et aux Pères des premiers siècles. Il mourut le 9 juin ou le 15 juillet de l'an 378.

CHAPITRE III.

SAINT JEAN CHRYSOSTOME ET LES ÉCRIVAINS ECCLÉSIASTIQUES DU Vᵉ SIÈCLE.

Le ivᵉ siècle avait été troublé par de grands combats. Après avoir triomphé de la persécution sanglante des empereurs païens, le christianisme avait eu ensuite à lutter contre les sectaires. La puissance civile leur ayant prêté son appui et leurs erreurs étant présentées avec tout le prestige de la science et tout l'éclat du talent, l'Eglise courut alors de grands dangers. Dans ces circonstances difficiles les secours ne lui firent pas défaut. Car aucune époque ne fut mieux partagée que le siècle des Athanase, des Basile, des Grégoire et des Ephrem. En aucun temps le génie ne parut s'allier avec plus d'éclat à la sainteté. La victoire étant restée au catholicisme, les efforts de ses défenseurs durent, après le triomphe, changer de direction et de caractère.

C'est ce que nous remarquons au vᵉ siècle. Au lieu de faire constamment la guerre à l'ennemi et de rendre leur parole vive et tranchante comme le glaive, les écrivains ecclésiastiques s'appliquent au contraire à donner à leurs discours ce charme et cette onction qui pénètre les cœurs et qui les unit. Ils s'efforcent avant tout à rendre pure et sainte la vie des vrais fidèles, ils s'attachent à la morale sans toutefois négliger la doctrine, mais ils sont plutôt prédicateurs que controversistes. La chaire sacrée devient le théâtre ouvert à tous les hommes de talent, et comme elle est le seul moyen d'influence, on y voit paraître des saints et des ambitieux. Parmi ces derniers nous citerons Sévérien de Gabal, Astère d'Amasée, Antiochus de Ptolémaïde, qui eurent dans leur temps beaucoup de célébrité. Mais la postérité semble avoir voulu se venger par un dédaigneux oubli de leur sotte vanité, car elle n'a rien conservé de leurs écrits.

L'homme de génie qui éclipsa tous ces rhéteurs fut saint Chrysostome. Nous nous étendrons longuement sur ses écrits, parce qu'il eut la gloire de fixer le véritable caractère de l'éloquence chrétienne. Sans avoir eu la prétention de faire école, son génie aura désormais tous les vrais orateurs chrétiens pour admirateurs et pour disciples. Dans ce siècle on remarque parmi ses imitateurs saint Basile de Séleucie dont les ouvrages mériteraient d'être plus connus. Saint Nil et saint Isidore défendirent la réputation du saint archevêque sans oser imiter son éloquence. Ces deux écrivains se bornèrent à composer des traités ascétiques ou à écrire des lettres de direction.

Quoi que nous en ayons dit, on remarque bien que le calme n'est qu'apparent dans les Eglises d'Orient au vᵉ siècle. Ces Grecs inquiets et subtils ont toujours besoin d'être rassurés et contenus; le désir d'innover les travaille, et le joug de la foi leur pèse. Mais c'est dans les écrits de saint Cyrille d'Alexandrie qu'il faut suivre les grandes controverses alors suscitées par le faux esprit de Nestorius. Ce docteur fut pour cette hérésie nouvelle ce qu'avait été Athanase pour l'arianisme. Il eut encore la gloire de donner une réfutation complète du livre de Julien l'Apostat dans le genre de la réfutation de Celse par Origène. C'est le dernier coup qu'ait reçu le polythéisme expirant. Il est probable que saint Cyrille fut poussé à cette controverse par les subtilités de l'école éclectique d'Alexandrie qui fut le dernier boulevard de la religion ancienne.

Nous consacrerons à ce docteur ainsi qu'à saint Chrysostome un article tout spécial, puis nous terminerons l'étude de ce siècle par une appréciation rapide des écrivains d'un ordre inférieur.

I. — SAINT JEAN CHRYSOSTOME.

Saint Jean Chrysostome naquit à Antioche vers l'an 344. Il reçut de sa mère une éducation chrétienne, mais il n'en suivit pas moins les leçons oratoires du païen Libanius, le rhéteur le plus illustre de cette époque. Ce maître habile reconnut bientôt le génie de son disciple, et il ne craignait pas de le louer publiquement et de le proclamer supérieur au sien. Il ne regrettait qu'une chose, c'était de voir un aussi beau talent se consacrer à la défense du christianisme qu'il détestait par amour pour la religion d'Homère et le culte des Muses. Sur son lit de mort, il exprimait encore ce même regret en disant : » Hélas! j'aurais laissé le soin de mon école à Chrysostome, si les chrétiens ne nous l'avaient ravi par un sacrilége ! » On conçoit ces sentiments dans un rhéteur rempli d'enthousiasme pour les rêves gracieux de la mythologie grecque, mais personne ne les a jamais partagés. Si Chrysostome eût suivi les conseils de son maître, il n'aurait été qu'un sophiste ou un déclamateur vulgaire, tandis que, éclairé par les lumières de la foi, il a été un grand docteur et un grand saint.

Pour arriver à cette double gloire il prit le chemin des renoncements et des humiliations volontaires. Après avoir brillé au barreau d'Antioche il résolut de renoncer au monde. L'évêque de cette ville, saint Mélèce, l'attacha à son Eglise en qualité de lecteur. S'étant uni à saint Basile, leur étroite amitié ne servit qu'à donner plus d'éclat à leurs vertus. Les évêques de la province voulurent les élever l'un et l'autre à l'épiscopat. Mais ils s'enfuirent et se cachèrent. Cette circonstance les ayant portés tous deux à écrire sur le sacerdoce pour justifier leur conduite, nous y avons gagné deux chefs-d'œuvre. Rien n'égale le discours de saint Basile sur la grandeur et sur les devoirs du prêtre, et rien n'est admirable comme le traité de saint Chrysostome sur le sacerdoce. Saint Basile fut découvert et ordonné, mais saint Chrysostome évita l'honneur qui le poursuivait et se retira parmi les anachorètes.

Quand sa mère sut la résolution qu'il avait prise, cette femme si chrétienne, qui vivait depuis plus de vingt ans dans le veuvage uniquement par intérêt pour son fils, ne put se résigner à le voir ainsi se séparer d'elle. « Quand je lui eus fait connaître mon dessein, nous dit lui-même saint Chrysostome, elle me prit par la main, me conduisit dans sa chambre, et m'ayant fait asseoir auprès d'elle sur le même lit où elle m'avait donné naissance, elle se mit à pleurer et me dit ensuite des choses encore plus tristes que ses larmes ! » Rien n'égale, dans le récit de Chrysostome, la plainte naïve de cette mère désolée. Après avoir rappelé les peines, les embarras, les périls d'une jeune femme laissée veuve au milieu du monde, dans la faiblesse de son âge et de son sexe : « Mon fils, lui dit-elle, ma seule consolation, au milieu de ces misères, a été de te voir sans cesse et de contempler dans tes traits l'image fidèle de mon mari qui n'est plus. Cette consolation a commencé dès ton enfance, lorsque tu ne savais pas encore parler, temps de la vie où les enfants donnent à leurs parents les plus grandes joies.

» Je ne te demande maintenant qu'une seule grâce : ne me rends pas veuve une seconde fois ; ne renouvelle pas un deuil qui commence à s'effacer ; attends au moins le jour de ma mort ; peut-être me faudra-t-il bientôt sortir d'ici-bas. Ceux qui sont jeunes peuvent espérer de vieillir, mais à mon âge on n'attend que la mort. Quand tu m'auras ensevelie et réuni mes cendres à celles de ton père, entreprends alors de longs voyages, passe telle mer que tu voudras ; personne ne t'en empêchera ; mais pendant que je respire encore, supporte ma présence et ne t'ennuie pas de vivre avec moi ; n'attire pas sur toi l'indignation de Dieu, en m'accablant de si grands maux, sans avoir été offensé par moi (1). »

Chrysostome, d'abord ébranlé par ces paroles si humbles et si touchantes, finit enfin par surmonter les sentiments de la nature, et se rendit où il croyait que le devoir l'appelait. Il passa six ans au milieu des anachorètes, se condamnant à toutes les austérités de la pénitence. Etant tombé malade, il fut obligé de revenir à Antioche pour y rétablir sa santé. Saint Flavien, qui avait succédé à saint Mélèce sur le siége de cette ville, l'éleva au sacerdoce et le chargea d'annoncer au peuple la parole de Dieu. Il le fit avec tant d'éclat que les juifs, les païens, les hommes de toute secte et de toute condition se pressaient en foule à ses discours. Dans la deuxième année de son règne apostolique, au mois de février 387, la ville d'Antioche ayant eu le malheur de se soulever contre Théodose et de briser ses statues, on s'attendait à voir cette grande cité détruite par ordre du prince irrité. La consternation était générale. Flavien partit aussitôt pour se présenter à l'empereur et l'apaiser. Pendant son absence, Chrysostome se chargea de soutenir à lui seul le courage des habitants d'Antioche abattus et désespérés. Chaque jour ils venaient au pied de sa chaire éloquente l'entendre parler de leur infortune. Il comptait avec eux les moments de l'absence de Flavien et calculait l'époque où il pourrait se présenter à l'empereur ; il les entretenait de tout ce qu'il pourrait dire pour l'apaiser, des raisons qu'il aurait à faire valoir en leur faveur ; il les remplissait d'espérance en leur rappelant la bonté, la foi et la magnanimité de Théodose, et chaque fois il les renvoyait plus tranquilles et plus heureux parce qu'il savait toujours répandre dans leurs cœurs cette confiance en Dieu qui le soutenait et l'animait lui-même. Flavien fut assez heureux pour toucher l'empereur. A son retour, Chrysostome rendit compte du succès de son ambassade. Le discours qu'il lui met dans la bouche est un véritable chef-d'œuvre qui peut entrer en parallèle avec tout ce que l'antiquité nous a laissé de plus parfait dans le genre oratoire.

(1) Nous avons emprunté cette traduction à M. Villemain.

Chrysostome fut encore pendant dix ans la gloire et la lumière de l'Eglise d'Antioche. Il eût voulu sans doute passer sa vie au milieu de cette cité où cent mille auditeurs se disputaient, pour ainsi dire, le plaisir et le profit qu'il y avait à entendre sa parole. Mais sa brillante renommée le fit élever par l'empereur Arcadius sur le siége de Constantinople, après la mort de Nectaire. Il fut sacré le 26 février 398, par Théophile, patriarche d'Alexandrie. Les peines et les chagrins de Chrysostome commencèrent avec son élévation.

Constantinople lui offrit en spectacle le luxe et les vices de l'Asie. Sous un gouvernement aussi faible que celui d'Arcadius, tout était abandonné aux caprices des courtisans, et les mœurs de la cour rappelaient une grande partie des excès qui avaient déshonoré autrefois les tyrans licencieux de Rome païenne. Le clergé lui-même n'avait pas toujours su se modérer au milieu de l'enivrement universel, et de graves abus s'étaient introduits dans le sanctuaire. Le zèle de saint Chrysostome ne lui permit pas de tolérer plus longtemps ces faiblesses, et après avoir donné lui-même l'exemple de toutes les vertus, il usa de son autorité pour réformer les mœurs de son clergé. C'était le moyen de se faire beaucoup d'ennemis. On murmura contre sa sévérité qu'on appelait de l'injustice et de la rudesse, mais sa parole et ses exemples triomphèrent d'abord de ces premières difficultés. Son éloquence lui concilia même l'admiration du peuple et des grands, et la disgrâce d'Eutrope, le ministre de l'empereur, lui fournit l'occasion de prouver toute la puissance que l'orateur chrétien peut avoir sur les passions de la multitude irritée.

Cet eunuque insolent, se voyant proscrit par Arcadius et livré à la fureur du peuple et de l'armée, qui avaient également souffert de ses exactions, s'était réfugié dans l'église pour y chercher une protection contre la vengeance de ses ennemis. Pâle de rage et de frayeur, il tenait les colonnes de l'autel embrassées, et son imagination troublée ne lui offrait que des épées nues, des chaînes et des bourreaux. L'Eglise avait eu beaucoup à souffrir de son ambition et de son orgueil, pendant le temps qu'il était en faveur. Mais Chrysostome comprit que c'était là le moment de tout oublier, et que le seul rôle qui convînt à son caractère, c'était de mettre toute son éloquence au service de cet infortuné. Il prit donc devant tout le peuple la défense de celui dont il avait tant à se plaindre et prononça un discours si admirable que la sédition fut apaisée. « Vanité des vanités, s'était écrié le sublime apôtre, tout n'est que vanité.» Et il avait

parlé avec tant de force et tant d'onction sur le faux éclat et
le néant des choses humaines, que tout le monde ajourna ses
idées de vengeance pour s'appliquer à soi-même la leçon qui
ressortait de ces réflexions si sérieuses.

L'ennemi d'Eutrope était le Goth Gaïnas. Il n'avait pas entendu les paroles de Chrysostome, et il exigea d'Arcadius la
mort de son favori, qu'on s'était d'abord contenté d'exiler dans
l'île de Chypre. Le faible empereur y consentit (399). Cette lâcheté rendit le barbare plus insolent encore. Il leva l'étendard
de la révolte, et marcha contre Constantinople, demandant les
têtes des autres officiers de l'empire. Déjà on lui avait livré ces
malheureuses victimes lorsque Chrysostome alla lui-même se
présenter à ce féroce soldat pour toucher son cœur par l'éclat
et l'onction de sa parole. Gaïnas était arien, et par là même
rempli de haine et de prévention contre les orthodoxes. Il
écouta cependant Chrysostome avec respect, se rendit à ses
conseils, et l'illustre prélat de retour à Constantinople rendait
compte avec la plus grande simplicité de la mission sublime
qu'il venait de remplir. « Je suis le père commun de tous,
disait-il, et je dois penser non-seulement à ceux qui sont debout, mais encore à ceux qui sont tombés ; c'est pour cela que
je me suis quelque temps éloigné de vous, faisant des voyages,
usant de conseils et de prières pour sauver de la mort les principaux de l'empire.»

Ces actions d'éclat devaient exciter contre lui beaucoup d'envieux. La liberté de ses censures, qui s'attaquaient aussi bien
aux désordres des grands qu'à ceux du peuple, irrita les courtisans, l'impératrice Eudoxie et peut-être l'empereur lui-même.
Une ligue se forma contre lui ; on trouva des évêques pour le
déposer en concile, et il fut obligé de prendre le chemin de
l'exil (403). Le lendemain de son départ il y eut un violent
tremblement de terre que le peuple alarmé regarda comme
une marque de la colère céleste. Il fallut rappeler le saint patriarche, et il revint dans son Eglise suivi d'un concours de
peuple que jamais triomphateur n'avait pu réunir. La multitude l'obligea dans son enthousiasme à remonter aussitôt
dans sa chaire pour lui faire entendre une parole dont elle
s'était toujours montrée si avide.

Mais cette réconciliation, tout éclatante qu'elle était, ne tarda
pas à être troublée. On avait dressé à l'impératrice une statue
d'argent, près de la principale église de Constantinople, et l'on
y célébrait des jeux publics mêlés de superstitions idolâtriques.
Le saint évêque prêcha contre cet abus. Eudoxie en fut offensée

et le fit envoyer à Cucuse en Arménie (404). Saint Chrysostome travailla dans son exil avec un nouveau zèle au bien de l'Eglise; il instruisait le peuple de ce pays, assistait les pauvres et rachetait les captifs. Ses ennemis en conçurent de la jalousie et le firent reléguer à Pythyonte, ville déserte et la dernière de l'empire, sur le bord oriental du Pont-Euxin. Après avoir marché pendant trois mois, l'illustre exilé fut attaqué d'une fièvre violente qui l'obligea de s'arrêter à Comane, dans le Pont, où il mourut (14 septembre 407).

La grande gloire de saint Chrysostome comme orateur est d'avoir fixé le vrai caractère de l'éloquence chrétienne. « Sa méthode devint la règle du genre et le sceau de la vérité. Cet Evangile, que l'orgueilleuse philosophie du siècle avait méconnu, fut jugé dès lors le code de la plus parfaite sagesse et la source des plus sublimes conceptions qui pussent s'offrir au génie. C'était là le dernier trophée qui manquât à la gloire du christianisme. Chrysostome fut donné au monde, et le paganisme fut vaincu à la tribune, comme dans ses temples (1). » Élevé par une mère chrétienne et formé à l'éloquence par les leçons de Libanius, son génie nous offre, sous le rapport de l'art, tout ce qu'il y eut de beau et de vrai dans la Grèce antique, épuré, agrandi, et pour ainsi dire, surnaturalisé par l'inspiration du christianisme. Cette alliance du génie ancien et du génie nouveau faite dans une juste proportion produisit un genre de beautés tout à fait neuves et originales dont le charme et la grâce n'ont point encore été surpassés. La foi et la raison ne permettaient pas à l'apôtre chrétien de faire revivre les dieux d'Homère et les fictions qui animent la langue de Pythagore et de Platon, mais l'imagination de Chrysostome se dédommage largement de ce sacrifice, en personnifiant les vices qu'il combat, en allégorisant les vertus qu'il veut faire aimer, et soit qu'il nous ouvre les portes des cieux pour en décrire les magnificences, soit qu'il descende au séjour des criminels pour en retracer une effroyable peinture, soit enfin qu'il mette les esprits bons ou mauvais en rapport avec les hommes et leur faisant cortége sur le chemin de la vie, toutes ces scènes deviennent autant de drames animés qui enflamment l'orateur et poétisent son langage. Ces grandes images caractérisent généralement son style, et il a véritablement plus d'éclat que de variété. Sa diffusion asiatique ressemble assez, comme on l'a dit, à la splendeur de cette lumière éblouissante et toujours

(1) Guillon.

égale qui brille sur les campagnes de la Syrie. Mais il n'en est pas moins un modèle accompli pour le développement oratoire d'une pensée. Sa période toujours harmonieuse se déroule avec une pompe, une richesse et une majesté dont on ne trouve même pas d'exemple dans toute l'antiquité.

Quoique ce mérite se retrouve dans tous ses ouvrages, on ne peut cependant mettre sur la même ligne les discours qu'il a composés à Antioche et ceux qu'il a prononcés à Constantinople. Ces derniers sont beaucoup moins parfaits, parce que ses occupations nombreuses l'obligeaient presque toujours à improviser. Son *Traité du Sacerdoce*, ses *Avis aux veuves*, son *Apologie de la vie monastique*, et ses autres grands ouvrages ne se ressentent pas de cette précipitation, parce qu'ils ont tous été composés même avant son élévation au sacerdoce. Ses meilleures homélies sont celles qu'il fit sur l'Evangile de saint Matthieu et sur les Epîtres de saint Paul. Personne n'a jamais mieux pénétré la morale et les maximes de l'Apôtre des nations et personne n'est entré plus avant dans le secret de sa doctrine. Son admiration pour lui allait jusqu'aux transports d'un saint enthousiasme. Il s'était fait un devoir de le lire plusieurs fois chaque semaine, et on assure qu'en écrivant il avait toujours son portrait sous les yeux, que sa vue seule l'enflammait et donnait à sa pensée de l'élan et de la grandeur.

On vante encore un grand nombre de ses panégyriques et de sermons détachés, et il est vrai de dire avec l'abbé Maury, qu'il abonde tellement en pensées profondes ou en traits sublimes, qu'on trouve à chaque page dans toutes ses compositions oratoires de beaux traits à citer avec éclat dans les chaires chrétiennes (1). Ce qui peut achever de rendre recommandable à tous les prédicateurs l'étude approfondie des ouvrages de ce grand homme, c'est que l'ensemble de ses œuvres forme une théologie complète. La nature de Dieu et de l'homme, la grâce et le libre arbitre, le péché originel, les sacrements et les dispositions qu'ils exigent de celui qui les reçoit, en un mot, toutes les questions de dogme et de morale y sont développées avec génie. Aussi nous ne craindrons pas de dire avec un critique du xviie siècle dont l'autorité ne peut être suspecte : « C'est à cette lecture que tous les prédicateurs devraient employer leur temps, et non pas à lire les sermons de tant d'auteurs, qui ne sont pleins, pour la plupart, que de spiritualités creuses, de pensées fausses, de déclamations outrées, de questions inu-

---

(1) Maury, *Essai sur l'éloquence de la chaire.*

tiles, de pointes, de jeux de mots, d'antithèses, et d'autres choses de cette nature qui n'ont aucun rapport avec les vérités de l'Evangile, que l'on doit annoncer avec une éloquence mâle et naturelle (1). »

II. — SAINT CYRILLE D'ALEXANDRIE.

Saint Cyrille d'Alexandrie se forma à l'école de Clément d'Alexandrie, de saint Athanase, de saint Basile et de tous les Pères de l'Eglise d'Orient. Il étudia en même temps les meilleurs écrivains profanes de l'antiquité. Son oncle le patriarche Théophile lui ayant permis de prêcher à Alexandrie, il le fit avec tant d'éclat qu'on allait en foule à ses sermons pour l'entendre et l'applaudir. Après la mort de son oncle il fut choisi pour être son successeur en 412. Il déploya tout d'abord une grande sévérité contre les juifs et les novatiens, mais ce qui devait à jamais rendre son nom célèbre, ce fut la lutte qu'il soutint avec autant de force que de science contre les erreurs de Nestorius, patriarche de Constantinople.

Si l'on en juge par les écrits qui nous restent, cet hérésiarque parlait avec beaucoup de facilité et de netteté. Il n'avait pas une grande étendue d'esprit, ses idées supposent généralement peu d'élévation et de noblesse, et tout l'ornement de ses discours consiste en des descriptions, des métaphores et des apostrophes. Ils sont secs et vides comme toutes ces compositions factices où l'art remplace le sentiment. Il ne paraît pas qu'il ait eu beaucoup de science et d'érudition, mais il avait le talent de bien faire valoir ce qu'il savait (2). Sa voix était forte et agréable, et il avait de plus une expression vive et polie, des mouvements véhéments, et cette éloquence asiatique si fine et en même temps si mordante dans les peintures qu'elle fait du vice. Le peuple l'adorait, parce qu'il savait d'ailleurs simuler tous les dehors de la vertu. On le voyait modeste, pâle, exténué comme ceux qui jeûnent continuellement. Il ne paraissait en public qu'à l'église ; hors de là, retiré dans son cabinet, il passait sa vie à méditer et à écrire. Quand il fut nommé évêque de Constantinople, le jour même de son sacre il prêcha devant l'empereur et le conjura de se joindre à lui pour exterminer les hérétiques. « Seigneur, lui dit-il, purgez la terre de toutes les sectes hérétiques, et moi je vous promets de vous ouvrir le ciel ;

(1) Dupin, *Bibliothèque des auteurs ecclésiastiques.*
(2) Idem.

aidez-moi à les exterminer, et moi je vous aiderai à exterminer
les Perses vos ennemis (1). » On ne pouvait rien attendre de bon
du zèle outré d'un homme qui prenait ainsi à son début et ouvertement le rôle d'un persécuteur. Aussi ne fut-il pas plus tôt
assis sur son trône épiscopal, qu'il attaqua le dogme de l'incarnation et excita dans l'Eglise les plus grands troubles par
ses nouvelles erreurs.

Saint Cyrille, instruit de ce qui se passait, s'efforça de ramener l'hérésiarque en lui écrivant plusieurs lettres pleines de
douceur. Nestorius ne lui ayant répondu qu'avec emportement,
il se vit obligé de dénoncer la nouvelle hérésie à l'empereur
Théodose et à tous les évêques d'Orient. Aussitôt, tout le monde
s'émut, un concile œcuménique fut tenu à Ephèse (431), Nestorius fut condamné, et tous les Pères s'écrièrent que la foi de
Cyrille était la foi de toute la terre. Le pape saint Célestin lui
donna dès lors le titre de *docteur catholique,* et les théologiens
l'ont honoré de celui de *docteur de l'Incarnation.*

Parmi les nombreux écrits que ce Père nous a laissés, on admire surtout ses *cinq livres contre Nestorius,* les anathématismes,
les lettres et les apologies qu'il a composées à l'occasion de cette
grande controverse. L'erreur y est dévoilée avec un art admirable, et la vérité catholique y est exposée avec tant d'exactitude et de clarté que les Pères du concile d'Ephèse y ont puisé
les lumières qui les ont éclairés dans leur jugement.

Après ces traités de controverse, on place ordinairement l'ouvrage du même docteur contre Julien l'Apostat. Théodoret et
Philippe de Side écrivirent également contre l'empereur philosophe, mais l'ouvrage du patriarche d'Alexandrie est resté le
plus célèbre. Il est divisé en dix livres, et il réfute Julien en reproduisant toutes ses paroles et en le suivant pied à pied comme
fit Origène dans son traité contre Celse. Quoique l'ouvrage de
l'empereur soit perdu, on a pu le rétablir d'après les citations
de saint Cyrille. Comme l'attaque était habile et profonde, la
réponse s'étendit à tous les faits et à tous les raisonnements qui
servent d'appui au christianisme. C'est un traité complet de la
religion, où toutes les difficultés de Julien sont éclaircies avec
tant de précision et de supériorité qu'un apologiste moderne,
après l'avoir analysé, termine son travail par les *réflexions suivantes :* « C'est sans doute, dit-il, un bonheur pour la religion
que cet ouvrage de saint Cyrille soit parvenu jusqu'à nous. On
aurait pu penser qu'un empereur habile et nourri dans le sein de

la foi ne l'aurait abandonnée que sur d'invincibles preuves ; et
pour certains esprits ces présomptions décident. Mais ces difficultés encore subsistantes apprennent, et elles apprendront à
tous les siècles, que l'impiété ne parle que pour trahir sa faiblesse ou pour donner par sa défaite plus de gloire et de puissance à la vérité qu'elle combat (1). »

Dans les autres ouvrages de saint Cyrille on n'a pas à louer
les mêmes mérites que dans les précédents. Ses commentaires
sur l'Ecriture ne sont souvent que des allégories plus ou moins
ingénieuses écrites avec une négligence qui sent la précipitation. Dans ses homélies et ses traités moraux, il se jette souvent dans les mêmes subtilités, et sous ce rapport il paraît encore avoir exagéré les défauts du génie alexandrin. On peut
aussi lui reprocher de ne pas mettre d'ordre dans ses pensées,
et d'entasser un peu au hasard les faits et les idées qui se présentent à son esprit et d'abuser tout à la fois de sa facilité et de
son érudition. Malgré ces fautes qui lui sont ordinaires, quelquefois il a d'heureuses inspirations, et son imagination le sert
alors avec tant d'abondance et d'éclat, qu'on croirait rencontrer une page de saint Jean Chrysostome. Peut-on parler avec
plus d'éloquence sur la providence de Dieu que ce patriarche
quand il s'écrie : « Quel est le père des pluies fécondes ? qui a
créé les gouttes de la rosée ? qui a ordonné aux vapeurs légères
de se condenser en épais nuages et soutient ainsi des sources
d'eau au milieu des plaines de l'air ? Quelle main nous apporte
des nuages des extrémités de l'aquilon, souvent revêtus des
couleurs les plus éclatantes, tantôt confondus ensemble dans
une même forme, tantôt se divisant, se brisant sous mille formes changeantes et variées, sans que jamais la masse des eaux
dont ils sont chargés les affaisse et les déchire pour se répandre
en torrents sur la terre, où ces eaux bienfaisantes ne tombent
que par degrés et toujours dans une mesure invariablement
fixée ? Qui a ouvert le trésor où les vents sont renfermés et qui
les en a fait sortir ? Quel est celui dont le souffle a produit la
glace fluide par sa nature et dont la consistance est celle de la
pierre. Ce n'est pas tout : l'eau, l'effet de la même puissance,
va se changer encore en neige ; dans la vigne elle deviendra
du vin ; dans l'olivier, de l'huile ; elle se transformera encore
en pain et en toutes les espèces de fruits que la terre peut produire.

» Je désire que vous jetiez les regards sur le printemps et

(1) Houteville, *La religion prouvée par les faits*, disc. prélimin.

sur ces moissons de fleurs qui composent sa parure, si variées entre elles et si invariablement les mêmes chacune dans son espèce. Qui a donné à la rose son incarnat et au lis sa blancheur, les faisant sortir de la même terre et les arrosant de la même pluie?... Et ces poissons qui sont répandus dans l'immense Océan, qui pourra en décrire la beauté? qui mesurera la grandeur prodigieuse des cétacés? qui calculera la largeur des mers, leur profondeur, la violence impétueuse de leurs flots qui se précipitent et cependant sans jamais franchir les limites qui leur ont été fixées? Qui de même expliquera la nature des légers habitants de l'air? les uns doués d'une langue qui sait former et faire entendre au loin des sons harmonieux; les autres offrant sur leur plumage toutes les nuances des couleurs les plus brillantes; quelques-uns s'élevant presque dans les nues, et s'y maintenant par un mouvement si rapide de leurs ailes qu'elles paraissent comme immobiles? Qui sait seulement le nom de tous les animaux qui peuplent les forêts? et qui pourrait raconter la force et la nature de chacun d'eux? Dieu ne fit qu'un seul commandement, et de la même source jaillirent en quelque sorte toutes les races si diverses d'animaux; la douce brebis, le lion altéré de sang, et tant d'autres dont les instincts variés sont comme une image des passions humaines. Le créateur de tant de merveilles n'est-il donc pas digne d'être loué et glorifié (1)? »

Il serait à désirer que saint Cyrille eût toujours ainsi obéi aux mouvements de son imagination et aux sentiments de son cœur, il aurait mérité un des premiers rangs parmi les orateurs chrétiens et les écrivains ecclésiastiques. Il mourut le 27 juin 444.

III. — SAINT PROCLUS, SAINT BASILE DE SÉLEUCIE, SAINT NIL, SAINT ISIDORE DE PÉLUSE ET SAINT DENYS L'ARÉOPAGITE.

Parmi les défenseurs de la vérité catholique contre les erreurs de Nestorius, on distingua encore saint Proclus qui fut dans la suite élu archevêque de Constantinople (434). L'Eglise a inséré parmi les actes du concile d'Ephèse le discours qu'il prononça sur le dogme de la divine incarnation en présence de Nestorius. Mais c'est un hommage rendu à la pureté de sa doctrine plutôt qu'à l'élévation de son génie (2). Nous avons de lui vingt-deux discours ou homélies qui prouvent qu'il n'eut pas l'esprit assez

(1) Cette traduction est de M. de Lamennais.
(2) Guillon.

ferme pour échapper au mauvais goût de son siècle. On y rencontre quelques passages assez animés, des sentences vives et profondes, mais son style est rempli d'antithèses et de jeux de mots qui le défigurent. Ses pensées sont subtiles et recherchées, et souvent il se perd dans des allégories et des digressions interminables. Il n'a point ce naturel d'expression, cette largeur de méthode et cette élévation d'idées qui caractérisent le véritable orateur.

Saint Basile de Séleucie, qui monta sur le siège de cette ville vers l'an 440, fut bien supérieur à saint Proclus par l'éloquence. Il avait pris saint Chrysostome pour modèle, et il s'efforce de l'imiter dans l'explication qu'il donne des textes de l'Ecriture et dans les réflexions morales qu'il y ajoute. Nous avons de ce Père quarante sermons qui ont pour objet le développement d'un texte, d'une parabole ou d'un fait historique de l'Ancien et du Nouveau Testament. Bossuet le cite plusieurs fois dans ses discours, et plusieurs orateurs modernes ont prouvé, par les heureux emprunts qu'ils lui ont faits, que l'étude de ses ouvrages ne doit pas être négligée. « Son discours, dit Photius, est figuré, plein de feu, d'une cadence et d'une harmonie qu'aucun écrivain n'a surpassées. Il réunit la clarté à la brièveté, mais il fatigue par l'abondance excessive de ses figures, et parce qu'il ne sait pas accorder la nature avec l'art en retranchant tout ce qui est superflu. Néanmoins son style est soutenu et sa pensée dégénère rarement en froides allusions. » Parmi ses homélies sur l'Ancien Testament on cite un morceau vraiment dramatique, c'est le monologue d'Abraham sur le point de sacrifier son fils. Plusieurs écrivains modernes ont essayé de mettre en scène cette lutte des sentiments de la nature contre les sentiments de la foi, mais aucun d'eux n'a réussi comme saint Basile. On pourrait aussi extraire d'un discours qu'il fit contre les spectacles de son temps, des passages remplis de chaleur et d'énergie. Ces théâtres et ces jeux étaient un reste des coutumes idolâtriques, et, comme il le dit, une véritable école d'immoralité. La vertu indignée lui suggère contre ces scandales es plus vives et les plus touchantes inspirations.

Un l autre disciple de saint Chrysostome et un de ses plus coura geux défenseurs fut saint Nil, qui vécut solitaire au mont Sina, en Arabie, et mourut vers l'an 451. Ayant passé toute sa vie dans les monastères, il ne nous a laissé que des ouvrages ascétiques. Ses traités les plus importants sont : le livre *De la vie monastique*, ceux *De la pauvreté volontaire, De l'excellence de la vie religieuse, Des vertus à pratiquer et des vices à fuir.*

Tous ces ouvrages sont très-estimés et méritent de l'être. Ils sont écrits avec beaucoup d'âme et ils renferment d'excellents conseils non-seulement pour les simples religieux, mais encore pour ceux qui sont chargés de les diriger. On y trouve de précieux renseignements sur les institutions monastiques et de curieux détails sur ce qui se passait dans la cellule de ces hommes d'abnégation qui s'étaient éloignés du monde pour en éviter la contagion. Ses lettres, qui sont au nombre de trois cent trente-cinq, ont en général le même caractère. Elles sont presque toutes des lettres de direction où il se plaît à recommander la charité, la paix, la vigilance, les austérités, les veilles, l'obéissance, l'humilité, l'aumône et les autres vertus chrétiennes. Mais au milieu de toutes les excellentes choses qu'on y peut remarquer, il y a des pensées fausses, des allégories forcées, des comparaisons qui n'ont pas rapport au sujet et des histoires apocryphes.

Saint Isidore de Péluze naquit à Alexandrie vers le milieu du IVe siècle. Il se retira sur une montagne voisine de la ville de Péluze, et fut aussi un des défenseurs et des disciples de saint Chrysostome. Il avait composé divers ouvrages, mais il s'est surtout rendu célèbre par ses lettres. Suidas rapporte qu'il en avait écrit trois mille sur l'Ecriture sainte et cinq mille sur différents sujets; Nicéphore en compte jusqu'à dix mille. Nous n'en possédons que deux mille douze. Elles sont fort laconiques, et ont pour objet l'explication de quelques passages de l'Ecriture, la discussion des points de doctrine attaqués par les hérétiques, ou bien les questions de discipline qui intéressent spécialement les religieux et les principes de morale qui doivent servir de règle à l'homme dans les différentes conditions de la société.

Dans une de ses lettres où il traite lui-même du genre épistolaire, il fait observer qu'il ne faut pas qu'une lettre soit dépouillée de toute espèce d'ornement, parce qu'elle devient sèche et rebutante, mais qu'il ne faut pas non plus qu'elle sente l'affectation, parce qu'elle serait alors faible et ridicule. Il exige qu'on se borne à l'orner autant qu'il est nécessaire pour la rendre utile et agréable. C'est ce qu'il a lui-même merveilleusement exécuté dans toutes celles qu'il a laissées. « Elles sont écrites, dit Dupin, avec beaucoup d'esprit et d'élégance, et cependant il n'y paraît point d'affectation ni de contrainte ; le tour en est fin et délicat, sans néanmoins s'éloigner du naturel. On n'y trouve point d'ambiguïté ni de fausses pointes, mais elles sont pleines d'un sel et d'une vivacité qui règne également partout. Enfin l'on peut dire de lui qu'il a trouvé le secret tant cherché par les autres de mêler l'utile à l'agréable.

» En effet, quoiqu'il y ait plusieurs de ces lettres sur des questions de critique touchant des endroits de l'Ecriture ou sur ce qu'il y a de plus subtil dans l'explication de nos mystères, il n'a pas laissé que de les rendre agréables par la forme qu'il leur a donnée (1). » Tous les hommes, à quelque rang qu'ils appartiennent, peuvent puiser dans ce recueil des instructions très-salutaires, et on pourrait même en disposer un choix qui ne le céderait sous aucun rapport à tout ce que nous avons de mieux en ce genre dans toute la littérature moderne.

Après tous ces auteurs nous avons placé saint Denys l'Aréopagite. Notre intention n'est pas de chercher à déterminer avec précision l'époque où furent composés les ouvrages connus sous le nom de cet illustre personnage. Il nous semble impossible de les considérer comme une production des premiers siècles de l'Eglise. Car s'ils appartenaient véritablement aux temps apostoliques, on n'aurait pas manqué d'en faire usage dans la grande lutte que les catholiques eurent à soutenir contre les ariens. Ils renferment sur le mystère de la sainte Trinité et sur celui de l'Incarnation des témoignages trop positifs et trop formels, pour que les Pères du IIIᵉ et du IVᵉ siècle aient négligé d'en faire leur profit. La clarté même avec laquelle toutes ces questions profondes sont traitées, la subtilité de tous les raisonnements de l'auteur, l'identité de ses expressions avec celles de Proclus et des philosophes platoniciens d'Alexandrie, ses explications mystiques de toutes les cérémonies religieuses et en particulier des sacrements, ce qu'il nous apprend sur les institutions monastiques, supposent un développement de doctrine qui ne se conçoit pas dès le premier siècle de l'Eglise.

D'ailleurs il suffit de jeter un coup d'œil sur l'ensemble de ces ouvrages pour voir qu'ils forment une sorte d'encyclopédie théologique où l'auteur touche à toutes les questions les plus élevées, cherchant à se rendre compte philosophiquement de tous les enseignements de la foi et à ramener tous les dogmes chrétiens à quelques principes généraux qu'il considère comme les lois fondamentales de la science. Ainsi son *Traité des noms divins* est une métaphysique complète où la nature de Dieu est étudiée avec beaucoup de profondeur d'après les noms que Dieu s'est lui-même donnés dans les saintes Ecritures. La question

---

(1) Dupin, *Bibliothèque des auteurs ecclésiastiques.*

de l'origine du mal et du gouvernement de la Providence, c'est-à-dire les rapports généraux des créatures au Créateur, le principe et la fin des choses, tout y est exposé et développé avec une science admirable. Si on ajoute à cet ouvrage le livre des *Institutions théologiques*, où la notion surnaturelle de Dieu, c'est-à-dire le mystère de la sainte Trinité, était longuement établie d'après le témoignage des saintes Ecritures, et le *Traité de la théologie symbolique*, qui avait pour but de montrer tout ce qu'il y a d'invisible en Dieu rendu visible et intelligible par les créatures, on sera convaincu que l'auteur avait vraiment épuisé tout ce que la raison et la révélation nous apprennent sur la Divinité.

Son *Traité de la hiérarchie céleste*, que nous possédons encore, renferme les considérations les plus belles sur le monde des esprits. La société des anges, leurs rapports entre eux et leurs relations avec Dieu y sont déterminés d'après des principes ontologiques qu'on ne rencontre dans aucun autre écrivain ecclésiastique, du moins avec la même profondeur et les mêmes développements. Dans son *Traité de la hiérarchie ecclésiastique*, il traite des liens qui unissent l'Eglise de la terre à l'Eglise du ciel, et considère philosophiquement tous les moyens donnés à l'homme pour passer de ce monde matériel aux jouissances réservées aux élus. Indépendamment de ces ouvrages qui sont entre nos mains, ce même auteur nous apprend qu'il avait aussi composé un Traité de l'âme, de sorte qu'il avait également approfondi toutes les questions qui regardent la nature de l'homme et de Dieu.

Si l'on se rappelle la simplicité des temps apostoliques, qui ne nous ont offert pour toute richesse littéraire que quelques lettres éminemment pratiques, on se refusera sans doute à croire que des spéculations scientifiques aussi étendues et aussi profondes aient pu se produire avec un tel caractère. Nous aimons mieux considérer tous ces ouvrages comme postérieurs aux grandes discussions qui s'élevèrent au iv° siècle. Après ce combat, tous les points de doctrine se trouvant définis avec la plus grande netteté, il nous paraît tout simple qu'il se soit rencontré un homme doué d'un génie supérieur qui ait entrepris de généraliser toutes les parties de l'enseignement catholique et de les ramener à l'unité. Nous considérons les œuvres prétendues de saint Denys comme le premier essai de cette vaste synthèse qui doit se développer avec le temps, mais selon le même plan et d'après les mêmes principes.

A ce titre on conçoit toute l'importance que l'on doit attacher à ces ouvrages, malgré leur défaut d'authenticité. Ils ne nous offrent pas le premier exemple de l'union de la science et de la foi, puisque nous avons vu Clément d'Alexandrie ouvrir cette voie nouvelle, et se proposer cette admirable alliance dans son livre des *Stromates*. Ils ne sont pas non plus les premiers essais de théologie mystique, car nous avons fait remarquer que le génie d'Origène avait surtout brillé sous cet aspect. Mais nous les considérons comme le premier effort de systématisation universelle dont le but fut d'établir l'unité de la science théologique. Quoique l'auteur de ce plan n'ait pas réussi à le réaliser complétement, cependant il a eu la gloire de poser les fondements de l'édifice, et ses livres ont servi de point de départ à une foule d'écrivains ecclésiastiques. La théologie mystique lui a fait les plus larges emprunts ; les auteurs liturgiques ont profité de ses inspirations, et la métaphysique chrétienne, tout en préférant plus tard Aristote à Platon, n'a pas manqué de s'enrichir des conceptions heureuses de ce théologien philosophe.

CHAPITRE IV.

DES ÉCRIVAINS ECCLÉSIASTIQUES QUI ONT VÉCU DU VIe AU IXe SIÈCLE.

Malgré le mérite de tous les écrivains dont nous venons d'examiner les ouvrages, si l'on compare le ve siècle au ive, on trouvera que la littérature chrétienne a subi une grande décadence en Orient. Au vi^e siècle, ce mouvement rétrograde est encore bien plus sensible. L'hérésie de Nestorius et celle d'Eutychès sont les deux grandes questions qui préoccupent tous les esprits. Les orthodoxes soutiennent avec intrépidité la doctrine de l'Eglise, et s'appuient de l'autorité de tous les siècles. Dans le camp opposé, on est divisé de sentiments, et chacun cherche à justifier son opinion personnelle par des arguments très-subtils et par des textes défigurés.

Quand Arius avait paru, la lutte qu'il avait soulevée était grave et profonde. Il mettait en cause les fondements mêmes du christianisme, puisqu'il attaquait la notion surnaturelle de Dieu, le mystère de la sainte Trinité. Aussi la Providence proportionna-t-elle le génie des défenseurs de l'Eglise à la gravité de l'attaque. Les Athanase, les Basile et les Grégoire parurent avec tout l'éclat du savoir et de l'éloquence. Nestorius en niant la réalité de l'incarnation, portait aussi un coup mortel à la religion du Christ. Son erreur devait être souvent renouvelée, et il importait qu'elle fût à sa première apparition profondément détruite. C'est ce que nous avons vu faire par saint Cyrille, dont les écrits nous sont parvenus pour perpétuer le souvenir de cette grande victoire.

Mais pour celui qui croit à l'incarnation, l'hérésie d'Eutychès, qui ne reconnaît en Jésus-Christ qu'une seule nature, est une absurdité qui ne pouvait s'accréditer que dans un siècle de décadence. C'est pourtant autour de cette subtilité insaisissable que se groupent tous les esprits. Les uns l'attaquent, les autres la défendent, et tous les ouvrages qui paraissent n'ont point un autre objet. Comme il est aisé de le concevoir, dans cette lutte ardente et passionnée on ne vit point s'élever de grands talents. Pour défendre un système dont ils ne pouvaient d'ailleurs se rendre compte à eux-mêmes, les hérétiques étaient obligés d'en venir aux raffinements les plus déliés, et de descendre à de vains jeux de mots qu'ils essayaient de faire passer pour des arguments. Ceux qui les combattaient devaient à leur tour les suivre dans ces sentiers étroits et difficiles, et leurs ouvrages prenaient nécessairement cette forme argutieuse et sèche qui n'a ni mouvement ni grandeur.

C'est pour ce motif que tout le viᵉ siècle ne nous offre que des écrivains que la postérité a dédaignés. Photius nous en a fait connaître quelques-uns, comme l'avocat Léonce, le moine Jobius, le patriarche d'Antioche, saint Ephrem ; mais nous ne possédons guère de leurs écrits que les extraits que ce savant critique nous en donne. Si on ajoutait aux noms de ces controversistes ceux de quelques commentateurs des saintes Ecritures, comme Procope de Gaza, ou de quelques auteurs ascétiques, comme saint Jean Climaque et Anastase le Sinaïte, on aurait à peu près résumé toutes les richesses intellectuelles que ce siècle nous présente.

Dans le siècle suivant les ténèbres s'épaississent encore. L'hérésie qui défraye toutes les discussions est, pour ainsi dire, un diminutif de celle d'Eutychès. C'est le monothélisme. Tout en admettant l'incarnation, Eutychès n'avait voulu reconnaître dans le Christ qu'une nature. Les auteurs du monothélisme subtilisèrent encore davantage. Tout en reconnaissant dans le Christ deux natures, ils ne voulaient admettre qu'une volonté. Nous appuyons à dessein sur ces notions théologiques, parce qu'elles donnent, à notre avis, la mesure des intelligences de cette époque, et qu'elles déterminent parfaitement le caractère de leurs idées.

Saint Sophrone, évêque de Jérusalem (634-644), démasqua cette erreur dont la subtilité avait ses dangers pour l'esprit naturellement argutieux des Grecs. Nous avons encore la lettre qu'il écrivit à cette occasion au pape Honorius et celle qu'il adressa en même temps à Sergius, patriarche de Constantinople, l'auteur de la nouvelle hérésie. Ces deux monuments dogmatiques prouvent à la vérité beaucoup mieux l'orthodoxie de Sophrone que son éloquence. Nous avons cependant de lui quelques fragments où l'on retrouve de l'exactitude et de la clarté, selon le témoignage que lui rend Photius. Mais le grand défenseur du dogme catholique contre Sergius et ses sectaires fut saint Maxime. Il est même le seul écrivain célèbre qui ait éclairé l'Eglise grecque au VIIe siècle.

Ses nombreux écrits prouvent l'étendue de sa science sans rendre un parfait hommage à la pureté de son goût. Mais par leur variété ils ont du moins le privilége de refléter admirablement le caractère du siècle où ils ont paru. Saint Maxime n'est point un écrivain à comparer aux hommes du IVe et du Ve siècle; il était impossible à la nature la plus heureusement douée de s'élever à cette hauteur dans un temps de décadence aussi profonde. Mais, s'il n'a pu les égaler, il reproduit du moins aussi complétement que tout autre les tendances de son siècle et les sentiments de ses contemporains. A ce point de vue, tous ses travaux ont de l'importance, et, quelque extraordinaires qu'ils paraissent, ils ont leur autorité.

Ainsi, ses *scholies* sur saint Denys l'Aréopagite et sur saint Grégoire de Naziance sont à nos yeux la reproduction d'un phénomène que nous avons déjà observé à propos de la littérature profane. C'est une loi qu'après les siècles créateurs viennent les siècles des rhéteurs, des scoliastes. L'esprit n'ayant plus la force de produire, se dédommage de son impuissance en couvrant de remarques toutes les pages des anciens chefs-d'œuvre qui commandent son admiration. Plusieurs de ses autres ouvrages ne sont que des compilations de maximes, de sentences, comme on en trouve au dernier âge de toute littérature, parce que les peuples qui s'éteignent ne peuvent plus, à l'exemple des vieillards, que vivre de souvenir. Enfin, dans ses traités contre le monothélisme, qui sont incomparablement ses meilleurs ouvrages, saint Maxime ne suit plus la méthode oratoire des Pères qui l'ont précédé. Il n'a rien qui ressemble à ces beaux

mouvements d'éloquence qui triomphaient de l'erreur autant
par le sentiment que par la raison. Ses formes sont étroites; il
divise et subdivise sans fin, parce qu'il se défie de l'étendue
d'esprit de ceux qui doivent le lire ou l'écouter, il inaugure la
méthode scolastique, qui ne peut littérairement convenir, lorsqu'elle est exclusivement employée, qu'à un peuple qui tombe
ou à un peuple qui commence. Il mourut le 13 août 602.

Le VIIIᵉ siècle fut si dépourvu de lumières en Orient, qu'il se
laissa séduire par l'erreur grossière et barbare des iconoclastes.
Saint Jean Damascène fut tout particulièrement suscité de
Dieu pour être le défenseur du culte des images (676-754).
Nous avons de lui trois discours où il réfute avec beaucoup de
science et de solidité toutes les erreurs des iconoclastes et tous
les arguments dont ils s'appuyaient. En partant de ce principe
que l'Eglise ne peut errer, il établit victorieusement qu'il n'est
pas permis de supposer qu'elle soit jamais tombée dans un abus
aussi grossier que l'idolâtrie. Sa dialectique est très-vive et
très-pressante, mais souvent l'ardeur de sa foi lui fait quitter
les formes trop austères de l'argumentation, et il s'élève alors
jusqu'à l'éloquence la plus vive et la plus entraînante.

Indépendamment de ses discours sur les images, il avait encore écrit plusieurs Traités contre les eutychiens et les nesto-
riens. A l'exemple de saint Épiphane, il avait même fait une
histoire générale de toutes les hérésies qui avaient paru en
Orient, s'appliquant à les réfuter tout en les exposant. Mais le
plus important de tous ses ouvrages dogmatiques, c'est sans
contredit son livre *De la foi orthodoxe*. Il est divisé en quatre
parties. Dans la première il traite de la nature de Dieu, de ses
attributs et du mystère de la sainte Trinité; dans la seconde il
développe tout ce qui regarde la création, le monde matériel,
les anges, les démons, l'homme avant et après sa chute. Le
mystère du péché originel le conduit tout naturellement à parler de l'incarnation, qui fait l'objet de la troisième partie de son
livre. Enfin, dans la quatrième il s'occupe du culte et des monuments. Ce plan embrasse, comme on le voit, tout l'ensemble de la religion chrétienne. C'est la réalisation de cette systématisation générale dont nous avons vu les premiers essais
dans Clément d'Alexandrie, dans Origène et dans les œuvres
attribuées à saint Denys l'Aréopagite.

Saint Jean Damascène a divisé et subdivisé chacune des
questions qu'il a examinées. Tous ses articles sont l'objet
d'autant de thèses générales qu'il établit par les textes de l'E-
criture, par les décisions des conciles et les témoignages des

docteurs. Saint Basile, saint Grégoire de Nazianze et saint Grégoire de Nysse, saint Cyrille d'Alexandrie, saint Athanase, saint Epiphane, saint Jean Chrysostome, le pape saint Léon, saint Denys l'Aréopagite, dont les écrits passaient alors pour authentiques, sont les autorités qu'il aime à citer. Quoiqu'il s'attache spécialement à faire valoir la tradition, son ouvrage ne doit pas être considéré comme une simple compilation. Pour concevoir un plan général semblable à celui de saint Jean Damascène, pour subdiviser chacune des questions théologiques avec méthode, et pour ramener logiquement à l'unité cette multitude de propositions particulières, il fallait unir à une conception très-étendue une raison ferme et sûre. Un compilateur vulgaire n'aurait pu que réunir des matériaux, mais il n'aurait jamais élevé un monument.

L'ouvrage de saint Jean Damascène, sans être complet et parfait, peut du moins être considéré comme le résumé de toutes les questions théologiques qui avaient occupé l'Orient. Ce fut le dernier ouvrage qui illustra l'Eglise grecque avant sa chute. Les théologiens d'Occident accueillirent avec reconnaissance ce legs précieux et s'efforcèrent d'en tirer le plus grand profit. C'est de là que le moyen âge est parti pour exécuter ces vastes ouvrages qui résument la théologie tout entière, et qui excitent encore aujourd'hui notre étonnement et notre admiration. Pierre Lombard a beaucoup emprunté à saint Jean Damascène pour composer son livre *des Sentences,* et saint Thomas n'a souvent fait que l'étendre et le développer dans sa *Somme.* On peut même dire que ces théologiens immortels ont travaillé absolument d'après le même plan. Seulement ils ont agrandi les proportions de l'édifice, ils y ont ajouté de nouvelles assises, tout en respectant les fondements anciens, selon la loi du véritable progrès, qui veut qu'on s'étende dans le présent sans rien perdre de ce qu'on possédait dans le passé.

On a encore de saint Jean Damascène un traité de dialectique, un traité de physique et des homélies; mais ces derniers ouvrages n'ont ni l'importance ni le mérite des précédents. S'il était théologien érudit et profond, il ne paraît pas qu'il ait été grand prédicateur.

Nous ne citerons pas les autres écrivains du VIIIe siècle. Les ouvrages qu'ils nous ont laissés sont trop peu remarquables pour que nous puissions ici en faire mention. Nous nous contenterons de remarquer en passant que cette décadence des lettres en Orient eut pour résultat l'affaiblissement de la foi, puisqu'après ces siècles si faibles et si malheureux, nous voyons éclater ce déplorable schisme qui doit à jamais séparer l'Eglise d'Orient de l'Eglise d'Occident.

CHAPITRE V.

DES HISTORIENS QUI ONT VÉCU PENDANT CETTE ÉPOQUE.

La doctrine de l'Evangile eut toujours pour résultat immédiat d'établir une distinction profonde entre la puissance civile et la puissance spirituelle qui se trouvaient confondues sous l'empire du polythéisme. Cette division établit dans le monde deux sociétés indépendantes ayant leur constitution propre, leurs moyens particuliers d'action et leur but spécial parfaitement déterminé. La société civile eut son existence à part, et la société religieuse, tout en pénétrant de sa vie et de son influence le monde entier, dut néanmoins se renfermer dans la sphère des intérêts spirituels. A partir de cette grande révolution, l'histoire dut nécessairement revêtir un double caractère, parce qu'elle avait à remplir une double mission. Elle a pu se borner à raconter les événements qui ont eu la société civile pour théâtre et pour principe, et elle a reçu le nom d'histoire profane, ou bien elle s'est spécialement occupée de ce qui s'est passé au sein de la société religieuse, et elle a reçu le nom d'histoire ecclésiastique. Pour nous conformer à cette distinction, qui repose d'ailleurs sur la nature et l'essence des choses, nous distinguerons les historiens de cette époque en deux classes : d'abord ceux qui nous ont transmis ce que nous savons sur l'Eglise d'Orient, ensuite ceux qui ont écrit les annales de la nouvelle Rome.

I. — DES HISTORIENS ECCLÉSIASTIQUES. EUSÈBE, SOCRATE, SOZOMÈNE, THÉODORET ET ÉVAGRE.

Les principaux historiens de l'Eglise grecque sont Eusèbe, Socrate, Sozomène, Théodoret et Evagre.

Eusèbe, évêque de Césarée (313-338), est le premier historien qui nous ait laissé une véritable histoire de l'Eglise. Dans les premiers siècles nous avons remarqué les essais qu'on avait entrepris à cet égard ; mais si ces documents ont été utiles à Eusèbe pour composer son histoire, nous ne pouvons les apprécier, puisqu'il ne nous en est pas parvenu le moindre fragment. On a mis en doute et avec raison la pureté de la doctrine d'Eusèbe, mais personne n'a contesté l'étendue de son savoir. Ses partisans et ses adversaires l'ont également admiré comme un des hommes les plus savants de l'antiquité. Comme historien on reconnaît aussi qu'il a écrit avec une grande impartialité tout ce qui s'est passé dans l'Eglise avant l'avénement de Constantin. Mais quand il arrive à l'histoire de ce prince, une basse adulation lui fait quitter son rôle d'historien pour prendre celui de panégyriste, et son attachement secret pour la doctrine d'Arius l'empêche d'exposer avec exactitude et franchise les grands combats suscités par l'hérésie au sein de l'Eglise d'Orient.

Les principaux écrits d'Eusèbe sont son *Histoire ecclésiastique*, et sa *Préparation et démonstration évangélique*. Son histoire renferme tout ce qui s'est passé de plus remarquable dans l'Eglise depuis Jésus-Christ jusqu'à Constantin. Elle est divisée en dix livres. Il y indique exactement les successions des évêques sur les siéges de toutes les grandes villes, et par là il constate la chaîne des traditions apostoliques et leur perpétuité; il y parle des écrivains ecclésiastiques, de leurs livres, et nous transmet ainsi la substance d'une foule d'ouvrages que sans lui nous ne connaîtrions pas même de nom; il fait l'histoire des hérésies et répand une grande lumière spécialement sur ce qui regarde les Juifs; il raconte toutes les persécutions qui ensanglantèrent le berceau de l'Eglise, et nous apprend une foule de victoires que sans lui nous aurions ignorées au grand détriment de la gloire de notre foi; enfin, il entre dans le détail de toutes les discussions qui se sont élevées dans ces premiers temps sur divers points de discipline. Tous ses récits sont appuyés du témoignage des auteurs anciens, où il les a puisés, et souvent même il fait de leurs ouvrages de longs extraits qu'il intercale dans sa narration pour qu'on ne puisse suspecter sa véracité. On voit par là toute l'importance de son ouvrage. Sans lui, comme le dit Dupin, nous n'aurions presque aucune connaissance, non-seulement de l'histoire des premiers siècles de l'Eglise, mais même des auteurs anciens, puisque tous les historiens qui sont venus après Eusèbe, comme Socrate, Sozomène et Théodoret, ont précisément commencé leur histoire où il a fini la sienne.

Mais tout important qu'il est, cet ouvrage est beaucoup moins une histoire qu'un recueil de mémoires. L'auteur suit les événements année par année, il recueille tous les documents, les analyse avec beaucoup de soin, mais il ne songe pas à les fondre ensemble pour en produire une œuvre unique, constamment animée de la même pensée et revêtue des mêmes ornements. Il se contente de placer les uns à côté des autres tous les documents qu'il produit, et il ne s'inquiète pas de la bigarrure qui doit résulter du rapprochement fortuit de toutes ces pièces d'un style si divers et souvent si opposé. Quand il raconte lui-même, sa narration ne conserve pas toujours le même caractère. Le plus souvent elle est simple, mais quelquefois elle emprunte toute la pompe et tout l'éclat du langage oratoire. C'est surtout dans ses avant-propos et au commencement de chaque livre qu'il déploie ces formes grandioses qui contrastent avec sa simplicité ordinaire. Ainsi au commencement du cinquième livre il dit avec un certain enthousiasme : « Les autres historiens n'ont décrit que des combats, des victoires, des trophées, les grandes actions des capitaines et des soldats qui ont trempé leurs mains dans le sang pour la conservation de leur pays et de leur bien ; mais moi qui fais l'histoire d'un Etat céleste et divin, je n'ai à raconter que des guerres saintes, qui tendent à une paix spirituelle, que des combats entrepris pour la défense, non des possessions passagères de ce monde, mais de la vérité, qui est éternelle, que des trophées érigés contre des puissances invisibles, que des couronnes immortelles et incorruptibles. »

Bien que cette exagération de langage ait quelque chose de forcé et de déclamatoire, nous n'en faisons point un reproche sévère à l'écrivain parce qu'il est naturel qu'après la victoire on célèbre les efforts qu'elle a coûtés avec une exaltation vive et profonde. Si nous avons remarqué qu'Eusèbe avait laissé beaucoup moins une histoire que des mémoires, ce n'était point non plus dans la pensée de l'en blâmer. L'histoire ne peut d'ailleurs s'écrire immédiatement après les événements. On ne peut qu'enregistrer les documents contemporains, faire des mémoires et laisser à la postérité le soin de juger d'après les pièces du procès et de composer un ensemble qui méritera ensuite le nom d'histoire. Eusèbe a rempli parfaitement sa tâche, parce qu'il y a mis de l'exactitude et de l'impartialité, il a même pris soin dans sa *chronique* de relever toutes les fautes chronologiques qui lui avaient d'abord échappé, et nous ne pouvons qu'admirer son savoir et les services qu'il a rendus.

Sa *Vie de Constantin* et son *panégyrique* du même prince auraient dû compléter son histoire, mais, pour les raisons que nous avons données, on ne lui trouve plus dans cet ouvrage le même caractère que dans le précédent. L'esprit de parti le domine, et il cesse d'être utile et vrai parce qu'il n'est plus ni libre, ni sincère.

Après son *Histoire ecclésiastique*, nous devons parler de son livre *De la préparation et de la démonstration évangélique* qui n'est pas d'ailleurs d'un genre bien différent. C'est une apologie de la religion par les faits. La *Préparation* est divisée en quinze livres. Elle a pour objet de disposer les esprits à recevoir la religion de Jésus-Christ en dissipant les préventions de l'erreur et les superstitions païennes. L'auteur commence par renverser l'antique édifice du paganisme, avant d'exposer aux regards la construction de l'Eglise nouvelle. Il en mine les appuis, le fait crouler tout entier sous le poids de sa savante et lumineuse démonstration. Pour arriver à prouver combien la théologie du christianisme est sainte et raisonnable, il était à propos d'établir combien celle du polythéisme est absurde. Il l'examine dans son berceau qu'il place chez les Egyptiens, dont il combat la chimérique antiquité qu'ils donnent à leurs annales, et la réduit à n'être qu'une grossière interprétation des récits de nos livres saints : de là il la suit dans ses ramifications diverses chez les Grecs et tous les autres peuples du monde, dont il avait pris successivement le caractère. Il l'attaque dans chacun de ses sanctuaires et particulièrement dans ses mystères et ses oracles, puis dans ce système d'une fatalité ou destin plus fort que les dieux eux-mêmes ; il la combat par le principe de la liberté de l'homme. C'est là tout l'esprit des six premiers livres.

Les neuf autres opposent aux extravagances du polythéisme la doctrine chrétienne considérée d'abord dans ses éléments, c'est-à-dire dans la religion donnée au peuple hébreu. Eusèbe en fait voir la sagesse par la pureté et la sublimité de ses dogmes sur l'unité de Dieu, sur l'immortalité de l'âme, sur la création, sur les anges et la chute de quelques-uns d'entre eux, sur la formation de l'homme ; par le caractère tout particulier de la loi mosaïque, qui ne fut, de l'aveu de ce peuple lui-même, que figurative et préparative ; par la sainteté des patriarches, des prophètes et des Esséniens, dont il raconte les mœurs, d'après Josèphe et Philon. Il venge à la fois et le peuple juif et sa croyance par les honorables témoignages que lui avaient rendus les hommes les plus célèbres parmi les Grecs et par les larcins que lui avaient faits les philosophes, entre autres Platon, dont il confronte les enseignements avec ceux de

nos livres sacrés. Cette comparaison s'étend dans les derniers
livres à tous les autres écrivains de l'antiquité de manière à
conclure que tous les philosophes païens ont emprunté aux
saintes Ecritures tout ce qu'ils ont dit de vrai, et que dans
leurs nombreux ouvrages les erreurs seules leur sont personnelles.

Après en avoir ainsi assuré les fondements, il fallait élever
l'édifice. C'est ce que se propose Eusèbe dans sa *Démonstration
évangélique*. Dans cet ouvrage qui n'est ni moins profond, ni
moins concluant que le premier, le savant apologiste démontre, avec l'autorité de l'évidence, que tout l'Ancien Testament
ne fut qu'une préparation à la nouvelle alliance, et que celle-ci
est la consommation de la loi. « Ordinairement, dit-il, on fait
l'apologie du christianisme exclusivement d'après les miracles
rapportés dans l'Evangile ; pour moi, c'est par les faits qui l'ont
précédé, par les prophéties. Par là sont victorieusement réfutées les deux principales objections intentées contre nous, à
savoir que nous sommes déserteurs du culte de nos pères ; et
que, tout en nous appuyant sur les mêmes livres que les juifs,
nous avons adopté une législation différente de la leur. » Cet
ouvrage comprenait vingt livres, mais nous ne possédons que
les dix premiers qui finissent aux dernières paroles de Jésus-
Christ sur la croix. Eusèbe rapportait, dans ceux que nous
avons perdus, les prophéties concernant la mort du Sauveur,
sa sépulture, sa résurrection, son ascension, l'établissement
de son Eglise et la conversion des gentils (1).

Eusèbe publia encore une foule d'autres ouvrages qui prouvent également l'universalité de ses connaissances, et qui
étaient vraiment des trésors d'érudition. Comme historien il
eut pour continuateurs Socrate, Sozomène et Théodoret.

Socrate, né à Constantinople vers la fin du IVe siècle, commence son histoire où Eusèbe finit la sienne. Cependant il fait
remonter ses récits jusqu'à la première année de Constantin
(306) et s'étend jusqu'au dix-septième consulat de Théodose II,
c'est-à-dire jusqu'à l'an 439. Son histoire renferme par conséquent un espace de 134 ans. Elle est divisée en sept livres
et s'attache tout particulièrement aux événements qui regardent l'Eglise de Constantinople. L'exactitude et la clarté sont
au jugement de Socrate les deux grandes qualités de l'historien. Pour ne pécher sous aucun de ces rapports, il a pris soin
de consulter tous les monuments originaux, les actes des con-

_____

(1) Ce résumé a été emprunté à la *Bibliothèque choisie des Pères*.

ciles, les lettres des évêques, les témoignages des auteurs, et d'exprimer toutes ses pensées avec la plus grande simplicité. Il ne se sentait pas capable, comme il l'avoue lui-même, d'écrire avec beaucoup d'éclat, et il s'en consolait en observant que dans une histoire chrétienne il valait mieux ne s'occuper que du fond des choses, parce que c'était un moyen d'éviter toute exagération et de rendre la bonne foi de l'auteur moins suspecte. Nous regrettons qu'il se soit fait illusion sur la valeur de ces principes littéraires qui sont plus spécieux que solides, car sans cela il aurait peut-être fait quelque effort et son style eût été plus riche et plus orné.

L'indifférence avec laquelle il raconte les luttes de doctrine qui passionnaient tous ses contemporains a fait dire à quelques critiques qu'il n'était d'aucun parti et qu'il n'avait d'attachement ni pour l'Eglise catholique, ni pour les sectes dissidentes. D'autres ont trouvé dans ses écrits des expressions qui leur ont fait juger qu'il était novatien. Il nous semble que Socrate n'était ni un indifférent, ni un hérétique. L'indifférence ne pouvait être la disposition d'esprit d'aucun homme éclairé dans ces siècles ardents où les questions religieuses mettaient à tout le monde les armes à la main. S'il paraît froid et sans entraînement en racontant ces grands combats dont il avait été le témoin, c'est qu'il avait ainsi compris ses devoirs d'historien. Les expressions hétérodoxes qu'on rencontre dans quelques endroits de ses récits prouvent seulement qu'il n'était pas parfaitement instruit de la doctrine catholique. Ces erreurs sont le fait de son ignorance, parce que l'ensemble de son ouvrage démontre qu'il était attaché de cœur à la vraie foi.

Sozomène a commencé son histoire en l'an 324 avec l'intention de la continuer aussi jusqu'en 439. Mais il paraît qu'il l'a laissée inachevée, car, telle que nous l'avons aujourd'hui, elle ne va pas même jusqu'à la fin de l'année 415. Au commencement de son ouvrage il nous dit qu'il a écrit ce qui s'est passé de son temps d'après ce qu'il a vu lui-même et ce qu'il a appris des personnes les plus dignes de confiance qui avaient été elles-mêmes témoins de ce qu'elles lui racontaient. Pour les autres événements il ajoute qu'il a consulté les lois des empereurs dont sa profession d'avocat lui donnait une grande connaissance, les actes des conciles, les lettres des empereurs et des évêques et même les écrits des hérétiques contre l'Église (1). C'était parfaitement comprendre ses devoirs d'historien; malheureu-

_____
(1) Tillemont, *Hist. des empereurs*, t. VI.

sement cette préface n'est guère qu'un leurre, comme on a su en imaginer de tout temps pour tromper la bonne foi du lecteur. Au lieu de parcourir tous ces documents et de s'en servir, Sozomène n'a fait que copier l'histoire de Socrate et descendre ainsi du noble rôle d'écrivain au vil métier de plagiaire. Il juge tous les événements de la même manière que son prédécesseur, il approuve ce qu'il approuve, il condamne ce qu'il condamne, et va même jusqu'à reproduire servilement ses fautes. Il y a cependant un point sur lequel il s'étend davantage, ce sont les institutions monastiques. Il raconte la vie des solitaires les plus illustres et supplée ainsi à ce qui manque dans l'ouvrage de Socrate. Son histoire est aussi plus vaste que celle de son prédécesseur. Ainsi il ne se renferme pas dans les bornes de l'empire romain, il suit les progrès et les combats de l'Église au milieu des autres nations et raconte tout ce qu'il sait à cet égard. Mais quand il n'a plus Socrate pour guide et pour soutien, la faiblesse de son jugement ne tarde pas à se faire remarquer. Son style est pourtant meilleur que celui de son modèle : il n'est ni bas, ni enflé, il est parfaitement soutenu, et il a le ton et le caractère qui conviennent à l'histoire. Il mourut l'an 450.

Théodoret, né en 386 et nommé évêque de Cyr en 420, ne fut pas seulement historien, mais il mérite encore d'être placé au rang des meilleurs commentateurs et des controversistes les plus célèbres. Sa vie fut très-agitée, et son attachement personnel à Nestorius et à Théodore de Mopsueste a rendu suspecte à quelques écrivains la pureté de sa foi. Mais il est sûr qu'il mourut dans la paix et la communion de l'Église après avoir été reconnu pour orthodoxe par le pape saint Léon et les évêques du concile de Chalcédoine. Le cinquième concile général en condamnant ses écrits contre saint Cyrille n'a point prétendu toucher à sa personne. Ses vertus lui ont même mérité dans l'Église le titre de bienheureux, et ses écrits justifient la réputation qu'il s'était faite par son immense érudition. Bossuet ne l'appelle que le docte Théodoret.

Une de ses premières occupations fut d'étudier l'Écriture sainte et de l'expliquer à son peuple d'après le sentiment des Pères qui l'avaient précédé. Il voulait que l'on sût qu'il leur empruntait beaucoup, persuadé, dit Tillemont, que ce n'était pas leur dérober ce qui leur appartenait, mais jouir de la succession qu'ils nous ont léguée comme à leurs enfants. Il s'appliqua surtout à l'explication du Cantique des cantiques, des psaumes, des prophètes et des Épîtres de saint Paul. Photius le loue beaucoup. Il a, dit-il, le style qui convient à un commentateur; car il explique par des termes propres et significatifs ce qu'il y a d'obscur et de difficile dans le texte, et captive l'esprit de son lecteur par l'harmonie et la grâce de son discours. Comme il ne s'écarte jamais de son sujet par des digressions longues et pénibles, il ne fatigue point, mais il instruit avec autant d'aisance que de clarté, sans embrouiller l'esprit et sans le distraire par des idées opposées. Le choix de ses expressions et la forme de sa composition ne s'éloignent point de la noblesse et de l'élégance attique, mais il évite tout ce qu'elle a de subtil et de recherché, parce que ces délicatesses de langage ne conviendraient pas à un commentaire qui doit être entendu de tout le monde. Ainsi il a tout ce qu'il faut pour exceller en ce genre, et pour le fond des choses et la manière de les traiter, il n'a été vraiment surpassé par personne.

Théodoret fut aussi très-distingué comme controversiste. Il prit part à toutes les grandes discussions qui s'élevèrent dans son siècle, et il déploya dans toutes les questions qu'il a traitées autant d'érudition que d'éloquence. Son livre contre les païens, que plusieurs critiques considèrent comme une réfutation de l'ouvrage de Julien l'Apostat, est supérieur sous beaucoup de rapports au travail que fit saint Cyrille à la même occasion. Il est écrit avec beaucoup d'art et d'éloquence, et on y admire la connaissance qu'avait Théodoret de tous les auteurs païens. Sur la Providence il a composé une série de discours admirables. Le P. Garnier ne craint pas de dire que l'on ne trouve rien de plus éloquent, ni de plus admirable sur ce sujet dans les plus habiles des Pères grecs. Si l'on ajoute à ces divers ouvrages son traité sur les hérésies, ses écrits particuliers contre les juifs et les ariens, ses discussions sur les anathèmes de saint Cyrille, on verra que Théodoret avait touché à toutes les questions fondamentales du christianisme, et que l'ensemble de ses connaissances formait une véritable encyclopédie dogmatique.

Comme historien, Théodoret nous a laissé deux monuments remarquables, son histoire des solitaires et son histoire ecclésiastique. Dans le premier de ces ouvrages, il n'eut pas seulement dessein de faire passer à la postérité les grandes actions de ces hommes divins, et d'arracher à l'oubli le souvenir de leur vertu extraordinaire, mais il voulut aussi donner aux fidèles divers modèles d'une piété parfaite que chacun pût se proposer selon son état et ses dispositions particulières. Dans cette vue il choisit ceux qui avaient fait paraître leur piété de

différentes manières, et s'appliqua plutôt à peindre leur caractère d'après quelques particularités, qu'à faire leur biographie
complète. Cet ouvrage est très-précieux, parce qu'il renferme
les détails les plus curieux sur la discipline de cette époque.

Son *Histoire ecclésiastique* commence à l'hérésie d'Arius et
s'étend jusqu'à la mort de Théodore de Mopsueste, c'est-à-dire
depuis l'an 324 jusqu'à l'an 429. Elle comprend par conséquent un intervalle de 105 ans. Comme Eusèbe s'était arrêté
à Arius pour éviter le récit des troubles provoqués par l'arianisme, ainsi Théodoret ne voulut pas aller au delà de l'année
429 pour ne pas entrer dans le détail des dissensions qui s'é-
taient élevées à l'occasion de l'hérésie de Nestorius. Il paraît
avoir eu pour but de rapporter ce que Socrate et Sozomène
avaient omis, il raconte en effet plus exactement l'histoire des
ariens, et nous apprend beaucoup de choses que l'on ne trouve
pas ailleurs. Il donne même plusieurs pièces originales, et
bien qu'il ne soit pas lui-même sans erreur, il nous fournit le
moyen d'en redresser plusieurs qui avaient échappé aux autres
historiens. Le plus grave reproche que l'on puisse faire à son
histoire, c'est d'être absolument sans chronologie. Comme il
ne prend pas la peine d'assigner la date des événements, il en
résulte une déplorable confusion. Photius loue son style qu'il
trouve plus clair, plus net et plus noble que celui d'Eusèbe,
de Socrate et de Sozomène. Il est vrai que son histoire se fait
lire avec plus d'intérêt que celles de ses prédécesseurs, mais on
ne peut cependant approuver le ton déclamateur et les métaphores ampoulées qui en rendent le style prétentieux et recherché. L'histoire demande à être écrite avec plus de simplicité et de naturel.

Cassiodore fit traduire en latin l'histoire de Théodoret. Il y
a joint celle de Socrate et de Sozomème, et ces trois ouvrages
qui embrassent les mêmes temps et qui se complètent mutuellement ont formé un seul corps d'histoire qui a reçu le nom
d'histoire tripartite (1).

Evagre, né à Epiphanie dans la Célé-Syrie au vi° siècle, fut
le continuateur de Théodoret, de Socrate et de Sozomène,
comme ceux-ci l'avaient été d'Eusèbe. Il commence son histoire où se termine la leur, c'est-à-dire à l'an 431, et il s'é-
tend jusqu'à l'année 594. Evagre avait composé plusieurs
autres ouvrages, mais il ne nous est parvenu que son histoire
ecclésiastique. Après avoir été secrétaire de Grégoire, évêque

_____

(1) Pour l'appréciation des ouvrages de Théodoret nous avons profité de l'excellent
travail de Tillemont, *Mémoires pour servir à l'histoire ecclésiastique*, t. XV.

d'Antioche, il se fit connaître à la cour, et occupa successivement, sous les règnes de Tibère et de Maurice, les emplois de questeur et de garde des dépêches du préfet. C'est sans doute à sa position qu'il dut une connaissance profonde et détaillée de l'histoire profane. Car, bien qu'il ait composé une histoire ecclésiastique, il paraît souvent moins instruit des affaires de l'Église que des affaires de l'empire. Quoiqu'on puisse lui reprocher quelques digressions qui ne vont nullement à son sujet, cependant on doit reconnaître que les faits qu'il raconte ont été généralement étudiés avec soin. Presque tout ce qu'il rapporte est appuyé ou sur les récits des auteurs contemporains ou sur des actes authentiques. Son style est élégant et poli, mais il est quelquefois traînant et diffus. On lui a reproché quelques erreurs de faits, mais la pureté de sa foi n'a point été mise en doute comme celle d'Eusèbe, de Socrate, de Sozomène et de Théodoret.

Ces historiens sont les seuls dont nous possédions les ouvrages. Photius parle encore de Philippe de Side et de Philostorge. Le premier de ces écrivains vivait au v° siècle. Il avait connu saint Chrysostome, et, après la mort d'Atticus, il avait brigué le siége patriarcal de Constantinople. Son ambition ayant été déçue, il s'en consola en composant une *Histoire du christianisme,* dans laquelle il eut la prétention de parler de tout pour faire parade de son savoir. Le jugement qu'en porte Photius nous fait croire que nous n'avons pas beaucoup à regretter la perte de cet ouvrage. Quant à l'histoire de Philostorge, Photius nous en a conservé un abrégé assez étendu pour nous instruire de ce qu'elle contenait. Elle était divisée en douze livres, et s'étendait depuis l'an 320 jusqu'à l'an 425. L'unique but de l'auteur ayant été de rendre odieux les catholiques et de favoriser le parti des eunoméens, dont il était l'ardent sectaire, il défigure tous les faits et ne craint pas même d'avancer des calomnies atroces. Ce défaut rendit son livre odieux aux catholiques, et c'est sans doute pour ce motif qu'il n'a pas été conservé jusqu'à nous.

II. — DES HISTORIENS PROFANES.

Les principaux historiens profanes qui parurent pendant cette époque, furent Procope de Césarée, Agathias de Myrinne, Ménandre de Constantinople et Théophylacte Simocatta. Comme les historiens ecclésiastiques, ils semblent avoir pris à tâche de disposer leurs travaux de manière qu'ils forment une série non interrompue de documents en rapport avec l'ordre des temps. Ainsi Agathias se fait le continuateur du livre de Procope, Ménandre remplit le même rôle envers Agathias, et il a pour successeur Théophylacte, qui reprend le récit des faits précisément à l'époque où il les a laissés. Les travaux de ces divers historiens s'arrêtent au commencement du viiᵉ siècle. L'histoire n'est plus dès lors qu'une chronique où l'on ne trouve ni jugement ni critique.

Procope, qui vivait un siècle avant cette décadence profonde, fut un écrivain très-distingué. Né à Césarée, en Palestine, vers le commencement du viᵉ siècle, il était venu à Constantinople pour y donner des leçons d'éloquence. Ses talents le rendirent célèbre à la cour, et il fut nommé secrétaire et conseiller de Bélisaire, avec la charge de le suivre dans toutes ses expéditions. Il l'accompagna dans ses guerres d'Asie, d'Afrique et d'Italie, et raconta tous ses exploits. Tel est l'objet de l'*Histoire de son temps*. Elle est divisée en huit livres, dont les quatre premiers portent le titre de *Persiques,* et les autres celui de *Gothiques.* Cette double dénomination ne rend pourtant pas compte parfaitement de tout ce que l'ouvrage renferme, car il ne s'agit pas seulement des expéditions de Bélisaire contre les Perses et les Goths ; il raconte encore les expéditions des Vandales et des Maures en Afrique, et c'est ce qui fait exclusivement l'objet du troisième et du quatrième livre. Les trois suivants sont consacrés aux guerres des Goths ; mais le huitième est une sorte de supplément général où l'on trouve différentes matières. Cet ouvrage est écrit avec beaucoup d'intérêt ; le style en est clair et vigoureux, et on y admire une peinture fidèle des mœurs de toutes les nations barbares qu'il met en scène. Personne n'était mieux instruit que Procope de tout ce qu'il raconte, puisqu'il ne fait que rapporter des événements dont il a été lui-même témoin. Sa position particulière lui permettait de pénétrer les sentiments secrets de tous les personnages qu'il fait agir, et s'il n'eût consulté que les intérêts de la vérité, il aurait pu nous révéler le motif caché de tous les faits qu'il raconte. Malheureusement le rôle de courtisan n'a jamais pu s'accorder avec celui d'historien. En écrivant son histoire sous les yeux de l'empereur, de l'impératrice et de Bélisaire, il dut flatter tous ces illustres personnages et exagérer leurs vertus. Comme il s'agissait surtout de combats dans les *Persiques* et les *Gothiques,* le nom de Bélisaire y devait briller au premier rang. On dit que Justinien le remarqua et qu'il en fut jaloux.

Pour dédommager la vanité du prince, l'historien écrivit un ouvrage praticulier, intitulé : *Des édifices construits par l'empereur Justinien.* La flatterie ne pouvait se glisser plus adroitement au pied du trône. Justinien, qui pâlissait de frayeur au seul nom des ennemis, ne pouvait prétendre à la gloire militaire. Toute louange qu'on lui aurait adressée sous ce rapport n'aurait été que ridicule. Mais il avait opéré de grandes réformes au sein de l'empire. Il avait embelli les villes anciennes et en avait fait construire de nouvelles; une multitude de temples, de monastères et d'édifices publics lui devaient leur éclat et leurs richesses. Procope décrit toutes ces merveilles, et trouve ainsi moyen d'exalter la grandeur du prince et de mériter ses faveurs. Cet ouvrage n'est plus guère consulté que par les savants.

Malgré toute la peine que se donna Procope pour se concilier les bonnes grâces de Justinien, il ne put éviter les caprices de son humeur bizarre. Alors, pour se venger de l'injure qui lui était faite, d'adulateur il devint libelliste. Il écrivit ses *anecdotes* ou *histoires secrètes*, où il raconte sur Justinien et Théodora toutes les atrocités les plus révoltantes. Plusieurs écrivains ont cru que Procope, en dépit de son aigreur, avait été vrai et sincère, et ils ont rapporté sans scrupule toutes ses accusations contre l'empereur et l'impératrice. « Deux choses, dit Montesquieu, font que je suis pour l'histoire secrète : la première, c'est qu'elle est mieux liée avec l'étonnante faiblesse où se trouva cet empire à la fin de ce règne et dans les suivants ; l'autre, ce sont les lois de cet empereur, où l'on voit dans le cours de quelques années la jurisprudence varier davantage qu'elle a fait dans les trois cents dernières années de notre monarchie (1). » Nous n'avons garde d'atténuer les fautes, les lâchetés et les vices de Justinien, nous sommes les premiers à reconnaître la décadence ou plutôt la dégradation du Bas-Empire, mais on doit aussi avouer qu'un homme qui se livre à l'invective ou à la louange, uniquement en vue de ses intérêts personnels, ne peut jamais faire autorité par lui-même. On doit accepter ses éloges et ses blâmes avec une égale circonspection.

Agathias, le continuateur de Procope, n'embrasse que les années 553 à 559. Né à Myrinne, ville éolienne de l'Asie, il vint à Constantinople où il s'attacha à la profession du barreau. Il avait d'abord cultivé la poésie avec un véritable enthou-

---

(1) Montesquieu, *Grandeur et décadence des Romains*, chap. XX.

siasme. Il la regardait, selon ses expressions, comme une chose
sainte et divine, et il eût voulu y consacrer sa vie entière.
Quand il commence son histoire, il nous prévient qu'il a longtemps hésité à entreprendre ce travail, parce que dès sa plus
tendre enfance il n'a rien connu de plus délicieux que de s'a-
bandonner à sa verve poétique. Ses dispositions d'esprit rendent merveilleusement compte du caractère de son histoire.
Le style en est recherché, et il court après toutes les expressions sonores et poétiques. Souvent sa prose semble formée
avec des débris de vers péniblement rompus. Sa pensée n'a rien
de fixe et de déterminé dans son allure. Il se plaît à décrire
un combat naval, à entrer dans le détail du plus petit événement ; il préfère souvent l'accessoire au principal. L'imagination l'emporte sur le jugement et l'entraîne dans les digressions les plus inattendues et les plus extraordinaires. Mais ce
qu'il y a d'heureux pour Agathias, c'est que ses défauts ne font
qu'ajouter à l'intérêt de son ouvrage. On aime cette superfluité
de détails dans lesquels il entre, parce qu'il nous fait connaître
les mœurs des Francs et des Goths qui nous sont d'ailleurs si
profondément inconnues ; on lui pardonne ses digressions,
parce qu'elles nous donnent sur les nations étrangères des
connaissances que nous n'aurions jamais eues ; enfin, on n'a
pas le courage de lui reprocher l'inégalité de ses mouvements,
quand on remarque que, s'il touche capricieusement à tout, il
a du moins le mérite d'en être plus agréable et plus ins-
tructif.

Ménandre de Constantinople continua l'histoire d'Agathias
jusqu'en 582. Il jouit d'une très-grande célébrité. « Malheureusement, dit Schœll, nous n'avons de son ouvrage que quelques fragments qui nous ont été conservés par Théodosius, dans
l'ouvrage qu'il compila par ordre de Constantin Porphyrogénète. Ces extraits répandent beaucoup de lumière sur l'histoire
des Huns, des Avares et autres peuples du Nord ou de l'Orient ;
mais ce qu'on y trouve de plus remarquable, c'est le traité con-
clu entre Justinien et Chosroës, avec la description de l'échange
des deux instruments. On doit regarder ce document comme
un des plus précieux monuments échappés au temps et à la
barbarie (1). »

Théophylacte, surnommé *Simocatta*, florissait vers l'an 629.
Il fit une *Histoire universelle* divisée en huit livres. Il avait
rempli à la cour de Constantinople, sous l'empereur Maurice,

---

(1) Schœll, *Histoire de la littérature grecque.*

les charges d'intendant, de chancelier et de receveur des amendes. Ce prince ayant été égorgé par l'usurpateur Phocas (602), Théophylacte voulut s'acquitter envers sa mémoire d'une dette de reconnaissance, et écrivit son histoire. Dans les cinq premiers livres il raconte les guerres de Maurice contre les Perses, et dans les trois autres ses expéditions contre les Avares et les Slaves. Il nous apprend lui-même, qu'avant de publier son travail, il en lut plusieurs fragments en public. Le récit de la mort tragique de Maurice fit répandre des larmes à tous ceux qui l'entendirent. D'après Photius, le style de Théophylacte ne manque pas d'élégance, mais il pèche par excès de recherche et d'affectation.

Après ces historiens nous ne trouvons plus que des chroniqueurs comme Georges le Syncelle et Théophane l'Isaurien. Le baron de Sainte-Croix caractérise ainsi la décadence que subit l'histoire depuis le VIIe siècle : « Des compilateurs ignorants, dit-il, s'imaginèrent qu'en rassemblant des faits sans discernement, et qu'en les rédigeant sans goût ni critique, ils pouvaient mériter le nom d'historiens. Plusieurs eurent l'ambition de composer des histoires générales qui commençaient à l'origine du monde et finissaient à leur temps. Ils y mêlaient le sacré et le profane, et y entassaient sans choix tout ce qu'ils trouvaient dans les livres qui leur tombaient sous la main. Tout leur était bon : ils n'examinaient ni l'âge, ni l'autorité des écrivains dont ils transcrivaient quelquefois les pages entières. S'ils les eussent cités exactement, du moins leurs compilations nous seraient de quelque utilité; mais ils ne cherchent que trop souvent à cacher leur larcin; et, comme les harpies, ils corrompent ou gâtent tout ce qu'ils touchent. Quand ces écrivains parlent des événements du moyen âge et qui regardent l'empire d'Orient, ils ont certainement plus de poids, et méritent d'être lus ou consultés; mais ils manquent presque toujours de suite et de liaison, et leurs ouvrages sont en quelque sorte analogues aux actions dont ils parlent, où l'on ne voit souvent ni plan, ni motif, ni conduite. Au surplus, ils sont crédules à l'excès, n'aiment que les fables et sont pleins d'inepties. Les chroniqueurs et les simples annalistes, dont le nombre s'accrut beaucoup dans ces siècles de barbarie, sont tout aussi dépourvus de jugement et de critique; quoiqu'ils se copient, pour l'ordinaire, les uns les autres, ils font une infinité de bévues et multiplient les erreurs. S'agit-il de la chronologie des anciens, ils en confondent les éléments; ils ne s'aperçoivent ni des lacunes, ni des contradictions; encore moins savent-ils résoudre les difficultés et nombrer les différentes opinions. Cependant il y a de l'or dans ces mines, et, en ne considérant les ouvrages de tous ces écrivains que comme des matériaux, et les passant au crible de la critique, on peut en tirer beaucoup de choses précieuses et quantité de faits importants, surtout pour l'histoire des successeurs de Constantin (1). »

Dans l'époque suivante, nous ferons connaître les meilleurs de ces écrivains médiocres, et nous nous attacherons surtout à ceux dont les ouvrages forment ce qu'on appelle le corps des *historiens byzantins*.

CHAPITRE VI.

DES POÈTES GRECS QUI ONT VÉCU PENDANT CETTE ÉPOQUE.

Le nouvel empire fondé par Constantin ne pouvait espérer de voir jamais briller dans Byzance des poëtes comparables à ceux qui avaient illustré Rome et Athènes. Le christianisme qui avait ranimé l'éloquence en inspirant les Basile et les Chrysostome, aurait pu sans doute renouveler également la poésie en lui ouvrant une carrière immense que l'antiquité n'avait pas même pu soupçonner. Mais le but pratique de sa doctrine poussait tout naturellement les esprits dans une autre voie. Les auteurs ecclésiastiques ne s'occupèrent de poésie que dans l'intérêt du culte, et, à part les hymnographes, tous les autres poëtes ne sont vraiment que des exceptions à la loi générale.

Quant à la poésie profane, elle manque entièrement d'inspiration. S'étant enfermée dans le cercle déjà mille fois parcouru par les poëtes païens, elle fut nécessairement condamnée à des redites ennuyeuses, et ses meilleurs interprètes ne furent que de pâles imitateurs.

I. — DES POÈTES CHRÉTIENS.

L'édit de l'empereur Julien qui défendait aux chrétiens l'étude des écrivains profanes, fut l'occasion des premiers poëmes chrétiens. Jusqu'alors les philosophes et les hommes de lettres qui s'étaient convertis au christianisme avaient employé

(1) Sainte-Croix, *Examen des Historiens d'Alexandre.*

tout leur génie à la défense de la foi et à l'instruction des fidèles. Ils avaient composé de savantes apologies ou des traités de morale aussi profonds qu'éloquents, mais ils n'avaient pu consacrer à la poésie leurs veilles et assujettir leurs pensées à toutes les exigences de la versification. Avant de songer à l'agrément, il avait fallu pourvoir à ce qui était de première nécessité. Comme le christianisme ne fut jamais exclusif, on laissait les premiers chrétiens jouir de toutes les beautés littéraires dont les anciens avaient embelli leurs ouvrages, et, parmi tous ces trésors de la littérature païenne, on ne leur interdisait que ces livres immoraux où le cœur aurait eu tout à perdre sans que l'esprit eût rien à gagner.

Au IVᵉ siècle, lorsque le triomphe du christianisme fut assuré, sa littérature s'enrichit de quelques ouvrages de poésie. Le savant Apollinaire mit d'abord en vers alexandrins l'histoire des Hébreux jusqu'au couronnement de Saül, et divisa son poëme en vingt-quatre chants, à l'imitation d'Homère. L'Ancien Testament lui fournit encore de magnifiques sujets de tragédies et de comédies, dans lesquels il s'efforça de rivaliser avec Euripide et Sophocle. Il composa même des odes sacrées sur le modèle de celles de Pindare. C'était beaucoup trop entreprendre pour le génie d'un seul homme. En voulant ainsi résumer en lui toute la gloire d'Homère, de Sophocle, d'Euripide et de Pindare, Apollinaire devait être nécessairement fort médiocre dans tous les genres, et la postérité ne pouvait conserver que le souvenir de ses efforts. Aussi ne possédons-nous rien de toutes ces productions trop hâtées, à l'exception d'une traduction des Psaumes qui a le mérite de l'exactitude et de la noblesse, mais qui manque de verve et d'inspiration.

Plusieurs autres écrivains chrétiens eurent encore de la poésie une idée moins noble et moins élevée qu'Apollinaire. Admirateurs peu éclairés des poëtes anciens, ils crurent qu'on pouvait leur enlever leurs ornements pour en revêtir les idées chrétiennes, et ravir ainsi, au profit de la foi, tous les trésors de la littérature païenne. Ils prirent donc à Homère des épithètes, des hémistiches, et quelquefois des vers entiers, et les appliquèrent à Jésus-Christ. Ils pillèrent de la même façon Sophocle et Euripide, et rapprochèrent tous ces petits morceaux épars pour en faire une épopée ou une tragédie. Nous avons encore la *Vie de Jésus-Christ* ainsi extraite de l'Iliade, et la *Passion de Jésus-Christ*, qui n'est qu'une mauvaise tragédie faite avec des centons d'Euripide. Il n'est pas nécessaire de dire qu'un poëme ne peut se composer de cette manière. Ce n'est point un édifice qu'on puisse construire avec des pièces de tout genre et de toute couleur. Ces malheureux essais sont, si on le veut, une œuvre ingénieuse et patiente qui prouve la bonne volonté de ceux qui s'y dévouent, mais l'impuissance et la stérilité de leur esprit. On ne retrouve ces froides compilations qu'au début ou sur la fin d'une littérature, c'est-à-dire quand on ne sait pas encore ou quand on ne peut plus écrire.

Pour la poésie chrétienne, saint Grégoire de Nazianze eut la gloire d'en saisir le premier le véritable caractère. Ses accents ont de l'originalité et de l'inspiration. Il célèbre les grandeurs de Dieu, les misères de la vie humaine, les mystères de la foi, la beauté de la création, en un mot toutes les croyances chrétiennes, dans un rhythme qui, sans être celui d'Homère ni d'aucun autre poëte païen, rappelle cependant la grâce, la magnificence et la beauté des inspirations de la Grèce ancienne (1).

Sous les règnes d'Arcadius et de Théodose le Jeune, l'évêque de Ptolémaïs, Synésius, tirait de sa lyre des sons mélodieux et animés qui rappellent aussi les plus beaux génies d'Athènes. Avant d'être chrétien il avait cultivé la philosophie platonicienne, et ses écrits sont d'autant plus curieux et plus remarquables qu'ils nous offrent la fusion de ce qu'il y avait de bon dans la sagesse antique avec les enseignements et les inspirations de la foi. Néanmoins, dans cette alliance l'élément païen prédomine, et l'imagination du poëte se laisse souvent emporter à des théories qui rappellent bien plus le disciple de Platon que le disciple de l'Évangile. Ainsi, il considère l'âme humaine comme une *parcelle de ses divins auteurs,* il croit qu'elle est tombée du ciel dans la matière, et que son union avec le corps n'est qu'une déchéance, et il interprète tous nos soupirs vers une existence meilleure comme le regret de cette patrie que nous avons perdue. Sans doute il ne faudrait pas presser trop vivement toutes ses expressions, car on y rencontrerait, au point de vue de la doctrine, bien des choses inexactes. Mais Synésius, pour être bien jugé, doit jouir de l'avantage de tous les poëtes, qui ont toujours eu le droit d'user pour l'expression d'une grande liberté. Sans ce privilége la poésie ne pourrait jamais s'appliquer aux idées métaphysiques, et quand on fait disparaître leur sécheresse et leur aridité sous l'éclat d'un langage aussi riche et aussi orné que celui de l'évêque de Ptolémaïs, on a droit à beaucoup d'indulgence.

---

(1) Voyez plus haut ce que nous avons dit de ce grand docteur.

La pureté de la foi de Synésius, son dévouement comme évêque, nous semblent d'ailleurs suffisamment justifiés par ces paroles qu'il prononçait au moment où il voyait sa chère cité de Ptolémaïs, sa patrie bien-aimée, sur le point de tomber entre les mains des barbares. « O Cyrène, s'écriait-il, dont les registres publics font remonter ma naissance jusqu'à la race des Héraclides! tombeaux antiques des Doriens, où je n'aurai pas de place! malheureuse Ptolémaïs, dont j'aurai été le dernier évêque! Je ne puis en dire davantage; les sanglots étouffent ma voix. Je suis tout entier à la crainte d'être forcé peut-être à quitter le sanctuaire. Il faut nous embarquer et fuir; mais quand on m'appellera pour le départ, je supplierai qu'on attende : j'irai d'abord au temple de Dieu, je ferai le tour de l'autel, je baignerai le pavé de mes larmes, je ne m'éloignerai pas avant d'avoir baisé le seuil et la table sainte. Oh! que de fois j'appellerai Dieu! oh! que de fois je saisirai les barreaux du sanctuaire! mais la nécessité est toute-puissante; elle est impitoyable. Combien de temps encore me tiendrai-je debout sur les remparts, et défendrai-je le passage de nos tours? je suis vaincu par les veilles, par la fatigue de placer des sentinelles nocturnes, pour garder à mon tour ceux qui me gardent moi-même. Moi, qui souvent passais les nuits sans sommeil, pour épier le cours des astres, je suis accablé de ces veilles, pour nous défendre des incursions ennemies. Nous dormons à peine quelques moments mesurés par la clepsydre; ma part de repos m'est enlevée par le cri d'alerte; et si je ferme les yeux, que de rêves affreux où me jettent les pensées du jour! Nous sommes en fuite, nous sommes pris, blessés, chargés de chaînes, vendus en esclavage...

» Cependant je resterai à mon poste dans l'église; je placerai devant moi les vases sacrés, j'embrasserai les colonnes du sanctuaire qui soutiennent la table sainte; j'y resterai vivant, j'y tomberai mort. Je suis ministre de Dieu; et peut-être faut-il que je lui fasse l'oblation de ma vie! Dieu jettera quelques regards sur l'autel arrosé par le sang du pontife (1). »

Après Synésius, la poésie chrétienne n'offre plus aucun monument célèbre. Un des disciples de saint Chrysostome, saint Nil, qu'il ne faut pas confondre avec l'abbé du même nom, nous a laissé quelques poëmes philosophiques ou moraux en vers héroïques et élégiaques, mais ils sont si peu remarquables qu'ils n'ont pas encore reçu les honneurs de l'impression.

(1) Traduction de M. Villemain.

Nonnus, le contemporain de Synésius, s'étant converti au christianisme après avoir composé ses *Dionysiaques* en l'honneur de Bacchus, voulut réparer les scandales de sa muse en faisant une paraphrase en vers de l'Evangile de saint Jean. Malheureusement ses poésies sacrées ne valurent pas mieux que ses poésies profanes. Elles sont l'une et l'autre également dépourvues d'imagination et d'intérêt.

Georges Pisidès, qui fut archevêque de Nicomédie vers le milieu du VIIe siècle, composa un poëme en vers ïambiques sur la création du monde. Il fut célèbre sous le titre de *Hexaemeron*. Ses contemporains ont beaucoup loué sa fécondité, qui nous est encore attestée par le grand nombre de ses productions, qui lui ont été presque toutes inspirées par les exploits d'Héraclius, dont il recevait les faveurs. Dans leur enthousiasme pour la beauté de ses vers, les Grecs du Bas-Empire sont allés jusqu'à le comparer à Euripide. Assurément la postérité ne pouvait confirmer le jugement de ces aristarques, mais elle a été assez juste pour conserver à ce poëte une place d'honneur parmi les meilleurs écrivains de son temps. Comme tous les poëtes qui vivent à une époque de décadence, il choisit mal ses sujets, et ses conceptions manquent de naturel et d'intérêt. Mais ses vers sont harmonieux et pèchent plutôt par un excès d'abondance que par sécheresse.

Pour compléter cette rapide énumération des poëtes chrétiens, nous citerons saint Jean Damascène et Cosme l'Ancien, son condisciple. L'illustre théologien a laissé des proses et des hymnes qui se rapportent aux fêtes de Noël, de l'Epiphanie, de la Pentecôte, de l'Ascension de Notre-Seigneur, de sa Transfiguration et de l'Annonciation de la sainte Vierge. Cosme l'Ancien fut un hymnographe encore plus célèbre. C'est à lui que l'Eglise grecque attribue la plupart des hymnes qu'elle a fait entrer dans sa liturgie, bien que plusieurs soient d'un poëte de même nom qui vivait dans le même siècle (1).

II. — DES POÈTES PROFANES.

La poésie profane ne fut pas plus riche ni plus brillante à cette époque que la poésie religieuse. Mais malgré sa pauvreté elle essaya de reproduire tous les genres et de prendre tous les tons. Ainsi l'épopée, la poésie didactique, la poésie lyrique et l'épigramme eurent leurs représentants. Une chose bien re-

---

(1) *Bibliothèque choisie des Pères*, t. XIX.

marquable c'est que la plupart des poëtes profanes reviennent alors à tous les souvenirs de l'ancienne mythologie. Ce monde du Bas-Empire ressemble à un vieillard qui retourne à toutes les idées qui l'ont ému pendant son enfance. La poésie épique ne connaît pas d'autres inspirations que le siége de Troie ou l'enlèvement d'Hélène, c'est-à-dire les grands événements chantés par Homère ou les poëtes cycliques.

Quintus de Smyrne, surnommé Calaber, parce que le cardinal Bessarion découvrit un exemplaire de son ouvrage dans un couvent de la Calabre, fut le plus illustre de tous ces continuateurs et de tous ces imitateurs de l'Iliade. Il fleurit probablement au v⁰ siècle sous le règne de Léon Ier et d'Anastase. Son poëme a pour titre : Παραλειπόμενα Ὁμήρῳ, *Ce qui a été omis par Homère*. Il fait immédiatement suite à l'Iliade et s'étend jusqu'à la destruction de Troie. C'est bien plutôt une histoire en vers qu'un poëme épique. Les fictions mythologiques y abondent, les ornements y sont prodigués, mais l'ordonnance des parties est très-défectueuse. Il n'a point l'unité d'action ; l'imitation d'Homère y est sensible dans les détails, mais rien ne rappelle l'entraînement et l'éclat de l'Iliade, ainsi que son intérêt toujours croissant. Quintus fait sans cesse intervenir les dieux, mais rien ne motive ni leur apparition, ni leur retraite. Malgré tous ces défauts, son œuvre n'en est pas moins fort remarquable pour l'époque. On attribue encore à Quintus un petit poëme sur les *douze travaux d'Hercule*.

Ses rivaux les plus distingués furent deux Egyptiens, Coluthus de Lycopolis, aujourd'hui Siout dans la Thébaïde, et Tryphiodore, dont la vie est absolument inconnue. Coluthus était auteur d'un poëme en six chants, intitulé *les Calydoniques*, ainsi que d'autres ouvrages perdus. On lui attribue un poëme en trois cent quatre-vingt-cinq vers, qui porte le titre d'*Enlèvement d'Hélène*. Cette triste imitation d'Homère commence aux noces de Pélée et de Thétis, dont la fête est troublée par la Discorde. Le poëte raconte sans chaleur, sans sentiment et sans grâce, le jugement de Pâris, le voyage de ce prince à Sparte, et l'enlèvement d'Hélène. Son poëme fut trouvé avec celui de Quintus par Bessarion.

Tryphiodore avait eu la regrettable patience de composer une *Odyssée lippogrammatique*, ainsi nommée, soit parce que l'auteur s'était interdit dans chaque chant l'emploi d'une des vingt-quatre lettres de l'alphabet, soit parce qu'une seule lettre, le σ, était bannie du poëme entier. Dans l'un et l'autre cas, c'était un tour de force misérable qui indique la corruption du goût ;

et le temps a rendu service au poëte et à tout le monde en détruisant son ouvrage. Le seul poëme de Tryphiodore qui nous reste, c'est la *Destruction de Troie*, en six cent quatre-vingt-un vers. Ce n'est qu'un abrégé de l'Iliade, une espèce de chronique sèche et prosaïque.

Pendant que la poésie épique végétait ainsi autour d'Ilion et de tous les souvenirs mythologiques des poëtes cycliques, la poésie didactique recueillait toutes les superstitions qui abusaient alors le vulgaire. Sous le titre *Des élections*, nous avons un poëme astrologique en six cent dix hexamètres, qui a pour objet de démontrer l'influence que la lune et les astres exercent sur l'homme et sur ses entreprises. On y apprend sous quel signe on peut sans danger commencer un voyage, contracter mariage, acheter un esclave, se faire ouvrir une veine. Le philosophe Maxime en est l'auteur. Un certain Dorothée de Sidon fit aussi des vers sur *la place occupée dans chaque signe par chaque planète, sur les lieux où les étoiles se plaisent, sur la partie où est l'horoscope.*

Quand l'esprit est descendu à de pareilles puérilités, il n'est guère possible qu'il s'élève encore assez pour atteindre à la sublimité de l'ode et de son langage divin. Le néo-platonicien Proclus fit pourtant exception au mauvais goût de son siècle. Nourri par l'étude de tous les plus beaux génies de l'antiquité, et entraîné par le caractère de ses idées vers la contemplation de l'infini, sa poésie est beaucoup moins un récit et une description qu'une prière. Comme Quintus Calaber essayait de reproduire Homère, Proclus renouvelle Orphée. Il réussit même mieux dans cette sorte de poésie sacrée que Quintus dans la poésie épique. Nous avons de lui six hymnes; un adressé au soleil, un autre aux Muses, deux à Vénus, un à Hécate et Janus, enfin le sixième à Minerve. Le style en est brillant, et on y retrouve presque tout ce qui caractérise la poésie d'Orphée.

Dans cette société corrompue, nous ne connaissons qu'un seul poëme qui ne soit pas une imitation. C'est le poëme érotique de Musée le grammairien intitulé *Héro et Léandre*. On ne sait à quelle époque ce poëte vécut. Son livre est un chef-d'œuvre de grâce et de délicatesse, digne en tous les points de la belle antiquité. La fable n'est pas de l'invention du poëte, mais il a su se l'approprier par l'habileté de l'exposition et le charme de son langage. L'action s'ouvre au milieu d'une fête religieuse, sous les auspices qu'offre une magnifique journée de printemps, et comme elle doit se terminer par une catastrophe, l'auteur a eu soin d'en placer le dénoûment à l'approche de l'hiver. Héro et Léandre, d'abord si heureux et frappés ensuite par les coups du sort, rappellent le drame merveilleux que Bernardin de Saint-Pierre représente avec tant d'art dans *Paul et Virginie.*

Après avoir ainsi caractérisé les différents genres de poésie cultivés par les poëtes de Byzance, pour être complet nous n'avons plus qu'à mentionner ici toutes les épigrammes que les anthologies nous ont conservées. On appelait de ce nom toutes ces pièces de vers fugitives inspirées aux poëtes de cour par divers accidents de la vie des princes et de leurs ministres. A Byzance, à défaut de grandeur, les empereurs s'étaient environnés d'une certaine pompe extérieure, espérant sans doute faire illusion au peuple sur la faiblesse de leur puissance et la nullité de leur mérite. La flatterie fut mise en honneur, parce qu'elle devint l'unique moyen d'arriver à la richesse et aux emplois. Tous ceux qui se sentaient quelques talents s'empressaient de les mettre au service de ces souverains méprisables, et d'exploiter à leur louange les moindres événements de leur règne. Comme on l'a dit si bien, ils ne pouvaient rien entreprendre, rien imaginer impunément ; la poésie les suivait, les épiait incessamment, pour surprendre leurs vertus et leur génie : leurs dits et gestes les plus simples étaient des merveilles. Les ministres et favoris des empereurs n'échappaient point à cet empressement des versificateurs ; ils étaient aussi une matière à compliments et à poésies, et quelques grains d'encens ne leur étaient pas refusés. La poésie était véritablement devenue un métier et une entreprise ; les poëtes avaient le monopole de l'éloge ; ils vivaient sur les anniversaires, sur les fêtes solennelles, sur les mariages ; ils formaient une corporation qui avait ses statuts et ses priviléges, ses agents et ses préposés, à la suite desquels ils se présentaient chez les grands dans les occasions solennelles (1). De là toutes ces épigrammes ou pièces fugitives qu'on a eu la patience de recueillir, et qui offrent d'ailleurs si peu d'intérêt. On comprendra que nous n'ayons pas pris le soin de rapporter ici les noms de ces poëtes obscurs, qui songeaient au reste, en faisant leurs vers, beaucoup plus à conquérir les faveurs de leurs contemporains qu'à mériter les éloges de la postérité.

(1) Cahiers d'Histoire littéraire.

TROISIÈME ÉPOQUE.

DEPUIS LA CONDAMNATION DE L'HÉRÉSIE DES ICONOCLASTES JUSQU'A LA CHUTE DE L'EMPIRE DE CONSTANTINOPLE.

(787-1453.)

Sur la fin de l'époque précédente, de grands événements politiques avaient hâté la décadence des lettres dans l'empire d'Orient. Au VIIe siècle, les villes d'Edesse, de Béryte, d'Antioche et d'Alexandrie étaient tombées entre les mains des Arabes, qui y détruisirent toutes les grandes écoles, dont les travaux étaient alors la principale ressource de la littérature grecque. La conquête de l'Egypte eut surtout une influence momentanément très-désastreuse sur les sciences, car les manufactures de papyrus cessèrent alors d'être en activité. Il fallut remplacer le papier par le parchemin, ce qui rendit les livres plus rares, par là même qu'ils étaient plus dispendieux.

Dans le siècle suivant, les lettres, les sciences et les arts reçurent un coup vraiment mortel de l'erreur grossière et barbare des iconoclastes. Ces fanatiques, qui voyaient dans les images autant de signes idolâtriques, s'armèrent non-seulement contre les peintres et les statuaires, mais déclarèrent encore la guerre aux savants et aux littérateurs. Léon l'Isaurien fit brûler la bibliothèque de Constantinople, qui renfermait plus de trente mille volumes. Le bibliothécaire et les douze professeurs qu'il avait sous ses ordres périrent dans les flammes. Selon le goût du temps, on n'avait pas craint de comparer le président de ce collége au soleil, et les douze savants qui l'entouraient aux douze signes du zodiaque. On put croire que cette comparaison emphatique et burlesque n'était pas absolument inexacte. Car aussitôt que cet astre et ses satellites se furent éteints, l'Orient ne fut pendant un instant éclairé d'aucune lumière.

Après la condamnation de cette hérésie absurde, la littérature reprit une partie de son éclat et de sa vigueur. Mais cette fois la science reçut une direction funeste. Elle se mit au service de l'impiété, de l'intrigue et de la corruption, ou bien elle alla s'asseoir sur le trône pour distraire les empereurs des devoirs de leur position. Le collègue de l'empereur Michel III, l'ignoble et impie Bardas, mit sa gloire à ranimer dans l'empire le culte des lettres, et donna lui-même l'exemple en s'environnant de tous les savants, et en profitant de leurs leçons et de leurs conseils. Photius, son favori, réunissait vraiment en lui toutes les connaissances de son siècle, et il eût laissé un nom fort glorieux, si son ambition ne l'avait porté à abuser de sa science pour jeter dans le schisme l'Orient. Il fut le précepteur des princes de la dynastie macédonienne, et sut inspirer à Léon le Philosophe et à Constantin Porphyrogénète ce goût ardent pour les sciences et les lettres qui les aurait illustrés à jamais, s'il ne leur eût fait oublier qu'ils devaient se livrer moins à l'étude qu'au gouvernement.

La première partie du xiᵉ siècle fut si obscure, qu'on ne vit pas alors paraître un seul écrivain qui mérite d'être cité. Le schisme se consomma au milieu de cette nuit profonde. Mais sur la fin de ce siècle et pendant le xiiᵉ, la famille des Comnène et des Ducas fit de généreux efforts pour dissiper ces ténèbres épaisses. Des princes lettrés parurent sur le trône, et protégèrent les sciences et les savants. Le mouvement des croisades ne fut pas favorable à l'Orient. Au lieu de voir dans les Latins des alliés, les empereurs de Constantinople y virent des ennemis, et tous les Grecs prirent pour une invasion la présence des Français et des Allemands sur leurs terres. L'inquiétude était dans tous les esprits, et personne ne jouissait de cette paix et de cette tranquillité si nécessaire aux travaux de la pensée.

Quand les Latins se furent rendus maîtres de la capitale de l'Orient et que l'empire français eut été substitué à l'empire grec, pendant la plus grande partie du xiiiᵉ siècle, non-seulement la littérature grecque fut frappée de stérilité, mais la plupart des monuments qu'elle avait élevés eurent beaucoup à souffrir des préventions et de la haine des vainqueurs. Constantinople fut livrée au pillage, et les bibliothèques immenses réunies par les soins des Basilide et des Comnène ne furent point épargnées. On voyait les soldats, dans l'ivresse de leur victoire, se promener dans les rues, portant par dérision des livres au bout de leurs piques, et insultant à la lâcheté de leurs vaincus qu'ils appelaient des savants et des faiseurs de livres.

Les Paléologue, qui mirent fin à la domination latine, s'empressèrent de réparer le mal qui avait été fait. Plusieurs d'entre eux devinrent même célèbres par leurs écrits. Ils fondèrent de grandes écoles, et surent encourager le mérite avec tant de discernement qu'ils eurent la gloire de faire naître tous ces savants, qui après la prise de Constantinople se répandirent dans l'Europe pour éclairer toutes les nations, en leur livrant tous les trésors scientifiques et littéraires qui ont été le principe d'une véritable régénération intellectuelle.

En jetant ainsi les yeux sur toutes les grandes révolutions dont l'empire de Constantinople a été le théâtre pendant cette époque, on voit que les empereurs ont généralement fait tout ce qu'ils pouvaient pour le développement des études. Les encouragements, la protection et même le bon exemple n'ont point manqué de leur côté. Néanmoins, en entrant dans le détail des productions littéraires de tous ces siècles, nous ne rencontrerons aucun ouvrage vraiment digne de notre admiration. Les écrivains purement ecclésiastiques sont encore nombreux au IXᵉ siècle, et luttent avec éloquence contre les iconoclastes. Mais ils se perdent ensuite dans des arguties puériles, et épuisent leur esprit et leurs connaissances sur des questions qu'on n'aurait jamais dû se poser sérieusement. Ils nous offriront quelques savants, comme Bessarion, mais aucun écrivain qui rappelle les beaux temps de la littérature chrétienne. Parmi les auteurs profanes nous trouverons quelques historiens distingués, des grammairiens et des scoliastes érudits, des poëtes fort médiocres, mais aucun véritable littérateur. Cette nation est usée, et bien qu'elle soit dépositaire des connaissances les plus variées, elle n'est supérieure aux autres peuples que par la vanité. Elle fait des efforts pour dissimuler par l'éclat de la science son abjection profonde, mais ces efforts ne servent eux-mêmes qu'à mieux prouver son impuissance.

Malgré le culte qu'elle affecte pour tous les chefs-d'œuvre que l'antiquité lui a légués, elle n'a pas même la force de conserver dans sa pureté la langue céleste d'Homère et de Démosthène. Dès le XIᵉ siècle, cet admirable idiome commence à s'altérer profondément parmi le peuple. Un grand nombre de mots latins s'y étaient déjà introduits sous Justinien, mais plus tard on ne craignit pas de faire de misérables emprunts au langage des Arabes, des Bulgares, des Goths et des autres barbares. La langue romaïque ou le grec moderne fut le résultat de ces innovations. Au XIIᵉ siècle, des ouvrages furent même composés dans cette langue, et elle fut parlée à la cour. On oublia toutes les règles de la prosodie ancienne. Les poëtes byzantins ne pouvant se plier à toutes les exigences des divers rhythmes imaginés par les poëtes anciens, ne tiennent plus compte que du nombre des syllabes, sans faire attention à la mesure et à la quantité. Ces nouveaux vers furent très-prosaïquement nommés *vers politiques*. Nous verrons d'ailleurs qu'ils furent généralement dignes des idées et des sentiments qu'on les chargea d'exprimer.

Ainsi lorsque les Turcs entrèrent à Constantinople, le génie grec était éteint. Sa langue n'était plus connue que des hommes de lettres qui en avaient fait une étude particulière ; le peuple ne la parlait plus. Sa littérature avait parcouru toutes ses phases et végétait tristement sans pouvoir rien produire. Pour se ranimer elle avait besoin d'être transportée sous un autre ciel, sur une autre terre, et ce fut la mission qui échut aux Grecs exilés. Ils abordèrent en Italie avec leur savoir et leurs livres, Rome les accueillit avec amour, et l'Europe chrétienne s'enrichit des trésors qui lui avaient été légués par Constantinople à son agonie.

CHAPITRE I.

DES AUTEURS ECCLÉSIASTIQUES QUI ONT PARU PENDANT CETTE ÉPOQUE.

Si nous ne devions pas ici nous borner à juger du mérite littéraire des écrivains et de leurs ouvrages, nous aurions sans doute beaucoup à dire sur les auteurs ecclésiastiques qui ont vécu pendant cette dernière époque. Toutes les discussions qui se sont élevées pendant cet intervalle entre l'Eglise grecque et l'Eglise latine sont d'un grand intérêt pour le théologien, mais les livres qu'elles ont produits n'offrent pas le même attrait au littérateur. Nous nous garderons donc d'entrer dans le détail de cette polémique ardente, et, sans chercher à citer les noms de tous ces controversistes plus ou moins obscurs, nous nous contenterons d'indiquer le caractère de chaque siècle et le mérite respectif de leurs productions les plus célèbres.

Le IXᵉ siècle fut profondément troublé par les fureurs des iconoclastes. L'empereur Théophile, qui s'était fait le fauteur de cette hérésie, rendit même un décret de bannissement contre les peintres, et son fanatisme ne fut guère moins funeste aux lettres qu'aux arts. Cette persécution violente excita une vive réaction, et, malgré l'état de décadence où se trouvaient les études, la foi rendit éloquents une foule d'hommes géné-

reux qui versèrent leur sang pour la vérité. Le patriarche de
Constantinople, Nicéphore (806-815), éleva la voix contre l'erreur et publia quatre traités vraiment remarquables. Deux
moines, saint Platon et saint Théodore de Stude, renouvelèrent
l'exemple de ces premiers Pères de l'Eglise qui justifiaient
leur croyance par de savants écrits et scellaient ensuite de leur
sang leur éloquent témoignage. Nous avons encore les lettres
de saint Théodore, où l'on ne trouve pas moins de doctrine
que dans les traités de saint Jean Damascène, un des théologiens les plus illustres de l'Église grecque.

Mais ce n'était pas seulement la controverse chrétienne qui
se montrait brillante et animée ; ces hommes, qui combattaient
si généreusement pour leur foi, eurent aussi le soin de transmettre à la postérité le souvenir de leurs triomphes. Ceux qui
survécurent à ces terribles épreuves racontèrent la gloire de
ceux qui avaient sacrifié leur vie à la défense de la vérité.
L'histoire de saint Théodore de Stude, celle de saint Platon, le
récit du martyre du patriarche Nicéphore sont autant de monuments qui jettent un grand jour sur l'histoire ecclésiastique.
Nicéphore avait même composé une chronique universelle qui
aurait pu servir de complément aux ouvrages d'Eusèbe, Socrate, Sozomène, Evagre et Théodoret. Malheureusement cette
chronique est perdue ainsi que l'histoire ecclésiastique de Sergius, qui s'étendait depuis le règne de Constantin Copronyme
jusqu'à Michel le Bègue (741-820). On ne peut suppléer à ces
pertes que par les actes des conciles et la correspondance assez
étendue de tous les hommes qui se trouvaient alors à la tête
de l'Église d'Orient, et qui exerçaient sur elle une influence
profonde.

Photius mérite à cet égard une attention toute particulière.
Doué d'une grande souplesse de caractère et d'esprit, qu'il mit
au service d'une déplorable ambition, ses lettres révèlent merveilleusement toute son astuce et toute sa perfidie. Ses procédés
iniques envers le patriarche saint Ignace, les intrigues et les
menées qu'il inventa pour lui ravir son siége, tout s'y montre
à découvert. Mais parmi ses nombreux écrits il n'y a vraiment
que sa *Bibliothèque* qui intéresse le littérateur. Cette œuvre
d'érudition étant un ouvrage tout profane, nous aurons l'occasion d'en parler en traitant des auteurs byzantins qui ont eu
l'idée de faire de grandes collections et de transmettre ainsi aux
siècles à venir l'inventaire de toutes les richesses scientifiques
et littéraires des siècles qui les avaient précédés.

Il est à remarquer que le petit nombre d'écrivains qui paraissent à cette époque n'appartiennent pas au clergé, et même que les ouvrages des auteurs ecclésiastiques sont généralement beaucoup moins religieux que profanes. Ainsi le Xe siècle s'ouvre par le règne d'un prince très-instruit, Léon le Philosophe (886-911). Il est encore éclairé des lumières de Constantin Porphyrogénète, qui compose lui-même des ouvrages et protége les savants. La littérature profane brille alors d'un certain éclat, mais on ne voit paraître dans l'Église grecque aucun homme vraiment distingué. Siméon Métaphraste est même le seul auteur dont le nom ait échappé à l'oubli. Encore s'est-il appliqué plutôt à compiler qu'à écrire. Il eut l'heureuse pensée de recueillir toutes les vies des saints et d'en faire un recueil assez complet. S'il se fût borné à réunir tous les documents primitifs et qu'il eût consacré tout son temps et tous ses soins à rendre aux textes anciens leur pureté, il eût fait une œuvre éminemment utile. Mais on ne pouvait attendre d'un auteur de ce siècle l'esprit de critique et de discernement nécessaire à une telle entreprise. Métaphraste ne comprit même pas sa tâche de cette manière. Il ne paraît pas s'être occupé un seul instant de l'exactitude et de la véracité historique. Toutes ses vies devaient être nécessairement un panégyrique, et d'après ce principe il retranchait ou il ajoutait à son gré, et tout cela pour la plus grande gloire du saint dont il voulait reproduire la légende. Au lieu de conserver les récits anciens tels qu'ils étaient, il ne fit donc que les mutiler et les corrompre.

Le XIe siècle fut un peu moins stérile que le Xe; on y vit paraître quelques prédicateurs, quelques controversistes et quelques historiens. Tous les genres y furent du moins représentés, mais on ne peut s'imaginer à quel degré de faiblesse ils étaient tombés. Les prédicateurs ne sont que de froids sermonaires qui s'égarent dans des allégories puériles; les controversistes subtilisent tellement les questions qu'ils traitent, que leurs livres se réduisent à de misérables arguties, enfin les historiens ne sont plus que de secs chroniqueurs. La science alors s'abaisse et se rapetisse tellement, que tout le monde se croit capable de l'embrasser dans toute son étendue. Comme il arrive dans tous les temps de décadence, tous les hommes de talent sont des hommes universels. Michel Psellus, la merveille de ce siècle, est tout à la fois poëte, mathématicien, historien, philosophe, médecin, jurisconsulte, théologien, moraliste, commentateur et instituteur de prince. C'était le moyen le plus infaillible pour ne réussir d'aucune manière. Il manqua l'édu-

cation de Michel Ducas, parce qu'il en fit un écolâtre au lieu
d'en faire un empereur; son titre de poëte ne se justifie à nos
yeux que par un certain nombre de vers politiques qu'il fit sur
les noms (περὶ Ὀνομάτων), ce qui ressemble beaucoup moins à
un poëme qu'aux feuillets détachés d'une grammaire. Sa gloire
d'historien se borne à une histoire inédite qui s'étend depuis
Jean Zimiscès jusqu'à Constantin Ducas (975-1039). Comme
philosophe, il pouvait se croire sans orgueil le premier de
l'empire; enfin il prit rang parmi les jurisconsultes et les médecins en publiant un *Abrégé des lois* et deux livres sur *la
nourriture*. Cet infatigable polygraphe, après avoir touché à
toutes les sciences profanes, trouva encore le loisir de s'appliquer à toutes les branches de la science ecclésiastique. Il fit
des commentaires et des paraphrases sur les saintes Écritures,
composa des ïambes sur les vices et les vertus, publia des traités dogmatiques sur la Trinité et l'Incarnation, s'occupa d'un
abrégé des livres de Moïse et d'un traité historique sur les sept
premiers conciles œcuméniques, annota les livres d'Aristote,
quelques ouvrages de saint Grégoire de Nazianze, enrichit de
scolies les oracles chaldaïques, et laissa des homélies, des
opuscules théologiques et des lettres qui formaient une sorte de
répertoire universel. Sa gloire fut grande parmi ses contemporains. Ces Grecs déchus ne savaient comment témoigner leur
admiration pour un homme qui réunissait ainsi en lui tous les
talents et tous les mérites. Ils ne soupçonnaient pas que cette
universalité était à elle seule un immense défaut, mais la postérité, plus éclairée et par conséquent plus sévère, n'a tenu
compte à Psellus que de ses efforts. Elle a conservé le souvenir
de son nom, comme celui d'un homme qui avait reçu de la
nature les plus heureux dons, mais les titres de ses écrits sont
à peine connus.

Pendant le XIIᵉ et le XIIIᵉ siècle, Constantinople ayant été le
théâtre d'une grande révolution, l'Eglise grecque sortit de sa
léthargie et produisit plusieurs auteurs recommandables par
leur science, soit en histoire ecclésiastique, soit en théologie,
soit en droit canon. Toutes les controverses dogmatiques eurent
pour objet la question du schisme. Dans l'intérêt de leur trône,
les empereurs de Constantinople ayant proposé la réunion avec
l'Eglise latine, le clergé d'Orient se divisa en deux partis : les
uns renouvelèrent les vieilles accusations contre Rome, que
Photius et Michel Cérulaire avaient fait valoir pour colorer d'un
spécieux prétexte leur schisme ; les autres prirent au contraire
la défense de la foi des Occidentaux, et établirent la vérité de

leur doctrine d'après les Pères. Cette polémique absorba tous les théologiens de cette époque et produisit un très-grand nombre d'ouvrages fort remarquables, où les motifs de division entre les deux Eglises sont discutés avec autant de science que de profondeur.

Le droit canon avait déjà trouvé dès le ixe siècle un habile maître dans Photius. Sous le titre de *Nomocanon*, il avait recueilli les décrets des conciles et les lois de l'empire qui avaient rapport aux affaires ecclésiastiques. Ce recueil avait été fait avec beaucoup d'ordre, et la classification des matières l'avait rendu d'un usage facile. Au xiie siècle, Théodore Balsamon, patriarche d'Antioche, compléta cette science par ses magnifiques ouvrages. On place au premier rang ses commentaires sur les canons apostoliques, sur ceux des conciles œcuméniques et particuliers, et sur les lettres canoniques des Pères grecs.

Nous ne parlerons pas ici des auteurs ecclésiastiques qui ont tout spécialement cultivé l'histoire. Leurs ouvrages principaux font partie de la grande collection des historiens byzantins, et nous aurons l'occasion de les faire connaître en traitant de l'histoire profane. Nous nous contenterons seulement de faire ici observer la ressemblance qui se trouve entre les chroniqueurs grecs et les chroniqueurs latins du moyen âge. Tous ceux qui se proposent d'écrire l'histoire de l'Eglise se font un devoir de remonter jusqu'au commencement du monde. On s'est beaucoup moqué de ces misérables narrateurs qui se croyaient toujours obligés de faire remonter leur exorde à Adam et Eve. Cette préface un peu longue ne répand pas à la vérité une grande lumière sur les faits contemporains que l'historien a surtout l'intention de raconter, mais ce hors-d'œuvre est du moins une preuve que dans les siècles les plus dépourvus de génie, la doctrine catholique n'a jamais permis, même aux hommes les plus vulgaires, de perdre de vue un seul instant la grande idée de l'unité du genre humain. Le moindre historien, le plus méprisable chroniqueur ne peut résister au désir de montrer ainsi le Christ partageant avec sa croix le monde en deux parties, qu'il unit l'une à l'autre par le mystère de sa grâce.

Quoique la foi éclate à travers toutes ces compositions arides, il n'en est pas moins vrai que le schisme a profondément desséché le génie grec. On trouve encore des érudits capables de faire des compilations utiles, on rencontre aussi des historiens qui savent raconter les faits comme ils se sont passés, on voit même des théologiens diserts argumenter avec force, mais le domaine de la pensée s'est étrangement rétréci. L'histoire de l'Eglise se confond avec l'histoire des empereurs, qui dominent d'ailleurs aussi bien sur le spirituel que sur le temporel. Toutes les discussions théologiques se bornent aux questions particulières qui ont été l'occasion du schisme, ou si l'on sort de ce cercle étroit, c'est pour s'arrêter à des rêveries absurdes. Ainsi, au XIV° siècle, Palamas et ses moines quiétistes ayant prétendu que la lumière qui avait environné Jésus-Christ sur le Thabor était incréée et incorruptible, un autre moine, Barlaam, l'attaqua vivement, et tout le monde se déclara sur-le-champ pour ou contre cette doctrine. L'Eglise fut divisée en deux camps, les barlaamites et les palamites. Cette grave discussion durait encore quand les Turcs se présentèrent aux portes de Constantinople pour en commencer le siége.

Cet événement nous fait assez comprendre jusqu'à quel point de décadence l'Eglise grecque tomba quand elle fut abandonnée à elle-même. Tant que le cimeterre des musulmans ne l'eut pas frappée à mort, elle compta néanmoins des hommes éminents. Au XV° siècle, elle pouvait encore se glorifier des Bessarion et des Marc d'Ephèse. Mais déjà le ministère apostolique avait perdu en elle toute son activité et toute sa puissance. On dissertait sur des abstractions, mais on ne prêchait pas l'Evangile. Tous ces derniers siècles nous montrent encore quelques savants qui écrivaient à grand'peine quelques ouvrages de controverse, mais nous ne voyons aucun orateur, aucun apôtre. Les rares homélies qui nous ont été conservées ne servent qu'à prouver que le Verbe de Dieu s'était retiré de cette société mourante. Ce mal devint extrême quand tout le pays fut conquis par les disciples de Mahomet. Au lieu de se ranimer en face d'un culte étranger, la foi schismatique des Grecs malheureux se laissa silencieusement étouffer par l'islamisme, et ce peuple, autrefois si libre et si ingénieux, consentit à vivre esclave au sein des ténèbres les plus affreuses.

CHAPITRE II.

DES GRAMMAIRIENS, DES COMMENTATEURS ET DES BIBLIOGRAPHES.

Ce que nous avons observé à l'occasion de la décadence de la littérature païenne se représente ici à propos de la littérature byzantine. Aussitôt qu'on sent la pureté de la langue se corrompre, on fait les plus grands efforts pour rappeler tout le monde aux règles des anciens. En brûlant l'Octogone avec sa oibliothèque et ses savants, le barbare Léon III avait détruit l'académie fondée par Constantin pour veiller à la conservation de la langue grecque et censurer toutes les innovations téméraires. Cet attentat n'empêcha pas qu'on ne continuât cette belle mission. Les savants de l'Octogone ne furent pas remplacés par d'autres savants chargés des mêmes fonctions, mais les grammairiens rivalisèrent de zèle pour fixer la langue en soumettant à des règles nettes et précises tous les points de sa syntaxe. Rien n'offre moins d'intérêt que ces traités *sur la prosodie, sur les tropes, sur la syntaxe des verbes, sur les esprits ou sur les accents.* Nous n'avons garde de reproduire ici la nomenclature de tous les écrivains obscurs qui ont employé toutes leurs veilles à ce labeur ingrat et ennuyeux. Mais toutes ces productions si inutiles pour nous doivent être au moins mentionnées, parce qu'elles nous font connaître le caractère des travaux littéraires de ce siècle, et que d'ailleurs elles ne laissèrent pas que d'exercer une véritable influence en retardant de quelques siècles la ruine de la langue grecque.

Parmi les grammairiens, il y en eut qui se livrèrent à l'interprétation des auteurs anciens. Ils reçurent le nom de *scoliastes,* quand leurs remarques ne furent pas détachées des auteurs qu'ils avaient commentés, et ils furent appelés *commentateurs* quand leurs travaux formèrent un ouvrage à part. Du IXe au XVe siècle, on vit paraître une foule de savants qui se livrèrent à ce genre de travail. Souvent ils ne firent qu'abréger les scolies des auteurs alexandrins, mais leurs livres n'en sont pas moins précieux parce qu'ils ont le mérite de nous transmettre des documents précieux, que sans leur secours nous aurions toujours ignorés. Les scoliastes les plus célèbres de cette époque sont Eustathe de Thessalonique et Jean Tzetzès. Eustathe vivait au XIIe siècle et il était archevêque de Thessalonique. Il nous a laissé un commentaire savant et fort utile sur Homère. Il est intitulé Παρεκβολή, parce que c'est un choix ou un extrait de tous les scoliastes anciens, tels qu'Appion, Héliodore, Démosthène de Thrace et Porphyre. Indépendamment de l'Iliade, Tzetzès avait encore commenté Hésiode et Lycophron. D'autres commentateurs écrivirent sur Sophocle et les grands poëtes dramatiques, mais nous ne croyons pas nécessaire de rappeler leurs noms, parce que la plupart de leurs travaux sont encore inédits.

On a attaché plus d'importance aux bibliographes, qui ont

composé des anthologies, des bibliothèques ou d'autres recueils
de ce genre, parce qu'ils nous ont fait connaître une foule
d'auteurs dont nous ne possédons que les fragments qu'ils en
ont extraits. Les plus remarquables de ces compilations sont
celles de Stobée, de Photius et de Suidas.

Stobée vivait probablement à la fin du viᵉ siècle. Sa vie nous
est absolument inconnue. Sous le nom d'*Anthologie* ou *Recueil
d'extraits choisis, sentences et préceptes*, il nous a laissé une compilation très-précieuse. Stobée avait lu beaucoup, et il avait
l'excellente habitude de lire toujours la plume à la main. Il
transcrivait tout ce qui le frappait davantage dans le but d'orner la mémoire de son fils dont l'éducation fut l'objet exclusif
de tous ses soins. Poëtes, historiens, orateurs, philosophes,
moralistes, il a tout mis à contribution. Son recueil renferme
des extraits de plus de cinq cents prosateurs ou poëtes dont la
plupart des ouvrages sont actuellement perdus. On comprend
tout le prix d'un pareil trésor. Non-seulement, dit un des biographes de Stobée, il est inestimable par les richesses qui
n'existeraient plus sans lui, mais il a encore été infiniment
utile aux savants qui ont donné les premières éditions des anciens auteurs grecs échappés au ravage du temps. Il leur a
offert de grands secours pour rectifier des manuscrits défec-
tueux, remplir des lacunes, confirmer les bonnes leçons, rejeter
les mauvaises, éclaircir les douteuses, recueillir quelquefois
des variantes remarquables qu'ils ont rapportées dans leurs
notes et soumises à la discussion des érudits (1).

On regrette que l'ouvrage de Stobée ait lui-même beaucoup
souffert de ces mutilations fâcheuses, qui ont dégradé presque
tous les ouvrages anciens. D'après l'analyse qu'en a faite Photius, il est manifeste qu'il y manque aujourd'hui un grand
nombre de chapitres. Dès lors, il était divisé en deux parties;
l'une portait le titre d'*Eglogues physiques, dialectiques, morales*,
l'autre celui de *Discours*. « Dans les églogues et les discours,
l'auteur paraît s'être proposé deux objets différents. Les églogues sont pour ainsi dire un ouvrage historique, parce qu'elles
font connaître les opinions des auteurs anciens sur des questions de physique, de philosophie spéculative et de morale,
tandis que les discours ne sont qu'un ouvrage de morale. Chaque chapitre des églogues et chaque discours a un titre particulier, sous lequel l'auteur a rangé ses extraits, en com-
mençant par les poëtes, et en allant des poëtes aux historiens,

(1) Stobée, *Biographie universelle*.

aux orateurs, aux philosophes, aux médecins. La source de chaque extrait est indiquée en marge.

« A l'exemple de Stobée, Photius (857-891), l'homme le plus érudit du xie siècle, fit sous le titre de Μυριόϐιϐλον ou *Bibliothèque*, des extraits de deux cent soixante-dix ouvrages qu'il lut pendant qu'il était en ambassade en Assyrie. Ce livre a servi de modèle aux journaux littéraires qui ont paru depuis, mais il a été bien surpassé. Il ne règne ni ordre, ni méthode dans cette composition. Des écrivains païens et chrétiens, anciens et modernes, se suivent, selon que le hasard a fait tomber leurs productions entre les mains de l'auteur ; ainsi on passe d'un ouvrage érotique à un traité de philosophie ou de théologie, d'un historien à un rhéteur. Les écrits des mêmes personnes ne sont pas même réunis. En général, le plus grand nombre des livres sur lesquels Photius nous donne des notices dont il nous a laissé des extraits, tiennent à la théologie, aux décrets des synodes, et aux discussions religieuses : la littérature profane n'y occupe qu'une place secondaire. Néanmoins, parmi les ouvrages d'historiens, de philosophes, d'orateurs, de grammairiens, de romanciers, de géographes, de mathématiciens et de médecins, que Photius a lus et qu'il juge sous le rapport des choses, de la méthode et du style, il y en a soixante-dix à quatre-vingts qui sont perdus et que nous ne connaîtrions pas ou que nous connaîtrions moins bien sans sa Bibliothèque (1). »

Photius n'est pas d'ailleurs un compilateur vulgaire. Indépendamment du mérite qu'il a de nous avoir conservé des fragments d'ouvrages dont nous ne saurions pas même les noms, il nous a encore laissé des notices littéraires qui renferment de précieux détails sur la vie des grands hommes de l'antiquité. Son goût est généralement assez pur, l'on peut s'en rapporter à son jugement pour l'appréciation des ouvrages qu'il a lus et analysés.

Au xe siècle parut un autre compilateur qui fit pour les grammairiens, les scoliastes, les lexicographes et les glossateurs, ce que Photius et Stobée avaient fait pour les auteurs. Ce compilateur fut Suidas. Son *Lexique* ne contient pas seulement l'explication des mots de la langue grecque, mais on y trouve encore des notices sur les auteurs les plus célèbres, de sorte que c'est tout à la fois une œuvre grammaticale et historique. Sans doute, on peut reprocher à Suidas de graves

---

(1) Nous avons reproduit ce que Schœll dit de Stobée et de Photius.

défauts. Souvent il s'arrête à des versions vicieuses, il altère les passages qu'il cite, il confond les personnes entre elles, il fait des citations à contre-temps, et son texte paraît avoir été lui-même corrompu, mutilé par d'inhabiles copistes. Mais malgré tous ces défauts incontestables, ce livre, comme ceux de Stobée et de Photius, n'en est pas moins très-important par les nombreux fragments qu'on y trouve d'auteurs qui sont maintenant perdus, et par les détails qu'il présente sur les Pères, les orateurs et historiens de l'antiquité. Sans ces renseignements, il y aurait dans l'histoire de la littérature grecque d'immenses lacunes qu'il ne serait jamais possible de combler.

Ces trois bibliographes ayant réuni tous les travaux de ceux qui se sont livrés au même genre d'étude, nous sommes par là dispensés d'entrer dans le détail de toutes ces productions qui intéressent d'ailleurs beaucoup plus les érudits que les littérateurs.

CHAPITRE III.

DES HISTORIENS BYZANTINS.

On peut diviser en trois classes les historiens de cette époque. Dans la première nous placerons ceux dont les ouvrages constituent ce qu'on appelle le corps des historiens byzantins ; dans la seconde nous comprendrons les chroniqueurs et les biographes, et dans la troisième les antiquaires. Comme on le voit, jusqu'à son dernier soupir Byzance a eu grand soin de sa gloire. Les moindres événements de son existence ont été approfondis, et avant de se courber sous le joug des Turcs elle a voulu ne rien laisser ignorer de son passé. C'est une préoccupation qu'on ne trouve pas chez les grandes nations anciennes. Elles meurent au sein de la corruption, sans souci de l'avenir, tandis que Byzance, la première des nations chrétiennes que nous voyons périr, s'occupe jusqu'à sa dernière heure de la postérité. Tant est puissant le prestige des idées d'immortalité que le christianisme a semées au milieu de toutes les nations qu'il a conquises !

I. — DES HISTORIENS BYZANTINS PROPREMENT DITS.

Les historiens dont les ouvrages forment ce qu'on appelle le *Corps des historiens byzantins,* sont au nombre de quatre : Zonaras, Nicétas Acominatus, Nicéphore Grégoras, Laonicus Chalcondyle. En les plaçant dans la première classe, nous n'avons point eu l'intention de les mettre au-dessus des biographes dont nous nous occuperons ensuite. Ils sont inférieurs à plusieurs pour le talent, mais comme la réunion de leurs écrits forme une histoire complète de la période qui s'est écoulée depuis la fondation de Constantinople jusqu'à sa chute, nous avons dû les étudier à part et avant tous les autres, en nous réservant toutefois le droit d'apprécier chacun d'eux selon ses mérites.

Jean Zonaras, qui vivait au xiie siècle, avait été commandant des gardes de l'empereur et premier secrétaire du cabinet impérial. La mort de sa femme l'ayant dégoûté du monde, il se retira dans un couvent du mont Athos. Il y employa ses loisirs à composer divers ouvrages, dont le plus important est son abrégé de l'histoire du Bas-Empire. Comme toutes les chroniques du temps, pour ne rien omettre, il remonte jusqu'à la création du monde et s'arrête seulement à la mort d'Alexis Comnène, en 1119. Il paraît avoir assez bien senti l'imperfection de son ouvrage, car il dit sous forme d'avertissement à son lecteur : « Si toutes les parties de nos annales ne sont pas aussi bien écrites qu'elles devraient l'être, le lecteur doit me le pardonner. Peut-être que dans ma retraite je n'ai pas lu tous les ouvrages nécessaires, peut-être que les auteurs de ces ouvrages n'ont pas été d'accord dans leurs récits des mêmes événements. Qu'on ne blâme point ma narration parce qu'elle n'est pas toujours du même style ; obligé d'emprunter des autres, j'ai pris le leur, quand j'ai ajouté quelque chose à ce qu'ils disaient, j'ai désiré imiter l'écrivain que je copiais, afin de conserver quelque uniformité. »

Zonaras n'avait pas le génie assez étendu pour comprendre le véritable rôle de l'historien. Il ne soupçonne pas que tous ces documents anciens ne sont que des matériaux qu'il doit mettre en œuvre, il ne s'efforce même pas de les réunir tous dans son intelligence, de les coordonner d'après une même pensée, et de tout exprimer avec un style qui lui soit propre. Il copie servilement ou plutôt il compile, et il a la simplicité de croire que la bigarrure produite par toutes ces pièces juxtaposées est une des conditions essentielles du genre. Dans sa bonne foi, il tire même de cette prétendue nécessité la justification de sa méthode.

Malgré toutes ces couleurs inégales et disparates, qui sont l'effet de ce défaut de fusion et d'ensemble, ses annales sont précieuses à un double titre. Pour les temps anciens, il a mis à profit plusieurs auteurs qui sont actuellement perdus, et quand il est arrivé aux événements contemporains, il a raconté avec beaucoup d'impartialité et d'exactitude tous les faits dont il avait été le témoin ou l'auteur.

Nicétas reçut le surnom d'*Acominatus* ou *Choniate*, parce qu'il était né à Chone en Phrygie. Etant venu à Constantinople, ses talents le firent élever à la charge de grand logothète de l'empire. Lorsque les Latins attaquèrent Byzance, il défendit courageusement les droits des empereurs grecs. Mais son ardeur n'ayant pas été assez puissamment secondée, il fut obligé de prendre le chemin de l'exil. Il sortit de Constantinople à pied, chargé d'un paquet de hardes, et suivi de sa femme et de sa fille qui avaient couvert de boue leur visage pour n'être pas reconnues. Il atteignit avec beaucoup de peine Olymbrie, et se retira ensuite à Nicée où il écrivit ses *Annales*. Elles commencent à la mort d'Alexis Comnène, en 1118, et finissent au règne de Baudoin, en 1206. C'est, comme on le voit, une continuation de l'ouvrage de Zonaras. Mais Nicétas a plus de talent et un goût plus pur que son devancier. Il ne craint pas d'avouer les torts de ses compatriotes, et il raconte généralement avec beaucoup de vivacité et d'intérêt. On lui reproche cependant un style poétique et trop prétentieux. Souvent il se jette dans ces déclamations outrées qu'on prenait alors faussement pour de l'éloquence.

Son patriotisme ardent le rend aussi très-hostile aux Latins qui s'étaient violemment établis à Byzance ; il leur reproche avec amertume leurs excès, et il y revient si souvent, que, sous ce rapport, son livre paraît beaucoup moins une histoire qu'une satire. Néanmoins il ne va pas jusqu'à les calomnier. Tous les événements qu'il rapporte se trouvent dans Villehardouin. Seulement le Maréchal de Champagne reproduit froidement toutes ces horreurs, comme une des conséquences nécessaires de la conquête, tandis que Nicétas s'en irrite parce qu'il y voit autant d'attentats à l'honneur et à la liberté de son pays. L'un est l'homme des vainqueurs, et il éprouve toute la joie et toute la satisfaction que donne le succès ; l'autre appartient aux vaincus, et on lui trouve tout le ressentiment qu'inspire la défaite. Nicétas mourut à Nicée vers l'an 1216.

Nicéphore Grégoras naquit à Héraclée-du-Pont, vers l'an 1295. Il vint à Constantinople, où il acquit bientôt la réputation de rhéteur habile, d'astronome et de mathématicien distingué. A l'âge de vingt-sept ans, l'empereur Andronic, dont il avait gagné les bonnes grâces, lui offrit la charge d'archiviste (*chartophilax*) de l'Eglise de Constantinople. Différentes discussions s'étant élevées sur le jour où l'on devait célébrer la pâque et sur les opinions bizarres des palamites, Nicéphore y prit part avec autant de science que de modération. Il a laissé divers ouvrages, mais le plus important est son *Histoire de Byzance*, ou, comme il l'appelle lui-même, son Histoire Romaine (ῥωμαϊκή). Elle est divisée en trente-huit livres et s'étend de 1204 à 1359.

On y trouve des détails curieux et intéressants. Son style a de la chaleur et de l'entraînement, mais on regrette que la passion seule l'anime et le colore. Nicéphore n'avait pas assez d'élévation dans l'esprit et le caractère pour se mettre au-dessus de ses affections et de ses haines personnelles. Il est partial jusqu'à l'aveuglement, et il n'écrit que dans l'intérêt de la cause qu'il a embrassée. Sa vanité le porte aussi à se préoccuper beaucoup de lui-même et de son éloquence. Ce sentiment déréglé le jette dans des digressions qui rompent le fil des événements et qui nuisent par là même au mérite de sa narration.

Le dernier de ces historiens, Chalcondylas d'Athènes, florissait vers 1470. On ne sait ni l'époque de sa naissance, ni celle de sa mort. Il nous a laissé une *Histoire des Turcs et de la chute de l'empire grec*, qui commence à l'année 1298, et va jusqu'à 1462. « Sa diction, dit M. Sainte-Croix, est barbare ou pleine d'expressions triviales ; mais son ouvrage est important pour l'histoire du xve siècle (1). » Il est en effet très-riche en événements, bien que, selon la remarque de Schœll, cet auteur fasse quelquefois preuve d'une grande crédulité. Son livre complète le corps des historiens de Byzance, mais il est très-inférieur aux travaux de ses prédécesseurs.

II. — DES CHRONIQUEURS ET DES BIOGRAPHES.

Les chroniqueurs n'étaient pas prétentieux. Ils se croyaient généralement obligés de remonter au commencement du monde et de descendre jusqu'à l'époque où ils vivaient. Mais ils se bornaient à compiler les récits des anciens historiens ou à en faire une sèche analyse. Leurs ouvrages n'ont par conséquent d'intérêt et d'importance qu'autant qu'ils sont sortis de sources qui n'existent plus aujourd'hui. Une des chroniques les plus célèbres fut celle de Georges le Syncelle, qui eut pour continuateur Théophane l'Isaurien. Ce dernier s'étant arrêté en 813, Jean de

(1) Sainte-Croix, *Examen des historiens d'Alexandre*.

Scylitza et Léon le Grammairien poursuivirent ce même travail jusqu'au xᵉ siècle. Saint Nicéphore le patriarche, Siméon Métaphraste et Michel Glycas nous ont aussi laissé des chroniques particulières qui jettent quelque lumière sur l'histoire générale de Byzance. Mais il ne faut pas y chercher autre chose que des renseignements historiques qu'on ne trouverait point ailleurs. Car, sous le rapport du style et du mérite littéraire, toutes ces compositions sont absolument nulles.

Il n'en est pas de même des biographes. Quoiqu'ils se soient bornés à raconter la vie de quelques princes ou l'histoire de quelques événements particuliers, ils se sont souvent élevés par la science et le talent au-dessus des premiers historiens dont nous avons parlé. Ce qu'il y a de remarquable, c'est que la plupart de ces biographes sont des écrivains couronnés qui travaillent pour la gloire de leur dynastie. Ce sentiment de vanité n'offre pas de grandes garanties en faveur de l'impartialité de l'historien, mais d'un autre côté il n'est peut-être pas nuisible à l'éclat et à l'animation de ses récits. Son style s'empreint de couleurs plus vives, et sa pensée a du moins ce caractère d'inspiration que l'amour filial imprime à toutes ses œuvres.

Le premier de ces biographes couronnés est l'empereur Constantin Porphyrogénète. Il a écrit la *Vie de l'empereur Basile le Macédonien,* le fondateur de sa dynastie. Il a pris soin de révéler lui-même son but au commencement de son livre. « Il y a bien des années, dit-il, que je me sens poussé par un désir violent de perpétuer dans l'âme des curieux, et à l'aide de l'immortelle histoire, le souvenir des événements qui se sont passés ; en conséquence, j'avais résolu, si la tâche n'était pas au-dessus de mes forces, de consigner par écrit l'histoire complète de l'empire romain de Byzance, ainsi que les actions mémorables des empereurs, des princes leurs vassaux, des chefs, des généraux ; enfin, tout ce qui, à la même époque, s'est passé de remarquable en d'autres contrées. Mais comme cette entreprise de longue haleine exigeait beaucoup de temps, ainsi que la possibilité de se livrer sans interruption au travail, la proximité d'une bibliothèque et le loisir nécessaire pour la consulter, toutes choses qui me manquent, j'ai cédé à la force des circonstances, et j'ai résolu de me charger d'une tâche moins difficile. J'ai choisi la vie et les faits d'un seul monarque qui a admirablement soutenu la majesté de l'empire, et qui, portant un nom qui exprime le suprême pouvoir, a rendu pendant toute sa vie les plus utiles services à l'État. J'ai voulu que

la postérité connût bien celui qui a été la souche d'une longue
suite de princes ; j'ai voulu que ses enfants et ceux qui en naî-
tront aient sans cesse les yeux fixés sur ce modèle de vertu, et
que, pénétrés d'admiration, ils conçoivent la noble ambition
de l'imiter. Si Dieu me prolonge la vie et une forte santé, si les
affaires du dehors m'en laissent le temps, je donnerai peut-
être à cet ouvrage une suite qui renfermera l'histoire de toute
la progéniture de Basile jusqu'à nous (1). »

Constantin VI n'exécuta pas son projet, mais il eut pour continuateur un anonyme qui écrivit la vie de Léon VI, fils de
Basile, celle d'Alexandre son frère, de Constantin VI lui-même
et de Romain II son fils. Comme il avait fait faire à Joseph
Genesius, sous forme d'introduction à sa *Vie de l'empereur
Basile*, la biographie de Léon l'Arménien, de Michel le Bègue,
de Théophile et de Michel l'Ivrogne, l'ensemble de tous ces
ouvrages particuliers forma un nouveau corps d'histoire.

Léon le Diacre, qui vivait au commencement du xᵉ siècle, l'a
enrichi des Vies de Nicéphore Phocas et de Jean Zimiscès, les
successeurs de Romain II, dont il a également écrit l'histoire.
« Il avait pour but, dit Schœll, de donner une histoire raison-
née des événements qui s'étaient passés sous ses yeux ; mais
une telle entreprise a été au-dessus de ses forces. Il paraît
qu'une lecture assez étendue lui avait fait connaître des événements de tous les genres ; mais son style démontre qu'il
voulut principalement imiter les rhéteurs du siècle de Théodose. Ce n'est pas que, par des efforts soutenus, il n'ait dans
quelques passages atteint et peut-être surpassé ses modèles ;
on rencontre dans son livre des descriptions animées et des
portraits qui ne manquent pas de vérité ; mais quand on considère l'ensemble de l'ouvrage, ces parties isolées échappent :
on ne voit plus qu'un style diffus et affecté, une fausse éloquence, un mauvais goût. On y rencontre aussi des expressions
barbares qu'on pardonnerait facilement à un écrivain du xᵉ siècle. Des détails instructifs ou agréables par leur simplicité
même rachètent les défauts d'un langage altéré ; mais on est
choqué de voir des mots latins jusque dans des discours dont
le plan et quelquefois les phrases sont empruntés de Démosthène et de Thucydide (2). »

Les Comnènes prirent aussi le soin de raconter leurs glorieuses actions. Nicéphore Bryenne et Anne Comnène son épouse
furent leurs historiens. Nicéphore ne fit que recueillir des ma-

(1) Trad. de Schœll.
(2) Schœll, d'après l'éditeur de Léon le Diacre.

tériaux pour l'histoire de cette illustre famille. Son ouvrage, intitulé (Ὕλη ἱστορίας) *Matériaux historiques,* commence à Isaac Comnène, le premier prince de cette maison, et s'arrête au règne d'Alexis, son beau-père (1057-1081). Anne Comnène se chargea de continuer son ouvrage, et elle fit en quinze livres la vie d'Alexis son père. Dès le début de son ouvrage elle nous prévient de l'étendue et de la variété de ses connaissances, et se glorifie, sans crainte de vanité, d'avoir recherché avec ardeur la perfection du langage, étudié la philosophie d'Aristote et de Platon, cultivé l'art des rhéteurs et approfondi toutes les sciences mathématiques capables de former le jugement. Son style se ressent de l'affectation de son esprit. Il est élégant et recherché; chaque phrase tend à l'effet, et chaque pensée est toujours chargée d'ornements qui sont plus brillants que naturels. Sa tâche était difficile. Elle paraît avoir senti l'embarras de sa position qui l'obligeait à n'écrire qu'un panégyrique. « Si je donne des louanges à Alexis, mon père, dit-elle dans sa préface, on me soupçonnera de préférer ma propre gloire à la vérité; d'un autre côté, si la nécessité du sujet m'oblige à désapprouver quelques-unes de ses actions, on m'accusera d'impiété. » Quand on a lu son ouvrage on n'est pas tenté de lui adresser ce dernier reproche. Son *Alexiade* est un véritable poëme dont toutes les scènes sont merveilleusement arrangées pour la plus grande gloire d'Alexis. D'après Anne Comnène, il fut un héros et un sage, bien qu'en réalité il n'ait été ni l'un ni l'autre.

Malgré cette partialité bien pardonnable à la piété filiale, le livre d'Anne Comnène est un des monuments les plus distingués que nous ayons rencontrés dans la longue série de toutes les productions chétives qui caractérisent la littérature byzantine. On y trouve des peintures de mœurs vraiment admirables. Quelquefois même le style s'anime, les situations des divers personnages se dramatisent, et il en résulte des tableaux magiques que les maîtres les plus habiles n'auraient pas désavoués. Ce qu'on regrette dans cet ouvrage, ce n'est pas cet amour filial qui rend l'auteur vraiment aveugle sur les défauts de son père, mais c'est cette haine violente envers les Latins qui porte Anne Comnène à déclamer avec fureur contre leurs excès. Elle les déteste si profondément, qu'elle se refuse à écrire leurs noms. «L'histoire, dit-elle, les prononce avec dégoût, et notre langue ne saurait exprimer ces sons barbares et inarticulés. A quoi servirait une liste de noms qu'on a peine à prononcer? Ces hommes rudes nous ont fait assez de mal pendant qu'ils étaient avec nous ; à quoi bon faire violence à notre langue pour répéter encore leurs noms bizarres ?

Sous les Paléologues l'histoire n'eut pas de moins bons interprètes que sous les Comnènes. Georges Pachymère continua la chronique de Georges Acropolite, qui avait entrepris de raconter tout ce qui s'était passé depuis la prise de Constantinople par les Latins, jusqu'à leur expulsion. Ces deux écrivains ne manquent ni de jugement ni de pénétration, mais leur style est embarrassé et diffus. Pendant cette dernière époque il n'y eut vraiment pas d'autres historiens que Jean Cantacuzène, Jean Ducas et Georges Phranza.

Après avoir été décoré de la pourpre impériale, Jean Cantacuzène s'était retiré dans un des couvents du mont Athos. Il y employa les vingt dernières années de sa vie à écrire une histoire byzantine qui s'étend depuis l'an 1320 jusqu'à l'an 1357. Elle comprend par conséquent les dernières années du règne d'Andronic II, le règne d'Andronic III, celui de Jean Cantacuzène lui-même et le commencement de celui de Jean Ier Paléologue. Le style en est élégant et pur, mais on désirerait que l'auteur se fût moins prodigué les éloges. Cette folle vanité a rendu son témoignage suspect, et on a pu considérer son ouvrage comme une apologie de sa conduite. Cantacuzène soutenait les Palamites, tandis que Nicéphore Grégoras les attaquait. Cette diversité de sentiments a établi entre ces deux auteurs une opposition systématique qui les porte à se contredire perpétuellement.

Jean Ducas peut être considéré comme le continuateur de Cantacuzène. Issu lui-même d'une famille qui avait porté le diadème impérial, après la prise de Constantinople par Mahomet, il vivait retiré dans l'île de Lesbos. Pour se distraire des ennuis de l'exil, Ducas résolut d'écrire une histoire générale de Byzance. Il la reprit dès le commencement, à la façon des chroniqueurs, mais il se contenta d'une analyse succincte jusqu'à l'avénement de Cantacuzène (1341). Aussitôt qu'il fut arrivé au règne de ce prince, il entra dans de plus grands détails, confirma par son témoignage sa véracité, et conduisit ses récits jusqu'après la prise de Constantinople. Le livre de Ducas respire une émotion vive et profonde ; il ne se contente pas d'exposer les événements, il en recherche encore les raisons. Touché des malheurs de sa patrie, il les décrit avec le sentiment de la douleur, et il se demande les causes qui ont pu faire descendre sa nation à un tel degré d'abaissement et de misère.

Georges Phranza survécut aussi à la ruine de son pays. Quand il vit les Turcs maîtres de Constantinople, il prit la fuite et alla frapper à la porte d'un monastère dans l'île de Corcyre. Devenu moine, il écrivit en quatre livres l'*Histoire des Paléologues*. On lui pardonnerait facilement ses invectives contre Mahomet ; mais on ne conçoit pas qu'il ait rempli son ouvrage de tant de digressions inutiles sur l'origine des comètes, sur le schisme des Grecs, qu'il appelle le schisme des Latins, sur les quatre monarchies, sur le symbole de Nicée et sur d'autres questions religieuses. Tel fut le génie des Grecs, que, sur les ruines mêmes de leur empire, ils ne renoncèrent pas à leur malheureuse passion pour les disputes de doctrine.

III. — DES ÉRUDITS ET DES ANTIQUAIRES.

Avant de mourir, Byzance recueillait avec le plus grand soin tous les souvenirs qui pouvaient éclairer la postérité sur l'état de son ancienne grandeur. Ce n'était pas assez que les historiens, les annalistes, les chroniqueurs et les biographes eussent raconté la vie de ses empereurs et les exploits de ses plus illustres capitaines, elle voulait encore que les savants et les artistes parcourussent toutes ses provinces pour décrire les monuments qu'elles renfermaient. Elle fit faire la statistique de toutes ses forces de terre et de mer, comme si elle eût voulu chercher dans le nombre et la variété de ses troupes un dédommagement à ses revers. Dans sa vanité, à l'exemple de ces grandes familles qui ne brillent plus que par le souvenir de ce qu'elles ont été, elle prit soin de rassembler toutes ses vieilles traditions, tous ses vieux titres, et de constater par écrit tout ce luxe de pompe et d'étalage oriental qu'on prodiguait à ses empereurs dans ses dernières années, pour lui faire illusion sur sa faiblesse.

Ces tristes symptômes de décadence parurent dès le règne de Justinien. Pour flatter l'orgueil de ce prince, nous avons vu Procope énumérer tous les bâtiments élevés ou restaurés par son ordre. Paul le Silentiaire décrivit ensuite en vers l'église de Sainte-Sophie, et Hiéroclès le Grammairien fit un *Manuel de voyage* où l'on trouvait la description des soixante-quatre provinces de l'empire de Byzance et des neuf cent trente-cinq villes qui y étaient situées. Avant le IXᵉ siècle, la Grèce du Bas-Empire était déjà sûre de l'immortalité. En vain les enfants de Mahomet la menacent-ils de leur cimeterre, si elle devient un jour leur esclave ; ils ne pourront pas du moins effacer son image, et la postérité reconnaîtra facilement dans leur empire l'empire de Byzance.

Pendant qu'on faisait ainsi la description artistique et géographique de la nouvelle Rome, d'autres écrivains s'occupaient d'exposer dans le plus grand détail son organisation politique. Au viᵉ siècle, lorsque la religion païenne et la politique romaine rendaient le dernier soupir, Jean Laurentius de Philadelphie avait écrit sur *les Magistrats romains* un ouvrage fort précieux où l'on trouve les renseignements les plus utiles pour l'étude des antiquités. Constantin VI Porphyrogénète dédia ensuite à Romain, son fils, un livre sur l'administration de l'empire, où il traite surtout de ce que nous appellerions aujourd'hui la politique extérieure. Après avoir fait la peinture du caractère et des mœurs des barbares, il fait connaître leur tactique et donne à son fils les meilleurs conseils sur la conduite qu'il devra tenir à leur égard, lorsqu'il sera chargé des intérêts de l'empire.

Après la mort de Constantin VI on publia, sous le titre de traité systématique (Σύνταγμα), un livre qui renferme le cérémonial de la cour impériale, celui de l'Eglise ainsi que toute l'étiquette des camps et des jeux publics. Cet ouvrage fut complété par celui de Georges Codinus, qui écrivit sur *les offices et officiers de la cour des empereurs et de l'Eglise de Constantinople*, tels qu'ils étaient sur la fin du Bas-Empire. Tous ces détails sont bien puérils, mais leur puérilité même est à nos yeux tellement significative que nous n'aurions pas voulu n'en point faire mention. Car tous ces témoignages de vanité ne sont pas seulement intéressants pour l'antiquaire qui recherche dans l'étude des anciens les moindres détails de la vie, mais ils offrent aussi à l'historien philosophe des révélations précieuses, parce qu'ils sont un indice certain de cette bassesse de sentiments qu'on remarque dans tous les peuples, à la veille de leur chute.

Nous n'avons plus à rappeler que la statistique des forces militaires. Elle se trouve dans un ouvrage divisé en deux livres et intitulé : Περὶ θεμάτων, parce qu'on appelait *Thèmes* les corps qui avaient remplacé les anciennes légions (τάγματα).

On sera peut-être étonné de rencontrer ici l'énumération de *tous ces ouvrages* beaucoup plus scientifiques que littéraires. Mais nous tenions à faire connaître la richesse des matériaux que nous possédons sur l'histoire de Byzance, et à prouver par là même ce que nous avions avancé tout d'abord sur le développement qu'avaient reçu les études historiques parmi les Grecs pendant la dernière période de leur empire. Tous ces documents pèchent souvent par défaut de critique,

mais leur nombre et leur variété en rendent le contrôle facile,
et l'historien qui met avant tout l'exactitude et l'impartialité,
peut aisément découvrir la vérité sur toutes les révolutions qui
ont éclaté dans ce vaste empire.

CHAPITRE IV.

DES DERNIERS POËTES BYZANTINS.

Rien n'est plus pauvre que la poésie grecque pendant cette
dernière période de l'histoire du Bas-Empire. Le vIII⁰ siècle ne
nous offre pas un seul poëte. Au IX⁰, nous sommes réduits à
citer Léon VI, le fils de Basile le Macédonien, qui nous a laissé
un petit poëme en douze vers ïambiques sur *Le triste état de la
Grèce,* vingt-sept vers rétrogrades qu'on appelle *écrevisses* parce
qu'on doit les lire à rebours, et des *hymnes.* Dans le x⁰ siècle
nous ne trouvons que le diacre Théodose qui, dans un poëme
médiocre en cinq chants, célébra la conquête de l'île de Crète
par Nicéphore Phocas, sous le règne de l'empereur Romain II.
Le xI⁰ siècle fut complétement stérile, à moins que nous ne
comptions pour un poëme le livre de Constantin Psellus *sur les
Noms,* quoiqu'il ressemble beaucoup plus à l'œuvre d'un grammairien qu'à celle d'un poëte.

Au xII⁰ siècle, lorsque les croisades eurent donné à l'imagination de tous les peuples un nouvel élan, les poëtes devinrent
plus nombreux et plus féconds. On distingua surtout Théodore
Prodrome et Jean Tzetzès. Prodrome était un moine très-savant,
qui avait fait une étude particulière de la théologie, de l'astronomie, de la philosophie et de la grammaire. Ses poésies sont
très-variées. A l'exemple d'Homère, qui avait chanté la guerre
des rats et des grenouilles, il fit en vers ïambiques la description du combat de la belette et des souris. Une composition
d'un genre plus sérieux c'est son dialogue intitulé : *l'Amitié
bannie de la terre.* On y voit figurer comme personnages allégoriques le Monde, l'Amitié, l'Inimitié et la Folie. Rien de plus
froid, rien de moins ingénieux. Prodrome composa encore une
multitude de poésies morales et religieuses, et nous possédons
de lui un très-grand nombre de vers hexamètres qui lui ont
été inspirés en diverses circonstances.

Jean Tzetzès eut la prétention de compléter Homère en pu-

bliant trois poëmes sous les titres de *Antehomerica, Homerica*
et *Posthomerica*. Le premier de ces poëmes renferme tout le
cycle iliaque, depuis la naissance de Pâris jusqu'à la dixième
année de la guerre de Troie. Le second n'est qu'un abrégé des
vingt chants de l'Iliade. Le troisième rapporte, comme l'ouvrage de Quintus de Smyrne, les événements qui se sont passés
depuis la mort d'Hector jusqu'au retour des Grecs.

Non content d'avoir ainsi résumé toutes les traditions qui
ont si longtemps défrayé tous les poëtes de la Grèce, il voulut
recueillir dans une suite de tableaux tous les faits historiques,
mythologiques et littéraires, sans trop s'inquiéter de l'ordre et
des liaisons. Ce vaste ouvrage encyclopédique, qu'il intitula
Livre d'Histoire, est beaucoup moins un poëme proprement dit
qu'un répertoire où l'on peut puiser de précieux renseignements.
Le style en est simple, froid et prosaïque. Il est ordinairement
cité sous le nom de *Chiliades*, parce que les éditeurs l'ont divisé en treize sections de mille vers (χίλιοι) chacune, à l'exception de la dernière, qui n'en renferme que six cent soixante-
quinze.

Quelque médiocres que soient ces poëmes, ils ont du moins
une certaine importance pour les érudits et les historiens. Ceux
qui parurent ensuite dégénérèrent tellement qu'on n'y peut
trouver ni science, ni goût, ni style, ni pensée. Ce sont des
catalogues arides ou des notions géographiques ennuyeuses. Au
commencement du XIVe siècle, Manuel Philé d'Ephèse fait exception, du moins pour la fécondité. Il nous a laissé un poëme
didactique sur les *Propriétés des animaux*, une *éthopée dramatique*, et un assez grand nombre de petites poésies fugitives.

Dans son poëme didactique sur les *Propriétés des animaux*,
il versifie tout ce que lui ont appris sur ce sujet Oppien, Gal-
lien et Elien, et accepte de confiance toutes leurs erreurs. La
perdrix, les abeilles, leurs ennemis et les dragons sont les animaux sur lesquels il s'étend le plus. Son *éthopée dramatique* est
un éloge outré de Jean Cantacuzène sous forme de dialogue.
Les vertus en corps et la Bravoure, la Sagesse, la Justice, la
Modération, la Bonté, la Mémoire, la Miséricorde, la Douceur,
la Sagacité, la Sincérité, la Continence et la Modestie prennent
part à la conversation. A la fin, Jean Cantacuzène vient lui-
même faire ses remercîments à l'auteur. C'est une misérable
composition en neuf cent soixante-cinq vers politiques (1).

Sous le nom de poésies fugitives nous avons compris un pa-

(1) Schœll.

négyrique composé en l'honneur d'Andronic II, une description de l'éléphant en trois cent quatre-vingt-un vers, une petite pièce sur les vers à soie, des épitaphes et des épigrammes. Tout ce bagage littéraire est bien frivole et bien misérable. C'est pourtant là tout ce que la poésie produisit au XIVᵉ siècle sous le ciel de Byzance. Car on ne peut guère compter les quarante-sept vers héroïques composés par Maxime Planude à la gloire de Claude Ptolémée, et le petit poëme en cinquante-quatre ïambes, fait par Jean Galénus, *sur la bonne et la mauvaise femme*.

Le dernier effort de cette littérature expirante fut une satire. Mazari, le dernier des poëtes grecs, s'attaqua aux différentes personnes de la cour de Constantinople, et se railla de leurs vices et de leurs défauts dans un poëme intitulé : *Dialogue des morts, séjour de Mazari aux enfers*. Ce dernier sentiment, tout bizarre qu'il paraisse, est pourtant ordinaire aux peuples sur leur déclin. Comme le vieillard se montre sévère pour le présent et n'a d'éloge que pour le passé, ainsi toutes les nations sur la fin de leur carrière se passionnent pour les œuvres de leur enfance, et condamnent vivement toutes les actions dont peur vieillesse est témoin. Dans la dernière période de leur litté rature, nous voyons une foule de scoliastes et de glossateurs environner d'un culte profond toutes les productions des âges précédents, pendant que les poëtes s'escriment à faire des épigrammes ou des satires.

CHAPITRE V.

CONCLUSION.

Avant de devenir une langue morte, la langue grecque a donc eu la gloire d'être l'interprète de deux grandes littératures, la littérature païenne et la littérature chrétienne. Ces deux littératures ont eu un caractère bien différent, mais la langue qu'elles ont employée a toujours exprimé admirablement toutes leurs pensées. Maintenant que nous avons parcouru toutes leurs phases, nous pouvons aisément les mettre en parallèle et apprécier leurs mérites respectifs.

La littérature païenne a eu surtout pour objet de développer l'imagination et de la faire briller sous ses aspects les plus merveilleux. A son début elle n'a point d'autre langage que celui de la poésie, et lorsqu'elle est arrivée à l'apogée de sa gloire, elle a dû surtout son éclat à ses poëtes et au caractère poétique de toutes ses productions. Telle a été son incontestable supériorité.

La littérature chrétienne, inspirée par la foi et basée sur les graves enseignements de la révélation, n'a point eu ce caractère. La raison et le sentiment ont été spécialement les facultés qu'elle a développées. Elle n'a parlé poésie que par exception, pour ainsi dire, parce que, pour établir le dogme, elle avait avant tout besoin d'un langage net et précis, comme celui de la prose. La controverse et l'éloquence ont été surtout ses deux grands moyens d'action, parce qu'il s'agissait pour elle de détruire les erreurs du polythéisme et de faire accepter, par la force de la persuasion, ses propres croyances.

Avant la prédication de l'Évangile, il y avait eu à Athènes de grandes discussions de doctrine entre les différentes sectes de philosophes, mais ces luttes se renfermaient dans l'enceinte des écoles. Le peuple n'y prenait aucune part. On avait vu aussi paraître de grands orateurs, mais ils n'avaient pas assez cultivé d'autres genres d'éloquence que ceux du barreau et de la tribune. Ils ne s'étaient jamais occupés que des intérêts des particuliers ou des affaires de la république.

Quand le christianisme parut, l'éloquence et la controverse eurent un autre caractère parce qu'elles eurent un autre objet. Comme il s'agissait dans les controverses qui s'élevèrent alors, non pas de l'opinion d'un chef d'école, mais d'une croyance admise par les petits aussi bien que par les grands, le peuple prit intérêt à tous ces débats et ils s'agrandirent en proportion de leur importance. L'éloquence ne se borna plus aux intérêts matériels; sa sphère embrassa les intérêts moraux qui sont de tous les temps et de tous les lieux, et elle eut pour but de rendre les hommes meilleurs, en éclairant leur esprit et en formant leur cœur.

Sous ce rapport la littérature chrétienne l'emporte de beaucoup sur la littérature païenne. Si nous n'avions tenu à mettre entièrement de côté l'histoire de la philosophie proprement dite, en rapprochant le système scientifique d'Aristote des théories des Pères de l'Église qui ont résumé synthétiquement l'enseignement catholique, il nous eût été facile de montrer tous les progrès que la foi chrétienne a fait faire à l'esprit humain et de révéler encore un des grands avantages de notre littérature sur la littérature ancienne.

Quoique nous ayons évité toutes les questions de doctrine,

pour les raisons que nous avons données, nous avons cependant observé que les Pères avaient eu la sagesse de ne point se montrer exclusifs par rapport à la philosophie grecque. Guidés par les principes de la loi, ils ont démêlé tout ce qu'il y avait de bon et de vrai dans les anciennes doctrines et se le sont approprié. Nous avons regretté de ne pas voir en Grèce ces mêmes idées d'unité appliquées à l'histoire. En Occident nous les rencontrerons dans les ouvrages de saint Augustin et de plusieurs autres Pères latins. Le génie de l'Orient paraît avoir pourtant soupçonné cette vaste synthèse. La *Préparation* et la *Démonstration évangélique* d'Eusèbe en sont un premier essai, mais nulle part l'application n'en a été complète. Subtils et frivoles, les Grecs de Byzance se sont toujours épuisés sur des détails sans jamais s'élever à la philosophie des faits. Le dogme de l'unité du genre humain n'a pu leur inspirer en histoire que l'idée malheureuse de faire remonter leur chronique jusqu'au commencement du monde, de sorte que, pour l'Orient, nous ne voyons rien qui motive sensiblement la supériorité de l'histoire ecclésiastique sur l'histoire profane.

De part et d'autre on ne voit guère que des annalistes, et on ne remarque aucun de ces hommes de génie capables de dramatiser les faits comme Hérodote, ni de les peindre avec le style enchanteur de Xénophon, ni de les exposer avec la concision de Thucydide, ni de les raisonner avec la force d'intelligence qu'on admire dans Polybe.

Généralement la littérature chrétienne, si supérieure à la littérature païenne par son but, son objet, ses idées et ses tendances, ne nous offre pas des modèles aussi accomplis pour la perfection du langage. Les anciens n'écrivaient le plus souvent que pour leur gloire et prenaient tout le temps nécessaire pour polir leurs discours et satisfaire la délicatesse de leurs juges. Isocrate n'a sans doute jamais regretté les dix ans qu'il a consacrés à son *Panégyrique d'Athènes*. Les Pères de l'Église au contraire n'ont point écrit pour l'honneur d'être écrivains. Toutes les fois qu'ils ont parlé en public ou qu'ils ont publié quelques ouvrages, c'était pour obéir à une nécessité pressante. S'ils engageaient une controverse, c'était pour arrêter les progrès d'une erreur qui commençait à s'accréditer. S'ils montaient en chaire, ils avaient pour but unique d'émouvoir leurs auditeurs et de les porter ainsi à la pratique des vertus chrétiennes.

En toute circonstance ils s'inquiétaient beaucoup plus des choses qu'ils avaient à dire que de la manière de les dire. Leurs productions n'en sont que plus précieuses pour l'historien et le philosophe, parce qu'elles sont plus riches d'idées et que d'ailleurs elles reflètent plus parfaitement la couleur du temps qui les a vu naître. Il y a en elles une vivacité d'entraînement et une chaleur de conviction qui valent bien les ornements et la régularité de l'art. Mais sous le rapport du style et de l'agencement des pensées on conçoit que ce défaut de travail ait laissé de nombreuses imperfections de détails qu'une attention minutieuse eût pu seule éviter.

Ces différences profondes n'empêchent pas qu'entre ces deux littératures il n'y ait aussi de grandes ressemblances. En parcourant leurs phases diverses, nous avons pu remarquer, à leur naissance, à leur accroissement et à leur décadence, le retour fréquent des mêmes phénomènes. Malgré leur caractère opposé, elles se sont développées l'une et l'autre d'après les mêmes lois. Mais ce qui nous a surtout paru remarquable dans tous ces rapprochements, c'est l'influence de la langue grecque qui, après la prise de Constantinople par les Turcs, redevint la même en Italie et en Occident qu'après la conquête de la Grèce ancienne par les Romains.

Ainsi, lorsque l'Attique reçut le nom d'Achaïe, les superbes vainqueurs d'Athènes se laissèrent subjuguer par le savoir et les mœurs des vaincus. L'engouement fut universel. Les Scipions, les Paul-Emile et tous les Romains illustres achetèrent des esclaves grecs pour en recevoir des leçons. Ils tinrent à honneur de parler avec pureté la langue de Démosthène, et d'Homère et consacrèrent tous leurs instants de loisir à ce pénible exercice. On s'habillait à la mode des Grecs, on imitait leur luxe et leur somptuosité dans les festins, et on traitait avec dédain tout ce qui n'était pas une reproduction fidèle de leurs usages.

La même ardeur se renouvela lorsque le cimeterre des Turcs-Ottomans contraignit les Grecs de Byzance à se réfugier en Occident. Aussitôt qu'ils se furent répandus sous le beau ciel de l'Italie, tout le monde les accueillit avec enthousiasme. Les papes encouragèrent par leur protection ce retour de la littérature ancienne, et leur exemple fut suivi de tous les petits souverains d'Italie. Les Visconti et les Sforza dans Milan, tout rudes qu'ils étaient, offrirent aux hommes de lettres les plus riches récompenses pour les fixer près d'eux. Les Gonzague et les Este à Ferrare voulurent rivaliser par l'éclat des sciences avec les cours les plus splendides. A Florence, les Médicis transformèrent leur jardin en une académie et cherchèrent à ressusciter toutes les merveilles d'Athènes.

Ce goût de l'antiquité se répandit ensuite en France, en Allemagne et dans toute l'Europe. Les manuscrits grecs qui dormaient depuis si longtemps dans les bibliothèques de Constantinople, coururent alors tout l'Occident, et l'imprimerie, en les multipliant à l'infini, ne pouvait suffire à l'avidité du public.

Ce rôle éclatant qu'a joué la littérature grecque à l'époque de la ruine des républiques anciennes et au temps de la conquête de Constantinople par les Turcs est la preuve la plus certaine et la plus manifeste de sa supériorité sous le rapport de l'art. On a dit souvent qu'il fallait se résoudre à faire comme les Grecs, sous peine de mal faire. Nous ne voudrions pas qu'on prît cette pensée dans une acception trop restreinte. Le beau, comme l'a dit un profond philosophe, est la splendeur du vrai, *Pulchrum est splendor veri*. Cette manifestation, ce rayonnement n'est pas sans doute assujetti à une forme unique et invariable. Les Grecs ne le pensaient pas eux-mêmes, car ils l'ont rencontré en laissant à la pensée l'exercice complet de sa liberté. Mais la perfection de leur goût et la sagesse de leurs vues les ont préservés de tout écart; c'est ce qui leur a mérité l'admiration des littérateurs anciens et modernes, et c'est ce qui rendra toujours l'étude de leurs chefs-d'œuvre indispensable à celui qui veut bien écrire et bien penser.

FIN.

TABLE DES MATIÈRES

DEUXIÈME ÉPOQUE.

TROISIÈME ÉPOQUE.

FIN DE LA TABLE.

Saint-Cloud. — Imprimerie de Mme Ve BELIN.